Chris Fabry

Junikäfer, flieg

Über den Autor

Chris Fabry hat bereits rund 60 Bücher veröffentlicht. Unter anderem war er Co-Autor bei der „Finale für Teens“-Reihe. Außerdem moderiert er eine eigene Radiosendung „Chris Fabry live!“. Sein erster Roman „Dogwood“ wurde mit dem renommierten „Christy Award“ ausgezeichnet. Chris Fabry ist Vater von neun Kindern und lebt mit seiner Familie in Arizona.

Chris Fabry

Junikäfer flieg

Roman

Aus dem Englischen von Brigitte Hahn

Gerth Medien

FSC
www.fsc.org
MIX
Papier aus verantwortungsvollen Quellen
FSC® C014496

Verlagsgruppe Random House FSC® N001967

Die amerikanische Originalausgabe erschien im Verlag Tyndale House Publishers unter dem Titel „June Bug".

1. Auflage 2016
Bestell-Nr. 817173
ISBN 978-3-95734-173-0

Umschlaggestaltung: Hanni Plato
Umschlagfoto: Radius Images
Satz: Satz: Die Feder GmbH, Wetzlar
Druck und Verarbeitung: GGP Media GmbH, Pößneck
Printed in Germany

www.gerth.de

Für Erin, Megan, Shannon,
Kristen und Kaitlyn.

Meine Junikäfer.

Erster Teil

Kapitel 1

Manche Leute wissen alles über sich selbst. Sie wissen, wie viel sie bei ihrer Geburt gewogen haben, wie groß sie gewesen sind, in welchem Krankenhaus ihre Mama sie zur Welt gebracht hat und noch tausend andere Sachen. Ich habe gehört, dass manche Leute sogar einen schwarzen Fußabdruck von sich auf einem rosafarbenen Blatt Papier haben und das in einer Babyschachtel aufheben. Die einzige Schachtel, die ich habe, ist ein kleiner Koffer, in dem meine Unterwäsche drin ist, damit nur ich sie sehen kann.

Mein Papa sagt, dass die meisten Leute zu viele Sachen haben, die sie gar nicht brauchen und dass sie ihre Häuser damit vollstopfen oder in Kellern lagern, die manchmal mit Wasser volllaufen. Dann ist das ganze Zeug kaputt. Deshalb ist es besser, ein einfaches Leben zu führen und zu machen, was man will, und nicht eine Hypothek abzahlen zu müssen – was auch immer das ist. Ich glaube, deshalb wohnen wir in einem Wohnmobil. Manche Leute sagen, wir leben *aus* diesem Ding wie aus einem Koffer, aber ich weiß nicht, wie man *aus* einem Auto leben kann, wenn wir doch *drin* wohnen. Papa schläft auf der Bank bei dem großen Fenster ganz hinten, und ich schlafe in dem Bett über dem Fahrersitz. Du darfst dich morgens aber nicht zu schnell aufsetzen, sonst hast du den ganzen Tag lang Kopfweh. Aber es ist schön, wenn du dein eigenes Zimmer hast.

Ich habe meinem Papa immer alles geglaubt, was er mir erzählt hat, bis ich in den Supermarkt gekommen bin. Dort habe ich mein Bild gesehen, auf einem Poster gleich vorne am Schwarzen Brett.

Ich musste mir dieses Bild immer wieder angucken. Deshalb habe ich nicht viel von dem mitbekommen, was um mich rum passiert ist. Aber ich habe gehört, wie die

Frau an der ersten Kasse mit der Kassiererin über eine Decke gestritten hat, die sie hier gekauft hat. Wenigstens hat sie das gesagt. Die Kassiererin hat eine ganz zittrige Stimme bekommen. Dann hat sie gemeint, dass sie da leider nichts machen kann. Daraufhin hat die Kundin die Frau hinter der Kasse laut ausgeschimpft, mit Ausdrücken, bei denen man rot werden muss. „Der Kunde ist König", heißt es ja immer, aber mir kommt es so vor, als ob der Kunde manchmal so bösartig wie eine bissige Ratte ist. Ich habe schon gesehen, wie manche Leute in der Schlange stehen und unter ihren Einkaufswagen Sachen rausgeschmuggelt haben, ohne dass die Frau an der Kasse was davon mitgekriegt hat. Dann gehen diese Leute weg, ohne die Riesenkartons mit Fruchtsaft oder tiefgefrorene Brote oder Marmelade zu bezahlen. Die Brote sehen eigentlich ganz lecker aus, aber Papa sagt, wenn man Brot einfrieren muss, ist die Welt nicht mehr in Ordnung. Ich glaube, er hat recht. Er meint, dass es eine Sünde ist, wenn man gemein zu den Mitarbeitern vom Supermarkt ist. Schließlich dürfen wir ihren Parkplatz benutzen. Er sagt auch, dass wahrscheinlich die Apokalypse vor der Tür steht, wenn man jetzt Cola Light mit Vitaminen und Mineralien anreichert. Ich weiß nicht, was diese Apokalypse ist, aber mein Papa hat auch damit bestimmt recht.

Das ist schon ein komisches Gefühl, wenn man in einem Supermarkt ein Bild von sich selbst sieht. So was passiert wohl nur ganz wenigen Leuten hier auf Erden – denke ich. Ich habe zuerst mal nach Luft geschnappt. Dann habe ich dafür gesorgt, dass mein Herz wieder schlägt. Ich habe nämlich zuerst gedacht, dass es still steht. Papa sagt, das Herz eines Kolibris schlägt ungefähr eine Million Mal pro Minute. Bei mir war es genau das Gegenteil, wie ich so dastand und dieses Bild angestarrt habe.

Die Leute, die zum Ausgang wollten, mussten sich an mir vorbeidrücken, aber ich konnte mich nicht vom Fleck rühren. Ich habe bestimmt komisch ausgesehen, wie ich da so auf diese Pinnwand gestarrt habe. Tief in mir habe ich eine Leere gespürt und noch ein Gefühl, das ich nicht richtig erklären kann. Es ist so, als ob man versucht, den Leuten zu sagen, wie es sich anfühlt, wenn man sich seinen Finger draußen in der Kälte an einem Einkaufswagen einklemmt. Es bringt nichts, wenn man so was erzählt, weil einem sowieso keiner richtig zuhört, weil alle es eilig haben, mit ihren Einkäufen nach Hause zu kommen und die Hypothek zu bezahlen, denk ich.

Das war nicht wirklich ich auf dem Foto. Es sah eher so aus, als ob ich in einen Spiegel gucken würde. Auf der linken Seite hing ein echtes Bild von mir, als ich noch klein war. Ich habe noch nie so ein Foto von mir gesehen, weil mein Papa sagt, dass er keine Bilder von früher hat. Klar hab ich schon mal seine Sachen durchsucht. Vielleicht hat er ja ein gutes Versteck. Wenn nicht, hat er mir die Wahrheit gesagt. Rechts war das Bild, das ziemlich genau mein Gesicht gezeigt hat. Es war ein bisschen unscharf um die Nase und die Augen rum, aber mir war schon klar, dass das Bild dasselbe Gesicht zeigte, das ich jeden Morgen im Rückspiegel sehe.

Der Name des Mädchens war *Natalie Anne Edwards.* Mir gingen diese Silben ständig im Kopf herum, während sich die Leute mit ihren Einkaufswagen an mir vorbeiquetschten, um sich das Rosinenmüsli zu holen, das heute im Angebot war. Zwei Packungen für vier Dollar, gleich neben den Drogerieartikeln. Ich habe dieses Müsli aber schon günstiger gesehen. Deshalb war mir nicht klar, warum die Leute so verrückt danach waren.

Unter dem Bild von mir stand:

VERMISST!
Natalie Anne Edwards
Geburtsdatum: 20. Juni 2000
Geschlecht: weiblich
Vermisst seit: 16. Juni 2002
Heutiges Alter: 9 Jahre
Ungefähre Körpergröße: 130 m
Ungefähres Gewicht: 36 kg

Augenfarbe: blau
Haarfarbe: rot
Verschwunden aus: Dogwood, West Virginia

Natalies Foto wurde mithilfe eines Computerprogramms ihrem heutigen Alter angepasst. Auf der linken Wange hat sie ein deutlich sichtbares Muttermal. Sie wurde am 16. Juni 2002 von einem Unbekannten aus Dogwood, West Virginia, entführt.

*

Ich fingerte an meinem Muttermal herum. Papa sagt, dass ein Typ namens Nixon auch so eins hatte. Er war vor langer Zeit mal Präsident gewesen. Die meiste Zeit versuche ich, das Muttermal nicht anzusehen. Aber wenn ich auf der Toilette bin oder im Bett meinen Spiegel raushole und die Taschenlampe anmache, dann frage ich mich schon, ob das Muttermal das einzige Andenken ist, das meine Mutter mir mitgegeben hat, oder ob sie mir überhaupt was gegeben hat.

Papa redet nicht viel über sie, aber wenn ich keine Ruhe gebe, sagt er bloß: „Sie war ein guter Mensch." Das ist alles. Wenn ich dann weiter bohre, gibt er mir keine Antwort mehr. Er meint, dass es besser ist, alte Wunden in Ruhe zu lassen, damit sie heilen können. Aber trotzdem tun manche Narben jeden Tag wieder weh.

Ich starrte immer noch auf das Bild mit meinem Namen. Hinter mir ging die Tür auf und zu. In der Ferne hörte ich das Pfeifen einer Lokomotive. Ich finde, dieser Ton klingt schrecklich einsam, besonders nachts, wenn die Grillen zirpen. Papa meint, er schläft besonders gut ein, wenn er eine Lokomotive pfeifen hört, weil ihn dieses Geräusch an seine Kindheit erinnert.

Plötzlich stand ein Mann neben mir. „Alles in Ordnung, Kleine?"

Ich hatte so ein mulmiges Gefühl in der Magengegend, fast so schlimm wie beim Überqueren einer Brücke. Ich weiß nicht, warum ich mich vor Brücken fürchte. Vielleicht habe ich Angst, dass so ein Ding zusammenkracht, wenn ich drauf bin. Vor Wasser habe ich keine Angst, weil mein Papa mir schon früh gezeigt hat, wie man schwimmt. Aber wenn ich eine Brücke sehe, werde ich ganz zittrig. Deshalb hat Papa mir gesagt, ich soll immer nach oben in mein Bett kriechen und „I'll Fly Away" singen. Das ist mein Lieblingslied. Papa versucht immer, mich im Voraus zu warnen, wenn wir große Flüsse wie den Mississippi überqueren. Wenn er das nämlich nicht macht, brülle ich ihm die Ohren voll.

Ich habe dem Mann einfach zugenickt. Dann bin ich weggegangen, aber ich habe mich trotzdem noch mal nach dem Bild umgesehen. Ich bin erst mal auf die Toilette gegangen und dort ein bisschen sitzen geblieben. Während ich dem Gedudel der Musik und den Stimmen aus den Lautsprechern zuhörte, dachte ich: *Auf dem Plakat steht, dass der zwanzigste Juni mein Geburtstag ist, aber Papa sagt, es ist der neunte April. Vielleicht bin ich das doch nicht.*

Aber dann bin ich noch mal zurückgegangen. Ich war mir ganz sicher, dass ich das Mädchen auf dem Foto war. Aber wie sollte ich meinen Papa fragen, warum er mich angelogen hat? Warum nennt er mich „Junikäfer" und nicht „Natalie"?

In den Büchern, die ich lese, und in den Filmen, die ich auf DVD gesehen habe, damals, als das Gerät noch funktioniert hat, kommt am Ende immer jemand und sagt: „Ich liebe dich." Und dann ist alles wieder gut. Ich weiß nicht, ob ich auch mal so was erlebe. Es gibt bestimmt eine Menge Leute, die hören wollen, dass jemand zu ihnen sagt: „Ich liebe dich."

Ich wanderte in die Elektronik-Abteilung, in den letzten Gang, wo es Stereoanlagen, Kopfhörer und ähnliches Zeugs gibt. Ich war nicht auf der Suche nach was Bestimmtem, sondern habe nur rumgeguckt, weil ich nicht mehr an dieses Plakat denken wollte. Plötzlich kamen drei Mädchen den Gang entlang. Dann blieben sie stehen und wühlten in einem großen Korb mit Flipflops herum.

„Das wird echt toll!“, rief eine von ihnen. Sie hatte zwei goldene Ringe an ihren Fingern. „Ich glaub, Mama lässt mich heute bei euch übernachten.“

„Das klappt nicht“, antwortete die andere. Sie hatte langes braunes Haar. „Morgen früh muss ich zum Schwimmtraining.“

„Du kannst doch bei mir übernachten“, meinte die Dritte. Ihre Stimme klang weinerlich, als ob sie es gewohnt war, dass man sie nicht beachtet. Sie trug eine Brille und war spindeldürr. „Ich hab morgen früh nichts vor.“

Das Mädchen mit den Goldringen beachtete sie nicht. Sie zog ein paar Schuhe aus dem Korb, rosafarbene mit grünen und gelben Streifen drauf. Auf dem Preisschild stand: 13,96 Dollar. „Die sind prima. Oder was meinst du?“

„Mama hat gesagt, dass wir billige einfarbige kaufen sollen, damit wir sie selber dekorieren können“, antwortete die Braunhaarige.

„Und wie ist es morgen Abend?“, fragte das Mädchen mit den Goldringen. „Wir können uns einen Film ausleihen und bei mir übernachten. Oder hast du am Donnerstag auch Schwimmtraining?“

Die drei redeten weiter und kicherten. Dann gingen sie den Gang entlang. Ich habe mich schon oft gefragt, wie es wohl ist, wenn eine Freundin einen einlädt, bei ihr zu übernachten. Oder wie es ist, eine Freundin zu haben. Wenn man auf der Straße in einem rollenden Schlafzimmer wohnt, hat das zwar Vorteile, aber nicht alles ist toll. Man weiß ja nie, wo man am nächsten Tag ist, außer wenn das Wohnmobil nicht mehr fährt und man ein Ersatzteil braucht. Deshalb stehen wir jetzt schon ziemlich lange hier auf diesem Parkplatz.

„Du bist ja immer noch da“, sagte plötzlich eine Stimme hinter mir.

Als ich mich umdrehte, sah ich eine Frau mit einer blauen Weste und einem Namensschild, auf dem *Stellv. Marktleiterin* stand. Die drei Mädchen hatten bestimmt die passenden Flipflops gefunden. Als ich mich umsah, waren sie weg. Die Frau hatte blondes Haar, das ein bisschen zu blond war. Aber sie hatte ein hübsches Gesicht. Vielleicht hatte sie in der Schule mal einen Schönheitswettbewerb gewonnen. Ihre khakifarbenen Hosen saßen ein bisschen zu eng, und sie hatte weiße Schuhe an, deren Sohlen auf dem glänzenden Fußboden kein Geräusch machten. Das war natürlich super, wenn sie Leute beobachten und sich an sie ranschleichen wollte.

„Hat dein Papa schon das Ersatzteil bekommen?", fragte sie und beugte sich zu mir runter.

„Nein, noch nicht." Ihre Augen schauten mich so freundlich an, dass ich ihr auch ein Geheimnis anvertraut hätte, wenn ich eins gehabt hätte. Plötzlich fiel mir ein, dass ich ja eins hatte, aber ich wollte nicht der erstbesten Person von meinem Foto erzählen.

„Es ist bestimmt schwer ohne deine Familie. Wo ist denn deine Mama?"

„Ich hab keine."

Sie neigte den Kopf. „Du meinst, sie ist nicht mehr am Leben?"

Ich zuckte mit den Schultern. „Ich hab einfach keine."

„Jeder hat eine Mama. Das ist nun mal so im Leben." Sie setzte sich auf einen Hocker, der zum Anprobieren von Schuhen gedacht war. Ich sah mich in dem kleinen Spiegel. Wieder musste ich an das Bild denken, das am Ausgang hing und daran, dass mein Gesicht einem Mädchen namens „Natalie Anne" gehörte.

„Macht ihr einen Ausflug? Es ist bestimmt spannend, in einem Wohnmobil unterwegs zu sein. Ich wollte auch schon immer mal abhauen und meine Sorgen hinter mir lassen."

Als ich keine Antwort gab, sah sie auf den Boden. Ich konnte ihren dunklen Haaransatz erkennen. Sie duftete gut, wie ein Blumenbeet im Frühling. Ihre Fingernägel waren lang und vorne sehr weiß.

Sie fingerte sich an einem Auge herum, als ob sie da was störte. „Mein Chef ist ein netter Mensch, aber manchmal kann er ganz schön launisch sein. Er meint, euer Wohnmobil muss bald von hier verschwinden."

„Aber Papa hat gesagt, dass Sie nichts dagegen haben, wenn wir noch ein bisschen hier bleiben."

Sie nickte. „Mach dir keine Gedanken. Das klappt schon. Aber sag deinem Papa, dass er mal reinkommen und mit mir reden soll. Unsere Geschäftspolitik ..."

Ich weiß nicht, was Geschäftspolitik ist, und ich war viel zu sehr damit beschäftigt, über meinen anderen Namen nachzudenken. Deshalb habe ich der Frau gar nicht mehr richtig zugehört. Sie hat mich wieder angesehen mit ihren großen braunen Augen, und ich hab mir gedacht, dass es schön wäre, von so einer Frau einen Gutenachtkuss zu bekommen. Sie hatte keinen Ehering an. Früher ist mir so was nie aufgefallen, aber man verändert sich im Lauf des Lebens.

„Vielleicht können Sie mit rauskommen und mit meinem Papa reden", sagte ich.

Sie lächelte, und dann sah sie weg. „Was habt ihr denn heute zum Abendbrot gegessen?"

„Eigentlich nichts Richtiges. Papa hat mir Geld gegeben, damit ich mir ein Sandwich kaufen kann, aber die mag ich schon gar nicht mehr."

Sie berührte mich am Arm. „Das kriegen wir schon hin. Mach dir keine Gedanken. Ach, übrigens, ich heiße Sheila. Und wie heißt du?"

„Eigentlich Juni, aber mein Papa sagt immer Junikäfer zu mir", antwortete ich. Zum ersten Mal in meinem Leben war mir klar, dass das nicht mein richtiger Name war.

*

Johnson starrte durch das Rückfenster in das grelle Sonnenlicht. Es hatte am Morgen geregnet. Auf dem Glas zeigte sich ein unregelmäßiges, gelb-braunes Muster aus Schmutzschlieren und dem Blütenstaub von den in der Nähe des Parkplatzes stehenden Kiefern. Drei Mexikaner stiegen aus einem Kleinlaster. Auf der Ladefläche stapelten sich Werkzeuge und schwarze Planen. Der eine schlug dem anderen mit der flachen Hand auf den Rücken. Dabei wölkte Staub auf. Der andere Mann nahm ihm spielerisch die Mütze ab, und die drei lachten.

Die Sonne beschien die Bäume auf dem Gipfel des nahe gelegenen Berges. Dann strahlte ihr orangefarbenes Licht durch die Äste der Bäume. Sie wirkte wie ein rot glühender Ball, als sie unterging. Johnson knurrte der Magen. Er ließ seinen Blick über den Parkplatz schweifen. Neben dem Laden für Auto-Ersatzteile leuchtete die Neonreklame eines Spirituosenladens auf, und plötzlich wurde Johnsons Kehle ganz trocken.

Ein neueres Wohnmobil vom Typ *Monaco Camelot* stand am anderen Ende des Parkplatzes. Der Fahrer hatte an der Windschutzscheibe einen Lichtschutz angebracht. Johnson überlegte, wie sich so ein neues Modell wohl fahren würde und wie hoch der Benzinverbrauch war. Ein solches Gefährt hatte bestimmt eine viel bessere Straßenlage als seines und war fast wie ein rollendes Hotel.

Er setzte sich auf und sah aus dem vorderen Fenster seines Wohnmobils. Von seinem Parkplatz aus konnte er den Eingang des Supermarkts gut überblicken. Ein alter Mann mit einem tragbaren Sauerstofftank schob zwei Einkaufswagen ins Innere des Gebäudes. Mit einem freundlichen Lächeln begrüßte er eine Mutter und ihre Kinder.

Johnson drückte die Pfeiltaste auf seinem Laptop. Ein grünes Licht leuchtete auf. Das Café hatte einen drahtlosen Internetzugang. Ihm wäre es lieber gewesen, wenn er einen Stellplatz am anderen Ende des Parkplatzes gehabt hätte.

Plötzlich hörte er ein stürmisches Klopfen an der Tür. Am rechten Fenster erschien die Gestalt eines Mannes. Er war korpulent und trug eine blaue Weste. Sein Alter war schwer zu schätzen, vielleicht um die dreißig. Johnson machte die Tür auf und nickte dem Mann zu.

„Ich wollte nur wissen, wie lange Sie noch hier bleiben wollen“, sagte der andere anstelle einer Begrüßung. Seine Stimme klang eine Spur zu gereizt. Offenbar war er nervös.

Johnson betrat barfuß den Asphalt, der noch immer warm von der Sonne war. „Ich habe Ihnen doch schon gesagt, dass ich auf ein Ersatzteil warte. Sonst wäre ich schon längst weg. Das können Sie mir ruhig glauben."

Der andere Mann senkte den Blick. „Also, Sie müssen weg hier. Sie sind jetzt schon ..."

„... drei Wochen hier. Ich weiß."

„Drei Wochen, und es kann noch länger dauern, bis Sie Ihr Ersatzteil kriegen. Ich möchte, dass Sie von hier verschwinden."

„Und wie soll ich das machen? Soll ich das Wohnmobil vielleicht auf die Autobahn schieben?"

„Ich kann einen Abschleppdienst bestellen."

Johnson wandte sich von dem Mann ab. Am Eingang des Supermarkts standen Pfadfinder und verkauften Gebasteltes. Die von den Strahlen der untergehenden Sonne in ein rosa- und orangefarbenes Licht getauchten Wolken färbten sich allmählich stahlblau. Es sah aus, als ob sich auf der anderen Seite des Berges ein Gewitter zusammenbrauen würde. Ein Polizeiauto bog auf den Parkplatz ein und fuhr an ihnen vorbei. Der Mann mit der blauen Weste winkte, und der Polizist erwiderte seinen Gruß.

„Sie können noch eine Nacht hier bleiben", sagte der Marktleiter. „Wenn Sie bis morgen früh nicht verschwunden sind, rufe ich den Abschleppdienst."

Johnson wollte am liebsten noch etwas sagen, aber er presste die Lippen zusammen. Dann sah er zu, wie der Marktleiter unbeholfen zum Supermarkt zurückwatschelte.

Juni kam heraus und ging lächelnd und eine blaue Einkaufstüte schwenkend an dem Mann vorbei. Sie hatte ein neues Notizbuch mit Spiralbindung gekauft. Schon jetzt hatte sie mehr von diesen Dingern vollgeschrieben, als er zählen konnte. Es sah nicht so aus, als wollte sie irgendwann auch wieder damit aufhören.

„Bist du mit deiner Arbeit fertig?", fragte sie, als sie hereinhüpfte und die Tragetüte schwungvoll auf ihr Bett warf.

Johnson machte den Kühlschrank auf und nahm eine warme Coladose heraus. „Fast."

„Was hat denn dieser Typ von dir gewollt?"

„Er hat gesagt, dass wir einen Einkaufsgutschein gewonnen haben."

„Hat er nicht."

Johnson nahm einen großen Schluck aus der Dose. Danach musste er aufstoßen. „Er hat mich nur gefragt, wie lange wir noch hier bleiben."

„Ich hab eine neue Freundin", sagte Juni. Dabei leuchtete ihr Gesicht wie von innen her. „Sie ist wirklich nett. Und sie sieht hübsch aus. Ich glaub nicht, dass sie verheiratet ist. Und sie hat wunderschöne Augen."

„Aber Junikäfer! Das Letzte, was wir hier brauchen, ist eine Frau, die mit ihren schönen Augen auf unseren Schatz guckt." Er streckte die Arme aus, als wolle er den Wohnwagen umarmen. „Welche Frau könnte diesem herrlichen Schloss widerstehen?"

„Sie ist nicht hinter deinem Schatz her. Sie macht sich bloß Gedanken über uns. Sie hat gesagt, dass sich der Marktleiter ärgert, weil wir schon so lange hier sind. Hat er dir das auch gesagt?"

„Aber nein. Der Parkplatz ist schließlich groß genug. Das geht schon in Ordnung. Hast du was zu Essen mitgebracht?"

Juni schüttelte den Kopf und kletterte zu ihrem Bett hoch. „Ich hab mein letztes Tagebuch fast fertig. Heute Abend will ich ein Neues anfangen."

„Was schreibst du denn in diese Dinger rein?"

„Ich weiß nicht. Alles, was für mich wichtig ist, alles über die Orte, an denen wir schon waren. So als ob ich mit einer Freundin rede, die meine Geheimnisse nicht weitersagt."

„Was denn für Geheimnisse?"

Die Kleine zog ihre Crocs aus und ließ sie fallen. Dann holte sie ein dunkelgrünes Notizbuch aus der blauen Einkaufstüte. „Wenn du mir erzählst, was du da auf deinem Computer schreibst, sage ich dir, was in meinen Notizbüchern steht."

Mit einem Lächeln nahm Johnson einen letzten Schluck aus der Coladose. Dann warf er sie in den Abfalleimer.

Vor dem Supermarkt hatte das Polizeiauto angehalten. Der Marktleiter beugte sich auf der Fahrerseite zum offenen Fenster herab.

Kapitel 2

Sie konnte es sich nicht erklären, und sie war auch niemandem Rechenschaft schuldig, aber Sheila Lempis kaufte ein komplettes Abendessen, bestehend aus einem ganzen Grillhähnchen, Röstkartoffeln und Krautsalat. Dann ging sie mit laut klirrendem Schlüsselbund zur Tür hinaus.

„Schönen Abend noch, Ed."

„Dir auch, Sheila", antwortete der alte Mann keuchend.

Sie verstaute die Handtasche in ihrem Auto, schloss es ab und holte tief Luft. Das Wohnmobil stand in der Mitte des Parkplatzes, in der Nähe des Eingangs zur Lebensmittelabteilung. Hier hatten schon schlimmer aussehende Gefährte über Nacht geparkt, aber sie konnte sich nicht mehr so genau erinnern, wann sie zum letzten Mal ein solches Exemplar gesehen hatte. Das Wohnmobil war mit Rostflecken übersät, die Windschutzscheibe hatte Risse, und die Reifen waren völlig abgefahren. Die Form des Fahrzeugs war weniger windschnittig als bei den neueren Modellen. Angesichts der hohen Benzinpreise fragte sich Sheila, wer es sich überhaupt noch leisten konnte, mit einem solchen Spritfresser durch die Gegend zu fahren. Im Inneren war es bestimmt unerträglich heiß im Sommer und eiskalt im Winter. Sie stellte sich vor, wie die beiden in der kalten Jahreszeit der Sonne hinterherfuhren und im Sommer vor der Hitze flohen. Das vordere Nummernschild war vom Rost unkenntlich geworden, aber hinten konnte man noch undeutlich die Umrisse von West Virginia erkennen.

Im Wohnmobil brannte kein Licht, und es schien sich drinnen nichts zu regen. Sie hielt die blaue Einkaufstüte krampfhaft fest und überlegte sich schon, wem sie das Hähnchen geben sollte, wenn die beiden nicht da waren. Vielleicht freute sich Mr Taylor darüber. Er wohnte neben ihr und war seit dem Tod seiner Frau ganz allein. Nur seine Pferde leisteten ihm noch Gesellschaft.

Vor Sheilas geistigem Auge erschien das Gesicht des kleinen Mädchens, und ihretwegen wollte sie nicht unverrichteter Dinge wieder weggehen. Sie dachte an die Augen der Kleinen. Ihr lebendiger und kluger Blick wirkte seltsam wissend und unschuldig zugleich. Sheila hatte das Mädchen beobachtet, wie es durch die Gänge des Supermarkts schlenderte.

Manchmal blieb sie in der Schmuckabteilung stehen, manchmal blätterte sie in einem Buch. Es kam ihr so vor, als ob die Kleine etwas suchte, vielleicht ein Schmuckstück, vielleicht etwas zu Lesen, vielleicht aber auch so etwas wie ein Zuhause. Ihr Vater begleitete sie meist nicht bei ihren Ausflügen in den Supermarkt. Aus den Lebensmitteln, die das Mädchen einkaufte, schloss Sheila, dass Vater und Tochter im Wohnmobil keinen Herd oder Kühlschrank hatten.

Sheila hatte mit niemandem über die beiden gesprochen. Als der Marktleiter „das vergammelte Ding" auf dem Parkplatz entdeckte, ahnte sie jedoch, dass es bald Ärger geben würde.

Der Vater sah gar nicht schlecht aus. Er war groß, hatte ein markantes Kinn und klar blickende Augen, vielleicht ein bisschen zu durchdringend. Mit seinem Dreitagebart wirkte er etwas verwahrlost, aber sie hatte schon gesehen, wie er mit einem kleinen schwarzen Täschchen in der Herrentoilette verschwand und glatt rasiert wieder herauskam. Sein volles, dunkles Haar war ziemlich lang und struppig. Wenn er bezahlte, holte er immer ein verdächtig dickes Geldbündel heraus, und versuchte gar nicht erst, mit den Kassiererinnen ein Gespräch anzufangen. Er strahlte eine gewisse Stärke aus, die sich nicht in Muskeln messen ließ, obwohl er sehr gut gebaut war.

Sheila hatte ihn nur einmal angesprochen, als er beim Friseur auf seine Tochter wartete. Auf seinem Schoß lag eine aktuelle Ausgabe des Nachrichtenmagazins *Newsweek*. Er blätterte die Seiten scheinbar ziellos um.

„Sie ist wirklich niedlich“, hatte Sheila zu ihm gesagt.

Er hob abrupt den Kopf, und dabei sah er aus, als hätte man ihn bei einem Ladendiebstahl erwischt. Er wirkte überrascht, beinahe erschrocken. Dann warf er einen Blick über die Schulter, sah seine Tochter im Spiegel und nickte. „Oh ja. Sie ist was Besonderes.“

„Ist alles in Ordnung?“, fragte sie, aber sie fühlte sich unwohl dabei. „Ich hab Ihr Wohnmobil schon ein paar Tage lang auf dem Parkplatz gesehen.“

Er nickte. „Ich warte auf ein Ersatzteil. Der Motor ist nicht mehr angesprungen.“

Sheila lächelte. Es entstand eine peinliche Pause. „Viele Leute sind auf der Durchreise nach Kalifornien oder in den Nordwesten.“ Sie lachte leise, obwohl es nichts zu lachen gab. Ihre Wangen brannten vor Verlegenheit. „Also, wenn Sie was brauchen, sind wir für Sie da.“

Sie zog sich in die Kundendienst-Abteilung zurück, als sie merkte, dass ihr das Herz bis zum Hals schlug. Das war ihr schon lange nicht mehr passiert.

Sheila schob mit zusammengebissenen Zähnen ein paar vereinzelt herumstehende Einkaufswagen zusammen, um ein bisschen Lärm zu machen. *Jetzt oder nie. Geh schon hin und klopf an die Tür. Was hast du denn zu verlieren?*

Sie klopfte. Drinnen war alles still. Eine fette Krähe landete mit einem heiseren Krächzen auf der flackernden Laterne über dem Auto. Vielleicht hatten die beiden ihr zaghaftes Klopfen nicht gehört. Als sie die Hand hob, um lauter an die Tür zu pochen, sah sie, wie sich das Wohnmobil mit einem leisen Quietschen schief legte.

„Das ist sie“, sagte das Mädchen drinnen. Das Seitenfenster stand offen. „Das ist die Frau, von der ich dir erzählt hab.“

Im schmutzigen Fenster sah Sheila ihr verschwommenes Spiegelbild. Sie glich kaum noch dem Mädchen, das sie einmal gewesen war. Heute hatte sie mehr Kilos auf den Rippen und weniger Hoffnung im Herzen. Ihre einst wilden Locken hatten sich geglättet, und ihr Traum, ihr Leben mit jemandem zu teilen, der nicht wegen seiner Sauferei in der Gosse landete, hatte sich in Nichts aufgelöst wie der Morgennebel in der Sonne.

Ihr Mann hatte zuerst seinen Arbeitsplatz und dann seinen Führerschein verloren. Nachdem mehrere Entziehungskuren gescheitert waren, hielt sie so lange durch, bis das Hypothekendarlehen getilgt und die immer höher werdenden Rechnungen bezahlt waren. Inzwischen saß er vor dem Fernseher, um ja keine Westernserie oder Dokumentation zu versäumen. Als sie den Kabelanschluss kündigte, beklagte er sich, aber sie hatte keine andere Wahl gehabt. Damals wohnten sie 20 Kilometer vom nächsten Getränkemarkt entfernt. Wenn ihr Mann nicht vor dem Fernseher saß, reparierte er in der Garage ein altes Fahrrad. Als er damit fertig war, fuhr er los – in den sicheren Tod.

Und jetzt stand sie an der Wohnwagentür eines Fremden, weil sie die Hoffnung noch nicht aufgegeben hatte, weil in ihr noch immer die Sehnsucht nach ein bisschen Liebe brannte.

Der Mann erschien in der Tür. Er hatte ein weißes T-Shirt und eine schmutzige Jeans an. Sheila senkte den Kopf, damit er nicht sah, wie verlegen sie war. Ihr Blick fiel auf die Plastikplane, die unter dem Motor lag. Offenbar hatte er gerade daran gearbeitet.

„Ich hab Ihrem Chef schon gesagt, dass ich so schnell wie möglich von hier verschwinde“, sagte er anstelle einer Begrüßung. Seine Stimme klang fest und leicht gereizt.

Sie hielt die Einkaufstüte hoch. „Ich will Sie nicht wegjagen. Ich hab Ihnen und Ihrer Tochter bloß was zu essen gekauft.“

Er musterte sie skeptisch. Dann machte er die Tür weit auf und trat heraus. „Danke, aber das ist wirklich nicht nötig.“

Als Sheila antwortete, senkte sie ihre Stimme. „Ich weiß. Natürlich können Sie für sich selbst sorgen. Ich hab heute mit der Kleinen gesprochen, und sie ... sie ist ein so aufgewecktes Kind. Ich hab das Essen aus einer Laune heraus besorgt. Vielleicht schmeckt es Ihnen ja.“

Er biss sich auf die Unterlippe und starrte Sheila an. In seinem Gesicht las sie einen tiefen Schmerz. Er sah aus, als ob er versuchte, ein Heilmittel für Krebserkrankungen zu finden. Es dauerte ein paar Sekunden, die ihr wie Minuten erschienen. Aber schließlich streckte er die Hand aus und nahm die Einkaufstüte. Eine dunkle Locke fiel ihm über die Augen. Er warf ihr einen prüfenden Blick zu.

„Wollen Sie mit uns essen?"

„Tut mir leid, aber ich muss jetzt wirklich gehen."

Er reagierte mit einem ironischen Lächeln. „Wenn wir schon Ihre Gastfreundschaft annehmen, sollten Sie wenigstens mitessen. Na, was halten Sie davon?"

Sheila hörte aus dem Inneren des Wohnmobils ein Klatschen und dann mehrere dumpfe Schläge. Die Kleine hüpfte wohl auf und ab. „Also gut. Wenn Sie darauf bestehen."

„Warten Sie einen Moment", entgegnete er. Dann schloss er die Tür von innen. Sie hörte ein lautes Rascheln und Klappern. Offenbar wurde im Wohnmobil aufgeräumt. Die Vorhänge wurden zugezogen. Schließlich machte er die Tür wieder auf. „Bei uns ist es nicht gerade blitzsauber."

„Das macht nichts. Ich hab für alle Fälle Papierteller und Plastikbesteck mitgebracht."

*

Mein Papa hatte schon ein Nuss-Stückchen gegessen, aber er packte sich eine Hähnchenkeule, ein paar Kartoffelstücke und Krautsalat auf den Teller und haute ganz schön rein. Als ich das sah, wusste ich, dass wir einen schönen Abend haben würden. Es war schon ewig her, dass jemand bei uns im Wohnwagen gewesen war. Ich glaube, das letzte Mal war in Florida auf einem dieser Campingplätze. Ich hatte dort eine Freundin. Sie kam zusammen mit ihrer Mutter zu uns und half uns beim Saubermachen. Kurz danach machten wir uns bei Nacht und Nebel auf den Weg nach South Carolina.

Ich glaube, mein Papa hat das Hähnchen genommen, weil er nicht reden wollte. Sheila knabberte an einem Flügel und grinste mich an. Sie meinte, ich sollte bloß tüchtig essen, sonst wäre ich irgendwann so leicht wie ein Blatt und würde bei Wind wegfliegen. Vielleicht passiert das ja manchen Leuten, aber ich habe einen gesunden Appetit.

„Wie lang arbeitest du schon hier?", fragte ich.

„Der Markt ist vor vier Jahren eröffnet worden. Ich hab als Kassiererin angefangen und mich hochgearbeitet. Vorher hab ich in einem Laden in Falcon gearbeitet. Das liegt östlich von hier."

„Bist du verheiratet?"

„Jetzt reicht's aber, Junikäfer." Papa wischte sich Hände und Mund an einer Papierserviette ab.

Sheila lächelte. „Das macht mir nichts aus. Ist Junikäfer dein richtiger Name oder ein Spitzname?"

Normalerweise hätte ich sofort geantwortet, aber ich habe zuerst in die Hähnchenkeule gebissen. Dann schaute ich meinen Papa an.

Er grinste. „Beides. Ihr Vorname ist Juni. Und der Käfer ist dann dazugekommen."

Sheila war hier bei uns viel nervöser als im Supermarkt. Ich kann das verstehen, weil ich mich viel wohler in unserem Wohnmobil fühle als im Markt, wo einen die Leute anstarren, als ob man nicht dorthin gehört.

„Ich war mal verheiratet. Mein Mann war ein netter Kerl, aber er hatte ein Alkoholproblem, das ihm schließlich zum Verhängnis wurde", sagte Sheila.

„Was ist denn passiert?", fragte ich wieder.

Papa sah mich von der Seite an, mit diesem Blick, den ich so gut kannte.

„Er hatte einen ganzen Monat lang nichts getrunken. Dann hat er ein Fahrrad repariert und ist damit zum Getränkemarkt gefahren. Als ich an dem Abend nach Hause kam, sah ich die Polizeiautos am Straßenrand. Ich dachte, jemand hätte mit seinem Geländewagen ein Reh überfahren. Als ich zu Hause ankam und mein Mann nicht da war, da wusste ich, was wirklich passiert war."

„Das tut mir leid“, sagte ich.

„Es wäre so oder so irgendwann geschehen“, meinte Sheila. „Ich bin bloß froh, dass er nicht im Suff mit dem Auto unterwegs war. Er hätte jemanden totfahren können. Er hat mich nicht schlecht behandelt, aber vielleicht war das Leben einfach nichts für ihn.“

Papa nahm den Salzstreuer von der Arbeitsplatte und streute sich Salz über die Kartoffeln. Dann drückte er die Ketchuptütchen aus. Das macht er immer so. Auf seinem Teller bildete sich ein roter See.

„Willst du denn noch mal heiraten?“, fragte ich.

Papa hatte sich wohl mit meiner Fragerei abgefunden. Er schloss einfach die Augen und kaute genüsslich.

„Ich hab schon drüber nachgedacht“, erwiderte Sheila. „Aber ich will nicht noch mal denselben Fehler machen. Mein Vater meint, ich soll wieder zu meinen Eltern nach Wyoming ziehen, auf ihre Ranch.“

„Deine Eltern wohnen auf einer richtigen Ranch?“ Ich war überrascht. „Mit Pferden und Kühen und all dem?“

Sheila nickte. „Eine Menge Pferde und Kühe und mehr anderes Viehzeug, als du dir vorstellen kannst. Sie wohnen schon fünfzig Jahre in diesem Haus, und es ist so vollgestopft, dass ich immer das Gefühl habe, ich muss ersticken, wenn ich dort bin.“

„Ich stell mir das toll vor, auf einer Ranch zu wohnen. Dann könnte ich ein Pferd und einen Hund haben.“

„Sie sollten nach Wyoming fahren, wenn Ihr Wohnmobil wieder heil ist“, sagte Sheila zu Papa. „Es gibt dort einen See, in dem Sie angeln können, und jede Menge Berge. Es ist wirklich sehr schön dort, und wenn Sie nicht zu nah am Haus parken, haben meine Eltern bestimmt nichts dagegen.“

„Wenn es so schön dort ist, warum gehen Sie dann nicht zurück?“, wollte Papa wissen.

Sheila lächelte. „Wahrscheinlich aus demselben Grund, warum Sie in einem Wohnmobil unterwegs sind. Ich brauche meinen Freiraum. Und mein eigenes Leben. Wenn ich zurückgehen würde, müsste ich das alles aufgeben.“

Das gedämpfte Licht der Lampen auf dem Parkplatz war unsere einzige Tischbeleuchtung, weil wir im Wohnmobil keinen Strom mehr hatten. Schon lange bevor wir hierher gekommen waren, hatte der Generator den Geist aufgegeben. Deshalb wollte ich während des Essens meine Taschenlampe holen, aber Papa sagte mir, ich sollte noch warten. Er trägt ständig eine kleine Taschenlampe mit sich herum. Das ist so eine Marotte von ihm. Meine eigene Taschenlampe liegt immer unter meinem Kopfkissen. Er holte eine halb abgebrannte Duftkerze raus und zündete sie an. Papa hat mir verboten, im Wohnmobil Kerzen anzuzünden, weil ich mal eine auf mein Bett gestellt habe und dann eingeschlafen bin. Er ist richtig wütend geworden, als er das entdeckt hat.

Die flackernde Flamme der Kerze warf einen hellen Schein auf unsere Gesichter. Plötzlich war es mir von innen her ganz warm. Für ein paar Minuten bildete ich mir ein, dass wir ein ganz normales Leben wie alle anderen Leute führen würden.

„Und was ist mit euch beiden?“, wollte Sheila wissen. „Was bringt euch nach Colorado?“

„Wir fahren rum, solange ich denken kann“, antwortete ich. „Papa ist nicht gern lange an einem Ort.“

„Das stimmt doch gar nicht“, schimpfte Papa. „Ich würde gern auf einer Ranch leben. Vielleicht würde ich sogar ein paar Kühe halten.“

„Was machen Sie beruflich?“, fragte Sheila.

„Ich bin freier Schriftsteller. Ich verkaufe Artikel an Zeitschriften oder andere Medien.“

„Er schreibt auch Drehbücher“, fügte ich hinzu.

„Ja, aber von denen verkaufe ich nicht allzu viele. Ich verfasse auch Internet-Auftritte für Firmen. Und dann nehme ich hier und da auch kleinere Reparaturaufträge an. Es reicht auf alle Fälle, um die Rechnungen zu bezahlen.“

Sheila machte große Augen. „Das klingt ja spannend. Dann sind Sie bestimmt berühmt.“

Papa schüttelte schweigend den Kopf.

„Wie bekommen Sie Ihre Honorare?“, wollte sie wissen.

„Ich meine, wie schicken Ihre Auftraggeber Ihnen das Geld, wenn Sie ständig auf Reisen sind?“

Papa zögerte etwas, bevor er antwortete. „Ich hab mehrere Postfachadressen.“

„Ich würde gern mal etwas von Ihnen lesen. Schicken Sie mir doch mal eine Kopie von einem Ihrer Artikel.“ Sie schrieb ihre E-Mail-Adresse auf eine Serviette.

„Er benutzt für die Artikel nicht seinen richtigen Namen, sondern ein Sumonym.“

„Ein Pseudonym“, berichtigte mich Papa.

„Das ist ein falscher Name.“

Sheila musste lachen. „Ich würde wer weiß was drum geben, wenn ich ständig auf Reisen sein könnte. Diese Freiheit, einfach wegzufahren, wenn es einem irgendwo nicht mehr gefällt. Das ist viel besser als ein Job im Supermarkt.“

„Das Ganze hat aber auch Nachteile“, meinte Papa. „Wenn Sie krank werden, haben Sie keinen Hausarzt. Und keine Krankenversicherung.“

„Aber Sie haben auch keine Hypothek oder einen Kredit für das Auto. Ich gehe davon aus, dass das Wohnmobil Ihnen gehört.“

„Ja, das habe ich vor langer Zeit bezahlt.“

„Was ist eine Hypothek?“, fragte ich.

„Zahlungen für ein Haus“, erklärte mir Papa.

Als wir mit dem Essen fertig waren, blieben ein paar Stücke von dem Hähnchen übrig. Sheila wollte sie bei uns lassen, aber mein Papa machte die Kühlschranktür auf und zeigte ihr, dass es da drinnen dunkel war. Also packte sie den Plastikbehälter wieder in die Einkaufstüte.

Ich bedankte mich bei ihr und sagte ihr, dass sie jederzeit wiederkommen könnte. Papa machte ihr die Tür auf und ging mit ihr zusammen auf den Parkplatz. Ich blies die Kerze aus und beobachtete die beiden vom vorderen Fenster aus. Es war offen, und ich versteckte mich hinter dem Fliegengitter.

„Das war sehr nett von Ihnen“, sagte Papa. „Danke, dass Sie sich die Mühe gemacht haben. Junikäfer hat sich sehr gefreut.“

„Und Sie?“

„Ich auch.“

„Ich habe gehört, wie der Marktleiter einem Kollegen gesagt hat, dass er morgen den Abschleppdienst anrufen will, wenn Sie immer noch da sind.“

„Meinen Sie, er hat wirklich den Nerv, uns hier rauszuschmeißen?“

„Er würde seine eigene Mutter rausschmeißen, wenn sie zu lange bleiben würde. So ist es immer bei ihm. Er sieht immer alles schwarzweiß. Bei ihm gibt es keine Graustufen.“ Sie sah zu ihm hoch, und das Lampenlicht beleuchtete ihr Gesicht sehr schön. Es ließ sie jünger wirken. Das kam mir vor wie eine Szene aus meinem Leben, an die ich mich immer wieder erinnern würde, weil ich das Gefühl hatte, so etwas wie eine Mutter zu haben.

„Ich hoffe, Sie nehmen es mir nicht übel, wenn ich so offen mit Ihnen rede“, sagte Sheila jetzt.

Papa ging ein paar Schritte weiter. Vielleicht wollte er verhindern, dass ich ihr Gespräch belauschen konnte, aber ich hielt mein Ohr ganz dicht an das Fliegengitter. „Lassen Sie mich raten“, erwiderte er schließlich. *„Das ist kein Leben für ein kleines Mädchen. Sie braucht eine Mutter.* Wollen Sie mir das sagen?“

Sheila lächelte. „Sie braucht eine Schule und gleichaltrige Freundinnen. Sie sollte die Möglichkeit haben, sich den Pfadfindern anzuschließen und Pyjamapartys mit ihren Freundinnen zu feiern.“

Ja, gib's ihm, Sheila!

„Sie hat auf unseren Reisen mehr gelernt als in jedem Klassenzimmer. Ich habe ihr Lesen und Schreiben beigebracht. Sie kennt dieses Land besser als viele Erwachsene. Sie kann Ihnen die Hauptstadt von jedem Bundesstaat nennen.“

„Sie hat kein Fahrrad“, erwiderte Sheila. Dann schwieg sie, als ob sie ihre Worte bereuen würde, aber ich war ihr dankbar dafür.

Ich spürte, wie etwas Warmes über meine Wange lief, aber ich wischte die Träne schnell weg. Es kam mir so vor, als ob diese fremde Frau mich besser kannte als mein Papa.

Er nickte. „Ich weiß."

Sie drehte sich um und wollte weggehen. Mir wurde es plötzlich schwer ums Herz. Aber dann blieb sie stehen und sah sich noch mal um. „Ich habe meine Adresse und Telefonnummer zusammen mit meiner E-Mail-Adresse auf die Serviette geschrieben. Der Abschleppdienst kann Sie zu meinem Haus bringen. Neben der Garage ist ein bisschen Platz. Da können Sie parken, bis Ihr Ersatzteil kommt."

„Ich gehe gleich morgen früh zu dieser Werkstatt. Das Teil ist bestimmt schon da, und dann machen wir uns sofort auf den Weg."

„Im Notfall haben Sie meine Adresse."

Ich sah ihr nach, wie sie über den Parkplatz ging und im Dunkeln verschwand. Bevor Papa zurückkam, hüpfte ich in mein Bett und zog mir die Bettdecke über den Kopf, damit er mir nicht in die Augen sehen konnte. Er legte mir eine Hand auf die Schulter und wünschte mir eine gute Nacht. Aber ich lag ganz still da und tat so, als ob ich schon schlafen würde. Tief in mir drin fühlte ich mich warm und geborgen, aber gleichzeitig leer und einsam. Ich musste immer wieder an den Namen *Natalie Anne* denken und daran, dass ich vielleicht irgendwo da draußen eine Mutter hatte, die auf mich wartete.

*

Ein lautes Klopfen weckte mich. Die Sonne schickte ihre hellen Strahlen auf die roten Felsen der Berge, die auf der anderen Seite der Autobahn zu sehen waren. Auf dem Rastplatz starteten die ersten schweren Lastwagen. Sie fuhren wie im Gänsemarsch auf die Autobahn zu. Papas Bett war leer, die Decken waren zerwühlt. Also kletterte ich runter. Meine nackten Füße platschten leise auf dem Linoleum.

Draußen stand der Marktleiter. Er hatte beide Hände wie ein Fernglas um die Augen gelegt, um einen Blick ins Innere des Wohnmobils zu werfen. Ich machte die Tür auf, und da sah ich etwas an der Vorderseite des Autos. Dort lehnte ein Fahrrad. Es war rosa und hatte vorn einen weißen Korb. Von den Griffen an der Lenkstange hingen bunte Bänder herunter. Ich war total überrascht, und ich konnte es nur mit angehaltenem Atem anstarren. Wer hatte es wohl gekauft? Oder war das ein Irrtum?

„Ist dein Vater da?", fragte der Marktleiter.

„Nein."

Der Mann seufzte, als ob ich ihm erzählt hätte, dass am Donnerstag die Welt untergehen würde. „Weißt du, wann er wieder zurück ist?"

Ich schüttelte den Kopf.

„Wenn er wieder da ist, sag ihm, dass er zu mir in den Laden kommen soll." Er deutete mit dem Finger auf den Supermarkt. Vielleicht meinte er, ich hätte den „Laden" vorher noch nie gesehen. Vielleicht dachte er auch, dass ich etwas dumm wäre. „Hörst du?"

„Ja, ich sag's ihm."

„Wenn er bis zur Mittagszeit nicht zurück ist, rufe ich den Abschleppdienst an. Kannst du deinen Papa telefonisch erreichen?"

Der Mann hatte wohl gerade ein Burrito oder so was Ähnliches zum Frühstück gegessen. Ich konnte noch so weißes Zeugs zwischen seinen Zähnen sehen, und er roch nach Knoblauch. Am liebsten hätte ich ihm die Tür vor der Nase zugeknallt. Wo war Papa bloß abgeblieben?

„Nein."

Er brummelte ein paar Schimpfwörter und murmelte, dass es unverantwortlich sei, ein Kind hier draußen allein zu lassen. Dann zog er eine Zigarettenschachtel aus der Hosentasche. Er klemmte sich eine Zigarette zwischen die Lippen und holte sein Feuerzeug raus. Dann warf er einen finsteren Blick auf das Fahrrad und fragte: „Ist das dein Fahrrad?"

„Ich weiß nicht."

Wieder seufzte er. „Sag deinem Papa, dass er zu mir ins Büro kommen soll." Dann watschelte er weg. Seine Absätze knallten auf dem Asphalt. Er schob ein paar Einkaufswagen zusammen, danach ging er zum Eingang der Lebensmittelabteilung. Ich sah auf meine Armbanduhr. Es war 6:54 Uhr.

Am Sattel des Fahrrads hing ein Brief. Ich kletterte die Treppe herunter, um ihn zu holen. Auf dem Umschlag stand in großen Buchstaben „Junikäfer". Drinnen war ein Stück Papier, auf dem mein Papa mit Bleistift etwas gekritzelt hatte. Als er mir das Schreiben beigebracht hatte, hatte er liniertes Papier verwendet. Er bemühte sich immer, die Buchstaben deutlich zu schreiben, aber normalerweise war seine Schrift nur schwer zu entziffern.

Junikäfer,

ich habe über das nachgedacht, was Sheila gestern Abend gesagt hat. Du hast ja am Fenster gelauscht und manches davon mitbekommen. Wenn ich zurück bin, suchen wir uns eine geeignete Stelle auf dem Parkplatz, und ich zeige dir, wie man Fahrrad fährt. Dein Helm ist in einer Einkaufstüte neben meinem Bett. Probier ihn an, aber lass das Fahrrad stehen, bis ich wieder da bin. Ich will unbedingt dein Gesicht sehen, wenn du zum ersten Mal draufsitzt.

Wenn dieser Marktleiter vorbeikommt, sagt ihm, dass ich mich um das Ersatzteil kümmere. Ich bin bald wieder zurück.

Papa

*

Ich wollte dem Mann schon nachrennen und ihm sagen, wo Papa war, aber dann ließ ich es lieber bleiben. Stattdessen stürmte ich ins Wohnmobil zurück und versuchte, den Helm aus der Schachtel zu holen. Das war ganz schön schwer, aber dann hat es doch geklappt. Nachdem ich alle Aufkleber abgemacht hatte, setzte ich ihn auf und suchte fieberhaft nach meinem Spiegel. Der Helm sah wirklich toll aus, aber ich konnte ihn nicht festschnallen, weil der

Riemen zu eng war. Auf der Arbeitsplatte lag eine kleine Papiertüte mit einem Donut drin. Ich aß es auf, während ich draußen um das Fahrrad rumlief. Es hatte weiße Reifen und weiße Griffe an der Lenkstange und weiße Pedale. Der Rest war rosa.

So war das also, wenn man eine Mutter hatte. Einfach klasse.

*

Sheila kam eine halbe Stunde früher zur Arbeit als sonst. Das Herz schlug ihr bis zum Hals, als sie in die Ausfahrt einbog. Normalerweise fuhr sie bis zur Ampel und bog erst dann ab, aber sie wollte Zeit sparen. Heute fuhr sie über das Gelände des Baumarkts, weil sie einen guten Überblick über den Parkplatz haben wollte.

Das Wohnmobil stand immer noch da.

Sie griff nach der Form mit dem frisch gebackenen Bananen-Nuss-Kuchen und klopfte an die Tür. Keine Antwort. Sheila drückte die Tür auf und stellte den Kuchen auf die Arbeitsplatte. Bei Tageslicht konnte sie besser sehen, wie Vater und Tochter hier im Wohnmobil lebten. Das Mädchen schien ihren ganzen Besitz auf ihrem Bett aufzubewahren. Das Kostbarste war offenbar ein Stapel Notizbücher. Wo hingen eigentlich ihre Kleider?

Das Innere des Wohnmobils hätte schlimmer aussehen können. Am vorigen Abend hatte dieser beengte Wohnraum im Kerzenlicht fast malerisch gewirkt, aber jetzt war er nur noch bedrückend. Natürlich musste es schwierig sein, auf so engem Raum Ordnung zu halten, aber diese beiden brauchten dringend ein paar gute Tipps, wie man das schlimmste Chaos eindämmen kann. Das Mädchen schlief offenbar in einem Schlafsack auf ihrer Matratze. So etwas konnte man beim Camping mal machen, aber das war doch keine Dauerlösung.

Auf der Arbeitsplatte stand eine Müslischachtel. Daneben sah sie eine offene Dose Pringles-Chips und eine angebrochene Keksdose. Ein paar blaue Einkaufstüten aus dem

Supermarkt verzierten das Ganze. Bei der Couch, wenn man die Bank überhaupt so nennen konnte, war der Bezug an mehreren Stellen aufgerissen. Das Polster war voller Krümel, und eine zerfledderte Pappschachtel lag darauf. Das Bettzeug war zerwühlt. Auf der Matratze lag nur ein leichter Überwurf, aber Bettlaken waren nirgends zu sehen. Ein Laptop stand neben dem Bett auf dem Boden. Ein halb voller Papp-Kaffeebecher aus einem nahe gelegenen Café stand auf einem Regalbrett. Vielleicht lud er im Kaffeehaus den Akku seines Laptops auf, und vielleicht nutzte er dort auch den Internet-Zugang.

Plötzlich hatte sie das dumpfe Gefühl, dass mit diesem Mann und seinem Beruf etwas nicht stimmte. Sobald sie gestern Abend zu Hause gewesen war, hatte sie ihre E-Mails abgerufen, um zu sehen, ob er ihr eine Nachricht geschickt hatte, aber das war nicht der Fall gewesen. Bis auf ein paar Werbemails hatte ihr bloß ihre Schwester eine Information über die negative Wirkung von künstlichem Süßstoff geschickt, mit dem Hinweis, dass sie keine Cola Light mehr trinken sollte.

Sie hatte einen flüchtigen Blick auf das Leben dieser beiden geworfen, aber trotzdem konnte sie so manches nicht verstehen. Wo war die Mutter des Mädchens? War der Vater etwa auf der Flucht? Wenn ja, vor wem oder wovor?

Sie hatte dieses Bauchgefühl schon öfter gehabt, diese seltsame Vorahnung, wenn sie auf Widersprüche und Unstimmigkeiten stieß. Sowohl ihr Verstand als auch ihr Gefühl mahnten sie zur Aufmerksamkeit. Oft hatte sie dieses Gefühl heruntergespielt, weil sie ihre Angst vor dem Risiko kannte, ihre Vorbehalte, wenn es darum ging, sich auf die Unwägbarkeiten des Lebens einzulassen. Schließlich war sie schon zu oft auf die Nase gefallen, wenn sie sich zu weit vorwagte.

Irgendwas stimmt hier nicht.

Nur ein einziger Gegenstand schien überhaupt nicht hierher zu passen: Am Kopfende des Bettes, in einem der Einbauschränke, lag neben mehreren Rollen Toilettenpapier eine alte, zerlesene Bibel. Das Buch war aufgeschlagen, als ob jemand vor Kurzem darin gelesen hätte. Als sie noch klein war, hatten ihre Eltern eine Familienbibel im Wohnzimmer auf einem Couchtisch platziert. Aber sie war eher eine Art Maskottchen gewesen, denn ihre Familie las nie darin, und in den Gottesdienst ging man nur an Feiertagen.

Dieser unerwartete Anblick weckte in Sheila den Wunsch nach sofortiger Flucht. Sie fühlte sich, als ob sie plötzlich auf geweihter Erde oder auf einem Grab stehen würde. Dieser Gedanke jagte ihr einen kalten Schauer über den Rücken.

Und wenn dieser Typ ein Serienmörder ist und das Mädchen die Tochter eines Opfers? Die Zwei sehen sich nicht besonders ähnlich – bis auf die Augen. Oder ist er vielleicht so ein perverser Kerl, der Kinder entführt und mit ihnen von Stadt zu Stadt zieht, bis er ein neues Opfer findet?

Hastig griff sie nach dem Kuchen und stopfte ihn wieder in die Tragetasche. Dann rannte sie zur Tür hinaus. Der Angstschweiß lief ihr den Rücken herunter. Sie wischte sich mit dem Handrücken die Stirn ab, als sie im Licht der heißen Morgensonne über den Parkplatz eilte.

Im Eingangsbereich des Supermarktes wehte ihr die kühle Luft aus der Klimaanlage entgegen. Eine Frauenstimme sagte: „Guten Morgen, Sheila." Dolores war eine ältere Frau mit einer drahtigen Figur, einem freundlichen Lächeln und extrem dünnem Haar, das an manchen Stellen die Kopfhaut durchschimmern ließ.

Sheila hatte keine Lust auf eine Begegnung mit den Kollegen und ihre neugierigen Fragen. Deshalb ging sie nach rechts in die Pharmazieabteilung. Ihre Blutdruckpillen waren aufgebraucht. Sie hatte den hohen Blutdruck von ihrer Mutter geerbt. An der Ladentheke war niemand; sie passierte die Regale mit Schmerzmitteln, Zusatzpräparaten für Diabetiker und Nahrungsergänzungsmitteln, bis sie die Apothekerin und zwei ihrer Mitarbeiterinnen sah. Die drei Frauen starrten auf den Schwarzweißbildschirm für die Autokunden, die hier ihre Rezepte abgeben konnten.

„Wie süß!“, rief eine der beiden Assistentinnen. Sie hatte langes schwarzes Haar und ein hübsches Gesicht.

„Sie hat's geschafft“, fügte die Apothekerin lachend hinzu. „Guckt mal, wie schnell sie fährt. Schade, dass ich keine Videokamera hier habe.“

Sheila näherte sich den Frauen und warf einen Blick auf den Monitor. Auf dem leeren Parkplatz hinter dem Supermarkt stand ein hochgewachsener Mann und sah zu, wie eine kleinere Gestalt auf einem Fahrrad fuhr.

„Das ist richtig schön anzusehen“, sagte die Assistentin. Dabei biss sie sich auf die Unterlippe. „Ich muss gerade dran denken, wie mein Vater mir das Fahrradfahren beigebracht hat.“

„Das ist fast so, als wenn man jemandem zusieht, wie er zum ersten Mal am Abendmahl teilnimmt.“

Sheila drehte sich abrupt um und ging weg.

*

Johnson beobachtete fasziniert die ersten Versuche der Kleinen auf dem Fahrrad. Ihr strahlendes Lächeln, wie sie da auf ihrem rosa-weißen Stahlross saß, war für ihn das schönste Erlebnis des Tages, ja vielleicht ja sogar des ganzen Jahres. Es war ihm nicht in den Sinn gekommen, ein Fahrrad für Junikäfer zu kaufen, aber jetzt schien es die beste Idee überhaupt zu sein, um die immer größer werdende Kluft zwischen Gegenwart und Zukunft zu überbrücken.

Er hatte die Riemen des Helms gelockert und ihn der Kleinen so aufgesetzt, wie es auf der Verpackung abgebildet war. Jetzt hatte er nur noch ein Problem: Ihm knurrte der Magen von dem verlockenden Duft nach gegrilltem Fleisch aus dem Steakhaus von nebenan.

Nach nur wenigen Minuten trat Juni begeistert in die Pedale. Das Bremsen hatte sie noch nicht so ganz heraus, aber das war wohl normal. Ältere Menschen neigen eher zum Stehenbleiben, aber Kinder haben einen unbändigen Vorwärtsdrang. Das Bremsen würde später ganz von selbst kommen.

Während er dem Mädchen zusah, musste er unwillkürlich an seine eigene Kindheit denken. Vor seinem geistigen Auge tauchten die Erinnerungen auf wie ein Flickenteppich aus verletzten Gefühlen. Er sah, wie er mit seinem Fahrrad den kurzen, geschotterten Gartenweg vor seinem Elternhaus entlangfuhr. Plötzlich fiel er hin. Die spitzen Steinchen bohrten sich in Knie und Hände. Er spürte einen brennenden Schmerz, und die Wunden bluteten. Hinter sich hörte er Gelächter.

Für manche Leute sind Eltern die Menschen, die ihrem Kind mit aufmunternden Zurufen Mut machen, wenn es bei den ersten Gehversuchen hinfällt. Johnson hatte in seiner Kindheit das Gegenteil erlebt. Es hatte viele Jahre gedauert, bis er sie abschütteln konnte, diese spöttische Verachtung, die ihm jedes Mal entgegenzuschlagen schien, wenn er etwas Neues anfangen wollte. Seit seiner Geburt wurde er das Gefühl nicht los, dass die Menschen und vielleicht sogar Gott nur darauf warteten, dass er hinfiel, um sich dann über ihn lustig zu machen. Für ihn war es schon ein Erfolg, wenn er nicht weiter auffiel. Zumindest konnte er auf diese Weise überleben.

Nur sehr mühsam hatte sich Johnson von dem bedrückenden Gedanken befreit, er sei ein Versager. Nach und nach sah er auch Gott in einem anderen Licht. Vielleicht hatte der da oben doch nicht bloß Verachtung für ihn übrig. Im Radio hatte ein Prediger etwas gesagt, was ihn nachdenklich gemacht hatte – dass unsere Erfahrungen mit Menschen unser Bild von Gott prägen, doch dass er in Wirklichkeit ganz anders sei. Für Johnson war der Glaube immer so etwas wie eine Krücke gewesen, die schwache Menschen brauchten, wenn sie das Leben nicht aus eigener Kraft meistern konnten. Aber jetzt kamen ihm erste Zweifel an dieser Sichtweise.

Manche Erinnerungen aus seiner Kindheit wollte er natürlich nicht missen. Er dachte an lange Sommernachmittage mit kühler Limonade, Marmeladenbroten und fröhlichen Spielen mit seinen Freunden. Sie fingen Glühwürmchen und Käfer, denen sie Fäden an die Beine banden, um sie dann fliegen zu lassen, wie beim Drachensteigen. Aber in Wirklichkeit sehnte er sich danach, die Vergangenheit hinter sich zu lassen und seine Erinnerungen fest zu verschließen wie in einem dunklen Schrank.

Manchmal, wenn er nachts schlaflos auf seinem Bett lag, hörte er Junikäfers regelmäßiges Atmen und das Motorengeräusch vorbeifahrender Autos. Dann versuchte er, die guten Erinnerungen aus seiner Kindheit festzuhalten, aber es wollte ihm nicht so recht gelingen. Manche Männer hatten die Fähigkeit, alles hinter sich zu lassen und beharrlich ihren Weg zu gehen. Er wusste selbst nicht, warum er das nicht fertigbrachte. Vielleicht behielt er aus diesem Grund die Kleine bei sich.

Sie manövrierte jetzt ihr Fahrrad um die Müllcontainer und den hinter dem Supermarkt parkenden Lastwagen herum. In nördlicher Richtung wurde der Parkplatz von einer großen Wiese mit saftig grünem Gras und blühenden Blumen gesäumt. Im Westen sah man Berge, über denen dunkle Wolken hingen.

Plötzlich hörte er das laute Tuckern eines Dieselmotors. Er drehte sich um. An der Ampel stand ein Abschleppwagen, der bei Grün auf den Parkplatz des Supermarktes einbog. Er winkte Junikäfer zu, aber die Kleine hatte den Kopf gesenkt, obwohl er sie ermahnt hatte, beim Fahrradfahren nicht nach unten zu sehen. Das Vorderrad wackelte unsicher hin und her.

„Nicht auf die Füße gucken, du Trottel“, hatte sein Vater ihm von der Veranda aus zugeschrien. *„Du musst auf den Weg schauen. Wenn du auf deine Füße guckst, landest du auf dem Boden.“*

„Junikäfer, wir müssen jetzt gehen“, sagte Johnson. Seine Stimme hallte an der Wand des Supermarktes wider.

Sie fuhr weiter, als ob sie nichts gehört hätte.

Eine mit einer blauen Weste bekleidete Mitarbeiterin des Supermarktes trat aus einer Tür und zündete sich eine Zigarette an. Sie warf einen Blick auf die Kleine. Dann blies sie den Rauch aus. „Ist das ihr erstes Fahrrad?“

„Ja“.

„Sie macht das schon ganz prima", meinte die Frau lächelnd.

„Ja, das stimmt". Wieder hob er die Stimme. „Junikäfer! Wir müssen gehen."

Sie hob den Kopf und nahm die Füße von den Pedalen. Ihre Schuhsohlen machten ein kratzendes Geräusch auf dem Asphalt. „Warum denn? Ich hab doch gerade erst angefangen!"

„Wir kommen später wieder zurück. Ich muss mich ums Wohnmobil kümmern."

„Du kannst ja schon gehen, und ich bleib noch hier."

„Ich kann dich doch hier nicht allein lassen. Komm schon. Du kannst nachher wieder Fahrrad fahren."

Sie ließ die Schultern hängen, aber sie kam mit ihrem Fahrrad langsam näher. „Versprochen?"

Er nickte und winkte sie zu sich heran. Sie umrundeten den Parkplatz, bis sie an der Gartenabteilung ankamen. Er lief zu ihr und packte den Sattel von hinten, bevor sie auf die Straße rollen konnte. Auf dem Parkplatz blitzten gelbe Lichter auf. Der große Abschleppwagen stand vor dem Wohnmobil. Dann fuhr er mit dem ausgefahrenen Untergestell rückwärts.

„Was machen die mit unserem Zuhause?", fragte Junikäfer. Sie stieg vom Fahrrad ab.

„Sie schmeißen uns raus."

„Aber ich will nicht weg von hier. Ich hab doch gerade so viel Spaß."

„Ich weiß, aber ..."

„Das passiert immer." Mit einer Hand griff sie nach dem Riemen unter dem Kinn, aber sie konnte ihn nicht lösen. „Sobald ich ein bisschen Spaß habe, läuft was schief, und wir müssen weg." Er fing das Fahrrad auf, als sie es achtlos fallen ließ. „Das kommt dir vielleicht so vor, aber ..."

„Ich hasse das!", schrie sie. Jetzt hatte sie sich den Helm vom Kopf gerissen und warf ihn mit einem lauten Knall auf den Boden.

Der Eingang der Gartenabteilung war verschlossen. Johnson sah zu, wie Junikäfer auf dem Bürgersteig zum nächsten Eingang rannte und hineinging. Er hob das Fahrrad auf und trug es zum Parkplatz. Dort verstaute er es auf dem Dach des Wohnmobils.

Neben dem Marktleiter stand der Fahrer des Abschleppwagens, ein spindeldürrer Mann mit Stoppelbart und ölverschmierten Händen.

„Tut mir leid, Mann“, sagte er.

„Das ist doch nicht Ihre Schuld“, erwiderte Johnson. Er wandte sich an den Marktleiter. „Ich bin heute in der Werkstatt gewesen. Man hat mir gesagt, dass ich noch ein paar Tage auf das Ersatzteil warten muss.“

Der Marktleiter wich Johnsons Blick aus. „Das ist hier kein Campingplatz. Ich habe Sie gewarnt.“

Der dürre Mann zog Arbeitshandschuhe an. Er löste die Kette und befestigte sie an einem Haken an der Vorderseite des Wohnmobils. „Wohin sollen wir Sie bringen?“

Johnson kratzte sich nachdenklich am Kopf. „Vielleicht können Sie mich zum Parkplatz der Werkstatt schleppen?“

Der Fahrer warf dem Marktleiter einen Blick zu. „Ich kann Sie nicht zu einem anderen Parkplatz abschleppen. Entweder bringe ich Sie zu einer Privatadresse oder zum Abschleppplatz. Aber wenn Sie Ihr Auto da wieder rausholen wollen, kostet Sie das eine Stange Geld.“

Als der Fahrer den Motor anließ, stank es nach Dieselöl. Der Marktleiter hatte die Hände in die Hüften gestemmt.

„Bringen Sie das Fahrzeug zu dieser Adresse“, sagte plötzlich eine Frauenstimme. Es war Sheila. Junikäfer stand neben ihr. Sheila reichte dem Fahrer ein Blatt Papier. „Neben der Garage ist ein Stellplatz. Ich habe gestern Abend alles freigeräumt.“

„Sheila!“ Die Stimme des Marktleiters hatte einen warnenden Unterton.

„Ich helfe den beiden bloß, bis sie das Auto wieder flottgemacht haben.“

Der Marktleiter warf Johnson einen vielsagenden Blick zu und schüttelte den Kopf. „Dieser Typ macht Ihnen bloß Schwierigkeiten. Sie werden mit den beiden noch viel Spaß haben.“

Kapitel 3

Ella Edwards war in Dogwood im Bundesstaat West Virginia geboren, in einem winzigen, baufälligen Haus. Es stand noch immer an dem kleinen Fluss, der sich von Norden her unter der Autobahn hindurchschlängelte, an den Bahngleisen vorbei und dann durch das Zentrum des verschlafenen Städtchens. Ein Wasserweg strebt immer einem größeren Ziel entgegen, und so war es auch bei diesem Flüsschen. Es mündete schließlich in den an Sandbänken reichen *Mud River*. Dogwood ist ein Ort, in dem alle Träume enden und in dem rechtschaffene Menschen ihrem Lebensabend auf die gleiche Weise entgegensehen wie Baseball-Spieler der letzten Runde eines Spiels, bei dem sie wissen, dass sie den Vorsprung der gegnerischen Mannschaft nicht mehr aufholen können, aber zu stolz sind, um einfach aufzugeben. Ella kannte dieses Gefühl sehr genau. Sie hatte schon oft das dringende Bedürfnis gehabt, die Flinte ins Korn zu werfen. Aber sie kämpfte weiter, weil sie die Hoffnung nicht aufgeben wollte.

Sie saß am Tisch und schnitt einen Artikel aus der Lokalzeitung aus. Dann legte sie den Zeitungsausschnitt auf einen Stapel, der bereits auf der mit Kaffeeflecken und den Resten von zahlreichen hastig eingenommenen Mahlzeiten übersäten Wachstischdecke lag.

Ihr Mann kam mit einer weiteren Zeitung in der Hand zur Tür herein. Er roch wie ein Hund, der gerade durch das vom Tau benetzte Gras im Garten gerannt war. „Hier ist eine neue“, sagte er und klatschte die Zeitung auf den Tisch.

„Ich danke dir.“ Sie nippte an ihrem Kaffee.

Ella forstete die neusten Nachrichten durch wie ein Fischer, der auf Köderfang ist. Ihr Fischernetz war eine Schere, die an ihrer rechten Hand angewachsen zu sein schien. In Huntington war ein Mann erschossen worden. Die Polizei hielt Einzelheiten über den Tathergang zurück. Ein Busunglück in Michigan. Die Reparatur einer Brücke über den Ohio verschlang mehr Geld als ursprünglich geplant. Vandalismus im Ritterpark.

Ihr Mann ging zum Kühlschrank und öffnete die Tür. Er bückte sich mit einem leisen Seufzer. Die Fächer waren vollgestopft mit Lebensmitteln und Tupperware-Schüsseln. Entweder konnte er auf einen kulinarischen Hochgenuss stoßen oder aber in der Notaufnahme des Krankenhauses landen, je nachdem, welchen Behälter er aussuchte. In der Kühlschranktür standen noch Marmeladengläser aus der Zeit, als das Attentat auf Kennedy verübt worden war.

„Ich hab eine auf die Arbeitsplatte gelegt“, sagte Ella. Sie starrte noch immer auf die Schlagzeile. *„Ehrung der Besten bei der Spendenaktion der Pfadfinderinnen.“*

William schlug die Kühlschranktür zu. Auf einem Schneidebrett aus Plastik lag die noch immer kühle Grapefruit. Sie hatte die Frucht dorthin gelegt, damit er sie mit dem am Vortag gewetzten Messer durchschneiden konnte. Wie immer hielt er sich eine Hälfte der Grapefruit an die Nase, um den Duft der reifen Zitrusfrucht einzuatmen. Die Grapefruitlöffel lagen in einer schmutzigen Besteckschublade, die sich nur schwer öffnen ließ. Sie hatte ihn schon zigmal gebeten, die Schublade zu reparieren. Er nahm sich den Sportteil aus der neuen Zeitung, bevor er sich hinsetzte und große Mengen Süßstoff auf die beiden Hälften der Grapefruit träufelte.

„Hast du was gefunden?“, fragte er.

Ella reagierte auf diese Frage mit einem Seufzer. „Nicht viel. Nicht das, was ich suche.“

William stach mit dem Löffel auf die erste Fruchthälfte ein. Dann griff er nach dem Rätselteil und ging den Flur hinunter.

Ella reagierte darauf mit einem Kopfschütteln. *Es ist schon erstaunlich, dass er jeden Tag um dieselbe Zeit auf die Toilette muss. Ich könnte die Uhr danach stellen.*

Sie wusste, dass er die nächsten 30 Minuten auf der Toilette verbringen würde. Er löste in dieser Zeit das große Kreuzworträtsel und las die Comics. So ging das jeden Tag, bei jedem Wetter. Sie wusste nicht, ob sie sich darüber ärgern oder Gott für die regelmäßige Verdauung ihres Mannes danken sollte.

Eine halbe Stunde später rauschte das Wasser durch die rostigen Leitungen, und der Inhalt der Toilette ergoss sich in die Senkgrube. Ihr Mann kam wieder in die Küche. Der Gürtel hing ihm aus dem Hosenbund, und seine Krampfadern schimmerten bläulich durch die Haut seiner Beine. Er warf die inzwischen leeren Grapefruitschalen in den Abfalleimer.

Ella legte die Zeitung und die Schere beiseite und lehnte sich zurück. „Du denkst bestimmt, dass ich es aufgeben sollte", sagte sie schließlich und musterte prüfend sein Gesicht. „Du hältst mich für verrückt, weil ich noch immer jeden Tag die Zeitungen durchforste."

William trocknete sich die Hände an einem Papierhandtuch aus dem Spender ab, den er unter den Hängeschränken aufgehängt hatte. „Das hab ich nie gesagt."

Er zielte mit dem zerknüllten Handtuch auf die große Papiertüte, in die sie ihre Abfälle taten, aber er traf wie immer daneben. „Wenn es dir dabei hilft, auf deine Fragen eine Antwort zu finden, kannst du ruhig weitermachen. Meinetwegen kannst du auch eine Schaufel in die Hand nehmen und dich von hier bis China graben. Du bist niemandem Rechenschaft schuldig über das, was du machst."

„Du könntest mich bei meiner Suche ein bisschen mehr unterstützen."

„Ich hab dir doch gerade die Zeitung gebracht, oder etwa nicht?"

„Das meine ich nicht. Du sollst mich mit Worten und Gedanken unterstützen."

„Seit wann kannst du Gedanken lesen, Ella? Du redest wirres Zeug."

Ella strich mit der Hand über die Wachstuchdecke. Die Worte ihres Mannes trösteten und verletzten sie gleichermaßen. Obwohl es ihr wehtat, wenn er ihr offen die Meinung sagte, hätte sie gern diese Ehrlichkeit besessen. „Du denkst, dass sie verschwunden ist."

„Der beste Zeitpunkt, sie ausfindig zu machen, war die Nacht nach ihrem Verschwinden. Je mehr Zeit vergeht, desto schwieriger wird es, einer Spur zu folgen. Und bei den vielen Spinnern, die heutzutage frei rumlaufen, ist es noch schwieriger."

„Du willst damit sagen, dass meine Suche nach sieben Jahren sinnlos geworden ist." Er verschränkte die Arme vor der Brust wie ein Schiedsrichter, der sich die Klagen eines Trainers über seine Entscheidung anhört. Aber er empfand echtes Mitleid, als er ihr antwortete: „Wir werden wohl nie erfahren, was damals wirklich geschehen ist. Aber ich kann mich natürlich auch irren. Vielleicht taucht doch noch mal ein neuer Hinweis auf."

Ella kniff die Augen zu und hielt sie fest geschlossen, als ob sie auf diese Weise die Vergangenheit deutlicher erkennen könnte. „Wir haben bestimmt etwas übersehen. Es muss noch etwas geben."

William musste nicht lange überlegen. „Ja, nämlich dass deine Tochter die Wahrheit kennt ..."

„Lass bitte Dana aus dem Spiel", unterbrach sie ihn. „Sie ist nur noch ein Nervenbündel, seit es passiert ist."

„Ein seltsames Nervenbündel."

Er redete von Dana, als ob sie nicht seine Tochter wäre. Das war schon immer so gewesen. Die beiden hatten sich noch nie gut verstanden. Ella musste immer zwischen ihnen vermitteln.

„Sie zeigt ihre Gefühle eben auf eine andere Art", entgegnete sie schließlich. „Wir beide sind doch genauso. Es sind jetzt fast auf den Tag genau sieben Jahre, und ich schneide immer Zeitungsartikel aus. Und du hast von Anfang an so getan, als ob dich das Ganze nichts angeht."

„Das stimmt doch gar nicht. Wie kannst du nur so was sagen!"

„Du hast dich verhalten, als ob es nie passiert wäre." Ella spürte, wie ihr die Tränen kamen. Sie wandte sich ab. Seit dem Jahrestag vor zwei Jahren hatten sie nicht mehr oft über diese schreckliche Tragödie gesprochen, weil dabei jedes Mal die alten, kaum verheilten Wunden wieder aufrissen.

William starrte den leeren Vogelkäfig neben dem Kühlschrank an. Er biss die Zähne zusammen. Ella wusste, dass er noch viel mehr zu sagen gehabt hätte, aber er hielt den Mund, weil er einem Streit aus dem Weg gehen wollte.

Ein paar Monate nach Natalies Verschwinden hatte sich Dana ebenfalls aus dem Staub gemacht. Es war im Herbst gewesen, als sich die Blätter bunt färbten. Sie rannte mit irgendeinem Typen weg. Als sie ein, zwei Wochen später wieder zurückkam, hatte sie ihre Arbeitsstelle verloren. Ella meinte, ihre Tochter hätte auf diese Art ihre Trauer verarbeitet, aber William war anderer Meinung. Er glaubte, dass Dana mehr wusste, als sie zugab. Der Sheriff hatte recht, als er sie noch einmal zum Reden hatte bringen wollen, obwohl es für weitere Ermittlungen schon fast zu spät war.

William schluckte schwer. Vielleicht schluckte er seinen Stolz herunter. Er nahm seinen Mut zusammen und sprach in die peinliche Stille hinein: „Wie kann ich dir denn helfen?“

Ella ließ die Antwort auf diese Frage offen. Sie senkte den Kopf. „Wenn ich gewusst hätte, dass es so ausgeht, hätte ich keine Kinder in die Welt gesetzt.“

„Du kannst so was aber nicht im Voraus wissen. Und du kannst auch nicht über das Leben von anderen bestimmen. Dazu hast du kein Recht.“

Ella sank in sich zusammen. Es war schon treffend, wie William sie sah. Es war immer wieder das Gleiche, wenn sich Natalies Verschwinden jährte. Dann zog Ella sich in ihr Schneckenhaus zurück. Sie fragte sich, wie William bloß mit diesen Anfällen von Verzweiflung fertig wurde. Ihre Ehe war zwar nicht überströmend glücklich, aber schlecht auch nicht. Es wäre schade, wenn sie an dieser Tragödie scheitern würden. Sie wusste, dass er noch immer unter dem Verdacht litt, der am Anfang auf ihn gefallen war. Die Leute hatten damals einen Schuldigen gesucht, obwohl Dana erzählt hatte, ein mit einer Lederjacke bekleideter Weißer habe das Auto gestohlen, und Natalie hätte auf dem Rücksitz gesessen.

„Als ich noch ein Kind war, sind wir aus dem Kohlerevier in diese Gegend gezogen“, sagte William. „Wir hatten damals einen schwarzen Mischlingshund, der uns dort im Tal zugelaufen war. Wir haben nie rausgefunden, woher er kam. Er war eines Tages einfach da. Die Zeiten waren schlecht, und Papa sagte, dass wir kaum genug hatten, um die Familie zu ernähren und den Hund deshalb nicht behalten könnten. Aber ich hatte Mitleid mit dem armen Vieh, und so hab ich bei jeder Mahlzeit die Reste eingesammelt und sie ihm an die Hintertür gebracht, wenn niemand es merkte. Schließlich blieb der Hund bei uns. Er fühlte sich bei uns zu Hause. Auf der Müllkippe suchte er nach Essbarem. Manchmal fing er sich ein Moorhuhn. Wenn er von seinen Ausflügen zurückkam, schlief er unter unserer Veranda. Außer mir interessierte sich niemand für ihn, aber er war ein treuer Kerl. Nach dem Krieg entschloss sich Papa, mit der Arbeit im Kohlebergwerk aufzuhören, weil seine Nerven vom Lärm der Maschinen und seine Lungen vom Kohlestaub kaputt waren. Er packte alle unsere Besitztümer auf einen Planwagen. Wir anderen sind ihm hierher vorausgereist. Ich weiß nicht, wie er dieses von unseren beiden Ackergäulen gezogene Ding überhaupt über die weite Strecke gebracht hat, aber ich erinnere mich noch heute an den Tag, als er am Haus meiner Oma ankam. Er saß auf dem Kutschbock und grinste wie ein Honigkuchenpferd. Alle unsere Sachen waren da. Ich fragte ihn, wo denn der Hund sei. Zuerst tat er so, als ob er meine Frage nicht gehört hätte. Aber dann sagte er, dass der Hund in den Fluss gefallen sei. Natürlich hatte er nachgeholfen oder etwas nach ihm geworfen, damit er ihm nicht nachlaufen konnte.“

William hielt inne und warf seiner Frau einen Blick zu.

„Ich hab Rotz und Wasser geheult, weil der Hund weg war. Ständig hab ich Gott gebeten, dass er ihn mir doch zurückgeben möge. Ich hab ihm aus Binsen ein Halsband geflochten und es an ein Stückchen Leder gebunden. Da hatte ich seinen Namen reingebrannt. Er hieß Percy. Ich weiß nicht mehr, warum. Vielleicht hat mir damals der Name gut gefallen. Eines Nachts hab ich von ihm geträumt, wie er sich an Lagerfeuern von Landstreichern vorbeischlich, durch Wälder rannte und allen Gefahren trotzte. Er überstand Regengüsse, Überschwemmungen und alle möglichen Abenteuer.

Es war etwa ein Jahr später, im Frühling, als alles blühte und die Regenwürmer aus der Erde kamen. Draußen auf der Veranda fing meine kleine Schwester an zu schreien. Mama versuchte sie zu beruhigen, aber sie schrie: ‚Percy, Percy, Percy!‘ Papa stand gerade am Herd und machte das Frühstück. Er brutzelte Spiegeleier in der großen, gusseisernen Pfanne, und deshalb guckte er bloß aus dem Fenster. Aber wir Kinder rannten raus, um zu gucken, warum unsere Schwester so laut rief. Dann sah ich den alten Hund. Aus der Ferne sah er aus wie Percy, aber ich war mir nicht ganz sicher. Er kam ganz langsam und vorsichtig näher. Vielleicht wusste er nicht so genau, ob wir es wirklich waren. Aber als er mich sah, rannte er los. Um den Hals trug er immer noch das Halsband aus Binsen.

Später bin ich die Strecke mal abgefahren, um mich in unserer alten Heimat mal ein bisschen umzusehen. Noch in der Auffahrt hab ich den Kilometerzähler eingeschaltet. Als ich bei unserem früheren Elternhaus angekommen bin, stand der Zähler auf hundertvierzig Kilometern. Dieser Hund ist hundertvierzig Kilometer gelaufen, um zu uns nach Hause zu kommen. Er hat ein ganzes Jahr dafür gebraucht, und er war ganz schön mitgenommen. Ich weiß noch heute nicht, wie er uns gefunden hat, aber er hat es geschafft.“

Während er erzählte, hatte Ella seine Hände betrachtet. Sie trank einen großen Schluck von dem jetzt lauwarmen Kaffee. „Soll ich vielleicht was aus dieser Geschichte lernen?“, fragte sie mürrisch.

„Ich hoffe, dass du was draus lernen kannst. Wenn etwas, das du lieb hast, verloren geht, dann findet es den Weg nach Hause. Es kann eine Weile dauern, aber wenn es noch da draußen ist, dann kommt es zurück."

„Sie wird neun Jahre alt", erwiderte Ella. „Bald ist ihr Geburtstag."

„Aber du kannst noch was anderes aus meiner Geschichte lernen. Du musst loslassen können. Du darfst dich nicht an den Gedanken klammern, dass das, was du lieb hast, wieder zurückkommen wird. Erst dann hast du die Kraft, darauf zu vertrauen, dass alles gut wird."

Endlich sah sie ihrem Mann direkt in die Augen. „Das Mädchen ist noch am Leben. Ich weiß das so sicher, wie du vor mir stehst. Sie lebt."

Er nickte. „Gut. Dann helfe ich dir, sie zu finden."

„Ich gebe nicht auf."

„Das hab ich dir auch nicht zugetraut."

„Alle hier in dieser Stadt werden ihr dummes Geschwätz zurücknehmen müssen. Jeder glaubt, dass die Kleine schon lange tot und irgendwo verscharrt ist. Aber sie wird zurückkommen, und ich werde sie großziehen wie mein eigenes Kind."

William fuhr sich mit der Zunge über die Lippen. Er spürte ein winziges Stückchen von der Grapefruit im Mund. „Und ich fahre mit euch beiden zum ersten Mal ins Einkaufszentrum."

Plötzlich hörten sie das Geräusch von Autoreifen auf ihrer geschotterten Einfahrt. William drehte sich abrupt um. „Wer kommt denn schon so früh bei uns vorbei?"

Ella stand auf und ging durch den Flur zur Haustür, vorbei an der Vitrine mit den Hummel-Figuren, den gerahmten Familienbildern und den mundgeblasenen Glasschwänen. Sie erschrak, als sie das Polizeiauto sah.

„Du liebe Zeit! Was ist denn jetzt schon wieder los?"

Kapitel 4

Sheila meinte, ihr Haus sei nicht so weit weg vom Supermarkt, aber der Fahrer des Abschleppwagens war verärgert, als er das Wohnmobil zurück durch den Wald ziehen musste, über steile Hügel und durch schmale, kurvenreiche Straßen. Ich kannte mich nicht mehr aus. Der Fahrer meckerte, wie viel Benzin ihn dieses Abenteuer kosten würde. Ich saß vorn in der Mitte und hörte bloß zu, als er vor sich hin schimpfte. Mein Papa hatte den Platz rechts von mir. Er nickte mit dem Kopf. „Ich weiß ganz genau, was Sie meinen", erwiderte er.

Endlich kamen wir zu der Adresse, die Sheila uns aufgeschrieben hatte. Aber der Fahrer verpasste die Auffahrt zu ihrem Grundstück und musste noch mal zurückfahren. Dann schimpfte er wie ein Rohrspatz, als er sah, dass die Auffahrt von Kiefern gesäumt war und sich bis zum Haus hin schlängelte.

„Wenn ich in einen von diesen blöden Bäumen reinfahre, müsst ihr für den Schaden mehr Geld hinblättern als für ein Ersatzteil."

Papa stieg aus und ging vor uns her. Dann winkte er den Fahrer durch, bis er an einer freien Stelle neben der Garage ankam. „Sheila hat gesagt, dass wir das Wohnmobil hier abstellen können."

Während sie das Wohnmobil von dem riesigen Haken lösten, ging ich los, um mich umzusehen. Das Haus war außen mit rot gestrichenem Holz verkleidet. Es gab auch eine Holzveranda, auf der ein paar Gartenstühle standen. Ich sah kein weiteres Haus in der Nähe. Also lief ich ein Stückchen weiter, bis ich zu den Bäumen kam. Dort stieß ich auf einen Zaun aus Stacheldraht. Meistens trifft man auf Tiere, wenn man solche Zäune sieht. Und tatsächlich –

da war ein Pferdestall! Mein Herz schlug wie wild. Als ich den Hügel runterrannte, kam ich zu einem alten, nicht mehr benutzten Basketballplatz. Dort könnte ich mit meinem Fahrrad rumfahren. Ich sah ein langes Seil, das an einem riesigen Baum befestigt war und bis weit hinters Haus reichte. Später erfuhr ich, dass das eine Seilrutsche war. Man packte einen Griff, der an einer Rolle hing, und dann schwebte man am Seil herunter.

Am Stall stand ein wunderschönes Pferd. Ich wollte so gern durch den Zaun klettern und es streicheln. Als ich sah, dass mein Papa und der Fahrer von dem Abschleppwagen immer noch versuchten, das Wohnmobil an seinen Platz zu fahren, bin ich einfach durch den Zaun gekrochen.

Pferde mochte ich schon gern, so lang ich denken kann. In meine Tagebücher zeichne ich immer wieder Bilder von ihnen. Einmal war ich auf einem Jahrmarkt, und dort konnte man auf Ponys reiten. Das war für mich wie der Himmel auf Erden, dieses tolle Gefühl, auf dem Rücken dieses Ponys zu sitzen und die Zügel zu halten. Ich kniff die Augen zu und stellte mir vor, wie ich allein mit meinem Pferd da draußen im Gebirge war und überall hin reiten konnte. Man fühlt sich so frei, wie wenn man in einem Wohnwagen wohnt. Aber in ein Pferd braucht man kein Benzin reinzuschütten.

Als ich nah genug an das Pferd rangekommen war, um es zu streicheln, brüllte Papa laut nach mir. Das Tier erschrak und sprang zur Seite. Ich fiel hin. Ein zweites Pferd trabte um den Stall herum und kam so nah heran, dass ich merkte, wie die Erde unter mir zitterte. Ich zog die Beine an, weil ich mich so klein wie möglich machen wollte. Das hab ich nicht absichtlich gemacht. Es ist einfach so passiert.

Ich kam wieder zu mir, als ich über Papas Schulter lag. Er ließ mich auf der anderen Seite des Zauns runter und kletterte drüber. Auf der Koppel standen plötzlich sechs Pferde, nicht nur die zwei, die ich zuerst gesehen hatte. Für mich war das wie ein Sechser im Lotto.

„Du musst das Eigentum anderer Leute respektieren", sagte Papa schwer atmend. Er deutete auf ein Schild am

Zaun, das ich erst jetzt sah. „Du kannst nicht einfach auf ein fremdes Grundstück gehen, weil du dort in Schwierigkeiten geraten oder verletzt werden kannst oder beides."

„Ja, Papa."

Der Typ mit dem Abschleppwagen gab meinem Papa einen Zettel, auf dem er unterschreiben musste. Dann sollte er ihn bezahlen. Ich weiß nicht, wie Papa das gemacht hat, aber ich blieb am Zaun sitzen und sah den Pferden zu, wie sie über die Koppel liefen. Ich hatte mir für zwei von ihnen schon Namen ausgedacht. Das eine mit dem weißen Fleck auf der Nase war Giselle, und das schwarze Pferd, das mit seinen Hufen die Erde erzittern ließ, war Goliath.

Papa findet es nicht gut, wenn man für Tiere oder Autos Namen hat. Vielleicht hat er nicht so viel Fantasie, oder vielleicht durfte er als Kind so was nicht machen.

„Darf ich Fahrrad fahren?", fragte ich, als wir zurück zu Sheilas Haus gingen.

„Nicht auf dieser Straße. Wenn ein Auto um die Ecke biegt, bist du tot."

„Ich will doch bloß auf diesem Basketballplatz fahren."

„Das ist was anderes. Ich hol es dir runter."

Er hatte das Fahrrad mit einem Gummiseil auf dem Dach des Wohnmobils festgemacht. Deshalb stieg er auf der Rückseite die Leiter rauf. Er macht nie viele Worte, aber er musste wohl wirklich stark sein, wenn er das Fahrrad nur mit einer Hand runterholen konnte. Dann brachte er es zum Basketballplatz.

„Wie lange bleiben wir hier?", fragte ich, als ich losfuhr.

„Das weiß ich nicht so genau. Das Ersatzteil ist vielleicht schon bald da."

„Magst du sie?"

„Wen soll ich mögen?"

„Du weißt schon, wen." Ich musste lachen. „Sheila. Ich finde sie toll."

„Du findest die Pferde toll." Papa ging zurück zum Wohnmobil und weiter zur Veranda. Er blieb stehen und starrte auf irgendwas. Ich ließ das Fahrrad fallen und rannte zu ihm. „Was guckst du dir an?"

„Gar nichts“, meinte er. „Komm, wir machen mal einen Rundgang.“

Braune, verdorrte Kiefernnadeln knirschten unter unseren Füßen. Das Gras wuchs wild in großen Büscheln, und an vielen Stellen guckte die rote Erde durch, die ganz anders war als der helle Lehm in Alabama.

„Haben hier auch Indianer gewohnt?“

„Sie sind keine Indianer, Junikäfer. Man nennt sie jetzt amerikanische Ureinwohner.“ Dann nickte Papa und deutete mit dem Finger auf die Pferdekoppel. „Hier ist damals im Bürgerkrieg ein großes Massaker geschehen.“

„Was ist denn passiert?“

„Es ist zu schrecklich. Ich kann es dir nicht erzählen.“

Ich wusste, dass ich nur lange genug fragen musste, bis er es mir erzählte. Wir hatten schon viele Orte besucht, an denen irgendwelche Schlachten stattgefunden hatten.

Papa lehnte sich an einen großen Felsbrocken. Dann verschränkte er die Arme vor der Brust. „Ich glaube, es waren Arapaho und Sioux. Nein, Arapaho und Cheyenne. Die Regierung hat sie immer weiter in den Westen getrieben und ihnen dort Land gegeben. Aber einige aus dem Stamm waren gegen diese Verträge, weil sie meinten, es wäre ihr Land. Sie hassten alle Leute, die durch ihr Gebiet zu den Goldminen zogen, und sie trieben sie weg. Der Stamm lagerte beim Sand Creek – wir können da mal hinfahren, wenn du das willst. Jedenfalls sind die Jungs von der Armee dort durchgezogen, und ihre Befehlshaber befahlen ihnen den Angriff. Aber in dem Lager waren nur Frauen, Kinder und alte Männer. Die jungen Männer waren gerade auf der Jagd.“

„Haben sie sie umgebracht?“

Er nickte. „Eine Zeit lang haben sie so getan, als ob die Soldaten tapfer waren und sich gegen die Krieger behauptet haben. Aber damit sind sich nicht weit gekommen. Wie so oft in solchen Fällen ist die Wahrheit schließlich ans Licht gekommen.“

Ich machte die Augen zu und versuchte, mir etwas so Schreckliches vorzustellen. Aber in Wirklichkeit war es bestimmt viel schlimmer gewesen.

„Es ist einfach furchtbar, was manche Leute ihren Mitmenschen antun“, fügte Papa hinzu. „Ich weiß nicht, was in den Köpfen solcher Leute vorgeht.“

*

Als Sheila am Abend nach Hause kam, begrüßte sie uns mit einem strahlenden Lächeln. Sie verhielt sich so, als seien wir ganz besondere Gäste, die aus einem fremden Land kamen. Außerdem hatte sie mehrere Einkaufstüten voller leckerer Sachen dabei, sogar eine von diesen Tiefkühlpizzas, die ich schon immer mal probieren wollte. Am liebsten mag ich Pizza mit Peperoni, und genau so eine hatte Sheila gekauft. Hatte sie meine Lieblingssorte etwa erraten?

Papa fragte sie, ob er ihr Telefon benutzen dürfte. Sie sagte, dass wir doch reinkommen sollten. Ich hielt die Luft an, als ich das Haus betrat, weil ich Angst hatte, dass es mir hier nicht gefallen könnte. Aber das Gegenteil war der Fall. Als Sheila das Garagentor aufmachte, rannte ein rotbrauner Hund schwanzwedelnd durch die Küche. Seine Zunge hing so weit raus, dass es aussah, als würde er lächeln. Um seine Augen rum war sein Fell weiß. Mit dieser „Brille“ wirkte er wie ein Hunde-Professor. Papa stellte sich ihm in den Weg, aber er lief an ihm vorbei, sprang an mir hoch und leckte mir das Gesicht (der Hund, nicht mein Papa).

„Walter, aus!“, befahl ihm Sheila und packte ihn am Halsband.

Als Papa die Hand ausstreckte, um den Hund zu streicheln, begann Walter zu knurren.

Sheila gefiel das gar nicht, und deshalb schimpfte sie mit ihrem Hund. „Die beiden sind unsere Gäste. Wenn du nicht nett zu ihnen bist, sperre ich dich bis an dein Lebensende in die Garage.“

Es sah so aus, als ob Walter sie verstehen würde; zumindest hatte er wohl gehört, wie streng ihre Stimme klang. Deshalb zog der Hund den Kopf ein und trabte nach draußen. An den weißen Stellen im Garten konnte man erkennen, wo er am liebsten das Bein hob. Ich hab noch nie einen Hund namens Walter gesehen, aber der Name passte sehr gut zu ihm. Noch besser wäre es gewesen, wenn er an seiner Seite eine Hundedame gehabt hätte, die Eloise oder Mabel oder so ähnlich geheißen hätte.

Sheila zeigte Papa, wo das Telefon stand. Ich machte große Augen, als ich das Wohnzimmer sah. In der Ecke war einer von diesen ganz dünnen Fernsehern. Ein Bücherregal füllte die ganze Rückwand aus. Die große Couch, der passende Zweisitzer und Sessel waren schon ein bisschen älter, aber der Sessel sah so bequem aus, dass ich bestimmt nicht mehr aufstehen wollte, wenn ich da drin sitzen würde. Ich würde dann bis zu meinem Lebensende Bücher lesen und fernsehen. Es gab auch noch einen offenen Kamin, nicht so einen, wo man auf einen Knopf drückt und die künstlichen Holzscheite rot glühen, sondern einen echten, mit richtigem Holz. Ich stellte mir vor, wie es draußen schneite und im Kamin das Feuer brannte. Und ich sah mich, wie ich auf der Couch lag, mich in eine warme Decke kuschelte und in einem Buch las.

„Du liest gern, stimmt's?", fragte mich Sheila. Sie stand plötzlich hinter mir.

„Ich hab mir im Wohnmobil immer ein Bücherregal gewünscht, aber dafür ist kein Platz. Das hier ist wirklich toll."

Sheila zeigte mir, wo die Klassiker standen. Ziemlich weit oben war eine ganze Reihe mit Büchern über Ehe und Beziehungen. Dann waren da noch Werke über Geschichte, über die amerikanischen Präsidenten und über irgendwelche Kriege. Ich hätte den ganzen Abend hier stehen und mir die Buchrücken ansehen können, aber Sheila schlug mir einen Rundgang durch das Haus vor. Klar wollte ich alles sehen.

Unten war noch ein zweites Wohnzimmer mit einem offenen Kamin. Die Leute, die dieses Haus gebaut haben, mochten wohl Kamine. Ich kann das gut verstehen. Aber in diesem Zimmer standen ganze Stapel mit Umzugskisten, als ob jemand ein- oder ausziehen wollte. Daneben war ein Schlafzimmer.

„Das ist mein Gästezimmer", erklärte Sheila und knipste das Licht an.

In diesem Zimmer standen ein breites Bett, eine Frisierkommode und ein Kleiderschrank. Hier drin roch es muffig. Sheila hatte wohl schon lange keine Gäste mehr gehabt.

„Was ist denn in den Kisten drin?", fragte ich.

Sie strich mit der Hand über einen von den Kartons. „Die Sachen meines Mannes. Ich wollte sie schon mal zum Second-Hand-Laden bringen, aber ich hab's nicht übers Herz gebracht."

„Wenn da Klamotten drin sind, passen sie vielleicht meinem Papa." Wir kaufen unsere Anziehsachen immer in Second-Hand-Läden. Wenn Sheila sowieso alles loswerden wollte, machte es ihr bestimmt nichts aus, meinem Papa ein paar von den Sachen abzugeben.

„Vielleicht kann er die Kisten mal durchsehen. Mein Mann war ein bisschen kleiner als dein Papa und ziemlich mager. Aber wir können es ja mal probieren."

Hier im Kellergeschoss war auch noch ein Bad mit Dusche. Im Erdgeschoss, wo die Küche und das Wohnzimmer waren, gab es ein weiteres Bad. Im ersten Stock waren drei Schlafzimmer und auch noch ein großes Bad. Im ganzen Haus war Parkettboden, der leise knarrte, wenn man herumlief, aber das Kellergeschoss war mit Teppichboden ausgelegt, und der war fleckig. Vielleicht musste Walter deshalb in die Garage, während Sheila arbeitete.

Sheilas Schlafzimmer war im ersten Stock. In ihrem Bad stand eine große Badewanne mit vielen, winzig kleinen Düsen.

Auf der Wanne und in Regalen sah ich Flaschen mit Badezusätzen, Haarshampoo und Körperlotion. Außerdem hab ich noch nie so viel Nagellack-Fläschchen gesehen wie in diesem Bad.

Das Schlafzimmer war picobello aufgeräumt, das Bett so ordentlich gemacht wie in einem Hotelzimmer. Auf dem Nachttisch stand ein Foto von Sheila und einem jungen

Mädchen. Die beiden lächelten. Ich fragte sie, wer das denn sei, und Sheila meinte, das sei ihre Nichte. Dann erzählte sie mir von dem Mädchen. Sie war krank, und es ging ihr gar nicht gut.

„Hast du auch eigene Kinder?", fragte ich dann.

Sie sah mich mit einem halben Lächeln und einem halben Stirnrunzeln an, als ob mich das nichts anginge. Dann schüttelte sie den Kopf und sagte, sie hätte sich immer Kinder gewünscht.

„Und warum wohnst du ganz allein in diesem großen Haus?"

„Ich bin nicht ganz allein." Sheila setzte sich auf ihr Bett. „Ich habe doch Walter."

„Aber der wohnt doch in der Garage."

Ich konnte Papas Stimme durch das Lüftungsloch der Heizung hören. Er telefonierte, aber er schien wütend zu sein. Es klang so, als ob ihn jemand wegen irgendwas angelogen hätte.

Ich lächelte Sheila an und setzte mich auf das Bett. Dann sah ich die Spinnweben oben in der Ecke der Zimmerdecke. Dieses Haus hatte zwar seine Macken, aber trotzdem war es so schön, dass ich am liebsten für immer hier geblieben wäre.

Auf dem Weg hierher waren wir an einer Holzkirche vorbeigekommen. Ich stellte mir vor, wie mein Papa dort am Altar stand, in einem Smoking und mit einem neuen Haarschnitt, und wie Sheila in einem langen, weißen Kleid den Mittelgang entlangging. Auf den Wangen hatte sie ein bisschen Rouge, damit sie nicht so blass aussah, und ich ging vor ihr her und streute Blumen. Ich dachte mir aus, dass auf ihrer Seite der Kirche viele Leute saßen, aber niemand auf unserer.

Aber dann dachte ich wieder an das Foto im Supermarkt. Vielleicht war mein Nachname ja gar nicht Johnson. Wenn das stimmte, dann war mein Papa auch nicht mein Papa. Oder vielleicht doch. Vielleicht hatte er mich meiner Mutter weggenommen. Aber nein, vielleicht ging auch nur die Fantasie mit mir durch.

„Mein Mann und ich hatten keine Kinder", sagte Sheila leise. Ihre Stimme klang plötzlich wie die von einem kleinen Mädchen. „Er ist vor ein paar Jahren gestorben."

„Richtig, der Unfall mit dem Fahrrad", erwiderte ich. „Hatte er einen Helm auf? Mein Papa sagt, dass man immer einen Helm tragen muss, auch wenn man nur auf dem Parkplatz rumfährt."

„Dein Papa ist ein kluger Mann. Nein, er hatte keinen Helm auf."

Sheilas Kleiderschrank war voll. Die Sachen lagen ordentlich zusammengelegt in Regalen. Kleider, Blusen und Jacken hingen an Bügeln. Es gab jede Menge verschiedene Farben. Vielleicht sollten die Teile zu den vielen Nagellackfarben passen? Ich überlegte, wie es wohl ist, wenn man so viel Platz für seine Sachen hat. Dann fiel mir ein, was Papa über Häuser gesagt hatte. „Hast du eine Hypothek?"

Sheila schüttelte den Kopf. „Ein paar Jahre vor dem Tod meines Mannes hatte er eine Versicherung abgeschlossen, die den Rest des Kredits übernahm, als er starb."

Für mich klang das ganz nach einem Glücksfall, aber natürlich musste der arme Mann sterben, damit das passieren konnte. „Also musst du für das Haus nichts bezahlen?"

„Nein, dieses Problem habe ich nicht. Aber ich muss trotzdem noch jede Menge Rechnungen bezahlen. Außerdem verfuttert Walter fast mein ganzes Monatsgehalt."

Papa stellt es immer so dar, als sei es nicht so toll, wenn man in einem Haus wohnt. Aber auf unseren Reisen habe ich mir die Häuser angeguckt, an denen wir vorbeigekommen sind. Wenn es wirklich eine so tolle Idee ist, in einem Wohnmobil zu wohnen, dann frage ich mich, warum das nicht jeder so macht.

Wie es wohl ist, in einem Haus zu schlafen, das sich nicht von der Stelle bewegt und für das man keine Ersatzteile braucht? Weil meine Gedanken oft rumhüpfen wie ein Vogel von Ast zu Ast, musste ich plötzlich, ohne Vorwarnung, an meine Mutter denken. Ich fragte mich, ob sie wohl in einem Haus wohnte und ob sie auf mich wartete.

Oder vielleicht hatte sie es auch so gemacht wie Sheilas Mann und war ohne Helm mit dem Fahrrad unterwegs gewesen.

Draußen, auf der anderen Seite des Gartenzauns, schnaubte ein Pferd. Ich lief zum Fenster und starrte auf die Koppel. Es gefiel mir hier immer besser.

„Wem gehört der Hof dort drüben?“, fragte ich.

„Mr Taylor wohnt allein dort. Seine Frau ist im letzten Winter verstorben.“

Auf einmal hatte ich eine prima Idee. Wir könnten Mr Taylor unser Wohnmobil geben, und er könnte uns dafür die Farm überlassen. Eine Reise würde ihm bestimmt gut tun, und man trifft eine Menge Leute, wenn man unterwegs ist.

„Du hast gestern Abend erzählt, dass du Pferde magst“, sagte Sheila plötzlich.

„Klar doch. Pferde und Hunde mag ich am allerliebsten.“

Sie stand auf und sah aus dem Fenster. „Vielleicht kann ich dich am Wochenende mal Mr Taylor vorstellen. Es kann sein, dass er dir erlaubt, eins seiner Pferde zu reiten.“

„Meinst du wirklich?“

„Vielleicht müssen wir ihn mit selbstgebackenem Apfelkuchen oder Nusskuchen freundlich stimmen, aber das wird bestimmt klappen.“

Lächelnd strich sie mir mit der Hand über den Kopf. Das war wirklich ein tolles Gefühl. Ich musste sie einfach umarmen. Ihr Parfüm duftete so gut, dass ich sie nicht mehr loslassen wollte. Aber Sheila drehte sich plötzlich um und sah mit großen Augen zur Tür. Dort stand mein Papa.

„Ich hab gar nicht gehört, wie Sie die Treppe hochgekommen sind“, sagte sie.

Sheila wusste noch nicht, dass er sich überall unbemerkt anschleichen kann. Ich weiß nicht, wie er das macht oder wo er das gelernt hat, aber wenn wir Verstecken spielen, ist er immer im Vorteil.

„Die Leute in der Autowerkstatt haben meine Bestellung verschlampt. Es wird noch ein paar Tage dauern. Sie könnten das Teil natürlich auch per Express schicken, aber das wäre teuer ..."

„Sparen Sie sich lieber das Geld", unterbrach ihn Sheila. „Sie können hier so lange bleiben, wie Sie wollen. Das Haus ist groß genug für uns alle."

Ich sah meinem Papa an, dass er von dieser Idee nicht begeistert war. Deshalb fing ich schnell an zu reden. „Schau dir das Haus doch mal an, Papa. Sie hat so viele Bücher, dass ich Jahre brauchen würde, bis ich sie alle gelesen habe. Viele davon sind die Klassiker, die du so gerne magst. Außerdem hat sie gesagt, dass Mr Taylor vielleicht ..."

„Jetzt mach mal halblang, Junikäfer. Wir haben unser Wohnmobil. Schließlich wollen wir Sheila nicht zur Last fallen."

„Ihr fallt mir nicht zur Last", erklärte Sheila. „Hier oben gibt es zwei leer stehende Schlafzimmer. Unten ist auch noch eins. Sie können dort schlafen, und Ihre Tochter hier im ersten Stock."

Papa schüttelte den Kopf. „Nein, ich will mich Ihnen nicht aufdrängen. Sie haben schon genug für uns getan."

„Unsinn. Sie parken hier nur Ihr Wohnmobil. Und solange Sie hier sind, können Sie dieses alte Haus zusammen mit mir nutzen. Wer weiß, wie lange es noch dauert, bis es auseinanderfällt."

Ich träumte noch immer davon, die Pferde von Sheilas Nachbarn reiten zu können. Papa sagte schließlich: „Wir bleiben im Wohnmobil. Aber es wäre prima, wenn ich Ihren Stromanschluss mit benutzen könnte."

Als ich das hörte, rannte ich zu ihm und fiel ihm um den Hals.

„Sie macht uns eine Pepperoni-Pizza."

„Wie Sie wollen", erwiderte Sheila. Dann ging sie mit schnellen Schritten nach unten.

Papa nahm meine Hand. „Häng dein Herz nicht zu sehr an dieses Haus. Vielleicht müssen wir schnell wieder weg von hier. Hast du verstanden?"

„Ich will so gern reiten. Sheila hat gesagt, dass das klappen wird."

„Ich meine ja nur, dass du dein Herz nicht zu sehr an das alles hängen sollst."

*

Zur Pizza bekam ich Erdbeerlimonade. Sheila bot Papa Kaffee oder Tee an, aber er trank auch die Limonade, und Sheila folgte seinem Beispiel.

Nach dem Abendessen ging ich raus auf die Veranda und setzte mich neben Walter und streichelte ihm den Kopf. Papa und Sheila saßen noch in der Küche. Ich beobachtete einen großen Vogel, der von einer Kiefer zum Weidezaun flog und dann weiter zum Pferdestall. Er hatte schwarzweiße Flügel und krächzte laut. Ich glaube, das war eine Elster, aber ich bin mir nicht sicher.

„Wie machen Sie das eigentlich mit der Schule?", fragte Sheila.

Ich rutschte näher zum Fenster hin, damit ich die beiden besser hören konnte.

„Ich unterrichte sie zu Hause. Nein, eigentlich unterrichte ich sie im Wohnmobil."

Sheila lachte. „Sie scheinen Ihren Job als Privatlehrer gut gemacht zu haben. Sie ist klug wie Einstein und außerdem noch unglaublich süß."

„Ehrlich gesagt muss ich gar nicht so viel machen. Sie ist eine richtige Leseratte. Am liebsten wäre es mir, wenn sie sich in einer größeren Bibliothek regelmäßig Bücher ausleihen könnte, aber wenn man ständig unterwegs ist, geht das leider nicht."

Jetzt schwiegen die beiden. Es gibt Zeiten im Leben, da will man den Ton lauter stellen. Manchmal will man die Lautstärke auch runterdrehen, und manchmal will man gar keinen Ton hören. Aber jetzt wollte ich den Ton am liebsten lauter stellen. Ich glaube, Sheila musste nachdenken, was sie als Nächstes sagen sollte. Ihre Stimme war nicht sehr laut, als sie weitersprach.

„Ich möchte mich ja nicht einmischen ..."

„Damit hatten Sie gestern Abend aber kein Problem."

Sheila lachte wieder. „Für ein Mädchen in Junis Alter ist es wichtig, Dinge zu lernen, die sie wissen muss ... zum Beispiel Kochen oder Bettenmachen und andere Arbeiten im Haushalt."

„Sie kann schon ein paar Gerichte kochen."

„Ich will Ihre Erziehungsmethoden ja nicht kritisieren. Aber es gibt Dinge, die ein Mädchen nur von einer Frau lernen kann. Hat die Kleine ihre Mutter schon lange nicht mehr gesehen?"

Wieder gab es eine kurze Pause. „Ja, das ist schon länger her."

Ich hörte, wie die Kühlschranktür auf- und zuging. Dann ein leises Klirren. Sheila schien die Teller zusammenzustellen.

„Ihr Chef hält Sie bestimmt für verrückt, weil Sie uns hierher eingeladen haben", sagte mein Papa schließlich.

„Ich stehe nicht so auf seine Ratschläge, wie ich mein Leben gestalten soll, wenn Sie wissen, was ich meine."

Papa lachte.

„Er macht sich Sorgen, weil er meint, dass Sie beide mir Schwierigkeiten bereiten könnten."

„Und was meinen Sie?"

„Sie sind doch jetzt hier, oder nicht?"

„Stimmt. Ihr Chef hat uns länger auf diesem Parkplatz geduldet, als ich es für möglich gehalten habe. Ich kann verstehen, dass er vorsichtig ist. Ist es das erste Mal, dass Sie ein paar Vagabunden zu sich einladen?"

„Ja, wenn ich Walter nicht mitzähle. Aber er ist eine treue Seele und ein guter Wachhund."

Ich hatte Papa lange Zeit genervt, weil ich so gern einen Hund haben wollte. Er meinte bloß, es sei unfair, sich ein Haustier zuzulegen, wenn man ständig auf Achse ist. Während ich Walter streichelte und sah, wie er genießerisch die Augen schloss, wünschte ich mir wieder einen Hund.

Sheila sprach weiter. „Sie hat keine Freundin, mit der sie zusammen spielen kann. Ich sehe, wie sie im Supermarkt durch die Gänge geht und andere Mädchen sehnsüchtig anstarrt. Vielleicht klingt es hart, aber ein Vater kann seiner

Tochter nicht alles geben. Für manche Dinge braucht ein Kind eine Mutter."

Ich spitzte die Ohren, weil ich befürchtete, dass Papa einfach wegrennen würde, aber er blieb sitzen. Dann hörte ich wieder Sheilas Stimme. „Sie interessiert sich für die Pferde nebenan. Ist es in Ordnung, wenn ich den Eigentümer bitte, sie mal reiten zu lassen?"

Walter hob den Kopf und spitzte ebenfalls die Ohren.

„Sie wird nicht so oft zum Reiten kommen, weil wir bald wieder weg sind."

„Vielleicht dauert es ja noch ein paar Tage, bis das Ersatzteil kommt. An den Wochenenden helfe ich Mr Taylor immer beim Ausmisten der Pferdeboxen. Wenn sie mithilft, lässt er sie als Gegenleistung bestimmt reiten. Wenn ein Kind merkt, dass so ein Tier eine Menge Arbeit macht, lernt es rechtzeitig, Verantwortung zu übernehmen."

„Jetzt weiß ich, warum Sie im Einzelhandel arbeiten. Sie sind ein echtes Verkaufstalent."

Sheila lachte leise. „Ich glaube aber wirklich, dass es gut für Ihre Tochter wäre."

„Ich denk drüber nach."

Wieder entstand eine Pause. Dann sprach mein Papa weiter. „Mir ist aufgefallen, dass auf dem Dach ein paar Holzschindeln locker sind. Ist es hier in der Gegend sehr windig?"

„Im Winter und im Frühling bläst es manchmal wie bei einem Hurrikan."

„Wenn Sie möchten, repariere ich das Dach. Ich kann Ihnen für den Strom und den Parkplatz nichts bezahlen, aber ..."

„Ich habe Sie eingeladen, weil ich Ihnen einen Freundschaftsdienst erweisen will. Von Bezahlung will ich nichts hören. Das wäre für mich wie ein Schlag ins Gesicht."

„Na gut, aber dann lassen Sie mich wenigstens das Dach reparieren. Und wenn dieser Mr Taylor mich auf seiner Farm arbeiten lässt, mache ich das gern."

„Also darf Juni dort reiten?"

„Ja, ich denke, das geht schon in Ordnung. Aber sie soll

mit diesen Pferden nicht zu tiefe Freundschaft schließen. Wahrscheinlich hat sie jedem von ihnen schon einen Namen gegeben."

Walter tippte mich mit einer Vorderpfote an. Er wollte wohl wieder gestreichelt werden. Ich hatte einen neuen Freund. Das fühlte sich gut an, und Papas Worte hatten dieselbe Wirkung.

„Sind Sie ein Hobby-Handwerker?"

„Ich bin ganz gut im Reparieren."

„Sind Autoren denn normalerweise handwerklich begabt?"

„Autoren müssen vielseitig sein."

Walter spitzte wieder die Ohren. Dann stand er auf und trottete in den Garten. Ich wollte ihm nachlaufen, aber ich wollte auch hören, was die beiden noch so miteinander zu reden hatten. Jetzt wurde die Pause länger. Ich stellte mir vor, wie Sheila sich ihre nächsten Fragen zurechtlegte.

„Was ist mit ihrer Mutter?", fragte sie. „Ist sie verstorben? Wenn Sie lieber nicht darüber reden wollen, verstehe ich das auch."

„Die ganze Sache ist sehr kompliziert. Sagen wir es so: Ich stand plötzlich vor vollendeten Tatsachen. Wissen Sie, ich hatte nie geplant, Vater zu werden."

„Aber Sie sind in diese Rolle hineingewachsen."

„Ja, kann schon sein."

„Also lebt ihre Mutter noch."

„Keine Ahnung."

„Haben Sie gar keinen Kontakt mehr zu ihr? Weiß sie denn, wo ihre Tochter ist?"

„Hören Sie, ich bin Ihnen wirklich dankbar für Ihre Gastfreundschaft. Ich weiß nicht, was wir ohne Sie gemacht hätten."

Ich hörte, wie ein Stuhl zurückgeschoben wurde. „Bitte entschuldigen Sie. Ich bin wohl zu neugierig gewesen."

„Nein. Schließlich haben Sie ein Recht zu wissen, mit wem Sie es zu tun haben."

„Bitte setzen Sie sich doch wieder. Ich stelle einfach zu viele Fragen."

Der Stuhl knarrte wieder unter Papas Gewicht. „Sprechen wir zur Abwechslung doch mal über Sie."

„Was möchten Sie denn wissen?"

„Etwas Unverfängliches. Zum Beispiel, warum Sie hier draußen ganz allein wohnen."

„Weil es mir hier gefällt. Es ist ruhig und friedlich hier. Das Haus ist abbezahlt. Ich habe es von hier aus nicht weit zur Arbeit. Außerdem liegt es sehr günstig. Es ist auf dem Land und trotzdem in der Nähe einer Stadt."

„Das klingt ja ganz gut, aber das ist noch keine Erklärung, warum Sie allein leben. Ich weiß, dass Ihr Mann verstorben ist. Aber das ist doch schon eine ganze Weile her, oder nicht?"

„Stimmt. Und ich hab es kommen sehen. Es war nur eine Frage der Zeit. Außerdem musste er sich entscheiden, ob er sein Leben Gott oder der Flasche anvertrauen sollte. Aber es fällt mir nicht leicht, diese Erfahrung einfach abzuhaken und meinen Weg weiterzugehen."

„Sind Sie religiös?"

„Das Wort *religiös* gefällt mir nicht, weil es so klingt, als ob man Regeln befolgen muss. Ich hab mal gelesen, dass Religion der Weg des Menschen zu Gott ist. Wir machen eine Liste, an die wir uns halten, und dann meinen wir, dass wir gute Menschen sind. Aber wir fragen nicht danach, was Gott eigentlich von uns will."

„Ab und zu lese ich in der Bibel."

„Warum das?"

„Vielleicht suche ich nach Hinweisen. Ich meine, vielleicht steht da auch etwas für mich drin."

„Nach welchen Hinweisen suchen Sie denn?"

„Welchen Weg ich gehen soll. Was ich mit der Kleinen machen soll. Das und andere Sachen. Ich bin kein Kirchgänger. Wenn man ständig unterwegs ist, ist es schwierig, regelmäßig in einen Gottesdienst zu gehen."

„Trotzdem möchten Sie dem Kind auch religiöse Werte vermitteln."

„Es ist schon länger her, da hab ich ihr ein Buch mit biblischen Geschichten gekauft. Wir haben es vor dem Schlafengehen zusammen gelesen. Sie wissen schon, die Geschichten von David und Goliath, von Daniel in der Löwengrube. Sie hat dieses Buch praktisch verschlungen und in einer Nacht alles durchgelesen."

„Das ist gut. Sie hat also ein Verlangen nach so etwas."

„Das ist mein Dilemma. Ich weiß, dass ich ihr manche wichtigen Dinge nicht vermitteln kann. Sie hätte es verdient, mehr über Gott zu erfahren. Aber ich kann sie auch nicht einfach loslassen."

Ich hatte Papa noch nie so reden gehört. So war es vielleicht, wenn man einen Vater und eine Mutter hat, zwei Leute, die ein Kind gern haben.

„Wovor laufen Sie eigentlich weg?", fragte Sheila.

„Wie bitte?", wollte Papa wissen. Er verschluckte sich an etwas, was er trank.

Die beiden lachten, bis ich wieder Sheilas Stimme hörte. „Es kommt mir so vor, als ob Sie sich gern irgendwo niederlassen würden. Wenn Sie aber trotzdem weiter anonym durch das ganze Land reisen, müssen Sie wohl vor etwas davonlaufen."

„Worin unterscheiden wir uns denn, wenn wir auf der Straße leben und Sie allein in diesem großen, alten Haus wohnen?"

„Vielleicht laufen wir alle vor etwas davon. Bei Ihnen ist es nur deutlicher zu sehen."

„Sie haben wohl recht", meinte Papa. „Es wird bloß schwierig mit dem Davonlaufen, wenn man auf ein Ersatzteil warten muss."

„Sie können wirklich gern hier im Haus übernachten", sagte Sheila plötzlich. „Ohne Verpflichtungen. Sie können das ganze Untergeschoss haben. Es gibt eine Tür, die Sie zumachen können."

„Das kann ich nicht annehmen."

„Ein warmes, weiches Bett. Walter bleibt hier oben bei mir. Er wird Sie nicht stören."

„Der Hund stört mich nicht. Aber ich bin Ihnen jetzt schon zu Dank verpflichtet. Wenn ich mich jetzt noch bei Ihnen einniste, hab ich ein schlechtes Gewissen."

„Nisten Sie sich ruhig ein, John. Mir macht das nichts aus. Sie und Ihre Tochter bringen endlich wieder ein bisschen Leben in dieses Haus. Wenn Sie sich einnisten, tun Sie mir sogar einen Gefallen."

„Ich bin Ihnen wirklich dankbar. Aber das kann ich nicht annehmen."

„Dann lassen Sie wenigstens Ihre Tochter in einem richtigen Bett schlafen. Oben im Gästezimmer steht ein Himmelbett. Sie wird das Gefühl haben, dass sie in einem Schloss übernachtet."

„Was ist denn verkehrt an dem Bett, in dem sie sonst schläft?"

„Sie wissen schon, was ich meine. Sie können ruhig in Ihrem Wohnmobil bleiben, aber gönnen Sie Ihrer Tochter doch ein bisschen Spaß. Während Sie hier sind, kann ich ihr ein paar Sachen beibringen. Wir können zusammen einen Kuchen backen oder Pizzateig machen. Ich kann mit ihr ins Kino gehen, damit sie mal merkt, wie es ist, wenn man zu viel Popcorn und Süßigkeiten isst. Und ich kann ihr ein paar hübsche Sachen zum Anziehen kaufen. Sie braucht mal was anderes als diese alten Klamotten."

„Ich hatte leider nie eine Schwester", sagte Papa. Seine Stimme klang auf einmal wie die eines kleinen Jungen.

„Natürlich können Sie das alles nicht wissen. Genau das ist doch der Punkt. Sie wird nie bekommen, was sie braucht, wenn Sie sie nicht ab und zu ihre eigenen Wege gehen lassen. Ich möchte ihr so gern dabei helfen. Ich möchte euch beiden helfen."

Kapitel 5

Ella Edwards stand im Schatten der Bäume am Ufer des Stausees von Dogwood. Der Tau des dunstigen Morgens hinterließ feuchte Flecken auf ihren Schuhen. Am Himmel über ihr ballten sich dunkle Regenwolken zusammen. Die Lichter der Polizeiautos warfen einen hellen und doch schaurig wirkenden Schein auf Bäume und Büsche. Man wollte abwarten, bis die Sonne ein wenig höher stand.

Glühwürmchen stiegen auf, durch das Scheinwerferlicht aufgeschreckt. Dieser Anblick war für Ella an dieser Stelle alles andere als tröstlich, obwohl sie beim nächtlichen Flug der Glühwürmchen sonst immer einen tiefen Frieden spürte. Solange sie diesen wundersamen Geschöpfen zusehen konnte, war die Welt für sie noch in Ordnung. In solchen Momenten war alles gut mit dieser Erde, die nur noch verrückt spielte. In Krankenhäusern rührte niemand einen Finger, wenn alte Frauen in der Notaufnahme im Sterben lagen. Männer entführten Kinder und hielten sie in dunklen Kellern gefangen, bevor sie sie ermordeten. In dieser Welt gab es eine Menge kranke Leute, und manche von ihnen waren sogar hier in der Nähe.

„Ich habe nie geglaubt, dass ich diesen Tag je erleben werde“, murmelte sie.

William trat nervös von einem Fuß auf den anderen. Wahrscheinlich hatte er wieder Rückenschmerzen. Der Sheriff hatte ihnen gesagt, dass sie an dieser Stelle warten sollten. Den morschen Anlegeplatz hatte die Polizei bereits mit gelben Bändern abgesperrt. Normalerweise gingen Kinder dort zum Angeln oder sahen am 4. Juli dem Feuerwerk zu. Ein paar Angler saßen in der kleinen Bucht, in der die Bäume ihre Äste über das Wasser reckten.

„Wir wissen noch nicht, ob sie da unten ist", meinte William schließlich.

„Der Sheriff ist aber anderer Meinung", erwiderte Ella.

Williams Gesicht wirkte verkniffen. „Der weiß auch nicht alles."

„Wenn an der Sache nichts dran wäre, hätte er uns nicht geholt."

Ein junger Mann mit Sakko und Krawatte kam aus dem Wald. In der Hand hielt er ein kleines Notizbuch. Ein Kugelschreiber steckte in der Brusttasche seines Hemdes. Sein Blick hatte etwas Unschuldiges und gleichzeitig etwas Verschlagenes, wie bei einem Kampfhund. Als Ella ihn sah, ahnte sie sofort, woher er kam. William brauchte ein bisschen länger, bis er merkte, dass der Unbekannte sich ihnen näherte.

„Einen schönen guten Morgen", begrüßte er das Ehepaar, mit einer Stimme, die nicht zu laut klang. An den Säumen seiner Hosenbeine hingen Kletten. Er hatte einen weiten Weg zurückgelegt, um die Absperrung der Polizei zu umgehen. „Sie sind bestimmt Ella und William Edwards."

„Und was geht Sie das an?", fragte William gereizt. Normalerweise war er ein umgänglicher Mensch, der nicht viele Worte machte. Er überließ seiner Frau die Planung ihrer Termine mit Freunden und Bekannten und die Führung in Gesprächen. Aber die Spannung, die an diesem Ort förmlich mit den Händen zu greifen war, machte ihm zu schaffen. An seinem rechten Auge zuckte ein Muskel. Das war für Ella ein eindeutiges Signal.

„Sie sind doch von diesem Käseblatt, stimmt's?", wollte sie von dem Fremden wissen.

Der Mann lächelte über diese abfällige Bezeichnung für die Lokalzeitung.

Er war diese Reaktion offenbar gewohnt. „Stimmt. Ich bin Todd Bentley." Er streckte ihr die rechte Hand entgegen, aber Ella und William starrten ihn bloß an. Schließlich zog er die Hand wieder zurück. „Ich möchte Ihnen gern ein paar Fragen stellen."

„Ich habe Ihren Bericht über den Jahrestag des Grubenunglücks von Buffalo Creek gelesen.“

„Freut mich.“

„Freuen Sie sich lieber nicht. Mit solchen Geschichten reißt man bloß alte Wunden auf. Mir tun die Leute leid, die Sie für diesen Bericht aufgespürt haben.“

Bentley reagierte mit einem Lächeln. „Ich versichere Ihnen, dass ich solche Tragödien nicht vermarkten will. Aber es passiert eben nicht allzu viel in dieser Gegend. Ich will bloß meine Arbeit so gut wie möglich machen.“

Ein Mitarbeiter vom Rettungsdienst stieß einen lauten Ruf aus, und dann startete ein Dieselmotor. Schwarzer Rauch stieg wie ein böses Omen durch die Bäume auf, und dann zog er zum Tal hin ab.

„Woher wissen Sie überhaupt von dieser Sache?“, fragte Ella.

Bentley kam näher. „Im Büro des Sheriffs sitzt ein Freund von mir. Wir warten schon lange auf einen Durchbruch in diesem Fall.“

Vor ihrem geistigen Auge sah Ella die Schlagzeile: *Mysteriöses Verbrechen nach sieben Jahren aufgeklärt.*

„Und morgen verkauft Ihr Käseblatt dann mehr Zeitungen als sonst, stimmt's?“

„Bei dem rasanten Abbau von Arbeitsstellen brauchen wir eine gute Story. In der Nachrichtenredaktion hat man die Hälfte der Mitarbeiter entlassen, seitdem ich dort arbeite. Wenn man keine gute Story liefert, landet man schnell auf der Straße.“ Bentley trat noch einen Schritt auf Ella zu. „An diesem Fall haben sehr viele Menschen Anteil genommen. Sie erinnern sich doch noch an die Mahnwachen und Gebetsketten. Die Leute hoffen so sehr, dass eines Tages herauskommt, was Natalie wirklich zugestoßen ist.“

Ella fuhr zurück, als sie den Namen ihrer Enkelin hörte. Dieser Reporter tat so, als ob er das Mädchen persönlich kennen würde. Als ob ihn ihr Schicksal berühren würde. Dabei hatte er keine Ahnung. Dieses Mädchen mit den strahlenden Augen war so voller Leben gewesen. Ella hatte noch immer die DVD, die ihr jemand von den Videos kopiert hatte. Die Filme zeigten die Kleine bei ihrem Geburtstag, bei ihrem ersten Ritt auf einem Pony und bei einem Ausflug in den Vergnügungspark. Natalie war damals von Kopf bis Fuß mit Zuckerwatte verklebt gewesen. Sie hatte das Zeug sogar in den Haaren gehabt. Ella hatte an jenem Abend das Kind gebadet und sich über die schönen Momente des Lebens gefreut. Ein paar Tage später staunte sie dann über das Schicksal, das so erbarmungslos zuschlagen kann.

Der Reporter hatte recht, als er die Gebetsketten erwähnte. Jede einzelne Kirchengemeinde in West Virginia und den beiden angrenzenden Bundesstaaten hatte Natalie auf ihrer Gebetsliste gehabt, aber im Laufe der Zeit verschwand ihr Name wieder. Entweder war Gott in dieser Situation machtlos gewesen, oder die Kleine war ihm gleichgültig.

„Ich möchte so exakt wie möglich berichten, damit unsere Leser die Wahrheit erfahren", meinte Bentley. „Das ist mein Ziel."

„Die Wahrheit!" Ellas Lachen klang bitter. „Sie würden die Wahrheit doch nicht mal erkennen, wenn sie drüber stolpern würden."

Ein Fotograf machte ein paar Fotos von den Rettungskräften am Seeufer. Dann winkte ein Polizist ihn energisch hinter die Absperrung. Der Mann gehorchte, aber der Auslöser seiner Kamera klickte unermüdlich.

Bentley fingerte nervös an seiner Krawatte herum. Wieder lächelte er. „Sie haben den Nagel auf den Kopf getroffen. Aber wenn die Wahrheit lange genug warten kann, können wir uns vielleicht ein ganz gutes Bild von ihr machen."

William starrte noch immer auf die Rettungskräfte. Dann schüttelte er den Kopf. „Ihr seid richtige Aasgeier. Ihr solltet euch was schämen, dass ihr das Leid anderer Menschen zu eurem Geschäft macht."

„Hat der Sheriff Sie benachrichtigt?"

„Er hat einen Hilfssheriff geschickt. Gestern Morgen haben Sporttaucher auf dem Grund des Stausees ein Auto entdeckt. Erst später hat er gemerkt, dass die Beschreibung passt. Deshalb sind sie heute früh hierher gekommen."

„Wollte er, dass Sie dabei sind?"

„Nein", erwiderte Ella. „Er wollte uns den ganzen Zirkus ersparen, aber manche Sachen muss man mit eigenen Augen sehen."

Todd schrieb eifrig mit, während Ella sprach. Dann sah er ihr direkt in die Augen. „Sie haben immer behauptet, dass Ihre Enkelin noch lebt. Wie kommen Sie darauf?"

Jetzt war es so weit. Der Reporter hatte den Köder ausgeworfen. Er fischte nach einer Kernaussage für seine Zeitung, bevor die Rettungskräfte das Auto aus dem Wasser gezogen hatten. Natalies Körper wäre heute wohl nur noch ein Skelett. Die Fische und Flusskrebse waren bestimmt über sie hergefallen. Ella war dabei gewesen, als man die Leiche ihres Onkels nach nur drei Tagen im Ohio geborgen hatte. Ihr Onkel hatte damals ein Glas zu viel getrunken, und er konnte nicht schwimmen. Sein Körper war aufgedunsen und sein Gesicht kaum noch zu erkennen gewesen. Wie würde Natalie nach sieben Jahren im Wasser aussehen?

„Ich glaube noch immer, dass sie am Leben ist", antwortete Ella. „Aber ich hatte auch schon meine Zweifel."

„Wo ist die Mutter? Wo ist Dana?"

William wollte sich auf den jungen Mann stürzen wie ein Kampfstier; Ella hob jedoch abwehrend die Hand. Ihr Mann hielt inne. Sein Gesicht war wutverzerrt.

„Lass nur", sagte Ella zu ihrem Mann. William humpelte auf dem holprigen Weg zum Wasser, bis er zum Einsatzort der Rettungskräfte kam.

Ella wandte sich wieder dem Reporter zu. „Das geht Sie überhaupt nichts an. Das geht niemanden was an."

„Es ist bloß merkwürdig, dass die Mutter der Kleinen nicht hier ist. Hat der Sheriff sie nicht benachrichtigt? Oder wohnt sie vielleicht gar nicht mehr in dieser Gegend?"

„Können Sie sich überhaupt vorstellen, wie das ist, wenn eine Mutter ihr einziges Kind verliert? Wenn sie nicht weiß, wo ihre Tochter ist? Wenn sie sich jeden Tag fragt, wann man sie anrufen und ihr sagen wird, dass man eine Leiche gefunden hat? Wissen Sie, wie es ist, wenn andere Leute das Schlimmste über Sie denken? Ich kann verstehen, dass sie diese Sache endlich hinter sich lassen will."

Bentley reagierte mit einem Kopfnicken, während er sich alles notierte.

Ella winkte ihn weg wie eine lästige Fliege. Dann machte sie ein paar Schritte zum Seeufer hin.

„Mrs Edwards, möchten Sie unseren Lesern etwas sagen, oder den Leuten, die Ihnen in dieser Tragödie beigestanden haben?"

Ella drehte sich um und warf Bentley einen strengen Blick zu. „Ich habe mich bei den Leuten schon persönlich bedankt, bei allen, die für uns gebetet und uns mit Essen versorgt haben oder einfach vorbeigekommen sind. Sie wissen, wie dankbar wir für ihre Hilfe sind." Sie war noch nicht fertig. „Aber zu denjenigen, die bei diesen Radiosendern angerufen und hinter unserem Rücken schlecht über uns geredet und uns wie Verbrecher behandelt haben, habe ich als gläubige Christin nichts weiter zu sagen. Das, was ich über diese Leute denke, ist nicht druckreif."

„Ella!", rief William vom Seeufer aus. „Sie ziehen es jetzt raus."

*

Sheriff Harry Preston hatte während seiner Laufbahn als Soldat und später als Gesetzeshüter schon so manchen grauenvollen Anblick ertragen müssen. In den letzten Jahren hatten seine Arbeitstage hauptsächlich aus Ermittlungen bei Diebstählen, handgreiflichen Auseinandersetzungen zwischen Eheleuten und gelegentlichen Drogenrazzien bestanden. Er hatte eine Menge Strafzettel wegen zu schnellen Fahrens ausgeschrieben. Inzwischen kannte er die besten Verstecke für seinen Streifenwagen. Ahnungslose Autofahrer bemerkten ihn erst dann, wenn er hinter ihnen auftauchte. Die überraschten Gesichter in den Rückspiegeln waren der Lohn für seine Mühe.

Trotz der Alltagsroutine in der heilen Welt einer ländlichen Umgebung war er auch schon dem nackten Grauen begegnet. Vor seiner Zeit als Sheriff im Bezirk von Dogwood hatte er als Polizist in kleineren Gemeinden gearbeitet. Er war als Erster am Tatort in einem kleinen Supermarkt in Red House gewesen. Dort war ein Überfall auf die Ladenkasse schiefgegangen. Der Täter war geflohen, nachdem er mit seiner halbautomatischen Schusswaffe um sich geschossen hatte.

Das achtzehnjährige Mädchen an der Ladentheke war sofort tot gewesen. Zwei Kinder im hinteren Teil des Ladens lagen in einer riesigen Lache aus ihrem eigenen Blut und roter Limonade. Ein Teenager duckte sich hinter der Theke mit den heißen Würstchen. Er zitterte wie Espenlaub und konnte vor Angst nicht sprechen. Für Preston war ein ganz normaler Tag plötzlich zu einem Albtraum geworden.

Die Erinnerung an die Nacht vom 14. November 1970 begleitete ihn noch immer, sowohl tagsüber als auch in vielen seiner Träume. Mit 17 Jahren hatte Preston damals zu den jüngsten Freiwilligen im Zivilschutz seines Heimatbezirks gehört. An jenem Abend war es kalt und regnerisch gewesen, wie schon den ganzen Tag über. Es war ein typischer Novembertag in West Virginia, bestens dazu geeignet, ihn zu Hause im Warmen vor dem Fernseher zu verbringen. Der Boden war bedeckt von regennassem Herbstlaub. Die feuchte Erde duftete verheißungsvoll nach einer reichen Ernte, aber die Felder lagen brach und warteten auf den ersten Frost des Winters.

Seine Eltern waren bei Bekannten zum Abendessen eingeladen gewesen. Sie würden Bier trinken, Karten spielen und spät nach Hause kommen. Preston hatte nicht mitgewollt. Noch Jahre später fragte er sich oft, was passiert wäre, wenn er diese Einladung angenommen hätte und nicht als einer der Ersten an der Absturzstelle gewesen wäre. An jenem Abend hatte er seine Zigaretten im Auto vergessen. Er rannte ins Freie, ohne sich eine Jacke überzuziehen. Schließlich wollte er ja nur die Zigarettenschachtel aus der Fahrerkabine holen. In der feuchtkalten Dämmerung hörte er plötzlich das Brummen eines Flugzeugtriebwerks über sich.

Mensch, der fliegt ja viel zu tief!, dachte er.

Als er mit dem Zigarettenpäckchen in der Hand ausstieg, lauschte er in die Nacht hinein. Sein Blick wanderte in die Richtung, in der der Flughafen lag. Noch immer hoffte er, dass das Schreckliche nicht geschehen würde. Plötzlich zerriss ein lauter Knall die abendliche Stille. Dieses Geräusch würde er nie mehr vergessen. Für manche Menschen war jetzt das Leben zu Ende. Auf den Knall folgte ein riesiger Feuerball, der wie ein gewaltiger Blitz die neblige, regennasse Dunkelheit zerriss.

Preston wartete nicht, bis er angerufen wurde. Er stopfte die Zigarettenschachtel in die Brusttasche seines Hemdes und fuhr auf die Autobahn. Als er sich der Ausfahrt zum Flughafen näherte, sah er oben auf dem Hügel Teile des brennenden Flugzeugs. Er parkte seinen Kleinlaster im flachen Straßengraben und stieg aus. Er hatte sich eine Zigarette in den Mundwinkel gesteckt, aber vor Aufregung vergessen, sie anzuzünden. Das Herz klopfte ihm bis zum Hals, während er durch das Unterholz rannte. Dann kämpfte er sich durch knöcheltiefen Morast, der ihm kurz darauf fast bis zu den Knien reichte.

Aus dem Motorengeräusch hatte er geschlossen, dass es sich um ein größeres Flugzeug handeln musste. Als er die glühenden Wrackteile sah, bestätigte sich seine Vermutung. Sie lagen auf einer Fläche, die so groß war wie mehrere Fußballfelder. Er ließ schließlich das Sumpfgebiet hinter sich und erreichte den oberen Hang des Hügels. Dort blieb er stehen und horchte in die Dunkelheit. Es war totenstill. Über ihm zog eine Krähe langsame Kreise. Dabei stieß sie heisere Schreie aus.

Plötzlich hörte er das Geräusch von quietschenden Autoreifen auf nassem Asphalt. Ein VW-Käfer mit einem Blaulicht auf dem Dach hielt am Straßenrand. In der Ferne sah er Feuerwehrautos. Das Heulen der Sirenen kam immer näher.

Einen Augenblick lang konzentrierte sich Preston auf das leise Geräusch, mit dem die Regentropfen auf die nassen Blätter fielen, auf die Flammen, die aus den brennenden Triebwerken schossen und auf das Zischen von kaltem Regen auf glühend heißem Metall. Aber eines vermisste er: Hilferufe. Es war keine menschliche Stimme zu hören.

Dann übertönten die Sirenen alle anderen Geräusche.

Der beißende Geruch von Kerosin lag in der Luft. Aber der momentane Fluchttrieb ließ nach, weil er noch immer von der Hoffnung beseelt war, einen Überlebenden zu finden. Beim Absturz eines so großen Flugzeugs konnten doch nicht alle Passagiere tot sein. Es sah ganz so aus, als ob die Maschine ganz oben auf dem Hügel einige Bäume gestreift hatte. Wenn das der Fall war, dann war am Rumpf des Flugzeugs vielleicht der Boden abgerissen und die Sitze mit den angeschnallten Passagieren herausgefallen ...

Jetzt hörte er die lauten Rufe von Männern, die den Hügel hochstiegen. Bevor er aus seinem Kleinlaster ausgestiegen war, hatte Preston noch seine lange, graue Stablampe mitgenommen. Er hatte sie angeknipst. Der helle Lichtstrahl sah aus wie ein Leuchtfeuer auf hoher See, als er damit den Hügel nach Überlebenden absuchte. Sein Fuß stieß an einen größeren Stein. Er fluchte leise, als er auf Hände und Knie fiel. Dann richtete er den Strahl seiner Lampe auf den Stein – und war vor Schreck wie gelähmt, als ihm ein menschliches Gesicht entgegenstarrte. Es war eine ältere Frau. An einem Ohrläppchen hing ein Perlenohrring. Er hatte ihren Kopf für einen Felsbrocken gehalten.

Plötzlich war ihm klar, dass es hier keine Rettungsaktion geben würde. Sie würden nur Tote bergen. Er fiel im nassen Gras auf die Knie. Der Lichtstrahl seiner Stablampe beleuchtete noch immer das Gesicht der toten Frau. Regentropfen liefen ihr wie Tränen die Wange herunter und an ihrem Hals herab. Dann versickerten die Tropfen in der Erde.

„Haben Sie jemanden entdeckt?“ Ein Mann tauchte neben ihm aus der Dunkelheit auf. Er schwieg erschrocken, als er dieselbe Entdeckung machte wie Preston. „Gott sei uns gnädig“, sagte er schließlich.

Preston wusste nicht mehr, wie lange er dort gewesen war und wie viele Tote er bereits übersehen hatte. Schließlich spürte er eine Hand auf seiner Schulter. Ein älterer Mann stand neben ihm. „Bist du beim Zivilschutz?“

Er nickte und nannte dem Mann seinen Namen. „Ich hab die Maschine gesehen. Sie ist viel zu tief geflogen. Und dann hab ich diesen schrecklichen Knall gehört. Ich bin sofort in meinen Kleinlaster gestiegen. Mein Vater hat ihn mir letztes Jahr zum Geburtstag geschenkt ...“

„Harry, mein Junge, hör mir jetzt mal gut zu“, unterbrach ihn der Mann. „Hörst du mir zu?“

„Ja.“

„Fahr nach Hause und zieh dich warm an. Am besten einen Regenanzug, wenn du einen hast. Zieh dir mehrere Pullover drunter. Wenn du wasserfeste Stiefel hast, zieh sie dir an, und ein paar warme Socken. Wir haben eine lange Nacht vor uns.“

Der Mann hatte recht. Es sollte die längste Nacht in seinem Leben werden. Er folgte den Anweisungen des Mannes und raste mit seinem Kleinlaster nach Hause.

Als er zur Absturzstelle zurückkehrte, hörte er die ersten Gerüchte über das Flugzeug und seine Insassen. Ein Reporter hatte auf dem Boden eine Brieftasche gefunden und daraufhin sofort seine Redaktion angerufen. Dort erkannte ein Mitarbeiter den Namen auf dem Führerschein. Es war ein Spieler aus der Footballmannschaft der Marshall-Universität. Als sich diese Nachricht unter den Helfern und Rettungskräften herumsprach, schien es, als ob sich der Schock wie ein Leichentuch über den ganzen Hügel gelegt hätte. Es war das Flugzeug mit ihrer Lieblingsmannschaft gewesen! Die Männer bewegten sich steif und automatisch wie Roboter, als sie die Wahrheit traf wie ein Keulenschlag.

„East Carolina“, sagte einer von ihnen. „Sie haben gegen East Carolina gespielt und ihr letztes Spiel verloren.“

Schaulustige kamen zur Absturzstelle. Manche von ihnen parkten ihre Autos und kamen durch das Unterholz, um näher beim Geschehen zu sein. Der Mannschaftsbus stand wartend auf dem Flughafengelände. Es war ein trauriger Anblick, als er wendete und leer den Hügel überquerte.

Die Passagiere und Besatzungsmitglieder hatten keine Chance gehabt, als die Maschine die Bäume auf dem Bergrücken streifte und sich ruckartig drehte. Ein Flugzeug im Anflug hatte noch immer eine Geschwindigkeit von etwa 300 Stundenkilometern. Als es oben auf dem Hang einschlug, waren alle 75 Insassen sofort tot gewesen. Preston fragte sich, was diese Menschen wohl in ihren letzten Sekunden empfunden hatten. Hatten sie vor Angst die Hände vors Gesicht geschlagen? Ein letztes Gebet gesprochen? Einen geliebten Namen gerufen?

Im Laufe der Nacht nahm er vom Einsatzleiter des Zivilschutzes seine Anweisungen entgegen. Die grausige Aufgabe der freiwilligen Helfer bestand darin, Leichenteile aufzusammeln und in Plastiksäcke zu stecken. Preston fand einen Arm hier, eine Hand dort, dann Beine oder einen menschlichen Rumpf. Er sah auf dem nassen Laub keinen einzigen unversehrten Leichnam. Die Körper der Opfer waren zerfetzt und über die Absturzstelle verstreut, wie Dünger, den ein Bauer über sein Feld verteilt. Manchmal wusste man nicht, welcher Körperteil zu welchem Toten gehörte. Und über diesem Feld des Grauens lag der Gestank nach verbranntem Fleisch. Preston hatte den Geruch noch heute in der Nase, wenn er an diese Nacht zurückdachte.

Als er sich vorbeugte und einen Fuß aufhob, wurde ihm übel. Er musste sich aufrichten und abwenden, um den Brechreiz zu überwinden. Bald darauf spürte er nur noch ein trockenes Würgen in der Kehle. Es dauerte nicht lange, und er hatte sich an den grausigen Anblick gewöhnt. Das war das Schlimmste. Man gewöhnt sich schnell an das Grauen, wenn man mittendrin ist.

Er kam zu einem kleinen Wäldchen und durchkämmte das Gebiet nach Überlebenden. Plötzlich stolperte er über einen Baumstumpf. Als er auf der anderen Seite war, merkte er, dass es kein Baumstumpf war, sondern die Leiche eines Mannes. Der Tote war noch immer an den unteren Teil des Sitzes angeschnallt. Preston ging in die Hocke und sah gebannt auf dieses grausige Bild.

„Hier", sagte ein anderer Helfer zu ihm. Er hielt ihm eine Whiskyflasche hin. „Nimm einen Schluck. Das hilft dir über das Schlimmste hinweg."

Der Whisky brannte in Prestons Kehle. Er nahm noch einen großen Schluck, und dann gab er dem anderen Mann die Flasche zurück. Jetzt begann er nur noch zu funktionieren. Er machte, was man ihm sagte, damit er es endlich hinter sich hatte.

*

In den Tagen nach dem Absturz, als die Beerdigungen stattfanden und der Schockzustand jener Nacht von ihm wich, wollte Preston das Erlebte hinter sich lassen. Er wollte nicht mehr daran denken, nicht darüber sprechen und dieses Grauen nicht mehr immer aufs Neue fühlen. Seine Mutter hatte ihn gefragt, was er gesehen und erlebt hatte. Er erzählte ihr, es sei halb so schlimm gewesen, und die Leute hätten nicht gelitten. Die Sorge und das Mitleid in ihren Augen ließen ihn ahnen, dass sie seine Lüge durchschaut hatte.

Als die Dieselmaschine laut tuckerte, klang das beinahe so wie die Feuerwehrautos damals, vor fast vier Jahrzehnten. Harry Preston öffnete widerstrebend die Augen. Das Stahlseil spannte sich. Es ruckte im Wasser hin und her wie ein Barsch, der einen Köder geschluckt hat. Das Auto hob sich quälend langsam aus dem Wasser.

William Edwards stemmte die Hände in die Hüfte und sah zu. Vielleicht war das der letzte Akt des Dramas. Harry Preston ging zu ihm.

„Das ist einfach grauenvoll", sagte William.

„Ja, da hast du recht."

„Und die Presse ist auch schon hier."

Preston hatte den Reporter noch nicht bemerkt. Er drehte sich um und sah, wie Ella kopfschüttelnd auf den Mann zeigte. „Soll ich den Kerl wegjagen?"

William schüttelte den Kopf. „Der kommt bloß wieder und stellt dieselben Fragen. Das sind alles Aasgeier, die sich auf alles stürzen, was ihnen in den Weg kommt.“

„Mir wäre es lieber gewesen, wenn ihr zwei zu Hause geblieben wärt“, meinte Preston.

„Keine zehn Pferde hätten sie davon abgehalten, hierher zu kommen.“

„Das hab ich mir schon gedacht.“

Mike, Prestons Stellvertreter, winkte ihnen vom Ufer aus zu. „Er kommt hoch, Sheriff.“

William machte einen Schritt auf das Reservoir zu, aber Preston streckte ihm abwehrend die Hand entgegen. „Am besten bleibt ihr noch zurück. Ich rufe euch, wenn es so weit ist.“

„Gut.“ William wischte sich mit dem Handrücken über die Stirn. „Heute wird's bestimmt wieder heiß.“

„Ja, sieht ganz so aus.“

Das Auto tauchte langsam auf wie eine Wasserschildkröte, die an die Oberfläche kam. Preston hatte dieses Auto zigmal vor seinem geistigen Auge gesehen. Wie das Feuer am Hang und der beißende Geruch nach Kerosin in jener Nacht kamen die Erinnerungen an das Verschwinden des kleinen Mädchens wieder, als er das schlammverkrustete Nummernschild des so lange vermissten Autos betrachtete.

Der Mensch lebt und der Mensch stirbt, und das ist es dann gewesen, dachte er. *Der Regen fällt auf Gerechte und auf Ungerechte.*

Seine Frau hatte immer zu ihm gesagt, er solle die Vergangenheit ruhen lassen und bloß keine schlafenden Hunde wecken. Er fragte sich, was sie wohl von dem Fund des heutigen Tages halten würde.

Kapitel 6

Ich habe ein paar Tage gebraucht, bis ich mich daran gewöhnt hatte, in einem Bett zu schlafen, ohne Angst haben zu müssen, dass ich mit dem Kopf an die Decke knalle, wenn ich mich aufsetze. Aber dann fand ich es einfach himmlisch. Die Bettlaken waren weich und sauber, ohne Krümel und Sandkörner.

Papa übernachtete im Wohnmobil, aber wir drei frühstückten zusammen, wie so eine Familie, die man im Fernsehen sehen kann. Sheila machte uns Eier mit Speck. Der Orangensaft, den sie uns hinstellte, hatte echtes Fruchtfleisch drin. Das war eine ganz andere Sache als diese Orangensäfte, die wohl nie eine Orange von Nahem gesehen hatten.

Bevor Sheila am ersten Morgen zur Arbeit fuhr, sah sie mich seltsam an. Sie sah aus, als wäre ihr gerade ein Licht aufgegangen. Dann sagte sie zu mir: „Warte hier."

Ein paar Minuten später kam sie mit zwei großen Taschen in der Hand zurück. In diesen Taschen waren weitere Taschen. Als sie alle Plastikschichten abgepellt hatte, konnte ich es kaum glauben: Eine große Puppe kam zum Vorschein – mit dem schönsten Gesicht, das du dir vorstellen kannst. Sie sah wie ein echter Mensch aus. In der anderen Tasche waren noch zwei Puppen, und jede von ihnen hatte ein anderes Gesicht und andere Kleider an. Ich stand da und starrte sie bloß an, weil ich Angst hatte, sie anzufassen.

„Na los!", sagte Sheila. „Du darfst mit ihnen spielen."

Vor lauter Aufregung konnte ich keinen Bissen runterkriegen. Eine von den drei Puppen habe ich dann den ganzen Tag mit mir rumgetragen. Sheila hat mir vorgeschlagen, mit den Puppen eine Teeparty zu veranstalten, aber darauf hatte ich keine große Lust. Trotzdem habe ich draußen zu Mittag gegessen und dabei meinen Papa beobachtet, wie er auf dem Dach die losen Holzschindeln festnagelte und sich dort oben so geschickt bewegte wie eine Katze. Vor dem Mittagessen zog er sich das Hemd aus. Auf seinem Rücken sah ich seine starken Muskeln und die großen Narben, über die er mit mir nie reden wollte, obwohl ich ihn schon oft darum gebeten hatte.

Als Sheila an diesem Abend zu Hause war, aßen wir wieder zusammen. Ich hatte noch nie so gutes Maisbrot gegessen. Sie machte es selbst, und es zerging mir auf der Zunge. Dazu gab es Maiskolben und Chili-Sauce. Chili mag ich nicht so gern, aber ich habe nichts gesagt, weil ich nicht unhöflich sein wollte.

Sheila fragte mich, was ich tagsüber so getrieben habe, und da habe ich ihr erzählt, dass ich mit Walter durch den Garten gerannt bin, auf der Seilbrücke hin und her gefahren bin und dann die Pferde angeschaut habe. In der Garage habe ich eine alte Decke gefunden. Daraus habe ich mir ein kleines Zelt gebaut. Da habe ich dann drin gesessen und den Pferden zugesehen, wie sie auf der Weide Gras gefressen haben.

Nach dem Abendessen bin ich auf die Veranda gegangen. Ich habe so getan, als würde ich spielen, weil ich Papa und Sheila allein lassen wollte. Sie sollten genügend Zeit haben, um miteinander zu reden. Ich wollte sie unbedingt zusammenbringen, weil das für uns alle am besten wäre.

Sie redeten zuerst über das Wohnmobil. Papa meinte, wir könnten weiterfahren, sobald das Ersatzteil da war. Sheila sagte eine Zeit lang gar nichts. Ich hörte aber ein leises Klirren. Sie räumte wohl gerade den Tisch ab.

Papa erzählte ihr, dass er das Dach repariert und dabei ein Loch gefunden hatte. Dann wechselte er das Thema. „Was ist denn los?“

„Sie merken es einfach nicht, oder?“, erwiderte Sheila. „Haben Sie gesehen, was Junikäfer gemacht hat, als ich ihr die Puppen geschenkt habe?“

„Sie hat doch den ganzen Tag lang mit einer von diesen Puppen gespielt, oder nicht?“

„Ja. Mit nur einer. Die meisten Kinder wollen mit mehreren Puppen eine Teeparty machen. Sie setzen sie auf Stühle und lassen sie miteinander reden. Aber Junikäfer hat nur eine genommen und hat sich mit ihr in ihre eigene Welt zurückgezogen.“

„Was ist denn daran verkehrt? Vielleicht hat ihr diese eine besonders gut gefallen.“

„Sie ist einsam, John. Sie hat keinen Kontakt zu Kindern in ihrem Alter. Sie hat Sehnsucht danach, aber sie merkt es gar nicht mehr. Das ist, als ob sie am Verhungern wäre, aber kein Hungergefühl mehr hat.“

Mein Papa machte nie viele Worte, aber als er zu einer Antwort ansetzte, hörte ich, dass seine Stimme zitterte. „Ich hab mein Bestes getan. Sie kann besser lesen und schreiben als mancher Erwachsene. Natürlich ist es nicht gut, dass sie so wenig Kontakt zu anderen Kindern hat, aber ...“

„Klar haben Sie Ihr Bestes getan. Ich sage ja auch nicht, dass Sie ein schlechter Vater sind. Aber Junikäfer braucht feste Wurzeln. Sie braucht Freundinnen, bei denen sie übernachten und mit denen sie zusammen an einem Lagerfeuer sitzen kann. Sie braucht eine Mutter, die sie abends in den Arm nimmt und die ihr Geschichten erzählt. Sie muss wissen, woher sie kommt und wer ihre Großeltern sind. Sie braucht ein Zuhause, und sie muss wissen, wohin sie gehört. Als wir das Abendessen gemacht haben, hat sie mir erzählt, dass sie manchmal bis nach Mitternacht auf ist und liest. Sie braucht jemanden, der darauf achtet, dass sie genug Schlaf bekommt.“

Ich hörte, wie ein Stuhl zurückgeschoben wurde. Mein Papa war wohl aufgestanden. „Es ist nett von Ihnen, dass Sie sich so viele Gedanken machen, aber Sie müssen auch das Positive sehen. Ich gebe zu, dass Junikäfer keine wohlerzogene junge Dame ist. Aber sie hat schon mehr von diesem Land gesehen als die meisten Erwachsenen, die ich kenne. Wir waren in San Antonio und haben das Alamo besichtigt. Wir sind den Spuren der Expedition von Lewis und Clark gefolgt. Haben Sie schon mal gesehen, wie die Sonne über dem Grand Canyon aufgeht?"

„Nein, aber ..."

„Bitte lassen Sie mich ausreden. Ich weiß, dass ich ihr nicht die Mutter ersetzen kann. Ich kann ihr auch nicht alles geben, was sie verdient. Aber ich kann ihr Liebe geben. Und wenn sie mit nur einer Puppe spielt und nicht mit fünf, dann werde ich deswegen nicht gleich hysterisch. Vielleicht ist es sogar besser, mit nur einer Puppe zu spielen als mit allen gleichzeitig. Haben Sie darüber schon mal nachgedacht?"

„Ich behaupte ja nicht, dass es verkehrt ist, mit nur einer Puppe zu spielen. Aber ein Mädchen macht verschiedene Phasen durch, und sie braucht eine Mutter, die sie bei ihrer Entwicklung begleitet. Oder eine andere Frau, die der Kleinen ihre eigenen Erfahrungen weitergeben kann."

„Da haben Sie nicht ganz unrecht. Aber was wollen Sie damit sagen?"

„Warum kann sie nicht einfach hier bleiben? Ich habe darüber nachgedacht. Ich würde sie wirklich gern bei mir aufnehmen. Sie beide, wenn Sie wollen. Sie könnten hier auf dem Grundstück wohnen und sich eine Arbeit suchen. Hier in der Nähe ist eine Kirchengemeinde, in die ich ab und zu gehe. Diese Leute würden Ihnen bestimmt unter die Arme greifen. Hier gibt es auch gute Schulen. Und Sie gehen keine Verpflichtung ein. Ich möchte Ihnen beiden bloß helfen."

„Das Kamel steckt seine Nase ins Zelt", sagte mein Papa.

„Wie bitte?"

„Das ist ein altes Sprichwort. Das Kamel steckt zuerst seine Nase ins Zelt, und schon bald ist es ganz drin."

Sheilas Stimme klang jetzt gereizt. Am liebsten wäre ich in die Küche gerannt und hätte die beiden daran gehindert, weiter zu streiten. „Das finde ich überhaupt nicht witzig. Sie behaupten, dass ich aus Berechnung handle. Aber das stimmt nicht. Ich hab die Kleine einfach gern, und deshalb hab ich darüber nachgedacht, sie bei mir aufzunehmen.

Wenn ich sie bloß ansehe, dann …" Ihre Stimme wurde leiser. Das klang, als ob sie auf einem weit entfernten Hügel stehen würde.

Ich konnte es nicht fassen, dass jemand so über mich redete. Am liebsten wäre ich jetzt ins Haus gerannt und hätte Sheila umarmt. Aber ich war auch ein bisschen wütend, weil sie anscheinend meinte, dass mein Papa sich nicht richtig um mich kümmert. Dabei habe ich schon oft gesehen, wie Väter ihre Kinder hauen, bloß weil sie sich im Lebensmittelmarkt an den Einkaufswagen hängen. Mein Papa hat mich noch nie gehauen. Na ja, manchmal schreit er mich an, wenn ich frech werde, aber ich habe noch nie Angst gehabt, dass er mich schlägt.

Sheilas Worte machten mich unruhig. Vielleicht lag das daran, dass ich noch nie ein Foto von meiner Mutter gesehen habe. Vielleicht waren auch die Filme schuld, die wir uns manchmal ausliehen. Manche von ihnen handeln von Familien, in denen es Probleme gibt. Die Mutter will ihren Mann verlassen, weil er zu viel arbeitet oder weil er andere Frauen küsst. Ich wäre froh, wenn ich solche Probleme hätte. Ich wäre froh, wenn ich eine Mutter hätte, die zusammen mit mir abhauen will. Als ich im Supermarkt das Bild mit meinem Gesicht gesehen hatte, war ich mir ziemlich sicher, dass vielleicht irgendwo jemand auf mich wartet.

„Ich bin Ihnen wirklich sehr dankbar", meinte Papa. „Sie sind so gut zu uns beiden. Sie haben das Herz auf dem rechten Fleck. Aber trotzdem glaube ich nicht, dass jetzt schon der Zeitpunkt für ein festes Zuhause gekommen ist."

Mein Herz schien stehen zu bleiben, und ich hielt die Luft an.

„Warum reden Sie nicht mit ihr?", fragte Sheila. „Lassen Sie doch die Kleine entscheiden. Vielleicht erleben Sie eine Überraschung."

*

Ella sah mit zusammengebissenen Zähnen zu, wie das Auto langsam aus dem Wasser hochkam und zunächst in der Luft hing. Der im Laufe der Jahre rundherum angesammelte Schlamm und der schleimig-grünliche Film aus Algen lösten sich nur langsam von der Karosserie. Eine schwächere Frau als sie hätte in diesem Augenblick weggesehen oder ihren Kopf an die Schulter ihres Mannes gelehnt. Aber Ella war noch nie schwach gewesen, und sie würde es auch nie sein.

Sheriff Preston bat sie, ein paar Schritte zurückzutreten. Er meinte, dass sie sich vielleicht auf einen unschönen Anblick gefasst machen müssten. Aber Ella rührte sich nicht von der Stelle. William versuchte, sie zu sich umzudrehen, als das Auto endlich auf trockenem Boden stand. Sie schob ihn energisch weg und näherte sich langsam dem Wagen.

Ein Übertragungsfahrzeug des lokalen Fernsehsenders fuhr durch das Eingangstor des Reservoirs. Dann passierte der Fahrer die Polizei-Absperrungen. Die Reporter wollten bestimmt, dass man das Auto wieder ins Wasser brachte, damit sie ihre Live-Berichterstattung drehen konnten. Das war meistens der Anfang. Die Geschichte vom Auftauchen eines seit Jahren verschwundenen kleinen Mädchens würde die Gemüter der Menschen im ganzen Land erhitzen. Im Internet wäre der Fund der Leiche etwa einen Tag lang an der Spitze der aktuellen Nachrichten, aber dann würde eine andere Meldung an ihre Stelle rücken, vielleicht über einen Dopingskandal bei der letzten Olympiade oder über die sexuelle Belästigung von Schülerinnen durch einen Lehrer. Ella würde nie begreifen, dass eine Handvoll Menschen so viel Macht hatten und darüber bestimmten konnten, welche Geschichte von Bedeutung ist und welche nicht. Wie konnten ein paar wenige „Auserwählte" beurteilen, wofür sich eine ganze Nation zu interessieren hat?

Der Sheriff rief seinen Stellvertreter herbei. Dann zogen sie eine dunkle Plane seitlich über das Auto. Der Kameramann des Fernsehsenders eilte auf die Stelle zu und filmte eifrig. Schließlich war er so nah herangekommen, dass der stellvertretende Sheriff die Hand ausstreckte und die Kamera wegstieß. Diese Szene würde in den nächsten Tagen bei CNN und anderen Nachrichtensendern immer wieder gezeigt werden.

„Ist sie da drin?", hörte Ella sich fragen. Sie drängte sich durch die am Ufer versammelten Rettungskräfte und Polizisten hindurch. Der stellvertretende Sheriff streckte ihr abwehrend den Arm entgegen, aber das half genauso wenig wie ein Zahnstocher gegen eine heranrollende Flutwelle.

„Ella!", schrie William hinter ihr her. „Nicht!"

Sie erreichte das Auto, als der Sheriff die hintere Tür auf der Fahrerseite aufzog. Das Glas des Fensters war zerbrochen. Beim Öffnen der Tür fiel ein fetter Barsch heraus. Der Fisch lag zappelnd auf dem Boden, bis ihn ein Taucher packte und in den See zurückwarf.

Nach sieben Jahren im Wasser war der Kindersitz nicht mehr zu erkennen. Schwarzer Schlick, kleine Fische und Flusskrebse hatten ihn zu ihrer Behausung gemacht. Auf dem Sitz lagen eine schlamm- und algenverkrustete Decke und ein fast unkenntliches Plüschtier. Der Sheriff beugte sich nach innen und versuchte offenbar, etwas loszureißen. Schließlich war ein leises Klicken zu hören. Der Sheriff richtete sich auf. In den Händen hielt er den Kindersitz. Außer Schlick und Matsch war nichts zu sehen. Die Schnalle war noch geschlossen, aber der Gurt, oder das, was davon übrig war, hing schlaff herunter. Der Sheriff steckte erneut den Kopf in das Wageninnere und suchte mit seinen Blicken jeden Zentimeter ab.

Als er wieder auftauchte, sah er Ella an. „Sie ist nicht hier drin."

William trat hinter seine Frau und packte sie an den Schultern, um sie zu sich herumzudrehen, aber sie schob seine Hände ungeduldig weg. „Ich hab's gewusst. Ich hab dir immer gesagt, dass sie noch lebt! Es war genau so, wie Dana es gesagt hat. Ich hab's dir gesagt!" Sie drehte sich um. Eine Fernsehkamera war auf sie gerichtet. Sie stieß das Objektiv weg. „Hauen Sie ab."

„Was ist mit dem Mädchen passiert?", fragte der Reporter. Es war Bentley.

„Sie ist jedenfalls nicht hier drin“, erwiderte der Sheriff. Erneut zog er die schwarze Plane über das Fenster. Dann gab er den Tauchern die Anweisung, noch einmal den Grund des Sees abzusuchen.

Der Fernsehreporter rief etwas Unverständliches, aber Ella drängte sich durch die Absperrung. Sie hatte genug gesehen.

„Haben Sie zu dieser Sache noch etwas zu sagen, Mrs Edwards?“, fragte Bentley. Er war Ella und William dicht auf den Fersen.

„Nichts, was Sie abdrucken könnten“, entgegnete William.

Ella blieb stehen. „Ich habe immer wieder gesagt, dass Natalie Anne noch lebt. Sie ist am Leben, aber keiner von euch hat es geglaubt. Vielleicht glaubt ihr mir jetzt endlich.“

Ella drehte sich vom Fenster weg, als ein Polizist das Absperrband anhob und William durchfuhr. Nach sieben langen Jahren hatte sie endlich etwas Greifbares. Ihre Hoffnung war kein nebulöser Wunsch mehr, sondern sie gründete sich auf Tatsachen.

Kapitel 7

Sheriff Preston ließ das Auto von einem Abschleppwagen wegbringen. Das Bild prägte sich in sein Gedächtnis ein. Ihm kam es vor, als sei die Zeit stehen geblieben. Der Übertragungswagen des Fernsehsenders fuhr kurz danach weg. Auch die Schaulustigen machten sich auf den Heimweg. Ein Mädchen im Alter von etwa 10 Jahren legte einen Strauß aus Gänseblümchen und Wiesenblumen am Seeufer nieder. Preston sah ihr kopfschüttelnd nach, als sie wegging.

Einer der Taucher kam auf ihn zu. Er hielt einen Gegenstand in der Hand und bat ihn um eine Plastiktüte. Der Sheriff ging zum Streifenwagen. Nachdem er auf dem Rücksitz und im Kofferraum herumgestöbert hatte, fand er einen weißen Müllbeutel. Der Taucher hielt ein langes Messer hoch.

„Das sieht ja richtig gefährlich aus“, sagte der Taucher. „Ich weiß nicht, ob es was mit dem Fall zu tun hat, aber es hat direkt neben dem Auto im Schlamm gelegen.“

Das Sonnenlicht fiel auf das Messer. Preston sah es sich genau an. Weil es so lange im Wasser gelegen hatte, war die Klinge rostig und der Griff mit Algen und Flechten bewachsen. Eine Identifizierung war fast unmöglich, es sei denn, man könnte die Seriennummer erkennen. Aber Preston hatte schon einmal ein ähnliches Messer gesehen.

„Was ist Ihrer Meinung nach damals passiert, Sheriff?“, fragte der Taucher.

Preston ließ das Messer in den Müllbeutel fallen, verknotete ihn und warf ihn in den offenen Kofferraum des Streifenwagens. Er holte noch einen Beutel heraus und verstaute darin den übel riechenden Kindersitz sowie die Decke und die Überreste des Plüschtiers. Dann band er auch diesen Beutel zu. „Irgendwas ist hier gründlich schiefgelaufen. Vielleicht musste das kleine Mädchen sterben. Wenn ich ganz ehrlich bin, muss ich sagen: Ich habe keinen Schimmer, was passiert ist. Aber ich werde so lange herumfragen, bis ich die Wahrheit rausfinde."

Preston schlug den Deckel des Kofferraums zu und fuhr weg. Er war nachdenklich geworden. Als die Mutter des Mädchens zum ersten Mal vernommen wurde, war er dabei gewesen. Dana hatte offensichtlich Seelenqualen gelitten, wie wohl jede Mutter, deren Kind gerade entführt worden ist.

Sie erzählte, dass sie in der Bar einem Fremden begegnet wäre. Keiner der anderen Gäste erinnerte sich an den Mann. Er hätte sie mit einem Messer bedroht und sie gezwungen, in eine einsame Gegend zu fahren. Dort musste sie aussteigen. Sie hatte zugegeben, dass es ein großer Fehler gewesen sei, ihre Tochter mitzunehmen und sie schlafend auf dem Rücksitz zu lassen, während sie in der Bar war. Für Preston klang diese Aussage glaubwürdig. Sie hatte keine Angst davor, mit der ungeschminkten Wahrheit herauszurücken, und ihre Trauer über das Verschwinden ihres Kindes wirkte echt.

Der fremde Mann holte ein Seil aus seinem Rucksack und band sie damit an einen Baum. Er drohte ihr, dass er das kleine Mädchen umbringen werde, wenn sie an Flucht denken sollte. Es war ihr gelungen, die Fesseln zu lösen. Dafür sprachen die Schürfwunden an ihren Handgelenken. Später zeigte sie den Polizisten den Baum, an den sie gefesselt gewesen war. Dort, wo das Seil um den Baumstamm gelegen hatte, fehlten Stücke der Rinde. Jede Einzelheit ihrer Aussage schien sich zu bestätigen, aber das Auto und das kleine Mädchen blieben spurlos verschwunden.

Er musste ständig an den Kindersitz denken. Etwas stimmte nicht damit. Er fuhr bergauf, als er an einer Autowaschanlage vorbeikam. Kurz entschlossen legte er den Rückwärtsgang ein und bremste vor der mittleren Kabine. Die beiden anderen Stellplätze waren besetzt.

Preston ließ den Kofferraumdeckel aufspringen und holte den Müllsack mit dem Kindersitz heraus. Dann warf er ein paar Münzen in den dafür vorgesehenen Schlitz an der Wand. Sie fielen klirrend in den Automaten. Der Schlauch füllte sich mit Wasser; ein dünner Strahl entwich zischend aus der Spritzdüse und lief auf den Betonboden. Dort befand sich bereits eine Pfütze, die rasch größer wurde. Als Preston den Bügel herunterdrückte, machte der Wasserdruck den Schlauch zu einer sich windenden Schlange, die sich mit einem lauten Zischen aus ihrem Gefängnis befreite. Im Nu wurde der Kindersitz unter dem Schlick sichtbar. Er war mit blauem Cord bezogen, aber unter der Wucht des Wasserstrahls löste sich der Stoff in Fetzen auf. Als der Sitz nach vorn kippte, drehte Preston so lange an der Spritzdüse, bis sich der Wasserstrahl verbreiterte. Jetzt konnte er den Sitz endlich von dem sieben Jahre alten Film aus Schlamm und Schlick befreien.

Der alte Mann, der in der Kabine neben ihm seinen alten Ford Mustang polierte, warf Preston verstohlene Blicke zu, sodass dieser sich fragte, was wohl dabei herauskäme, wenn er im Polizeicomputer das Nummernschild von dem Typen überprüfen würde. Er ließ den Bügel los. Wieder spannte sich der Schlauch an. Preston legte ihn weg, ging in die Hocke und nahm die vordere Schnalle des Kindersitzes in die Hand. Der Sitz hatte wie alle älteren Modelle einen von oben nach unten verlaufenden und vorn zu schließenden Riemen. Heutzutage schafften viele Eltern extravagant ausgestattete Kindersitze an, ohne zu wissen, wie man sie korrekt befestigt. Das hatte er oft genug festgestellt, wenn er auf Streife war und Autos kontrollierte.

Die vordere Schnalle war noch immer verschlossen. Darüber hing der zerrissene Riemen. Ein paar Minuten lang hockte er da und dachte angestrengt nach. Ein solcher Riemen konnte nicht an einer Stelle zerfallen und überall sonst noch intakt sein. Es musste dafür eine logische Erklärung geben, aber ihm wollte einfach nichts einfallen.

„Hey, Sheriff." Der Typ mit dem Ford Mustang trocknete sich Hände und Arme an einem Fensterleder ab. „Hat jemand sein Kind in den Fluss geschmissen?" Das Lachen des Mannes klang verlegen.

Preston drehte sich um und warf dem Mann einen wütenden Blick zu.

Der Alte reagierte mit einem gleichgültigen Achselzucken, stieg in sein Auto und drehte den Zündschlüssel um. Der Motor röhrte wie ein mechanisches Kunstwerk, das in ein Museum gehörte. Offenbar war der Dämpfer defekt. Aber solche Typen legten es ja oft darauf an, mit ihren Autos aufzufallen.

Preston zog an der Schnalle. War der Riemen etwa durchgeschnitten worden? Auch mit einem guten Messer brauchte man ziemlich viel Kraft, um das zu bewerkstelligen.

Plötzlich ertönte ein Summton. Der Schlauch stand ihm jetzt nur noch dreißig Sekunden lang zur Verfügung. Er stand auf, um ihn wieder in die Halterung zu hängen, aber dann hielt er die Spritzdüse in den Müllbeutel, bis die Zeit um war. Als der Schlauch schlaff wurde, leerte er den Müllbeutel aus. Die Decke fiel mit einem leisen Klatschen auf den Betonboden. Obwohl die Farben verblichen waren, war das Motiv noch zu erkennen: Es war die Arche Noah. Er hob die Decke hoch. Darunter lag ein einäugiger Teddybär. Um den Hals trug das Plüschtier noch immer ein rotes Band.

Preston legte alle Gegenstände in den Kofferraum zurück. Dann schlug er den Deckel zu. Nebenan stand jetzt ein verrosteter Kleinbus, und der Fahrer schrubbte gerade den Kühlergrill ab. Ein langer Pferdeschwanz hing ihm über den Rücken. Auf eine Schulter hatte er sich eine Hanfpflanze tätowieren lassen.

Preston fand es nicht mehr sehr lohnenswert, dieses Auto so gründlich zu putzen, weil es ein aussichtsloser Kampf gegen den Verfall war, wie seine eigene Arbeit als Sheriff. Einen typischen Vertreter der heutigen Gesellschaft hatte er hier in der Autowaschanlage vor sich. Wie damals beim Untergang der *Titanic* merkten auch heute die Menschen nicht, wie sie zielstrebig auf ihren eigenes Verderben zusteuerten. Der Mann beachtete Preston nicht, aber der Sheriff war ziemlich sicher, dass der andere eine unanständige Geste in seine Richtung machte, als er sich umdrehte und in seinen Streifenwagen einstieg.

Preston hatte den Mann rasch vergessen, weil ihn die Entdeckung von heute Morgen viel zu stark beschäftigte. Er hatte all die Jahre seine Zweifel am bisher angenommenen Tathergang gehabt. Unmittelbar nach dem Verschwinden des kleinen Mädchens hatte er das dumpfe Gefühl gehabt, dass die Geschichte, die die Mutter erzählte, nicht der Wahrheit entsprach. Aber weil die Tragödie in einer Kleinstadt geschehen war, in einem Ort, in der jeder jeden kannte und in dem die Leute auf eine rasche Aufklärung drängten, war er vorsichtig. Er sammelte so viele Hinweise und Anhaltspunkte wie möglich, bevor er Ellas Tochter eine ganze Nacht lang verhörte. Die junge Frau wich keinen Millimeter von ihrer ersten Aussage ab, aber schon damals passten die Fakten nicht so recht zusammen.

Sieben Jahre lang quälte Preston jeden Morgen beim Aufwachen der schreckliche Verdacht, dass die Leiche eines kleinen Mädchens irgendwo im Wald verscharrt worden war. Er wartete immer wieder auf den Anruf eines Jägers oder eines einsamen Spaziergängers und die Nachricht von der Entdeckung des verborgenen Grabs. Aber er hatte nie einen solchen Anruf bekommen – bis schließlich gestern Abend das Telefon klingelte.

Er konnte die Puzzleteile der Entführung zusammenlegen. Alles war da: der zeitliche Ablauf, die Aussage der Mutter, die Beschreibung des Täters. Trotzdem fehlten noch ein paar Teile. Was war in jener Nacht wirklich geschehen? Wie sah die Wahrheit aus? Er kam nicht drumherum; er musste unbedingt noch einmal mit der Tochter von Ella und William reden.

*

Am Samstag sind Sheila und ich zum Pferdestall von Mr Taylor gegangen. Von außen sah der Stall aus wie eine windschiefe Bretterbude. Aber innen war es ganz toll. Es ist so schön, auf einem Heuballen zu sitzen und den Stallgeruch einzuatmen.

Die Pferde sind gleich auf uns zugekommen. Giselle und Goliath haben mir Mais aus der Hand gefressen. Ihre haarigen Lippen fühlten sich so komisch an, dass ich die Hälfte des Futters vor Schreck fallen ließ. Aber Sheila meinte, ihr wäre das beim ersten Mal auch passiert. Da war ich gleich beruhigt. Sheila hatte einen Jeans-Overall an und Gummistiefel, die ihr bis zu den Knien reichten. Wahrscheinlich brauchte sie die auch, wenn sie den Stall ausmisten wollte.

Mr Taylor war ein alter Mann mit einem zerknautschten Gesicht. Seine Haut sah aus wie das Leder seiner Cowboy-Stiefel. Seine Schultern hingen nach vorn. Es sah so aus, als ob er etwas vom Boden aufheben wollte, aber dann merkte ich, dass er immer so da stand, wie ein Baum, dessen Äste mit Früchten überladen sind. Obwohl es ein heißer Tag war, hatte er ein langärmeliges Hemd und Jeans an. Die Pferde waren immer in seiner Nähe. Für sie war er ihr bester Freund.

„Na, da haben wir ja noch eine Helferin“, sagte er. Er warf mir aus den Augenwinkeln einen Blick zu und lächelte mich an. Seine Zähne waren so groß und gelb wie die der Pferde, und ich habe mich gefragt, ob sein Gebiss echt oder künstlich war.

Sheila sagte, ich sei die Tochter eines Freundes. Der alte Mann stellte keine Fragen. „Für mich spielt es keine Rolle, wer du bist, solange du hier mit zupacken willst.“

„Klar will ich das“, erwiderte ich.

Er sagte mir, dass die Futtertröge schon lange nicht mehr saubergemacht worden wären. Also machte ich mich an die Arbeit und schrubbte so ein hölzernes Ding, das aussah, als wäre es älter als der Pferdestall. Sheila und Mr Taylor waren in den Pferdeboxen und schaufelten Mist in eine Schubkarre.

Das hört sich vielleicht eklig an, aber mir hätte es Spaß gemacht. Ich wollte beim Ausmisten helfen, aber Sheila meinte, ich sollte damit lieber warten, bis sie mir ein paar alte Klamotten und Gummistiefel besorgen könnte. Ich gab ihr recht, weil mein einziges Paar Schuhe an manchen Stellen schon Risse im Leder hatte.

Plötzlich schlüpfte eine Maus unter dem Heuballen hervor. Dieses Tierchen konnte ganz schön hoch springen. Ich ließ einen lauten Schrei los, und der alte Mann fing an zu lachen.

Er erklärte mir, dass das eine Springmaus sei und sie normalerweise in den Feldern lebte. Der Supermarkt hätte wegen dieses Tierchens beinahe keine Baugenehmigung bekommen. Ich fand es komisch, dass eine so kleine Maus eine so große Firma fast gestoppt hätte.

Plötzlich kam Papa in den Pferdestall gestürmt. Die Pferde erschraken, und Giselle wäre mir beinahe auf den Fuß getreten. Sheila machte die beiden Männer miteinander bekannt.

„Ihre Tochter kann wirklich zupacken", sagte Mr Taylor.

„Sie ist wirklich ein Schatz, finden Sie nicht auch?", meinte Papa. Er drehte sich zu Sheila um. „Das Ersatzteil ist da! Kann ich mit Ihrem Auto zur Werkstatt fahren? Ich bringe es auch gleich wieder zurück."

Sheila sah aus, als hätte ihr jemand einen Schlag mit einem Holzhammer verpasst. „Na klar. Kein Problem. Ich hole nur schnell die Autoschlüssel."

„Ich weiß, wo sie sind", erwiderte Papa. „Ich bin ruckzuck wieder da. Wie wär's, wenn wir zur Feier des Tages einen Grillabend veranstalten? Ich bringe Grillgut mit." Er sah Mr Taylor an. „Es reicht bestimmt für vier."

„Oh nein, das kann ich nicht annehmen", entgegnete der alte Mann.

„Doch, das können Sie", meinte Sheila. „Sie sind herzlich eingeladen."

„Ich streike, wenn Sie nicht kommen", sagte ich.

Jetzt musste er lachen. „Dann muss ich es mir wirklich überlegen."

„Dann also bis später." Mit diesen Worten lief Papa zurück zu Sheilas Haus.

Mr Taylor bückte sich und harkte etwas Mist aus der Ecke der Pferdebox. „Weiß dein Papa denn, wie man gute Frikadellen macht?“

„Er macht die besten überhaupt. Er füllt sie mit Käse und Pilzen und allem Möglichen. Seitdem unser Grill kaputtgegangen ist, haben wir aber nicht mehr gegrillt.“

„Wie lange ist das schon her?“, wollte Sheila wissen.

„Vielleicht ein Jahr oder sogar schon zwei. Aber mir läuft immer das Wasser im Mund zusammen, wenn ich irgendwo Holzkohle rieche.“

Als wir mit der Stallarbeit fertig waren und zum Haus gingen, war Papa zurück. Er lag unter dem Wohnmobil und setzte das Ersatzteil ein. Man konnte nur seine Beine sehen. Neben dem Auto standen ein paar weiße Tüten mit Brötchen, Gemüse und Fleisch.

Sheila bat mich, draußen meine Schuhe auszuziehen und mit ihr nach oben zu kommen. „Ich hab eine Überraschung für dich.“

Ich konnte mir zwar nicht vorstellen, was da oben auf mich wartete, aber mein Herz machte Sprünge wie die Maus im Pferdestall, als ich Sheila in ihr Badezimmer folgte. Ihre Badewanne war fast so groß wie ein Swimmingpool.

„Dieser Whirlpool ist der einzige Luxus, den ich mir leiste“, erklärte Sheila. Sie drehte den Wasserhahn auf und hielt eine Hand unter den Strahl. Dann nahm sie eine Plastikflasche vom Regal und goss eine dicke Flüssigkeit hinein. Sofort bildeten sich weiße Schaumbläschen. Als sie die Wasserdüsen einschaltete, zitterte der Fußboden, und ein lautes Brummen füllte das ganze Bad aus. Ich befürchtete, dass die Schaumbläschen jeden Moment über den Rand der Wanne steigen würden. Aber das passierte nicht. Als genug Wasser in der Wanne war, drehte Sheila den Wasserhahn zu. Dann sagte sie mir, ich solle mich ausziehen und in das schaumige Wasser steigen, während sie mir ein paar Sachen holte.

Ich machte die Tür zu, legte meine Kleider in die Ecke und stieg in die Wanne. Die vielen Wasserbläschen aus den

Düsen fühlten sich auf meiner Haut ganz komisch an, aber das Wasser war herrlich warm und der Schaum duftete wie der große Fliederhain, durch den wir gelaufen sind, als wir im mittleren Westen an einem Rastplatz angehalten haben. Der Duft von Flieder war für mich die Verkörperung des Frühsommers, und jetzt saß ich mittendrin.

Sheila kam zurück ins Bad. Sie hängte ein mit roten Blumen bedrucktes Baumwollkleid an den Handtuchhalter. Als ich im Supermarkt nach Haarbändern geguckt habe, habe ich so ein Kleid gesehen. Obwohl ich eigentlich keine Kleider mag, hat es mir gleich gefallen. Dann holte Sheila ein frisches Handtuch raus. Es war größer als ich, weich und dick, und es duftete fast so gut wie der Schaum in der Badewanne.

„Zuerst wäschst du dir die Haare, und wenn du fertig bist, probierst du das Kleid an“, sagte Sheila. „Ich hab auch noch ein Paar weiße Sandalen für dich. Und dann machen wir dir die Nägel. Einen Haarschnitt bekommst du auch noch verpasst.“

Ich lehnte mich im Wasser zurück, verschränkte die Hände hinter dem Kopf und entspannte mich. So ähnlich musste sich wohl eine Königin fühlen. Es ist toll, wenn man Sachen gebracht und Kleider rausgelegt bekommt oder wenn es Leute gibt, die einem das Bett frisch beziehen. Ich könnte mich in weniger als einer Minute an so was gewöhnen.

Nach langer Zeit trocknete ich mich ab und probierte das Kleid an. Von meinem feuchten Haar perlten kleine Wassertropfen ab.

Sheila kam wieder rein. Sie stämmte die Hände in die Hüften und legte den Kopf schief. „Du siehst schon jetzt bildschön aus. Warte nur, bis wir fertig sind!“

Sie schob mich vor den Spiegel und bürstete mir das Haar. Das ist gar nicht so leicht, weil immer so viele Knoten drin sind. Wenn man versucht, es zu bürsten, dann ist das so, als ob man ein Vogelnest bügeln wollte. Deshalb lasse ich es meistens bleiben. Sheila legte mir ein trockenes Handtuch um die Schultern und holte eine Schere raus. Eigentlich wollte sie mir nur die Spitzen schneiden, aber dann musste sie wegen der vielen Knoten und verfilzten Stellen ziemlich viel wegschneiden. Mein neuer Haarschnitt sah ganz toll aus. Ich konnte es kaum erwarten, bis Papa mich so sah.

„Jetzt müssen wir aber noch was machen", sagte Sheila.

Zuerst musste ich mich auf ihr Bett setzen. Dann stellte sie meine Füße auf einen Klapphocker und schnitt mir die Fußnägel. Danach holte sie einen tollen pinken Nagellack und bearbeitete meine Nägel. Sie steckte mir Wattebällchen zwischen die Zehen, damit der Lack trocknen konnte. Sheila schnitt und lackierte mir auch die Fingernägel. Dann rieb sie mir ein bisschen Rouge auf die Wangen. Das Tollste aber war eine Halskette mit einer roten Blume in der Mitte. Sie passte genau zu den Blumen auf meinem Kleid.

Ich drehte mich vor dem Spiegel hin und her, während Sheila mir die Kette um den Hals legte. Plötzlich stotterte der Motor des Wohnmobils ein paar Mal, bevor er ansprang. Papa ließ einen lauten Schrei los, den wir durch das offene Fenster hörten. Sheila verzog das Gesicht, als ob vor ihrem Haus gerade zwei Autos zusammengestoßen wären.

Sie plusterte mein frisch geschnittenes Haar noch mal auf und lächelte mich an. „Komm, jetzt machen wir das Abendessen."

*

Papa hatte sich umgezogen. Er sah so glücklich aus wie schon lange nicht mehr. Männer meinen wohl, sie hätten Wunder was geleistet, wenn sie einen Motor zum Laufen bringen. Er warf mir einen Blick zu, und plötzlich fiel ihm die Kinnlade runter.

„Na, wie gefalle ich dir?", fragte ich. Ich drehte mich einmal um mich selbst, und dann hielt ich ihm meine Hände mit den lackierten Fingernägeln hin und zeigte ihm meine neuen Sandalen.

„Wo hast du das denn her?", wollte er wissen.

„Das hab ich gestern nach der Arbeit besorgt", antwortete Sheila. „Jedes Mädchen braucht ab und zu mal ein neues Kleid und neue Schuhe."

Papa streckte die Hand aus und berührte mein Haar. Er hatte sich wohl so sehr an meinen zerzausten Kopf gewöhnt, dass er gar nicht glauben konnte, wie weich und seidig meine Haare waren. „Du hast einen guten Geschmack, Sheila."

Sie reichte Papa einen großen Teller mit Hackfleisch, und er machte sich an die Arbeit. Er hatte Zwiebeln und Paprikaschoten gekauft, Pilze und verschiedene Käsesorten. Während er die Frikadellen machte, sah er fast genauso glücklich aus wie vorhin, als er das Wohnmobil reparierte.

Ein alter Kleinlaster rumpelte den Weg hoch. Als er anhielt, stieg Mr Taylor aus. Walter rannte zu ihm und schnupperte schwanzwedelnd an seinen Hosenbeinen. Papa sagt immer, dass ein Hund mit seiner empfindlichen Nase viel mehr riechen kann als wir. Es sah so aus, als ob Walter gerade ein Hundeparadies entdeckt hätte. Für ihn waren die Kleider von Mr Taylor wohl so was wie für uns ein Besuch in einem Steakhaus. Mr Taylor unterhielt sich mit Papa. Im Gespräch der beiden ging es um den Motor des Wohnmobils und darum, wie Papa die Frikadellen gemacht hatte.

Als Mr Taylor mich an der Hintertür stehen sah, hielt er den Kopf schief, als ob ich jemand Fremdes wäre. Dann nahm er seine John-Deere-Mütze ab. „Ich hatte wohl noch nicht das Vergnügen, Sie kennenzulernen, gnädiges Fräulein."

Ich musste lachen, während ich die Tür ganz aufmachte. „Klar kennen Sie mich. Ich bin's doch bloß, Junikäfer."

Er zwinkerte mir zu und überreichte Sheila ein Schraubglas. „Ich hab auf einen besonderen Anlass gewartet, um das aufzumachen. Das ist irgendwas Eingelegtes. Meine Frau hat es gemacht, bevor sie starb. Das passt vielleicht ganz gut zu diesen Frikadellen."

Sheila machte ziemlich viel Wirbel um dieses Glas, aber ich konnte mir nicht so recht vorstellen, was da drin war.

Deshalb fragte ich noch mal nach. Sheila schraubte den Deckel vom Glas und roch am Inhalt. „Das ist Chutney – eine Würzsauce aus Obst und Gemüse, und sie schmeckt ganz lecker zu Gegrilltem."

Auf dem Herd stand ein riesiger Topf. Sheila kochte so viele Maiskolben, dass man davon ein kleines Dorf hätte ernähren können. Dann hatte sie in einer großen grünen Glasschüssel einen Salat angemacht und Croutons drübergestreut. Ich nannte diese Dinger immer Holzklötzchen, weil ich finde, dass sie so aussehen. In dem Salat waren frische Gurken und Tomaten und noch viele andere Sachen. Wenn ich eine Weile bei Sheila bleiben könnte, würde ich von ihr bestimmt eine Menge lernen, vor allem, wie man gut kocht. Sie hatte auch noch einen Kartoffel- und einen Nudelsalat gemacht.

Sheila bat mich, Limonade auszuschenken. Mr Taylor half mir, die Eiswürfel aus den Behältern rauszuholen und in die hohen Gläser zu füllen. Ich fühlte mich beinahe wie in einer richtigen Familie, in der jeder mithilft.

„Ist Junikäfer eigentlich dein richtiger Name?", fragte Mr Taylor, als wir die Salate und die Maiskolben auf den Esszimmertisch stellten.

Ich zuckte mit den Schultern. Dabei dachte ich an das Bild, das ich im Supermarkt gesehen hatte. Hieß ich in Wirklichkeit vielleicht Natalie? „Ich hab immer auf diesen Namen gehört."

Papa brachte einen großen Teller mit gegrillten Frikadellen rein. Auf manchen von ihnen bildeten sich kleine Bläschen von geschmolzenem Käse, und alle waren knusprig braun. „Ihr richtiger Name ist Juni, wie der Monat. Und irgendwie ist im Lauf der Zeit Junikäfer daraus geworden."

„Haben Sie den Namen ausgesucht, oder hat Ihre Frau das gemacht?", wollte Mr Taylor wissen.

Papa wischte sich mit einer Papierserviette die Hände ab. Dann betrachtete er den gedeckten Tisch. „Wenn ich mich richtig erinnere, haben wir diese Entscheidung gemeinsam getroffen." Er warf Sheila einen Blick zu. „Ich glaube, du hast den Kaviar vergessen."

Sheila musste lachen. „Es ist keiner mehr da."

„Aber du hast sonst an alles gedacht. Das sieht einfach köstlich aus."

Wir setzen uns und reichten uns die Schüsseln mit den Salaten hin und her. Aber irgendwas fehlte.

Zuerst habe ich nicht gewusst, was das war, aber plötzlich fiel es mir wieder ein. Ich hatte es schon so oft in Filmen gesehen, bei Feiern wie am Erntedankfest oder zu Weihnachten. Für mich war das hier auch so was wie ein Festessen, obwohl es Sommer war und die Fliegen versuchten, vor uns an die vielen leckeren Sachen zu kommen.

„Sollten wir nicht beten, bevor wir anfangen?", fragte ich.

Mr Taylor schnitt gerade die Körner von dem Maiskolben, der auf seinem Teller lag. Er erstarrte und hielt das Messer in die Luft. Papa sah mich mit hochgezogenen Augenbrauen an.

Nur Sheila nickte zustimmend und neigte den Kopf. „Dann bete du doch mit uns."

„Ich weiß nicht, ob ich das kann."

„Klar kannst du das", erwiderte Sheila. „Danke Gott einfach für das Essen und für alles andere, was dir so einfällt."

Plötzlich fühlte sich mein Gesicht glühend heiß an. Vielleicht war Papa böse auf mich, weil ich plötzlich Gott erwähnt hatte. Vielleicht befürchtete er auch, dass Mr Taylor sich darüber ärgern könnte.

Ich machte die Augen zu und faltete die Hände so fest, dass ich nicht mehr fühlte, welche die rechte und welche die linke war. Dann versuchte ich, mich an die Gebete aus den Filmen zu erinnern, aber das wollte mir nicht gelingen. Mr Taylor räusperte sich laut. Er tat so, als ob er schon am Verhungern wäre.

„Lieber Gott", begann ich. Meine Stimme klang fremd, wie die von einem kleinen Tier, das in der Falle sitzt. Aber ich sprach trotzdem weiter. „Danke für das gute Essen. Danke auch für mein neues Kleid und die Sandalen. Danke für unsere neuen Freunde. Ach ja, und auch für die Kette und meine neue Frisur. Und schenk uns noch einen schönen Abend. Amen."

„Das war ein schönes Gebet", meinte Sheila.

„Ja, du hast mir aus dem Herzen gesprochen, Junikäfer", fügte mein Papa hinzu.

Mr Taylor bearbeitete wieder seinen Maiskolben. Als er damit fertig war, reichte ich ihm die Butter und das Salz.

Walter stand laut winselnd an der Hintertür. Sheila schimpfte ihn aus. Papa stand auf und nahm eine Frikadelle, die ein bisschen angebrannt war, und gab sie Walter. Der Hund verschlang sie am Stück. Dann kam er wieder zur Tür und winselte noch lauter. Sonst hörte man nichts weiter als das leise Klappern von Besteck auf den Tellern und das laute Seufzen von Mr Taylor, der das Essen genoss. Er goss sich etwas von der Würzsauce auf den Teller und vermischte sie mit den Maiskörnern. Das sah nicht aus, als ob mir das schmecken könnte. Ich fragte mich sowieso, ob seine verstorbene Frau damit einverstanden gewesen wäre, dass er dieses Glas an einem fremden Tisch aufmachte, aber ich wollte ihn das nicht fragen.

Papa sagt immer, dass man mehr lernen kann, wenn man zuhört, als wenn man redet. Deshalb versuchte ich, schweigend weiterzuessen und erst dann etwas zu sagen, wenn die Erwachsenen ausgeredet hatten. Aber alle waren still, und das war für mich schwer zu ertragen.

Endlich wischte sich Mr Taylor den Mund ab und lehnte sich in seinem Stuhl so weit zurück, wie es ihm seine krummen Schultern erlaubten. „Und was haben Sie jetzt mit dem reparierten Wohnmobil vor?", fragte er meinen Papa.

Der nahm erst mal einen Schluck von seiner Limonade. „Na ja. Wir müssen zurück an die Ostküste. Ich muss dort was erledigen."

Vor Schreck ließ ich meine Frikadelle fast auf mein neues Kleid fallen. „Was musst du denn erledigen?"

„Verschiedene Sachen. Zum einen brauchen wir ein bisschen Geld. Und wer weiß, vielleicht tausche ich diese alte Schrottkarre gegen was Moderneres aus."

„Aber ich will hierbleiben“, erwiderte ich. „Warum hast du mir nicht gesagt, dass wir weg müssen?“

Ich knallte die Serviette auf den Tisch und rannte zur Haustür. Ich konnte hören, wie Papa nach mir rief, die Tür aufmachte und auf die Veranda lief, aber ich blieb erst stehen, als ich am Zaun von Mr Taylors Grundstück war.

„Junikäfer, komm sofort zurück!“, schrie Papa, als er über das Basketballfeld rannte. Ich stand einfach da und klammerte mich am Zaun fest. Am liebsten wäre ich unten durchgekrochen und gerannt, bis ich außer Atem war. Papa trat hinter mich und kniete sich hin. Er sagte nichts. Deshalb begann ich zu sprechen.

„Warum hast du mir nicht gesagt, dass wir weg müssen?“, fragte ich ihn wieder. Ich versuchte, die Tränen zu unterdrücken. Wenn man versucht, nicht zu weinen, wird es nur noch schlimmer. Ich komme mir dabei schon blöd vor, wenn ich allein bin, und noch dümmer fühle ich mich, wenn jemand dabei ist.

Papa legte mir eine Hand auf die Schulter und drehte mich zu sich um. „Ich will dir doch nicht wehtun. Aber ich muss ein paar Sachen erledigen, damit wir wieder weitermachen können. Ich erwarte nicht, dass du das verstehst, aber ...“

„Nein, ich verstehe das nicht. Das ist das erste Mal, dass jemand es gut mit uns meint und was für uns tun will.“ Ich zupfte an meinem Kleid. „Guck mich doch an. Warum können wir nicht hierbleiben? Du könntest dir eine Arbeit suchen und das Wohnmobil verkaufen. Sheila mag uns. Sie würde dich sogar heiraten, wenn du sie darum bitten würdest. Und ich könnte für Mr Taylor arbeiten. Wir wären wie eine richtige Familie. Ich könnte zur Schule gehen und Freundinnen haben und bei ihnen übernachten oder was mit ihnen zusammen unternehmen.“

Papa sah mich mit diesem speziellen Blick an, als ob er alles wüsste. „Hast du etwa gelauscht, als Sheila und ich miteinander geredet haben?“

„Ich hab nicht alles gehört, aber sie hat recht. Ich will nicht mehr in diesem Ding da wohnen.“ Ich deutete auf das Wohnmobil. „Ich will endlich in einem richtigen Bett schlafen und mit dem Fahrrad ums Haus rum und auf dem Weg fahren. Warum können wir nicht wie andere Leute auch sein? Wie richtige Menschen?“

„Wir sind doch richtige Menschen. Es ist nur so ...“ Seine Stimme wurde schwächer, und er fuhr sich mit den Fingern durchs Haar. „Ich hab immer geglaubt, dass dir das Leben im Wohnmobil gefällt, die Freiheit und die Reisen zu immer neuen Orten. Wir haben vieles zusammen gemacht und vieles gesehen, wovon andere Kinder nur träumen können.“

Es ist schwer, wenn man seinem Papa wehtut, aber manchmal muss man einfach raus mit der Wahrheit. „Andere Kinder träumen nicht davon, mit dem Fahrrad auf einem Parkplatz rumzufahren. Unser Leben ist, als ob man ständig Ferien hat. Weißt du, was ich meine? Du willst frei sein, aber ich weiß nicht, wovon wir eigentlich frei sind.“

Papa rieb sich mit dem Finger über das Kinn. Dann starrte er rüber zum Pferdestall. „Ich hab mir überlegt, ob ich nicht diesmal allein losfahren soll. Wenn Sheila einverstanden ist und du es möchtest, könntest du hier bleiben. Ich weiß zwar nicht, wie das funktionieren soll, wenn sie jeden Tag zur Arbeit muss ...“

„Ich bin ja kein kleines Kind mehr“, sagte ich. „Das wird schon klappen. Aber wohin willst du fahren?“

„Zurück an die Ostküste. Ich muss dort ein paar offene Fragen klären. Danach kann ich vielleicht endlich sesshaft werden. Vielleicht verkaufe ich diese Schrottkiste und miete uns ein Haus. Dann kannst du zur Schule gehen und Freundinnen haben wie ein ganz normales Mädchen.“

Ich wusste nicht, ob ich mich freuen oder traurig sein sollte. Papa hörte sich an, als ob er einen Traum begraben musste. Wenn man drei verschiedene Sorten Kuchen sieht, kann man nicht alle auf einmal essen. Aber vielleicht ist die Sorte, die man sich aussucht, auch nicht besser als die anderen.

„Das wäre einfach toll“, erwiderte ich. „Und ich mach ihr auch nicht viel Arbeit. Das verspreche ich dir.“

Papa stand auf, hob mich hoch und drückte mich fest an sich. Als ich ihm beide Arme um den Hals legte, war mir fast schwindlig vor Freude, weil ich eine Zeit lang in einem richtigen Bett schlafen würde. Aber plötzlich hatte ich so ein ungutes Gefühl. Wer weiß, vielleicht hatte er das alles so geplant. Aber er konnte doch nicht wissen, dass wir so lange auf das Ersatzteil warten müssen würden. „Wie lange bist du weg?“

„Das weiß ich noch nicht so genau“, antwortete er.

Ich lehnte mich zurück und sah ihm in die Augen. „Eine Woche? Ein paar Wochen?“

„So ungefähr“, meinte er. Er wollte sich wohl nicht festnageln lassen, wie in dem Winter, als wir zum Grand Canyon gefahren sind und er nicht sagen wollte, wie lange wir dort bleiben würden. Er wollte bloß am Südrand sitzen und jeden Tag den Sonnenaufgang beobachten. Das war damals, als er nachts nicht schlafen konnte. Wenn er doch einschlief, wachte er laut schreiend auf und lief dann raus, ohne sich ein Hemd anzuziehen. Draußen kniete er sich auf den Boden, und manchmal wurde ihm schlecht.

„Du willst mich aber nicht verlassen, oder doch?“, fragte ich.

Papa ließ mich wieder runter. Dann bückte er sich und sah mir ins Gesicht. „Junikäfer, wie kann ich dich denn verlassen? Du hast einen Platz in meinem Herzen, seitdem ich dich zum ersten Mal gesehen habe.“

Seine Stimme klang so warm, so lieb und kuschelig, wie von einem Plüschtier. Ich konnte nicht anders. Ich musste es einfach loswerden. „Bist du mein richtiger Papa?“

Er sah mich erschrocken an. „Warum fragst du mich so was?“

Ich zog beide Schultern hoch. „Weil ich es wissen will.“

„Warum sollte ich nicht dein richtiger Papa sein?“

Beinahe wäre ich mit der Wahrheit rausgeplatzt und hätte ihm erzählt, dass ich an der Pinnwand mein Foto gesehen habe. „Nur so. Ich sehe dir nicht ähnlich. Es gibt kein Foto, auf dem du mich als Baby im Arm hältst.“

Papa lächelte. Er sah aus wie Bruce Willis in einem Film,

den wir uns mal angesehen haben. Sein Mund war irgendwie schief, und er bekam ganz kleine Augen.

„Komm, wir gehen zurück, bevor das Essen kalt wird. Und du kannst Sheila gleich sagen, dass du hier bleiben wirst."

Er nahm meine Hand, und wir gingen über die vertrockneten Kiefernnadeln und Zapfen, die auf dem Weg lagen. Weil er mir auf meine Frage nicht geantwortet hatte, ahnte ich, dass etwas Furchtbares passieren würde. Aber vielleicht *war* schon etwas Schreckliches geschehen. Vielleicht waren wir deshalb immer unterwegs. Weil wir vor etwas flüchteten?

Ich wollte zwar so gerne eine Mutter haben, in einem richtigen Bett schlafen und mit einem Hund spielen und meine Nägel lackieren und bei Mr Taylor im Pferdestall mithelfen, aber ich wusste, dass ich meinen Papa nicht allein wegfahren lassen konnte. Ich musste einfach wissen, was er vorhatte, und ich wollte unbedingt mehr über meine richtige Mutter wissen.

*

Der Himmel war sternenklar, als die drei nach dem Kinobesuch nach Hause fuhren. Sheila hatte zugesehen, wie Junikäfer gebannt auf die riesige Leinwand starrte, als ob sie zum ersten Mal in einem Kino sei. Sie lachte bei allen lustigen Szenen und saß angespannt auf der Kante des Sitzes, wenn sich das Liebespaar näher kam. Während des Films hatte sie den Löwenanteil der großen Popcorntüte vertilgt, und sie machte auch vor der großzügig gebutterten Nachfüllung nicht Halt.

Sie hielten beim Supermarkt an, um für Johns Kühlbox Eis und noch etwas Proviant zu besorgen. Sheila ging mit Junikäfer zum Parkplatz voraus, während John an der Kasse bezahlte.

„Das muss ja komisch für dich sein, wenn du dort einkaufen gehst, wo du arbeitest", bemerkte die Kleine.

„Ja, weil ich zu viel weiß." Sheila lehnte sich an ihr Auto.

„Manchmal gehe ich zu einem anderen Supermarkt, weil ich wissen will, wie das Leben auf der anderen Seite ist."

Junikäfer kicherte leise. Sie hatte wirklich Sinn für Humor.

„Ist es für dich denn in Ordnung, wenn du ein paar Wochen bei mir bleibst?", wollte Sheila wissen.

Junikäfer seufzte. „Ich muss dann wenigstens nicht in diesem doofen harten Bett schlafen."

„Wir werden es uns richtig schön machen."

„Ich kann ja mit Walter spielen, während du bei der Arbeit bist. Und wenn ich im Haushalt helfen soll, musst du es mir bloß sagen. Aber ich werde wohl die meiste Zeit mit Lesen verbringen."

Sheila nickte. „Ich habe mir ein paar Tage frei genommen. Vielleicht können wir einen Tagesausflug nach Buena Vista machen oder eine Nacht in Glenwood Springs verbringen und die heiße Quelle besuchen. Dort gibt es eine große Wasserrutsche, und das Wasser soll heilsame Eigenschaften haben. Es riecht zwar ein bisschen nach faulen Eiern, aber ..."

Sie bemerkte, wie das Gesicht des Mädchens plötzlich ernst wurde und die Kleine sie ansah, als ob man ihr gerade gesagt hätte, dass ihre Geburtstagsfeier ausfallen müsste. Sheila fragte sich, ob Junikäfer überhaupt schon einmal einen richtigen Kindergeburtstag erlebt hatte. „Was ist denn, mein Schatz?"

Sofort huschte ein schwaches Lächeln über ihre Lippen. „Ach, nichts. Aber du brauchst wegen mir nicht extra Urlaub zu nehmen. Ich komm schon klar."

„Da bin ich mir ganz sicher, aber ich habe schon lange auf einen guten Anlass gewartet, damit ich mir endlich mal Urlaub nehmen kann."

Die beiden starrten auf den sternenübersäten Himmel. Schließlich brach Juni das Schweigen. „Schade, dass es hier keine Glühwürmchen gibt. Papa nennt sie Leuchtkäfer. Wenn wir im Süden unterwegs sind, bohren wir Löcher in Marmeladengläser und fangen die Glühwürmchen. Dann kann ich ihnen die ganze Nacht zusehen, wie sie leuchten."

Plötzlich fegte ein kühler Wind über den Parkplatz. Sheila rieb sich fröstelnd die Arme. „Das ist bestimmt schön."

„Das Schiebedach vom Wohnmobil ist genau über meinem Bett. Manchmal schlafe ich am anderen Ende, weil der Mond so hell scheint, dass er mich blendet. Aber oft mache ich nach dem Lesen das Licht aus und gucke in den Himmel. Dann versuche ich, die Sterne zu zählen. Manchmal frage ich mich, ob meine Mutter wohl auch diese hellen Sterne sieht."

„Und was denkst du?"

„Ich weiß nicht. Vielleicht ist sie auch in den Himmel geflogen und ein Engel geworden. Oder sie ist immer noch hier unten und wartet auf mich. Oder sie ist mit einem Zirkus unterwegs und denkt überhaupt nicht mehr an mich."

Sheila setzte schon an, Junikäfers Ansicht über Engel richtigzustellen, aber dann überlegte sie es sich anders. In den nächsten Wochen würden sie genug Zeit zum Reden haben. Sie freute sich schon auf lange Abende mit dem Mädchen und Gespräche über Gott und die Welt und über das Leben. Manche Menschen meinen, Kinder müsse man in eine bestimmte Form pressen. Für Sheila waren Kinder Geschenke Gottes und Wesen, von denen man viel lernen konnte.

„Wenn du einen Wunsch frei hättest, was würdest du dann am liebsten mit deiner Mutter zusammen machen?"

Junikäfer fuhr mit dem Finger um ein paar Sterne herum. Sie legte dabei den Kopf schief und schloss ein Auge. „Ich würde am liebsten einfach mit ihr reden und herausfinden, ob sie mich gern gehabt hat. Dann würde ich sie fragen, warum sie weggegangen ist. Oder warum sie Papa gemocht hat, als sie ihn kennengelernt hat. Ich würde sie nach ihren Lieblingsrestaurants fragen und ob sie Grillhähnchen auch so gern mag. Ob sie manchmal an mich denkt. Na ja, ich würde sie alles Mögliche fragen."

„Würdest du nicht mit ihr in einen Freizeitpark oder auf eine Kreuzfahrt gehen wollen? Das wäre doch toll, oder?"

Junikäfer reagierte auf diese Frage mit einem leisen

Seufzer. „Ich glaub, wenn man in einem Wohnmobil wohnt, kann man eins lernen: Es ist egal, wo du bist, wichtig ist nur, dass du mit Leuten zusammen bist, die du lieb hast."

Sheila starrte ebenfalls den Sternenhimmel an. Sie versuchte, einen tieferen Sinn zu entdecken in dem scheinbar endlosen Raum und den unzähligen, hellen Punkten, die am samtschwarzen Nachthimmel flimmerten.

Ein kleineres Licht bewegte sich langsam über ihnen. Junikäfer beobachtete es aufgeregt. „Ein Satellit!"

Sheila war von diesem Anblick fasziniert, weil er für sie Wahrheit über alle Menschen enthüllte. *Wir alle sind Satelliten, die die Welt umkreisen, bis wir aufgehalten werden oder auseinanderfallen oder aus unserer Umlaufbahn geraten und verglühen. Wir schwimmen immer mit dem Strom, ohne einmal innezuhalten.*

*

Später, als Junikäfer schon im Bett lag, kam John zu Sheila in die Küche.

Er schüttete die Eiswürfel in die Kühlbox.

„Ist das Wohnmobil jetzt reisefertig?", fragte Sheila.

Er nickte und verschränkte die Arme vor der Brust. Dann lehnte er sich an den Herd.

„Der Abschied fällt mir schwer, aber ich glaube, es wird ihr wirklich guttun, mal in einem richtigen Haus zu wohnen." Sein Blick schweifte in die Ferne. „Sie hat gesagt, dass ich sie nicht wecken soll, wenn ich wegfahre. Ist das eigentlich normal? Was meinst du?"

Sheila stellte einen Teller auf die Geschirrablage. „Ich bin keine fertige Kinderpsychologin und ich habe nie eigene Kinder gehabt, aber für mich ist das nicht unnormal."

John lächelte. „Du hast studiert?"

„Ja. Ich hab mit dem Magister abgeschlossen, an der Hochschule der unvorhersehbaren Schicksalsschläge."

„Ach so! An dieser Uni ist mir ein Ehrendoktor verliehen worden."

Sheila musste lachen. Dann spülte sie einen weiteren Teller und stellte ihn auf die Ablage. „Ich glaube, das ist ganz gesund. Sie wird eben langsam eigenständig."

Sheila wischte die Spüle ab, drückte den rosa Schwamm aus und legte ihn auf das Fensterbrett. „Du hast mir den versprochenen Artikel nicht geschickt."

Einen Sekundenbruchteil lang blickten seine Augen ins Leere. „Ach ja, das hab ich vergessen. Bitte entschuldige. Wenn ich deinen Computer benutzen darf, drucke ich dir den Text aus, bevor ich fahre."

Sie trocknete sich die Hände ab und führte ihn in den kleinen Raum, den sie als ihr Büro bezeichnete. Für den Internetzugang hatte sie immer noch ein Wählmodem. „Ich möchte so gern eins deiner Werke lesen. Wie bist du eigentlich auf die Idee gekommen, als Autor zu arbeiten?"

John wirkte unsicher. „Ich hab eine Zeit lang ein Tagebuch über meine Erlebnisse beim Militär geführt. Manches kann ich einfach nicht vergessen. Die Erinnerungen kommen immer wieder hoch. Da habe ich mir gedacht: Es ist doch besser, darüber zu berichten und sich dafür bezahlen zu lassen, anstatt still vor sich hin zu leiden. Aber ich drucke dir einen Text aus, den ich über Junikäfer geschrieben habe."

„Sie wird fragen, wann du wieder zurückkommst. Kannst du mir eine Telefonnummer hinterlassen? Vielleicht von jemandem, mit dem ich Kontakt aufnehmen kann?"

„Ich hatte mal ein Handy, aber ich habe den Vertrag gekündigt. Sie möchte unbedingt so ein Prepaid-Handy haben, aber wen will sie denn anrufen? Wir kennen doch niemanden."

„Es wäre aber gut, wenn du dich von unterwegs ab und zu melden würdest."

„Ich werde die guten alten Telefonzellen benutzen und euch wissen lassen, ob alles wie geplant läuft. Vermutlich werde ich nicht allzu lang brauchen, es sei denn, ich habe wieder Probleme mit dem Motor."

„Lass dir nur Zeit. Wir kommen hier schon klar."

Auf der Veranda knarrte etwas, und Sheila hörte das vertraute Pochen von Walters Rute auf den Dielenbrettern, als er sich kratzte. Sie drehte sich um und wollte nachsehen, was draußen los war. Im Vorbeigehen streifte sie unabsichtlich Johns Arm.

„Entschuldige“, sagte er.

Sheila blieb stehen und sah ihm in die Augen. Dann streckte sie zögernd die Hand aus und berührte ihn sanft am Arm. Er hatte stahlharte Muskeln. Mit seinem Dreitagebart sah er aus wie der männliche Held auf dem Buchcover eines Liebesromans.

Sie schwächte ihre nächste Frage mit einem Lächeln ab, als ob sie nicht ganz ernst gemeint wäre. „Du lässt deine Tochter nicht hier zurück? Du kommst doch wieder, oder?“

John legte ihr eine Hand auf die Schulter. „Ich weiß, dass du ein Risiko auf dich nimmst, und ich weiß deinen Mut zu schätzen. Aber du brauchst keine Angst zu haben. Ich haue nicht einfach so ab.“

„Ich weiß ja, wie sehr du sie liebst.“ Seine Hand fühlte sich warm an auf ihrer Schulter. Sie hatte das Gefühl, in etwas Geheimnisvolles hineingezogen zu werden. Deshalb machte sie einen winzigen Schritt auf ihn zu, während sie ihm unverwandt in die Augen blickte. Sie sah die Narben in seinem Gesicht. Plötzlich geschah zwischen ihnen etwas Seltsames, Wunderbares und zugleich Beängstigendes, wie eine elektrische Spannung. Sie bekam Gänsehaut an den Armen und begann innerlich zu zittern. Wie lange war es schon her, dass jemand mit ihr so sanft und respektvoll umgegangen war?

Sie wollte ihn fragen, ob es vielleicht eine winzige Chance gäbe, dass zwischen ihnen mehr entstehen könnte als nur diese flüchtige Anziehungskraft. Sie wollte ihn bitten, zu seiner Tochter und zu ihr zurückzukehren. Vielleicht könnten sie ihren weiteren Lebensweg gemeinsam gehen. Aber das hätte zu verzweifelt geklungen. Sie spürte, wie die Erinnerung an ihre Vergangenheit die Oberhand gewann. Die Angst vor Ablehnung verschloss ihr den Mund.

Was bildete sie sich eigentlich ein? Welcher Mann würde sich schon für sie interessieren? Schließlich war sie nicht mehr taufrisch, sozusagen beschädigte Ware, die nur noch für die Altkleidersammlung des Lebens taugte. Mit ihren vielen Blessuren und Macken war es fraglich, ob sie selbst dafür noch gut genug wäre. In Gedanken hörte sie schon die verächtlichen Stimmen. Instinktiv wich sie einen Schritt zurück. „Ich sollte jetzt wirklich schlafen gehen. Um welche Uhrzeit fährst du morgen los?“

„Noch vor Tagesanbruch. Ich möchte vor Sonnenaufgang in Kansas sein.“

„Ich mag diese Strecke nicht besonders. Sie ist flach wie ein Tisch, und es gibt außer Schweinefarmen nichts zu sehen.“

„Dann bist du wohl noch nicht durch Texas gefahren“, entgegnete er.

„Das muss so ähnlich sein.“ Sie hielt inne, bevor sie die Treppe hochging. „Gute Reise. Fahr vorsichtig und melde dich ab und zu mal.“

John nickte. „Ich drucke dir noch den Artikel aus.“

„Danke! Gute Nacht.“

„Noch mal herzlichen Dank. Dich hat ein Engel geschickt.“

„Das hat mir noch niemand gesagt.“ Sheila lächelte, aber es fiel ihr nicht leicht. Sie fühlte sich plötzlich müde, wie nach einem langen Fußmarsch. „Mach dir keine Sorgen. Deine Tochter ist hier gut aufgehoben.“

Sie ging in ihr Zimmer, schloss leise die Tür und setzte sich auf die Bettkante. Durch das offene Fenster hörte sie, wie die Tür des Wohnmobils zuklappte und kurz darauf wieder aufging. Dann hörte sie seine Schritte auf der Veranda. Ein paar Sekunden später spuckte ihr Drucker ein paar Seiten aus. Am liebsten wäre sie sofort heruntergerannt, um den Artikel zu lesen, aber sie nahm sich zusammen.

Sheila drehte den Wasserhahn auf und ließ ihre Badewanne volllaufen. Sie gab etwas von dem nach Flieder duftenden Badezusatz hinein, bis der Schaum bis unter den Wannenrand reichte. Nachdem sie sich ausgezogen hatte und ihre Sachen in einem unordentlichen Haufen auf dem

Boden lagen, drehte sie sich um und warf einen Blick in den Spiegel. Der Wasserdampf hatte das Glas mit einem leichten Nebel überzogen. Sie wischte ihn ab und musterte prüfend ihr Spiegelbild. An manchen Stellen hatte ihr Körper seine jugendliche Straffheit verloren, und hinten war sie ein bisschen zu gut gepolstert. Aber der Gesamteindruck war trotzdem nicht schlecht. Wenn es für Menschen eine Bewertungsliste gäbe wie für Autos, dann könnte ihre Beschreibung etwa so lauten: *Gebrauchtes Modell, Gesamtzustand gut, ohne größere Defekte, bisher nur ein Eigentümer, Mechanik einwandfrei, keine Roststellen oder andere Lackschäden, Bereifung neuwertig.* Sie drehte sich um und warf einen Blick auf ihr „Heck". Es war zwar größer und flacher geworden, aber das würde einen potenziellen Interessenten wohl nicht weiter stören.

Als sie in das warme, duftende Wasser sank, entspannte sie sich. Zum ersten Mal seit vielen Monaten dachte sie nicht an ihre Arbeit, sondern an das kleine Mädchen und an ihren Vater. Sie dachte an die Zukunft und die Folgen ihrer spontanen Entscheidung, die beiden bei sich aufzunehmen. Wenn ihr Chef nicht so knallhart gewesen wäre, wäre es wohl nie so weit gekommen.

Wie seltsam ist doch das Leben, dachte Sheila. Manchmal war es tragisch und eigenartig zugleich, wenn Menschen sich fanden oder auch unbemerkt aneinander vorbeigingen. Wie überraschend war es, wenn sie die wahre Liebe fanden ... oder wenigstens die Hoffnung darauf.

Als Sheila im Bett lag, wiegten sie die Geräusche der Nacht in den Schlaf. Sie hörte das Zirpen der Grillen, das Rauschen des Windes in den hohen Kiefern und das leise Quaken der Frösche am Teich auf Mr Taylors Pferdekoppel. Es waren die schönsten Klänge der Welt.

Später wachte sie auf, als der Motor des Wohnmobils ansprang und es wegfuhr. Sie drehte sich um und sprach ein Gebet für John, bevor sie wieder einschlief.

Kapitel 8

Wenn John nicht einschlafen konnte, krabbelte er aus dem Bett und ging barfuß zum Fahrersitz des Wohnmobils. Direkt unter dem Gaspedal hatte sich durch die ständige Benutzung eine kleine Vertiefung in der Fußmatte gebildet. Sein Fuß schmiegte sich in diese Kerbe. Er fuhr gern barfuß, mit weit geöffneten Fenstern, sodass der Fahrtwind durch das Fahrerhäuschen wehen konnte. Die Hitze vom Vortag hatte sich im Fahrzeug angestaut. Er dachte an das kühle Kellergeschoss in Sheilas Haus, bis er sich schließlich aufraffte und hinter das Lenkrad setzte.

Dieses rollende Zuhause hatte einen großen Vorteil: Er konnte einfach auf einem Parkplatz oder an einem Rastplatz anhalten und so lange schlafen, wie er wollte. Diese Freiheit gab ihm Auftrieb. Das Geräusch der Reifen auf dem Straßenbelag, das Brummen des Motors und das Gefühl, sich fortzubewegen, das alles gab ihm tiefe Zufriedenheit.

Die Sterne standen noch am Nachthimmel, als er auf der Autobahn 83 in südliche Richtung fuhr. Bei Colorado Springs bog er auf die 24 ab. Die Lampen an der Ausfahrt beleuchteten die dunkle Silhouette des Pikes Peak. Auf dem Gipfel des Berges flackerte ein rotes Warnlicht für tief fliegende Flugzeuge. Die Luft war angenehm kühl. Wie ein Kind steckte John eine Hand aus dem offenen Fenster und ließ sie vom Fahrtwind umwehen. Er hatte im Wetterbericht gehört, dass er mitten in die Gluthitze hineinfuhr. Manche Leute schrieben diese extreme Witterung der Erderwärmung zu. Er hatte da so seine Zweifel. Für ihn gehörten Hitzewellen, Tornados und Hurrikans zum Sommer dazu. Wetterextreme gab es jedes Jahr. Sie traten nicht auf, weil er mit seinem Wohnmobil durch die Gegend fuhr oder seine Wasserflaschen aus Plastik nicht korrekt entsorgte.

Er hatte seine Route sorgfältig geplant und auf der zerfledderten Landkarte eingezeichnet. Die Karte steckte in der Halterung neben dem Fahrersitz. Sein Vorrat an Bargeld war so stark geschrumpft, dass er schon knapp bei Kasse war, als er das Wohnmobil für die Strecke nach Arkansas volltankte. Für das Ersatzteil musste er seine Reserven antasten. Eigentlich hätte er sich für den Grillabend bei Sheila nur halb so viel Fleisch leisten können, wie er gekauft hatte, aber schließlich hatte Sheila so viel für ihn getan, dass er sich dafür revanchieren wollte.

Er musste an Sheila denken, als er in die Ebene östlich von Colorado kam. Die eintönige Landschaft war durchzogen von Farmen. Ab und zu sah man Rinderherden auf den riesigen Weiden. John hatte eine engere Bindung zu einer Frau immer gemieden. Er hatte im Laufe der Jahre viele nette Frauen kennengelernt, und oft musste er sich heftig gegen ihre Annäherungsversuche wehren. Aber keiner von ihnen war es gelungen, ihm so nahe zu kommen wie Sheila.

Sie war so freundlich und einfühlsam, dass es ihm schwer fiel, ihr zu widerstehen, gerade jetzt, in dieser schwierigen Phase seines Lebens. Sie hatte recht mit allem, was sie über Junikäfer gesagt hatte. Das Mädchen brauchte mehr als ein Leben auf der Straße, aber er würde einen hohen Preis zahlen, wenn er sesshaft werden wollte.

John wusste, dass es für ihn um mehr ging als bloß um eine Frau, die Junikäfer die Mutter ersetzen könnte. Er war hin und her gerissen zwischen seiner Sehnsucht nach einer festen Beziehung zu einer Frau und seiner Angst vor einer Bindung. Rein äußerlich passte Sheila nicht zu ihm. Sie war ein bisschen zu klein und wirkte etwas hausbacken. Aber er hatte etwas gespürt, als sie seinen Arm berührte. Er hätte sie am liebsten auf der Stelle an sich gedrückt, aber gleichzeitig wollte er wegrennen. In seinem Inneren herrschte ein ziemliches Chaos. Es war alles so kompliziert! Während er dahinfuhr, dachte er daran, wie es wohl wäre, zusammen mit einer Familie in Colorado zu leben. Bisher hatte er noch nie erlebt, wie es war, ein richtiges Familienleben zu haben.

Am Himmel wurde es heller, während das Wohnmobil nach Osten rollte. Als sich John der Grenze von Kansas näherte, kamen kleine Wolken auf. Sie breiteten sich über ihm aus wie eine riesige entfaltete Flagge. Die Strahlen der aufgehenden Sonne warfen ein goldenes Licht auf die Unterseite dieser Wolkendecke, die an den Rändern gelb, weiß und rötlich leuchteten. John kam es vor, als fahre er in eine Traumlandschaft hinein.

Zwischen der Staatsgrenze und der Stadt Hays zeigten sich bei ihm die ersten Anzeichen von Müdigkeit. Er fuhr auf den verlassenen Parkplatz eines Schnellimbisses, stellte den Motor ab und stieg aus. Dann streckte er sich und lief um das Gebäude herum ins hohe Gras, um seine Blase zu leeren. Er klappte die Kühlbox auf und rieb sich etwas Eis auf Gesicht und Nacken. Dabei ließ er seinen Blick über die Landschaft schweifen. Das Gras in der Ebene war von der Sonne verbrannt, und es war schon jetzt heiß. Alles war anders als dort, wo er hergekommen war.

Er hörte in der Ferne das Summen von Autoreifen, und wieder rief ihn die Straße. John fragte sich oft, ob er und Junikäfer vielleicht ihr Geld als Fernfahrer verdienen könnten. Sie war selbst auf diese Idee gekommen. „Wir hätten zwar weniger Platz“, hatte sie gemeint, „aber wir würden noch mehr vom Land sehen und dafür auch noch Geld bekommen.“

Ihre Augen leuchteten immer, wenn sie solche Gedankenblitze hatte. Sie hatte die nächsten Schritte schon geplant und konnte seine nächsten Fragen und auch die Minuspunkte vorausahnen. Aber manche Schwächen des Plans konnte sie noch nicht kennen, und er wusste nicht, ob er es übers Herz bringen würde, sie einzuweihen. Ihr gemeinsamer Aufenthalt in Colorado hatte für ihn die Vergangenheit wieder lebendig gemacht. Junikäfer hatte ein Recht darauf zu erfahren, was damals geschehen war und welche Rolle er dabei gespielt hatte. Ihm war das zwar bewusst, aber dadurch ergaben sich neue Probleme. Er fragte sich zum Beispiel, ob sie ihn noch lieben konnte, wenn sie die Wahrheit kannte.

Er trank ein eisgekühltes Wasser in einem Zug aus und schüttelte sich, damit er wieder wach wurde. Dann fuhr er zurück auf die Autobahn. Mit einem gelben Filzstift markierte er auf der Landkarte die Strecke von Hays nach Salina. Von dort aus wollte er nach Süden fahren. Zum ersten Mal seit Jahren war John allein unterwegs, aber er musste daran denken, wie er sonst immer zusammen mit Junikäfer beim Frühstück saß. Sie redeten miteinander und fragten sich manchmal lachend, wo sie denn diesmal gelandet sein könnten.

Die Räder seines Wohnmobils rollten weiter. Lastwagen fuhren an ihm vorbei. Ein Pärchen überholte ihn in einem Auto mit einem Kennzeichen aus New Mexico. Ihr Wagen war so vollgepackt, dass man Angst haben konnte, die Fenster würden jeden Moment zerplatzen. Wieder überholte ihn ein Paar. Die Frau saß auf dem Beifahrersitz. Sie trug Hotpants und hatte die Füße auf das Armaturenbrett gelegt. Ihre Augen waren geschlossen, und ihr Mund stand offen.

John warf einen Blick aus dem Fenster. Er sah einen Farmer auf einem Traktor. Hinter dem Fahrzeug bildete sich eine große Staubwolke. Ein einsames Auto raste auf der parallel verlaufenden Landstraße dahin. Vielleicht wollte jemand zur Arbeit, oder aber es war ein übermütiger Jugendlicher im Geschwindigkeitsrausch.

John passierte ein Viadukt. Oben am Geländer stand ein alter Mann. Er rauchte eine Zigarette und beobachtete den Verkehr. Bei diesem Anblick bekam John unbändige Lust auf eine Zigarette, obwohl er das Rauchen bereits vor Jahren aufgegeben hatte.

Damals war es ein abrupter Entzug gewesen: In einer Juninacht hatte er noch einmal einen tiefen Zug genommen, und dann war Schluss. Wenn es nur um ihn selbst gegangen wäre, hätte er das Rauchen wohl nie aufgegeben. Aber er hatte einfach zu viel über das Passivrauchen gehört. Als die Kleine in sein Leben trat, war für ihn der Zeitpunkt gekommen, zum Nichtraucher zu werden. Er war zwar ein paar Mal der Versuchung erlegen, aber er rauchte nie wieder, wenn sie dabei war. Sie hatte in seinem Leben viele positive Veränderungen bewirkt. Vor allem hatte sie ihm den Lebenswillen zurückgegeben.

*

Sheila reckte und streckte sich, als die Morgensonne über dem Horizont erschien und ihr Schlafzimmer mit einem goldgelben Leuchten erfüllte. Walter saß erwartungsvoll schwanzwedelnd vor ihrem Bett. Es war seltsam, dass etwas so Einfaches wie ein Gang in den Garten für ihn so aufregend war, aber dieses Ritual gehörte nun mal zu seinem Hundeleben. Sie griff nach ihrem Bademantel und stand auf.

„Na gut, aber sei bitte leise“, flüsterte Sheila.

Der Hund rannte freudig die Treppe herunter. Unten angekommen, rutschte er auf dem Parkettboden, bis er von der Haustür abgebremst wurde. Dort stand er winselnd, bis Sheila die Tür aufmachte und ihn herausließ. Sofort lief er zu seinem Lieblingsplatz und hob dort das Bein.

Sheila füllte Wasser in die Kaffeemaschine, faltete das Filterpapier, gab einen Löffel Kaffeepulver mehr hinein und machte sich auf den Weg ins Bad. Während sie sich die Hände wusch, starrte sie in den Spiegel und musterte kritisch ihr Gesicht. Um den Mund herum zeigten sich erste Falten. Sie war entsetzt, wie sehr sie ihrer Mutter ähnelte. Ihre Mutter war zwar nicht gerade hässlich gewesen, aber Sheila fühlte sich noch zu jung, um wie sie auszusehen.

Walter kratzte an der Hintertür. Sie ließ den Hund herein. „Na, wo ist denn mein gefräßiges Hündchen? Hast du Hunger?“

Der Hund hätte vor lauter Freude beinahe noch einmal das Bein gehoben. Er wedelte mit dem Schwanz, lief mit nervösen Trippelschritten hin und her und hechelte, während Sheila das Trockenfutter in den Metallnapf schüttete.

Sie füllte seinen Trinknapf nach. Ob Junikäfer von dem Krach aufgewacht war? Sheila wunderte sich ein bisschen, dass die Kleine noch nicht aufgestanden und heruntergekommen war. Sie eilte durch die Küche in ihr kleines Büro, um nach dem Drucker zu sehen. Neben dem Gerät lagen drei dicht bedruckte Seiten. Sie spürte, wie ihr Herz schneller schlug. Aber sie wollte den Artikel in aller Ruhe lesen. Deshalb legte sie die Blätter mit der Rückseite nach oben auf den Tisch, goss sich eine Tasse Kaffee ein und holte eine halbe Netzmelone aus dem Kühlschrank.

Als sie es sich auf ihrem Stuhl bequem gemacht hatte, überlegte sie, wie lange sie brauchen würde, um Rührei mit Speck und Pfannkuchen zu machen. Die Teigmischung musste sie nur noch mit Wasser anrühren. Sobald sie Junikäfers Schritte auf der Treppe hörte, würde sie aufhören zu lesen und schnell das Frühstück zubereiten.

Sie drehte die bedruckten Seiten um.

Kleine Illusionen

Vielleicht liegt es am leisen Summen der Räder auf der Fahrbahn, vielleicht an der Freiheit eines Lebens auf der Straße. Vielleicht aber auch an der Ungewissheit und der jeden Tag neu aufblitzenden Abenteuerlust, dass meine Tochter und ich so eng mit den durchbrochenen weißen Strichen auf dem Asphalt verbunden sind. Vielleicht ist es aber auch eine Vielzahl von anderen Gründen, warum wir uns für dieses Nomadendasein entschieden haben. Wir sind Vagabunden der Umgehungsstraßen, Globetrotter der Autobahnen. Unser Leben wird bestimmt von den endlosen Streifen aus Asphalt und Beton, die wie Längen- und Breitengrade auf einem Atlas das ganze Land durchziehen.

Meine Tochter war zwei Jahre alt, als wir uns auf den Weg gemacht haben. Wir haben das ganze Land durchstreift, von Alaska nach Florida, von Maine nach Kalifornien, und wir haben auch alle dazwischen liegenden Landstriche gesehen. Es gibt ein geflügeltes Wort, das ungefähr so lautet: „Das Leben wird nicht gemessen an der Zahl der Atemzüge, die ein Mensch tut, sondern an der Zahl der Erlebnisse, die ihm den Atem rauben." An diesem Klischee ist etwas Wahres dran. Wir haben zu viele atemberaubende Erlebnisse gehabt, um sie an dieser Stelle alle zu erwähnen. An der Küste des Staates Washington haben wir beobachtet, wie sich die Wale aus den Meereswogen erheben. Wir haben nach einem Hurrikan die Strände von Florida nach Schätzen abgesucht. Wir waren an berühmten Kriegsschauplätzen. Wir haben in San Antonio im Alamo den Sonnenaufgang und in Gettysburg den Sonnenuntergang gesehen. Auf dem Heldenfriedhof von Arlington haben wir gemeinsam einen Kranz niedergelegt. Wir haben im Yellowstone-Nationalpark miterlebt, wie sich der große Geysir zischend und dampfend seinen Weg aus der Erde bahnt. Diese Erlebnisse haben uns nicht mehr gekostet als ein paar Tankfüllungen Benzin und einen Standplatz neben einem Supermarkt.

Meine Tochter ist ein Naturtalent im Reisen. Sie kostet die Freuden dieses unsteten Lebens voll aus und nimmt die neuen Eindrücke gierig in sich auf. Sie hat gelernt, mit wenig Ballast durch diese Welt zu gehen. Ihr genügen eine warme Decke, ein weiches Kissen und ein gutes Buch, um sich des Lebens zu freuen. Lesen und Schreiben hat sie ganz nebenbei gelernt. Das Alphabet erkannte sie an den Nummernschildern vorbeifahrender Autos. Die ersten Wörter, die sie lesen konnte, waren „Ausfahrt", „Tankstelle", „bleifrei" und „Rastplatz". Sie saugt jede neue Form von Wissen auf wie ein Schwamm. Wenn sie etwas Neues lernt, sieht man förmlich, wie es in ihrem Gehirn arbeitet. Bald wird sie das Handwerk der Schriftstellerei besser beherrschen als ihr Vater.

Neulich hat sie mich gefragt, warum nicht jeder Mensch ein Wohnmobil hat. Sie kann nicht verstehen, warum sich die Leute damit begnügen, in einem Haus zu wohnen, das sich nicht fortbewegt, es sei denn, es wird von einem Sturm weggeweht oder von einer Flut weggeschwemmt. Warum wollen die Leute denn bloß an einem einzigen Ort leben? Es ist ihr bisher nicht in den Sinn gekommen, dass es für viele Menschen kein größe-

res Glück gibt, als ihre Existenzberechtigung von ihrem Geburtsort ableiten zu können oder von dem Ort, den sie ihr Zuhause nennen. Vielleicht liegt in ihren Worten sogar eine gewisse Ironie, weil meine Tochter ihr Glück in der Fortbewegung auf der Straße findet, auf dem Weg zu einem unbekannten Ziel.

In den letzten Jahren habe ich mich an die Melodie der Straße gewöhnt, an das Zischen von Luftdruckbremsen, an das Rauschen eines vorbeifahrenden Lastwagens im Regen, an das leise Zwitschern von Kolibris auf der Suche nach Nektar in den Blumen, die an einer Raststätte wachsen. Aber es gibt auch eine Musik, die die meisten von uns niemals hören. Ich meine das Klopfen eines menschlichen Herzens – nicht das Pochen des Organs, das das Blut durch den Körper pumpt, sondern die Hoffnung, die mit jedem Herzschlag neu erwacht. Ich spüre diese Hoffnung in jedem Wort, in jeder Entscheidung, in jeder Straße, in die man einbiegt oder an der man vorbeifährt. Viele von uns können nichts damit anfangen, wenn man sagt, dass man auf sein Herz hören soll. Wir begnügen uns mit Buchstaben, Wörtern, Sätzen, die uns nichts über unser Inneres sagen. Manchmal fällt es mir schwer, diesen inneren Klängen zuzuhören, weil ich vorwurfsvolle Stimmen aus der Vergangenheit wahrnehme, verächtliche Worte von Menschen, denen ich vertraut habe.

Am deutlichsten höre ich jedoch die Stimme meiner Tochter. Sie will mir sagen, dass der Weg zum inneren Frieden keine Autobahn ist, weil es auf diesem Weg nur wenige Ausfahrten gibt. Wenn ich genau zuhöre, wird mir bewusst, dass das Gefühl der Zugehörigkeit nicht an einen Ort gebunden ist, auch nicht an ständige Bewegung, sondern an unser Herz.

Ich bin kein Maler und auch kein Wortakrobat. Ich bin schon lange kein Liebhaber oder Kämpfer mehr. Ich singe nicht, und ich schreibe auch keine Lieder. Ich arbeite nicht bei der Müllabfuhr, und ich habe keinen Achtstundentag in einem Büro. Es ist seltsam, aber ich kann mich selbst besser beschreiben, wenn ich sage, was ich nicht bin. Es gibt auch etwas, was ich nicht habe, und das ist ein Zuhause. Dieses rollende Schlafzimmer ist kein Zuhause, sondern bloß ein Ruheplatz, der nur darauf wartet, an einem immer neuen Ort geparkt zu werden, eine tragbare Matratze, die einen erschöpften Körper aufnimmt.

Die Romantik des Lebens auf der Straße beginnt zu verblassen, weil ich erkennen muss, dass meine Tochter größer wird und nicht für immer bei mir bleiben kann. Diese Erkenntnis ist ein böses Erwachen. Wenn ich zusehe, wie meine Tochter heranwächst, wird mir klar, dass ich getrieben werde von einer unerbittlichen Ruhelosigkeit, die mir nur den kurzen Frieden eines Sonnenuntergangs gönnt oder den vergänglichen Trost beim Anblick von Schäfchenwolken über einem goldenen Weizenfeld. Ich arbeite hart, und ich trotte mit schwerem Schritt durch die belebten Alleen der Seele. Staunend wandere ich durch die Vergangenheit. Ich stehe mit einem Fuß in der Gegenwart und denke voller Schrecken an die Zukunft.

Allmählich lege ich sie ab, die kleinen Illusionen, die mein Wesen und meine Wanderung geprägt haben. Dieses Leben eines umherziehenden Wanderers mag auf den ersten Blick idyllisch erscheinen, aber bei genauerer Betrachtung sieht man den engen Raum, den wir unser Zuhause nennen, und das Linoleum, dessen Ränder sich vom Boden ablösen. Wer gibt schon gern die Bequemlichkeiten eines normalen Lebens auf und tauscht freiwillig den Flachbildschirm-Fernseher, die Waschmaschine und den Wäschetrockner gegen ein Nomadendasein auf der Straße ein?

Die letzte Illusion habe ich mir noch nicht nehmen lassen, nämlich die Hoffnung, dass auch ich einmal am Ziel meiner Wanderung ankommen werde. Dann werde ich zum letzten Mal den Zündschlüssel umdrehen, ihn herausziehen und stehen bleiben. Dann werde ich zu Hause sein. Angekommen.

Aber das wird in diesem Leben wohl nicht geschehen. Dafür bin ich zu sehr ein Getriebener. Ich brauche diesen Drang, mich weiterzubewegen, noch weitere Kilometer zurückzulegen. Wenn man im Winter in Florida ist, sieht es für den zufälligen Beobachter so aus, als ob die Leute aus dem Norden, die hier den Winter verbringen, das Arbeitsleben hinter sich gelassen haben und sich jetzt in Wartestellung befinden. Aber es ergibt sich schnell ein anderes Bild, wenn man versucht, diese Leute auf dem Weg zum Billigbüfett zu überholen. Selbst im Ruhestand gibt es noch Bewegung und Pläne für die Zukunft, auch wenn den Leuten nur noch wenig Zeit bleibt.

Tief in meinem Inneren, noch tiefer als in meinem Herzen, flüstert mir eine leise Stimme zu, dass die Zeit mit meiner Tochter ihrem Ende entgegengeht. Sie stellt immer mehr Fragen, und sie beschäftigt sich immer stärker mit den mikroskopisch kleinen Details unseres Zusammenlebens. Allmählich werde ich von einem Globetrotter der Straße zu einem Vagabunden des Herzens. Eine gute Bekannte hat mir gesagt, dass meine Tochter andere Bedürfnisse hat, je näher sie der Pubertät kommt. Am Horizont zeigen sich bereits erste Veränderungen, die unsere gemeinsame Welt erschüttern werden. Ich sehne mich danach, die kleinen, unschuldigen Freuden unserer gemeinsamen Zeit festzuhalten, die Entdeckungen, die wir zusammen gemacht haben, die Freude, die wir empfunden haben, als wir in Montana an einem Wildbach zum Angeln gingen oder in Iowa an einem Frühlingstag einem Baseball-Spiel der Kinderliga zugesehen haben. Wir haben uns nie um Eintrittskarten für Disneyland bemüht, weil wir nicht auf künstlich hergestellte Freuden angewiesen waren. Aber vielleicht waren die gemeinsam erlebten, echten Freuden auch nur kleine Illusionen.

Es spielt im Grunde genommen keine Rolle, wie es weitergeht, welche Entscheidungen getroffen werden oder welche Folgen diese Entscheidungen haben werden. Eins ist jetzt schon klar: Nicht der Erwachsene hat dem Kind das Leben geschenkt, sondern es ist umgekehrt. Meine Tochter hat mir mehr gegeben, als ich ihr jemals geben kann. Und das ist keine kleine Illusion.

*

Sheila starrte auf die letzte Seite und holte tief Luft. Die Sprache dieses Artikels hatte eine seltsam derbe Schönheit, mit Eleganz und Tiefe, aber auch einer gewissen Weitschweifigkeit. Es erstaunte sie, dass ein so kernig wirkender Mann so etwas schreiben konnte.

Es sei denn ... es sei denn, der Text war gar nicht von ihm.

Sie stand auf und ging zum Computer. Der Bildschirmschoner lief noch. Sie hatte das Gerät gestern Abend nicht abgestellt, weil sie ihn um einen Ausdruck des Artikels gebeten hatte. Sie gab die Adresse einer Suchmaschine ein und tippte seinen Namen. Es kamen Einträge über einen Dichter, einen Verbrecher, ein Aufnahmestudio, einen Senator und einen Gitarrenhersteller. Sie fand einen Eintrag in einem sozialen Netzwerk und einen Wikipedia-Artikel. Aber keiner dieser Treffer passte zu John. Deshalb stellte sie sich die Frage, für welche Zeitschriften oder Online-Medien er wohl schrieb. Der Artikel, den er ihr ausgedruckt hatte, schien neu zu sein. Er hatte darin eine gute Bekannte erwähnt. Sie nahm an, dass er damit sie meinte. Sie tippte den Titel des Artikels in die Suchmaschine, aber fand nur einen Hersteller von Bekleidung und mehrere Lieferanten für Zauberzubehör. Als sie einige Wörter aus dem Text eingab, erschien plötzlich eine Werbung für einen Motorradhersteller, wohl wegen der Stichworte *Summen der Räder*. Aber wieder fand sie nichts über den Artikel und den Autor. Vielleicht hatte er die Arbeit an dem Text noch nicht abgeschlossen. Vielleicht wollte er ihr den Artikel schon vor der Veröffentlichung zum Lesen geben. Aber warum konnte sie kein einziges anderes seiner Werke finden? Vielleicht lag es an dem Pseudonym, das Junikäfer erwähnt hatte.

Walter kratzte an der Hintertür. Der Hund wollte schon wieder nach draußen. Sie griff nach ihrem Kaffeebecher mit dem inzwischen kalt gewordenen Inhalt und machte die Tür auf. Sie hörte, wie sich im ersten Stock etwas bewegte. Aber vielleicht knarrte das Holz, weil der Wind durch das Haus wehte.

Sheila ging zur Treppe und lauschte angestrengt. Plötzlich hatte sie eine düstere Vorahnung, ein Gefühl, das sie sich nicht erklären konnte. Sie musste an eine Szene aus einem alten Kinofilm denken. Zuerst sah sie sich selbst von oben, und dann schien die Kamera jedem ihrer Schritte auf der Treppe zu folgen. War der Mann, dem sie geholfen hatte, wirklich der, der er vorgab zu sein? Oder hatte er sie angelogen, auch über seinen Beruf?

Sie nahm zwei Treppenstufen auf einmal. Ihr Herz raste, als sie vor der Tür des Gästezimmers stand. Sie hielt inne, damit sie sich beruhigen konnte. Es war alles gut. Die Kleine lag bestimmt noch schlafend im Bett.

„Junikäfer?", rief sie leise.

Sheila drehte am Türgriff und drückte die Tür auf. Unter der Bettdecke sah sie eine Gestalt. Sie stieß einen erleichterten Seufzer aus. Die Wände waren nicht blutbefleckt, und sie machte keinen grausigen Fund. Die Kleine saß nicht mit dem Kopf unter dem Arm auf der Bettkante. Alles war ruhig und normal wie immer.

Sie hörte, wie Walter draußen bellte. Er hatte vielleicht ein Eichhörnchen aufgescheucht. Sie schloss die Tür leise hinter sich. Im Flur sah sie sich selbst im großen Spiegel. Sie strich sich das Haar glatt, aber es blieb so wirr wie ihre Gedanken. Sie war froh, dass John schon weggefahren war und sie sich später ihrer Frisur widmen konnte.

Sie warf einen Blick auf die Küchenuhr, als sie den Hund wieder hereinließ. Die Kleine war bestimmt inzwischen aufgestanden. Deshalb machte Sheila das Frühstück. Wie jeden Morgen stellte sie den Fernseher an, um die Nachrichten zu sehen. Das Wetter hier war sehr wechselhaft. In dieser gebirgigen Region konnten sich blitzschnell Wolken bilden, die dann über die Berge zogen.

„... mit fünfunddreißig Grad Höchsttemperatur in Colorado Springs. In Denver klettert das Thermometer sogar auf siebenunddreißig Grad." Die Stimme der Sprecherin erklärte die heutige Wetterkarte.

Sheila schlug ein paar Eier in eine Schüssel, während die gestylten Fernsehsprecherinnen und ihre geschniegelten

Kollegen über etwas lachten, was vor dem Wetterbericht geschehen war. Wenn Sheila solche Leute mit ihren perfekten weißen Zähnen sah, fühlte sie sich immer verspottet.

Sie tat fettarmes Backöl in die alte, gusseiserne Bratpfanne und stellte den Herd an. In diesem Augenblick erstarb das Lachen aus dem Fernseher. Die Nachrichtensprecherin machte plötzlich ein todernstes Gesicht. Sheila fand diesen abrupten Stimmungswechsel seltsam.

„In dem Fall eines vor sieben Jahren in einer Kleinstadt in West Virginia verschwundenen Kindes gibt es eine verblüffende neue Entwicklung. Vor vier Tagen wurde in einem Wasserreservoir in der Nähe von Dogwood im Bundesstaat West Virginia ein Auto gefunden. Als es geborgen wurde, wurde für die Einwohner der Kleinstadt die damalige Tragödie wieder lebendig."

Die Sprecherin blickte nach links. Es wurde gezeigt, wie ein altes, verrostetes Auto aus dem Wasser gezogen wurde.

Die Stimme des Reporters wurde eingeblendet, als die Kamera einen Polizisten zeigte, der in das Innere des Autos blickte. „Die Ermittler befürchteten, dass sie auf dem Rücksitz dieses Autos eine kleine Leiche entdecken würden, die die letzten sieben Jahre auf dem Grund des Sees verbracht hat. Ihr Fund hat jedoch weitere Fragen aufgeworfen."

Auf dem Fernsehschirm tauchte das Foto eines lächelnden Kleinkindes auf. Sheila stutzte, als sie das Bild sah.

„Natalie Anne Edwards wurde von ihrer Mutter Dana Edwards in einer Sommernacht vor sieben Jahren als vermisst gemeldet. Ein Unbekannter hatte Dana überfallen und ihr Auto gestohlen, in dem ihre Tochter saß. Seitdem ist das kleine Mädchen spurlos verschwunden."

Archivaufnahmen zeigten ein Polizeirevier und eine junge Mutter, die nicht viel älter als 20 schien. Sie starrte mit rotgeweinten Augen in die Kamera.

„Ich will mein Kind zurück", sagte sie mit bebender Stimme. „Bitte lassen Sie sie gehen. Sie hat doch niemandem was getan."

„Aber die Spur verlor sich", erklärte der Reporter. Im Hintergrund sah man Bilder von Polizisten, die mit Hundestaffeln Felder und Wälder absuchten. „Natalie Anne blieb verschwunden. Aber trotzdem wollte ihre Großmutter die Hoffnung nicht aufgeben."

Jetzt schwenkte die Kamera auf eine ältere Frau mit grauem Haar und einem eingefallenen Gesicht. Sie stand an ihrem Küchentisch. Im Hintergrund war das Ticken einer Kuckucksuhr zu hören. Ein leerer Kuchenteller stand auf einem unaufgeräumten Schreibtisch. Auf dem Bildschirm erschienen die Wörter *Ella Edwards, Großmutter des vermissten Mädchens.* „Ich bin mir sicher, dass sie noch am Leben ist. Und ich gebe nicht auf."

„Ella Edwards hat sich an verschiedene Einrichtungen gewandt, die bei der Suche nach vermissten Kindern helfen. Experten haben das Foto von Natalie Anne mithilfe eines Computerprogramms einem künstlichen Alterungsprozess unterzogen. Das Mädchen könnte heute so aussehen."

Ein Ei zerplatzte auf dem Fußboden neben Sheilas Füßen. Sie streckte die Hand nach der Spüle aus, um nicht umzukippen. Plötzlich schien sich die Küche um sie zu drehen. Dann hörte sie den schrillen Ton einer Sirene. War die Polizei etwa schon hier? Hatte man so schnell herausgefunden, wo sich das vermisste Mädchen aufhielt?

Nein, es war keine Polizeisirene, es war bloß ihr Rauchmelder. Dicke Rauchwolken stiegen von ihrer Bratpfanne auf. Sie riss die Pfanne vom Herd und verbrannte sich dabei an der Hand. Mit Tränen in den Augen hielt sie die Hand unter den laufenden Wasserhahn. Ihr tat nicht nur die Brandwunde weh, sondern auch die Wahrheit, die sie gerade erfahren hatte.

Aber was war denn die Wahrheit?

Sie holte Eiswürfel aus dem Gefrierfach und steckte sie in eine Plastiktüte.

Der Reporter hatte seinen Bericht beendet. Jetzt richtete sich die Kamera wieder auf die hübsche Nachrichtensprecherin mit dem schicken Kleid, den weißen Zähnen und dem perfekt frisierten Haar. Ein Polizist, der sich offensichtlich im Scheinwerferlicht unwohl fühlte, stand vor dem Reservoir. Er schlug um sich, um einen Mückenschwarm zu verscheuchen, während er die Fragen der hübschen Nachrichtensprecherin beantwortete.

Obwohl ihr die Hand schmerzte, betrachtete Sheila das Foto mit dem künstlich gealterten Gesicht ganz genau, als es noch einmal auf dem Bildschirm erschien. Jetzt war sie sich ganz sicher: Das Mädchen auf dem Foto war Junikäfer! „Natalie Anne" schlief oben in ihrem Gästezimmer, und ihr Vater, ihr Entführer oder was er sonst war, war mitten in der Nacht weggefahren.

Sie rannte nach oben und riss die Tür des Gästezimmers auf. Jetzt konnte sie keine Rücksicht mehr auf die Kleine nehmen. Junikäfer hatte bestimmt den schrillen Ton des Rauchmelders gehört.

Aber als Sheila die Tür öffnete, lag Junikäfer noch immer reglos im Bett. Sie rüttelte die Kleine an der Schulter und flüsterte ihren Namen. Da bemerkte sie, dass nicht das Mädchen unter der Bettdecke lag, sondern zwei Kissen, die die Gestalt eines Schlafenden vortäuschen sollten.

Sheila riss die Bettdecke weg. Das Mädchen, ob sie nun Juni oder Natalie Anne hieß, war verschwunden.

Zweiter Teil

Kapitel 9

Das laute Zischen der Luftdruckbremsen von einem großen Sattelschlepper weckte ihn auf. Johnson streckte sich gähnend. Als er sich im Bett aufsetzte, erinnerte er sich, wo er sein Wohnmobil geparkt hatte. Ein Sonnenstrahl stahl sich durch den Riss im Lichtschutz und blendete ihn. Eine ältere Frau ging mit einem weißen Hund über den Rastplatz. Sie wollte wohl zu dem Grasstreifen hinter dem Asphalt. Der Hund lief mit steifen Schritten neben ihr her. Seine Arthritis war wohl genauso schlimm wie die seiner Besitzerin.

Er hatte sich gestern Abend nur die Schuhe ausgezogen. Jetzt schlüpfte er hinein. Dann schlenderte er zum Café des Rastplatzes und suchte dort die Toilette auf. Es war bereits 8:30 Uhr, und er wollte nicht noch mehr Zeit verlieren. Deshalb kaufte er rasch zwei Honigstückchen und eine Flasche Wasser. Auf dem Rückweg zum Wohnmobil trank er die Flasche leer. Kaffee holte er sich lieber bei Starbucks gegenüber. Deshalb ging er zu Fuß über die Straße und ließ das Wohnmobil stehen.

Als er zurückkam, war ein Honigstückchen verschwunden. Er sah unter dem Fahrersitz nach. Vielleicht war es heruntergefallen. Aber dort war das Gebäckstück auch nicht. Sein Blick schweifte durch das Innere des Wohnmobils. Wer stahl schon ein Honigstückchen? „Hoffentlich hat es dem Dieb geschmeckt“, brummte er schließlich.

Zurück auf der Straße suchte er einen passenden Radiosender und überging Talkshows und die Morgensendungen für Landwirte. Er und Junikäfer mochten die Lokalsender, die nur einen kleinen Kreis von Hörern erreichten. Die Sprecher waren meistens Teenager, die versuchten, ihrer Stimme einen erwachsenen Klang zu geben, oder aber ältere Männer, deren Karriere in der tiefsten Provinz ein langweiliges Ende fand. Am Sonntagmorgen hörten sie immer die Gottesdienste dieser Sender. Ein paar Sänger gruppierten sich um ein einziges Mikrofon, und als Begleitung dienten meist verstimmte Gitarren. Es folgte ein feuriger Prediger mit einer ebenso mitreißenden Botschaft.

Von einem Prediger waren sie so fasziniert gewesen, dass sie die Kirchengemeinde in einem heruntergekommenen Viertel einer Kleinstadt aufsuchten. Das Gebäude war umgeben von Geschäften, die schon lange geschlossen und deren Türen und Fenster mit Brettern vernagelt waren. Sie parkten auf der anderen Straßenseite und warteten mehrere Stunden.

Während sie zusammen zu Mittag aßen, beobachteten sie das Gebäude und fragten sich, ob der Prediger vielleicht in dem Auto saß, das langsam die Straße entlangfuhr. Als eine auf Hochglanz polierte Luxuslimousine vor dem Kirchengebäude anhielt, stiegen zwei Personen aus. Der Prediger! Er war ein kleines, dünnes Männchen und trug einen modischen Anzug. Als seine Frau sich mühsam hinter dem Lenkrad herauswand, schien das Auto unter ihrem Gewicht in die Knie zu gehen und dann erleichtert hochzuschnellen, nachdem sie ausgestiegen war.

„Das ist er?“, fragte Junikäfer ungläubig. „Ich hab ihn mir ganz anders vorgestellt.“

„Es ist immer ein bisschen enttäuschend“, hatte er erwidert. „Leute aus dem Radio sehen nie so aus, wie man sie sich vorstellt. Darauf kannst du dich immer verlassen.“

Johnson musste an dieses ungleiche Paar denken, als er auf der Autobahn weiterfuhr. Der Kaffee hatte ihm neuen Auftrieb gegeben. Dann wanderten seine Gedanken zu Junikäfer. Was sie wohl gerade machte? Ob Sheila schon den Tag verplant hatte? Die beiden waren bestimmt schon auf; vielleicht saßen sie gerade beim Frühstück. Seit der Nacht, als sich für ihn und Junikäfer alles verändert hatte, waren sie keinen einzigen Tag getrennt gewesen. Sie hatten fast jede wache Minute gemeinsam verbracht. Auch wenn sie schliefen, waren sie nie mehr als drei Meter voneinander entfernt. Es war seltsam, nicht mehr den Klang ihrer Stimme zu hören oder ihren hohen Gesang, wenn sie Brücken überquerten.

Es war schon fast Mittag, als er die Grenze zum Bundesstaat Oklahoma hinter sich ließ. Ihm knurrte der Magen, und die Beine taten ihm weh. Er war schon ein paar Wochen lang keine weiten Strecken mehr gefahren. Deshalb entschloss er sich, noch ein bisschen durchzuhalten. An jeder Ausfahrt studierte er die Angebote der Tankstellen und der Schnellimbisse mit Autoschalter. Dann überlegte er sich, noch bis zur nächsten Ausfahrt zu warten, damit er noch ein paar Kilometer zurücklegen konnte.

Zwischen zwei Ausfahrten musste er plötzlich dringend auf die Toilette. Er fragte sich, wem er mit seinem langen Durchhalten etwas beweisen wollte. Als er in der Nähe einer Überführung einen breiten Standstreifen entdeckte, hielt er dort an, lief rasch nach hinten in die winzige Toilette des Wohnmobils und hob den Deckel an. Die Toilette war halb voll. Das war merkwürdig, denn er hatte sie seit Wochen nicht mehr benutzt. Er dachte über diesen seltsamen Umstand nach, während er sich erleichterte. Jetzt ärgerte er sich, dass er die Spülung nicht repariert hatte, als sie so lange auf dem Parkplatz des Supermarkts gestanden hatten.

Johnson fuhr weiter. Er sah auf die Benzinuhr und hielt Ausschau nach einem Schnellimbiss, der Meeresfrüchte auf dem Menü hatte, als er plötzlich spontan den Namen eines Flusses ausrief, dessen Brücke er gerade überquerte. Er musste lachen, weil er beinahe hören konnte, wie Junikäfer oben in der Kabine des Fahrerhäuschens das Lied „I'll Fly Away“ anstimmte. Sie sang das Lied immer wieder, manchmal nur einen Satz oder die erste Strophe, bis sie den Fluss hinter sich gelassen hatten.

Eines Tages waren sie nach einer langen Fahrt in Memphis angekommen. Beim Anblick der langen Brücke über den Mississippi begann Junikäfer vor Angst laut zu schreien. Er hielt auf einem Seitenstreifen an und ging vor ihr in die Hocke. „Jetzt hör mal, mein Schatz. Du brauchst keine Angst zu haben! Jesus beschützt dich doch. Verstehst du?“

Die Tränen liefen ihr über die Wangen. Ihr Kinn bebte.

Er strich ihr eine Haarsträhne aus dem Gesicht und umfasste mit einer Hand sanft ihr Kinn. „Komm, wir singen zusammen ein Lied. Einverstanden?“

Junikäfer saß da und starrte ihn schweigend an. Schließlich fragte sie: „Was für ein Lied?“

Er schob die Kassette in das Kassettendeck und spielte ihr die erste Strophe vor. Dann sang er ihr die Melodie mit seiner gutturalen Bassstimme vor, bis sie mitsingen konnte. „Gut. Jetzt probieren wir es noch mal.“ Er drückte die Rückspultaste und formte mit seinen Lippen den Text des Liedes, als er wieder auf den Fahrersitz kletterte.

„Mach die Augen zu und sing weiter. Du wirst sehen, wir sind im Nu am anderen Ufer“, erklärter er ihr.

Sie kniff die Augen so fest zu, dass er befürchtete, ihr könnte ein Blutgefäß platzen. Dann senkte sie das Kinn auf die Brust, bewegte die Lippen und wedelte mit den Armen. Er drehte die Lautstärke höher, und die Musik erfüllte das Fahrerhäuschen. Als das Lied zu Ende war, hielt sie die Augen weiter geschlossen. „Kann ich jetzt gucken?“

„Schau aus dem Fenster“, antwortete er.

Vorsichtig riskierte Junikäfer einen Blick. Dann schnallte sie sich ab, sprang auf sein Bett und schob die Lichtschutzrollos hoch.

„Wir haben's geschafft! Es hat geklappt!“ Sie rannte wieder nach vorne. „Es hat wirklich geklappt.“

„Das klappt immer“, meinte er. „Wenn du eine Brücke vor dir siehst, brauchst du bloß die Augen zuzumachen und das Lied zu singen. Du wirst sehen, in null Komma nichts bist du am anderen Ufer.“

Jedes Mal, wenn sie seitdem auch nur ein Viadukt überqueren mussten, rief sie ihm zu: „Die Kassette! Mach die Kassette an!“ Die Kassette mit dem Lied hatte ihren Sonderplatz auf dem Blendschutz. Immer nachdem er sie abgespielt hatte, spulte er sie wieder zum Beginn des Liedes zurück, damit sie für das nächste Mal bereitlag.

Als er eines Tages die Rückspultaste drückte, gab der Kassettenrecorder ein kreischendes Geräusch von sich und blieb dann einfach stehen. Er bediente die Auswurftaste, aber es geschah nichts. Spätabends holte er die Kassette im Licht einer Taschenlampe und mithilfe eines Schraubenziehers vorsichtig heraus. Dabei löste sich das Band und ergoss sich in unordentlichen Spiralen auf das Armaturenbrett. Seine Versuche, die Spule wieder in die Kassette zu packen, waren vergeblich.

Am nächsten Tag suchte er einen Gebrauchtwarenladen auf. Dort durchsuchte er hektisch die Wühlkörbe, in denen sich alte Musikkassetten befanden. Schließlich musste er Junikäfer die schlechte Nachricht überbringen.

„Ich will die Kassette!“, erklärte sie mit zusammengebissenen Zähnen. Ihre Gesichtszüge verdüsterten sich.

„Ich hab sie aber nicht, mein Schatz. Sie ist kaputt gegangen.“

„Ich ... will ... die ... Kassette.“

„Wir kaufen eine andere. Bei der nächsten Brücke singen wir gemeinsam das Lied.“

Sie reagierte mit einem energischen Kopfschütteln. „Ich will die Kassette. Hol die Kassette.“

Wieder erklärte er ihr, warum das nicht möglich war, bis ihr kleines Gesicht feuerrot wurde. Sie ballte die Hände zu Fäusten und rieb sich wild die Augen. Die Tränen liefen ihr in schmutzigen Strömen über die Wangen und die Arme.

„Junikäfer, hör mir mal zu ...“

„Ohne das Lied klappt's nicht“, schluchzte sie. „Wir brauchen das Lied.“

Johnson legte die Arme um sie. „Was ist denn bloß los, meine Süße? Wovor hast du Angst?“

Er kannte die Ursache ihrer Angst nur zu gut, weil sie ein Spiegelbild seiner eigenen Ängste war, wenn die Erinnerung an die Vergangenheit wieder hochkam, wenn er Albträume hatte, blitzartige Rückblenden oder nächtliche Panikattacken.

„Jedes Mal, wenn wir über eine Brücke fahren, hab ich Angst, dass wir ins Wasser fallen“, sagte Junikäfer schließlich. „Ich will nicht unter Wasser sein, weil wir dann nicht raus können."

Er zog sie fest an sich, als er merkte, dass ihr Körper vom Schluchzen geschüttelt wurde. „So was kann gar nicht passieren. Diese Brücken sind stark. Sie können sogar die großen Lastwagen aushalten und alle Autos, die auf sie drauf passen."

„Aber es ist so wacklig, wenn wir drüberfahren."

Johnson nickte zustimmend. „Die Brücken müssen ein bisschen nachgeben. Das ist ganz normal. Aber das heißt nicht, dass sie zusammenbrechen. Im Laufe der Jahre sind schon viele Millionen Autos über Brücken gefahren. Du brauchst wirklich keine Angst zu haben."

„Aber ich hab trotzdem das Gefühl, dass wir runterfallen werden", wandte Junikäfer ein. Ihre Worte klangen wie eine Bitte um etwas, was er ihr nicht geben konnte. „Mir ist egal, ob eine Brücke das stärkste Ding der Welt ist. Ich will trotzdem nicht ins Wasser fallen. Ich will nicht da unten eingeklemmt sein!"

Die Albträume kamen und gingen. Manchmal war es nur der kalte Angstschweiß. In manchen Nächten schrie sie im Schlaf und warf sich hin und her, bis sich die Bettdecke um ihre Beine wickelte oder in einem unordentlichen Haufen auf dem Fußboden landete. Deshalb hatte er ihr einen Schlafsack gekauft. In jenen ersten Monaten oder auch im ersten Jahr, nachdem sie zusammengekommen waren, hielt er sie in den Schlafsack eingekuschelt auf dem Schoß fest, bis sie eingeschlafen war. Er las ihr Geschichten vor, sah zu, wie ihre Augen den Zeilen auf der Seite folgten, bis ihre Lider vor Müdigkeit schwer wurden. Dann wurde sie wieder unruhig, und er las weiter. Wenn sie endlich eingedämmert war, legte er sie auf die Matratze über dem Fahrerhäuschen. Dann stellte er den Schutzbügel hoch, damit sie nicht herausrollen konnte.

Ihre Schreie waren so schrill wie das Heulen einer Sirene. Jedes Mal, wenn er sie hörte, wurde es ihm schwer ums Herz. Alle Angst dieser Welt schien in diesen winzigen Lungen konzentriert zu sein, wenn sie zum Schreien ansetzten. Er blieb auf, wenn er spürte, dass sie eine schlechte Nacht haben würde. Die schlimmsten Albträume kamen immer dann, wenn er es am wenigsten erwartete, wenn er draußen in einem billigen Gartenstuhl saß, mit einem alkoholfreien Bier in der Hand und einer Marlboro im Mundwinkel, um die Sterne am Nachthimmel zu beobachten. Er hörte immer dann ein verräterisches Wimmern, wenn sein Körper eine angenehme Bettschwere spürte und er meinte, dass sie endlich einmal durchschlafen würde.

Eines Nachts waren ihre Schreie so laut gewesen, dass die Leute auf dem Campingplatz meinten, es sei ein Mord geschehen. Ein paar von ihnen rannten zu seinem Wohnmobil und pochten an die Tür, bis er ihnen versicherte, dass es bloß ein Albtraum gewesen sei.

„Haben Sie ihr wirklich nichts getan?“, fragte eine Frau und reckte den Hals, um sich das Mädchen genauer anzusehen. Junikäfer hing in seinen Armen wie ein kleines Plüschäffchen.

„Ich würde meiner Kleinen nie ein Haar krümmen“, antwortete er. Seine Worte hatten sie wohl überzeugt. Schließlich gingen die Frau und ihre Begleiter wieder zu ihren eigenen Wohnmobilen. Junikäfer klammerte sich noch immer fest an ihn.

Am nächsten Tag hatte er sich geschworen, nie wieder so nah bei anderen Wohnmobilen zu parken, sondern sich auf Campingplätzen lieber an abgelegenen Stellen aufzuhalten oder diese Plätze ganz zu meiden. Als der Generator gar nicht mehr funktionierte, entschloss er sich, von nun an die Parkplätze von Supermärkten zu benutzen.

Zwei Jahre lang wurde Junikäfer von diesen nächtlichen Panikattacken geplagt. Manchmal schien es, als seien sie abgeklungen, aber sie konnten jederzeit wieder auftreten. Er überlegte, ob er ihr nicht Schlaftabletten für Kinder besorgen sollte, aber dann ließ er es doch bleiben. Ihr Leben war ohnehin schon chaotisch genug.

Manchmal hörte er, wie sie im Schlaf vor sich hin sang. Er konnte die Melodie erkennen. Mithilfe dieses Liedes konnte sie offenbar nicht nur unbeschadet Brücken überqueren; es half ihr wohl auch, den Aufruhr ihrer Seele zu besänftigen und die Angst vor dem Fallen zu mildern.

Er konnte jetzt förmlich hören, wie ihre leise, gedämpfte Stimme klang, wenn sie in ihr Kopfkissen hinein sang. Es war wie das vertraute Rauschen der Meeresbrandung oder wie das laute Klappern der Einkaufswagen, wenn sie von einem Mitarbeiter des Supermarktes auf dem Parkplatz zusammengeschoben wurden. Diese Melodie gehörte zur Geräuschkulisse ihres gemeinsamen Lebens. Selbst wenn er es versuchte, konnte er die Erinnerung daran nicht einfach abschütteln. Die Worte des Liedes drängten sich ihm immer wieder auf.

Zum ersten Mal hatte er sie in der kleinen Werkstatt seines Onkels gehört. Die Werkstatt war in Wirklichkeit eine Garage aus Wellblech, in der auf der einen Seite sein Ford-Geländewagen stand und auf der anderen eine Werkbank mit allen Werkzeugen, die er für seine Schreinerarbeiten brauchte. Sein Onkel hatte eine nasale, blecherne Stimme, die ein bisschen klang wie das Plätschern eines Bergbaches. Manchmal saß John auf einem Baumstumpf im Schatten des Paternosterbaumes und lauschte den Stimmen und dem Gelächter in der Werkstatt, dem Klang eines verstimmten Banjos und der Gitarre seines Onkels. Es war eine Martin D-28, die er von einem Kumpel beim wöchentlichen Pokerspiel gewonnen hatte. Sein Onkel bewahrte das Instrument in einem mit Samt ausgeschlagenen Kasten auf, neben seinem Waffenschrank. Er holte es nur zu besonderen Anlässen heraus.

Kommt der Abschied, werde ich mich freu'n.
Ich flieg zu ihm
In die Heimat dort in Gottes Reich.
Ich flieg zu ihm.
Ich flieg zu ihm, Halleluja,
Ich flieg zu ihm (am hellen Morgen).
Kommt der Tod, Lob sei Gott, Lob sei Gott,
Ich flieg zu ihm.

Für manche Menschen waren diese Worte wohl ein Versuch, der brutalen Wirklichkeit des Lebens zu entfliehen. Aber es steckte mehr dahinter, als man in einem Buch oder in einem Zeitungsinterview lesen konnte. Dieses Lied war die Nationalhymne seines Lebens, das Klagelied, das alle Fasern seines Wesens durchzog. Die unbekannten Soldaten und dunklen Schatten seiner Jugend, die unbeschreibliche Einsamkeit, als er das Beste und Schlimmste erlebte, was das Leben zu bieten hatte, das alles war in jene Worte verpackt.

Wenn der Schatten dieses Lebens weicht,
Flieg ich zu ihm;
Wie ein Vogel, der sein Ziel erreicht,
Flieg ich zu ihm.

In der Garage seines Onkels roch es nach abgestandenem Bier und Sägespänen. In der Luft lag das ehrliche Lachen von echten Männern. An den Wänden hingen Angelköder, ein Bild von Soldaten in Korea. Metallhocker bohrten ihre Beine in den Sandboden, und in der Ecke hing ein Kreuz.

Bei diesem Anblick spürte er eine noch nie gekannte innere Wärme. Für ihn war es das Höchste im Leben, Freunde zu haben, sie zu kennen, von ihnen verstanden zu werden und in der Musik die Gefühle auszudrücken, für die es keine Worte gab.

Nur noch ein paar dunkle Tage hier, dann
flieg ich zu ihm;
In ein Land der Freuden für und für.
Ich flieg zu ihm.

Er schüttelte den Kopf, als ob er diese Erinnerungen abschütteln wollte. Dann griff er nach einer weiteren Musikkassette und schob sie in den Kassettenrecorder. Die Kassetten hatte er auf privaten Flohmärkten und in Gebrauchtwarenläden gefunden. Inzwischen waren sie von der Sonne ausgebleicht und staubig vom vielen Herumreisen. Die Bandbreite reichte von Klassikern bis zu den modernen Gruppen. Er stellte die Musik auf volle Lautstärke und rollte das Fenster ganz herunter, bis der Wind ihm so laut um die Ohren blies, dass er die Stimmen kaum noch hören konnte. Dann trat er das Gaspedal durch, um einen der letzten Hügel von Oklahoma zu erklimmen und nach Arkansas weiterzufahren.

Kapitel 10

Wenn Sheriff Harry Preston nicht gerade die Herde der Medienvertreter hüten musste, machte er tatsächlich seine Arbeit. Ella und William Edwards waren die Einzigen, die ihm helfen konnten, ihre Tochter ausfindig zu machen, aber Eltern sind nicht für alles zuständig. Vor allem können sie nicht für die Entscheidungen ihrer Kinder verantwortlich gemacht werden. Preston wusste das nur allzu gut.

Seine eigene Tochter war im Alter von 15 Jahren weggelaufen – mit einem Jungen, den sie für die Liebe ihres Lebens hielt. Preston hatte drei Tage lang nach den beiden gesucht. Ein Freund des Jungen hatte ihm einen Tipp gegeben, und so fand er sie in einem Motel in Myrtle Beach. Seine Familie hatte dort immer gern Urlaub gemacht, aber nach dieser Affäre seiner Tochter erwähnte niemand mehr diesen Ort. Sie wurde natürlich schwanger. Nach vielen tränenreichen Streitgesprächen entschloss sie sich, das Baby gleich nach der Geburt zur Adoption freizugeben. Danach wurde sie ruhiger und machte ihren Schulabschluss. Nach ihrem Studium hatte sie eine gut bezahlte Arbeitsstelle bei einer PR-Firma in Charleston gefunden. Sie hatte offenbar auch gute Freunde, die sich um sie kümmerten.

Als Preston nach der Frau suchte, deren kleine Welt vor sieben Jahren in den Medienrummel gestürzt war und es jetzt wieder tat, dachte er zuallererst an seine eigene Tochter und daran, wo sie vielleicht heute wäre, wenn sie ihr Leben nicht in den Griff bekommen hätte. Seine Frau und er hatten während ihrer Teenagerzeit so einiges durchmachen müssen. Es war für ihn nicht leicht, weil er als Sheriff für die anderen Einwohner der Kleinstadt immer ein Vorbild sein musste. Wenn seine Tochter sich nachts aus dem

Haus schlich und mit den falschen Freunden unterwegs war, hielt er jedes Mal die Luft an, wenn das Telefon klingelte. Vielleicht war sie verhaftet worden oder mit einem Auto gegen einen Baum gefahren. Bis zu ihrem Schulabschluss hatten sie in ständiger Furcht gelebt. Es wurde noch schlimmer, als man sie aus dem College werfen wollte.

Aber dann geschah etwas: Bekannte luden sie in eine christliche Gruppe ein. Den Brief, den sie ihm nach der Begegnung mit diesen Christen geschrieben hatte, bewahrte er noch immer in der obersten Schublade seines Nachtschränkchens auf. Sie erwähnte darin, wie dankbar sie für seine bedingungslose Liebe sei und dafür, dass ihre Eltern immer für sie da gewesen seien. Schließlich hatte sie einen netten jungen Mann kennengelernt, geheiratet und ihnen zwei Enkelkinder geschenkt. Am Beispiel seiner Tochter zeigte sich deutlich, dass man ein Spiel nicht mitten in der Halbzeit abbrechen, sondern bis zum Ende durchziehen sollte.

Obwohl Ella ihm keine Hinweise zum Verbleib ihrer Tochter geben wollte, fand Sheriff Preston Dana Edwards schnell. Sie wohnte zusammen mit ihrem derzeitigen Freund in einem kleinen Haus in Winfield. Der Ort lag in der Nähe der Autobahn. Er wollte unbedingt mit ihr sprechen, bevor die Medien sie aufstöberten.

Als er an ihre Tür klopfte, rieselten kleine Stückchen von der abblätternden Farbe herunter. Er hörte, wie sich drinnen etwas bewegte. Ein Stuhl wurde zurückgeschoben. Dann hörte er lautes Fluchen. Ein eingefallenes Gesicht sah aus dem Fenster. Dann fiel die Jalousie wieder an ihren Platz. Sie konnte nur mühsam stehen, als sie die Tür aufriss. Deshalb musste sie sich am Türpfosten anlehnen. Hinter ihr sah Sheriff Preston einen Küchentisch, der übersät war mit Pizzakartons und leeren Flaschen. Die Luft im Haus roch muffig, und ihre Alkoholfahne raubte ihm fast den Atem.

Sie trug ein weites T-Shirt und Shorts, und ihre dünnen Arme und Beine verrieten Preston, dass sie nur noch Haut und Knochen war. Ihr wirres Haar stand ihr am Hinterkopf zu Berge, aber ihr verwahrlostes Aussehen schien sie nicht weiter zu stören. Ihr Gesicht war unverkennbar. Sie hatte von ihrer Mutter den besonders geformten Mund und die Augen geerbt; sie war ihr wie aus dem Gesicht geschnitten.

„Dana, wir haben uns schon lange nicht mehr gesehen."

Sie gähnte mit weit offenem Mund. Ihr Blick fiel auf sein Dienstabzeichen und dann auf sein Gesicht. „Und was wollen Sie?"

„Ich muss Sie mit aufs Revier nehmen. Es geht um Ihre Tochter."

Sie kniff die Augen zusammen, als ob sie ihn nicht richtig verstanden oder vergessen hätte, dass sie eine Tochter hatte. „Natalie? Haben Sie sie gefunden?"

„Ziehen Sie sich erst mal was an. Ich warte im Auto."

Dana verschwand im düsteren Inneren des Hauses. Ein paar Minuten später erschien sie wieder, mit ausgelatschten Sandalen an den Füßen. Über das T-Shirt hatte sie einen langärmeligen Pullover gezogen, und sie hatte ihr Haar offenbar mit einer Bürste bearbeitet. Das hatte jedoch nicht viel geholfen. Sie verschränkte die Arme vor der Brust und bedankte sich, als er ihr die Tür des Streifenwagens aufhielt.

Sie fuhren auf der kurvenreichen, zweispurigen Landstraße an einem großen Park und einem See vorbei. Im Hintergrund sah man bewaldete Hügel, die in den schönsten Herbstfarben leuchteten. Die Sonne stand jetzt hoch am Himmel. Preston stellte die Klimaanlage an.

„Wenn es Ihnen da hinten zu kalt wird, sagen Sie es mir bitte", sagte er zu Dana.

„Wie haben Sie mich eigentlich gefunden?", wollte sie wissen.

Preston warf einen Blick in den Rückspiegel. „Na ja, dafür werde ich schließlich bezahlt. Aber ich habe wohl auch die Gene eines Bluthunds in mir."

Dana sah mit ernstem Gesicht aus dem Fenster und rang nervös die Hände. „Ich hab das in den Nachrichten gesehen. Die vielen Reporter und die Kameras. Wie hat man das Auto eigentlich gefunden?"

„Sporttaucher. Das klingt wie ein Witz, oder? Stellen Sie sich vor, Sporttaucher in West Virginia."

Sie dachte anscheinend gründlich nach, und Preston wollte sie dabei nicht stören. Eine Zeit lang war im Streifenwagen nur die quakenden Stimmen aus dem Polizeifunk zu hören.

„Sie haben sie nicht im Auto gefunden?"

„Nein, der Kindersitz war zwar noch da, aber wir haben keine Leiche gefunden."

„Nach so langer Zeit, kann sich die Leiche da nicht ... aufgelöst haben? Oder vielleicht von Fischen gefressen worden sein?"

Preston registrierte erstaunt, dass sie nicht von ihrer Tochter sprach, sondern nur von „der Leiche". „Ist schon möglich. Aber dann hätten wir Reste von Kleidung oder Knochen gefunden. Das Auto war aber leer. Wir haben bloß eine Decke und ein Plüschtier gefunden."

Dana zog eine Grimasse. Dann hob sie beide Hände vors Gesicht, als ob sie einen Migräneanfall hätte oder aber eine schlimme Erinnerung stoppen wollte. Ein paar Jahre nach dem Verschwinden ihrer Tochter hatte ihr die Versicherung zwar eine bescheidene Summe ausgezahlt, aber Preston nahm an, dass sie das Geld im Nu ausgegeben hatte. Sie rieb sich die Augen und starrte aus dem Fenster.

„Dieser Typ muss sie mitgenommen haben. Der Typ, der das Auto gestohlen hat. Der war bestimmt pervers. Wer tut denn einem kleinen Kind so was an?"

Wieder warf Preston einen Blick in den Rückspiegel. Ihr Gesicht war angespannt und eingefallen. Die Augen lagen tief in den Höhlen, und sie war so mager, dass die Wangenknochen spitz hervorstanden. Im Sonnenlicht wirkte ihre Haut fahl. „Ihre Mutter glaubt immer noch, dass Ihre Tochter am Leben ist."

„Meine Mutter!" Danas Stimme klang höhnisch. „Sie hat dafür gesorgt, dass Natalies Name jahrelang auf der Gebetsliste in ihrer Kirchengemeinde stehen geblieben ist, bis man ihr schließlich gesagt hat, dass sie sie rausnehmen soll, weil sich die Leute nur noch drüber aufregen. Wetten, dass *ich* immer noch auf den Gebetslisten stehe?"

„Das ist gut möglich."

„Die Gebete dieser Leute bringen ja doch nichts. Die meinen, dass Gott ihre Leber oder ihre Verdauungsprobleme heilt. Ich könnte schwören, dass die ihre Hände auf alles Mögliche und Unmögliche legen."

Preston unterdrückte ein Schmunzeln. Er beobachtete, wie ein kleiner Junge ohne Helm auf seinem Fahrrad dahinradelte. Am liebsten hätte er angehalten und den Jungen angeschnauzt, dass er auf dem Friedhof landen könnte, wenn er so weitermachte. Aber er wollte so schnell wie möglich zum Polizeirevier.

Er entdeckte die Übertragungswagen des Fernsehens, bevor er um die Ecke bog. Deshalb bat er Dana, sich auf den Rücksitz zu legen.

„Warum denn?"

„Wenn Sie nicht wollen, dass sich Ihnen gleich jeder Reporter von West Virginia an die Fersen heftet und Sie in diesen Flipflops flüchten müssen, legen Sie sich besser hin."

Sie folgte seiner Anweisung. Als sie an den Übertragungswagen vorbeifuhren, sah Preston, wie die Kameraleute zusammenstanden und Eiskaffee schlürften. Er winkte ihnen freundlich zu, wie man das wohl von einem Bewohner der tiefsten Provinz erwartete. Dann setzte er ein breites Lächeln auf und parkte dicht an der Hintertür. Er führte Dana rasch in den Verhörraum, der den Polizisten gleichzeitig als Aufenthaltsraum diente.

Sein Stellvertreter Mike hatte die Füße auf den Tisch gelegt und aß gerade ein belegtes Brot. Gleichzeitig telefonierte er mit seinem Handy. Als er Dana und Preston sah, wäre er vor Schreck beinahe nach hinten umgekippt. Dann verließ er rasch den Raum.

Preston holte Dana einen Becher Kaffee. Er setzte sich ihr gegenüber, während sie an der schwarzen Flüssigkeit nippte.

„Und warum wollten Sie nicht bei mir zu Hause mit mir reden?", wollte sie von ihm wissen. „Warum musste ich hierher kommen?"

„Ich versuche, ein paar fehlende Puzzleteile zusammenzulegen. Dafür brauche ich Ihre Hilfe."

„Ich hab der Polizei doch schon alles gesagt. Nicht nur einmal, sondern zigmal."

Preston nickte zustimmend. „Trotzdem gehen wir noch mal alles durch. Wusste Natalie, dass sie an jenem Abend noch eine Autofahrt vor sich hatte?"

Dana senkte den Blick und legte den Kopf schief. „Ich konnte keinen Babysitter kriegen. Ich bin in eine Bar gefahren und hab dort was getrunken. Auf dem Hinweg ist sie in ihrem Kindersitz eingeschlafen. Ich hab alle paar Minuten nach ihr geguckt. Und ..."

„Mit wem haben Sie sich dort getroffen?"

„Das wissen Sie doch schon. Mit niemand Bestimmtem. Ich hatte Durst. Ich musste mal raus. Es ist kein Verbrechen, wenn man in einer Bar was trinkt. Wollen Sie mir nicht sagen, welche Rechte ich hab?"

„Ich will Sie doch nicht verhaften, Dana. Ich suche nur nach Antworten auf ein paar offene Fragen."

Sie umklammerte den Styroporbecher mit beiden Händen und schlug die Beine übereinander. Ein paar Haarsträhnen fielen ihr über ein Auge. „Ich tappe doch selber seit sieben Jahren im Dunkeln, Sheriff. Ich weiß nicht, was ich Ihnen sonst noch sagen soll."

Preston beugte sich vor. Dabei knarrte sein ledernes Pistolenhalfter. „Gestern hat mich jemand angerufen. Es ging um einen alten Knaben, der hier in der Gegend gewohnt hat. Angeblich war er in jener Nacht in der Bar. Er hat verdächtige Äußerungen gemacht. Vielleicht hat er mehr gewusst, als er vor sieben Jahren zugegeben hat."

Dana richtete sich auf. „Wer ist der Typ?"

Preston holte ein Fahndungsfoto aus der Brusttasche seines Hemdes und hielt es hoch. Das Gesicht des Mannes war fast genauso blass und eingefallen wie ihres. „Erinnern Sie sich an ihn?"

Sie kniff die Augen zusammen. Offenbar erkannte sie den Mann nicht. Dann atmete sie geräuschvoll aus und schüttelte den Kopf. „Eigentlich vergesse ich nie ein Gesicht, das ich mal gesehen hab. Aber dieses Ekelpaket sollte man wohl schnell vergessen. Wer ist der Kerl?"

„Graham Walker. Man nennt ihn auch Gray."

„Ist er vielleicht mit den Walkers in Sissonville verwandt?"

Preston reagierte auf diese Frage mit einem Achselzucken. „Keine Ahnung. Er ist hier zur Schule gegangen. Später ist er auf die schiefe Bahn geraten und eine Zeit lang in Ohio untergetaucht. Jetzt ist er wieder hier."

„Was hat er denn verbrochen?"

Preston starrte Dana entnervt an. „Sie sind nicht hier, um mich zu verhören."

„Wenn Sie mir was erzählen, könnte das meinem Gedächtnis vielleicht auf die Sprünge helfen."

„Wir besorgen uns einen Haftbefehl, und dann holen wir ihn uns."

„Haben Sie von ihm was im Auto gefunden? DNA oder so was?"

„Dazu kann ich nichts sagen." Preston beugte sich wieder vor. Der Tisch knarrte, als er sich mit seinem ganzen Gewicht darauf stützte. „Aber wenn Ihnen etwas einfällt, das uns bei der Vernehmung dieses Burschen weiterhilft, wären wir Ihnen dankbar."

Dana nahm das Foto in die Hand und betrachtete es genauer. Mit der anderen Hand kratzte sie sich am Hinterkopf. Dann schnupperte sie an ihren Fingernägeln. Preston sah ihr verblüfft zu.

„Vielleicht war er da. In einer Ecke. Aber ich weiß es nicht so genau. Ich hab nicht mit ihm geredet, aber das war er vielleicht. Wie groß ist er?"

„Hier steht, ein Meter achtundsiebzig. Er wiegt fünfundsiebzig Kilo."

„Also ein unscheinbarer Typ", erwiderte sie. Sie drehte das Foto um und schob es über den Tisch zu Preston. „Mir fällt nichts weiter ein. Wenn ja, würde ich es Ihnen sagen."

Er nickte und steckte das Foto wieder in die Brusttasche seines Hemdes.

„Mich beschäftigt aber noch eine andere Sache, und zwar der Zeitpunkt, den Sie genannt haben, als der Typ Sie überfallen hat."

„Der hat das gemacht. Ich hab nicht gelogen."

Preston versuchte, seine Stimme neutral klingen zu lassen. „Sie haben gesagt, dass Sie die Autoschlüssel in der Hand hatten, als er Sie von hinten anfiel."

„Das stimmt."

„Wir hatten damals einen sehr heißen Sommer. In jener Nacht war es immer noch um die siebenundzwanzig Grad warm."

„Deshalb hatte ich ja so einen Durst. Im Haus war es so heiß wie in einer Sauna. Nur im Zimmer von meiner Mutter gab es eine Klimaanlage. Das Ding war so laut wie ein Traktor. Bei dem Krach konnte ich nicht schlafen."

„Sie haben erwähnt, dass der Entführer eine Lederjacke angehabt hat. War es damals nicht viel zu warm für so eine Jacke?"

„Ich hab ihn nicht gefragt, warum er eine Lederjacke angehabt hat, Sheriff."

„Sie haben Ihre Tochter bei dieser Hitze bestimmt nicht im Auto gelassen, ohne die Fenster aufzumachen."

„Natürlich nicht. Ich hab das Auto unter einem Baum geparkt. Dort wehte ein kühler Wind. Daran kann ich mich noch gut erinnern. Ich hatte alle vier Fenster runtergerollt, damit sie genug Luft hatte."

Preston stellte sich vor, wie das Baby mit schweißnassen Haaren in seinem Kindersitz saß, umschwärmt von den Fliegen, die von der Mülltonne aufstiegen.

„Dieser Mann hat mich am Auto überfallen. Ich wollte schreien, aber er hat mir den Mund zugehalten."

Preston hob abwehrend eine Hand. „Sie brauchen das nicht noch einmal zu durchleben ..."

Sie schob ihr Haar zurück. „Sehen Sie diese Narbe? Die hab ich von dieser Nacht. Und ich denke immer noch an mein kleines Mädchen, wie es hinter mir im Auto gesessen hat. Sie hat geweint vor Angst, weil sie nicht wusste, was passiert war. Und dann hab ich sie nie mehr gesehen."

„Dana ..."

„Wenn ich damals nicht zur falschen Zeit am falschen Ort gewesen wäre, würde mein kleines Mädchen heute jeden Morgen mit ihrer Brotdose zur Grundschule gehen. Sie würde ihren Geburtstag feiern und in einem Baumhaus spielen. Ich könnte mit ihren Lehrern über meine kluge Tochter reden, und ich könnte sie in der Kirche singen hören."

Dana brach jetzt in Tränen aus. Preston senkte den Blick auf seine Stiefelspitzen. Er konnte sich diese Frau nicht bei einem Elternsprechtag vorstellen. Aber wer weiß, vielleicht wäre ihr Leben ja wirklich mit ihrem Kind anders verlaufen. Trotzdem begann ihr Weg nach unten nicht mit dem Verlust der Kleinen. Sie war auch vor dieser Nacht wahrhaftig keine vorbildliche Bürgerin gewesen. Auch danach hatte sie nicht allzu viel getan, um ihr Leben wieder in normale Bahnen zu lenken. Aber das machte sie noch nicht zu einer Kriminellen.

„Jede Nacht, wenn ich wach liege, frag ich mich, was damals wirklich passiert ist", sprach sie weiter. Sie klammerte sich krampfhaft an der Tischkante fest. „Wenn ich einschlafe, wach ich wieder auf. Dann denk ich drüber nach, ob ich noch etwas hätte tun müssen oder ob ich falsch gehandelt hab. Aber ich kann die Uhr nicht mehr zurückdrehen. Deshalb muss ich damit leben. Wenn Sie den perversen Typ, der sie entführt hat, fangen und ihn dazu bringen können, zu erzählen, was er mit ihr angestellt hat, dann machen Sie das, Sheriff. Aber ich will dabei sein, wenn Sie ihn verhaften."

Jemand klopfte an die Tür. Es war seine Sekretärin Mindy. Er winkte sie herein. „Der Haftbefehl ist da, Sheriff."

„Bitte sagen Sie Mike, dass er Dana nach Hause fahren soll."

Der Sheriff und Dana starrten sich an. Dana biss die Zähne zusammen. Preston bohrte mit dem Finger in seinem Ohr. Er spürte dort ein lästiges Haar. So etwas machte er nur, wenn er nervös war oder nicht wusste, wie er sich verhalten sollte.

„Wir werden sie finden“, sagte er schließlich. „Ich weiß zwar noch nicht, wie, und ich weiß auch nicht, in welchem Zustand sie ist. Aber ich werde nicht ruhen, bis wir sie finden.“

Kapitel 11

Johnson rollte mit seinem Wohnmobil am Nachmittag in Bentonville im Staat Arkansas ein. Dort bestellte er bei einem Imbiss den größten gemischten Fischteller. Sein Rücken war so steif vom langen Sitzen hinter dem Lenkrad, dass er an einem öffentlichen Park anhielt und sich sein Essen schmecken ließ, während er einen Spaziergang machte. Er dachte an Junikäfer und Sheila, als er die Muscheln und die frittierten Kabeljau-Stücke genoss.

Auf einer kleinen Anhöhe lagen zwei Tennisplätze. Er lehnte sich bei einem Veteranendenkmal an einen Fahnenmast und sah zu, wie ein Teenager einem etwa gleichaltrigen Mädchen Tennisunterricht gab. Das Mädchen trug ein kurzes Kleid. Ihre neuen Tennisschuhe hinterließen weiße Streifen auf der roten Erde des Platzes. Es war offensichtlich, warum der Junge dem Mädchen Tennisspielen beibringen wollte, aber das Mädchen merkte es vielleicht nicht. Er zeigte ihr, wie sie eine Rückhand schlagen musste. Wenn sie den Ball nicht traf, lief sie zum Zaun, um ihn zu holen. Der Junge starrte ihr hinterher, wenn sie sich bückte, um den Ball aufzuheben.

Hinter der Anhöhe befand sich ein Feld der Baseball-Kinderliga. Zwei Mannschaften waren gerade im Spiel gegeneinander. Die lauten Anfeuerungsrufe und der Applaus der zuschauenden Eltern ließen allerdings vermuten, dass es sich um das Endspiel der Profi-Weltmeisterschaft handelte. John warf die leeren Kartons in einen von Wespen umschwärmten Abfalleimer. Dann streckte er sich im Schatten einer Eiche aus. Der Baum sah aus, als stünde er schon seit der Zeit vor dem Bürgerkrieg an dieser Stelle.

John sah dem Spiel zu. Der rechte Fänger der Heimmannschaft schien eher an dem Löwenzahn auf dem Rasen interessiert zu sein als am Spiel. Der Junge mit der Nummer 14 auf dem Trikot schwang den Schläger. Drei Mal hintereinander verfehlte er den Ball. Plötzlich spürte Johnson, wie die alten Ängste aus seiner Kindheit in ihm hochstiegen, die Fragen nach der Wahl des Spielfelds, der Streit um die begehrte Kapitänsbinde und den Platz am Schlagmal. Er hatte nie in einer Mannschaft gespielt, bis sein Onkel ihn in der Kinderliga anmeldete, als er zehn Jahre alt gewesen war. Als er sein Trikot bekommen hatte, trug er es am nächsten Tag in der Schule. Die anderen Kinder lachten ihn deswegen aus.

„Das ist ein sehr schönes Trikot“, sagte seine Klassenlehrerin, als sie ihn nach dem Beginn des Unterrichts beiseitenahm. Miss Baileys Stimme klang sanft, und ihr Atem duftete nach den Pfefferminzbonbons, die sie in der obersten Schublade ihres Pultes aufbewahrte. Sie beugte sich zu ihm herunter, und beim Anblick ihres rot geschminkten Mundes blieb ihm fast die Luft weg.

In Wirklichkeit hatte er das Trikot nur angezogen, um bei der Lehrerin Eindruck zu schinden. Mit ihrer kurvenreichen Figur sah sie aus wie die Frauen in den Fernsehshows, aber sie war viel netter, und sie duftete wie ein Strauß Frühlingsblumen. Besonders angezogen fühlte er sich von ihren großen Augen und ihrem Lächeln. Zwangsläufig fragte er sich, wie es wohl wäre, eine solche Mutter zu haben. Eine Frau wie sie würde ihm bestimmt vor dem Schlafengehen eine Geschichte vorlesen, ihn sorgfältig zudecken und ihm etwas vorsingen. Miss Bailey hatte eine Stimme wie ein Engel, und sie konnte Klavier spielen. Außerdem wusste sie mehr über Naturwissenschaften und Gemeinschaftskunde als alle anderen Lehrer zusammen.

„Bestimmt wird aus dir mal ein Profispieler“, flüsterte sie ihm ins Ohr. Er spürte im ganzen Körper ein angenehmes Kribbeln.

Diese Worte hatten ihn die Hänseleien seiner Mitschüler leichter ertragen lassen. Seit jenem Tag stand sein Berufswunsch fest: Er wollte Lehrer werden. Wenn ein oder zwei

Sätze von Miss Bailey eine solche Wirkung auf sein Herz hatten, dann wollte er so etwas als Erwachsener auch erleben. Dieses Erlebnis zählte zu den wenigen guten Erinnerungen aus seiner Grundschulzeit.

Miss Baileys Vermutung über seine Karriere als Baseballspieler sollte sich jedoch nicht bewahrheiten. Bei seinem ersten Spiel traf er auf einen berüchtigten Gegner, einen kleinen Tyrannen aus der Nachbarstadt, der John erkannte und seinen Fänger zu sich heranwinkte. Die beiden flüsterten sich hinter vorgehaltenen Handschuhen etwas zu. In der Gesäßtasche seiner Hose zeichnete sich deutlich eine Bierdose ab, und seine Unterlippe war angeschwollen. In den Hügeln von West Virginia herrscht eben manchmal Faustrecht – auch unter Kindern.

Der Schiedsrichter kratzte etwas Schmutz vom Schlagmal, als der Fänger zurückkam. Der Junge schob seine Maske zur Seite und kam John so nahe, dass er ihn gut hören konnte. „Tom sagt, dass deine Mutter eine Nutte ist. Er sagt, sie arbeitet draußen am Fernfahrerrastplatz."

Der Fänger lächelte hämisch. Dabei zeigte er die Lücke zwischen seinen Schneidezähnen, die so schief standen, dass sie aussahen, als ob sie in die jeweils entgegengesetzte Richtung wachsen würde. Er setzte seine Maske auf und gab dem Werfer ein Zeichen mit erhobenem Daumen. Der Schiedsrichter nahm seinen Posten ein und winkte John zum Schlagmal. Dann deutete er auf den Werfer.

Der erste Wurf war hoch und schnell. John duckte sich, aber dabei verlor er das Gleichgewicht und landete im Sand.

Der Werfer lachte ihn aus, und ein paar Elternpaare von der gegnerischen Mannschaft stimmten in das Gelächter ein. Die Spieler aus Johns Mannschaft feuerten ihn an und ermutigten ihn zum Durchhalten.

Er hörte die tiefe Stimme seines Onkels. „Halt die Stellung, John. Hau ihn raus."

Der Ball traf den Metallzaun hinter ihm und rollte bis knapp vor das Schlagmal. Der Fänger schlenderte auf John zu. John hob den Ball auf und legte ihn dem anderen

Jungen in den Handschuh. „Du kannst Tom ausrichten, dass er sich vor mir in Acht nehmen soll."

Der Fänger tat so, als ob er diese Drohung nicht gehört hätte, aber der ängstliche Ausdruck seiner Augen verriet ihn.

„Noch einen Treffer, Tom!", schrie ein Mann mit strähnigen Haaren. John nahm an, dass es Toms Vater war. Die beiden sahen sich ähnlich. Er stand neben der Trainerbank und trank aus einer Flasche, die in einer Halterung mit der Aufschrift *Trink Coca-Cola* steckte. „Zeig, was du kannst!"

Toms nächster Wurf landete im Sand und rollte wieder zum Fänger im Hintergrund. John schwang seinen Schläger ein paar Mal und starrte den Werfer mit einem ironischen Lächeln an. Der Junge verließ einen Augenblick lang die Wurfmarke, spuckte auf den Boden, und dann nahm er den Wurf von seinem Fänger an. Er zielte genau. Sein rechter Arm schwang vor und zurück. Er war in Hochform, und so holte er zu einem flachen, schnellen Wurf aus. Der Ball flog über die Mitte der Raute. John sah die Nähte, die den Ball zusammenhielten, schwang den Schläger und hörte, wie er mit einem hellen Ton auf das Leder traf. Er ließ den Schläger fallen und rannte los. Dabei warf er einen verstohlenen Blick auf den Spieler am linken Rand. Der Junge stand mit dem Rücken zum Feld am Zaun. John hörte, wie hinter ihm ein paar Leute applaudierten. Als er die erste Markierung erreichte, bog er scharf nach links ab und lief zum Platz des Werfers. Tom starrte auf den noch immer rollenden Ball, dem ein paar Kinder bis zum Kiosk hinterherjagten. John rammte seinen Helm in den Rücken des Werfers. Dann stieß er ihn auf das innere Spielfeld. Die Luft entwich aus Toms Lungen, und John drückte das Gesicht seines Gegners auf den harten Boden. Hinter sich hörte er Geschrei. Die Maske eines Fängers schlug gegen seinen Rücken. Dann packten ihn mehrere Trainer und zogen ihn von seinem Gegner weg. Sein Onkel tauchte auf und zerrte ihn mit sich fort.

John hatte keine Gelegenheit mehr, das Spiel zu Ende zu

spielen. Er wurde vom Platz gestellt und sofort aus der Kinderliga geworfen.

Sein Onkel schwieg, bis sie in seinen Geländewagen einstiegen. „Verrätst du mir vielleicht mal, was das soll? Ich hab eine Menge Geld hingeblättert, damit aus dir ein Baseballspieler wird und nicht ein Boxer."

John erwiderte nichts.

„Das war ein toller Treffer. Na ja, eigentlich hast du zwei Mal getroffen. Einmal den Ball und einmal den Werfer. Aber leider hast du dich vertan. Du warst beim Baseball, nicht Verteidiger beim Football." Er ließ den Motor an, legte den Gang ein und behielt den Fuß auf dem Bremspedal. „Hat dieser Fänger was zu dir gesagt?"

John nickte.

Sein Onkel saß noch einen Augenblick lang nachdenklich da. Er machte den Mund auf, als ob er etwas sagen wollte. Dann hatte er es sich wohl anders überlegt, weil er schweigend losfuhr.

Am nächsten Montag hörte er das Gekicher und Flüstern der anderen Kinder. Die Lehrer wiesen ihn mit scharfen Worten zurecht. Im Schulhof beobachteten sie ihn mit Argusaugen. Als Miss Bailey sein blaues Auge, die Kratzer auf der Wange und die tiefe Schnittwunde an seinem Arm sah, fragte sie ihn, was denn passiert sei.

„Nur ein Baseballspiel", antwortete er.

„Diese Wunde muss sofort behandelt werden. Komm mit."

Sie brachte ihn zur Krankenstation, aber die Krankenschwester war noch nicht da. Miss Bailey betupfte die Wunden mit Jod. Es brannte höllisch, aber John biss die Zähne zusammen.

„Unter der Haut sind immer noch kleine Steinchen, John. Ist das nach dem Spiel behandelt worden?"

„Dafür war keine Zeit mehr", erwiderte er. „Ich hab einen anderen Spieler angegriffen."

Sie ging vor ihm in die Hocke. „Was war denn los?"

In diesem Augenblick war ihm bewusst, dass die Entscheidung bei ihm lag. Er konnte sich entweder öffnen und ihr alles erzählen oder aber seine hilflose Wut in seinem Inneren verschließen. Vielleicht lag es an dem Duft, den sie verströmte. Aber vielleicht war es auch das wohlige Gefühl, von einer so schönen Frau beachtet zu werden. Vielleicht hatte ihr echtes Mitgefühl seine bis jetzt zur Schau getragene Fassade der Härte zum Einsturz gebracht. Er kannte die wahren Gründe nicht, aber es sprudelte förmlich aus ihm heraus. Von trockenen, harten Schluchzern unterbrochen erzählte er die ganze Geschichte. Dieser Gefühlsausbruch machte ihm Angst, und gleichzeitig schämte er sich deswegen.

Aber seine Klassenlehrerin hörte sich alles schweigend an. Er erzählte, wie er sich gefühlt hatte, als die anderen Jungen so abfällig über seine Mutter geredet hatten. Allerdings hatte er seine Mutter eine ganze Woche lang nicht gesehen, und als sie wieder auftauchte, war sie betrunken gewesen. Sein Vater musste das ganze Wochenende lang Nachtschicht machen. Deshalb schlief er tagsüber. John hatte alle Mahlzeiten allein einnehmen müssen. Nur einmal hatte sein Onkel ihn in einem Imbiss zu einem Hotdog und einem Eis eingeladen. Er musste sich seine Sachen selbst zusammensuchen, damit er wenigstens für die Schule ordentlich angezogen war. Sein Baseballtrikot hatte er gleich nach dem Spiel in die Mülltonne geworfen.

Seine Lehrerin hatte Tränen in den Augen. Es war ein so gutes Gefühl, dass ihm endlich einmal jemand richtig zuhörte. Deshalb erzählte er ihr auch, wie der Ball vom Schläger abprallte und wie gut er sich dabei gefühlt hatte, als er den anderen Jungen zu Boden geworfen und zugesehen hatte, wie sich sein Mund mit Erde und kleinen Steinchen füllte.

Als John am Ende seiner zusammenhanglosen Geschichten angelangt war, sah er im Blick der Lehrerin eine Mischung aus Liebe und Abscheu, aus Mitleid und Entsetzen. Er hatte zu viel gesagt. Er hatte ihr sein Inneres geöffnet und ihr gezeigt, wie er wirklich war. Obwohl Miss Bailey ihm ihr Mitgefühl deutlich zeigte, kam es ihm so vor, als ob sie danach so vorsichtig mit ihm umging wie mit einer verletzten Schlange. Selbst wenn sie ihm heute helfen konnte, musste er danach doch wieder in sein dunkles Loch zurückkriechen.

In diesem Augenblick verschloss er sich, weil ihm klar wurde, dass er sogar vor Miss Bailey auf der Hut sein musste. Er lernte, nichts mehr von sich preiszugeben. Obwohl Menschen wie sein Onkel und ein paar verständnisvolle Lehrer und Trainer versuchten, zu ihm durchzudringen, ließ er seine Maske nie mehr fallen. Er brauchte diese Fassade der Härte auch, weil es ihn schmerzte, dass sein Vater nie für ihn da war und er sich auf seine Mutter nicht verlassen konnte.

Später spielte John Football. Er war in ganz West Virginia berühmt-berüchtigt, weil er als Verteidiger alles andere als zimperlich war. Er fühlte sich wohl auf dem Spielfeld, wenn er seine Gegner umnieten konnte. In solchen Situationen konnte er seinen Gefühlen freien Lauf lassen. Aber nach jedem Spiel war sie wieder da, die Fassade, hinter der er sich versteckte.

Die Mädchen begannen, sich für ihn zu interessieren, und natürlich hatte auch er Interesse. Aber irgendetwas hielt ihn zurück, wenn es um eine feste Beziehung ging. Er konnte sich einer Frau nicht so ohne Weiteres öffnen. Weil keine von ihnen mit seiner schweigenden Zurückhaltung zurechtkam, suchte sich jedes Mädchen, mit dem er ausging, früher oder später einen anderen Freund.

Nach dem Schulabschluss boten ihm mehrere Colleges ein Stipendium an. John fragte seinen Onkel um Rat. Seine Noten waren nicht gut genug für ein Studium, aber das lag hauptsächlich an ihm selbst. Er hatte nicht fleißig genug gelernt. Sein Onkel meinte, er könnte doch einen Versuch wagen, aber für John war ein Studium schlicht und einfach vergeudete Zeit.

Deshalb schlug sein Onkel ihm eine Laufbahn in der Armee vor. Dieser Beruf schien für ihn wie maßgeschneidert zu sein. Bei der Vorbereitung auf den Kampf fand John zu sich selbst und zu seiner Bestimmung. Hier passte alles zusammen, und hier gab es genügend Herausforderungen für seinen Geist und seinen Körper. Er fiel wegen seiner sportlichen Begabung auf. Seine Vorgesetzten erkannten, was in ihm steckte. In der Spezialeinheit der SEALs konnte er seine Fähigkeiten unter Beweis stellen. Er durchlief die beinharte Ausbildung, die ihn bis an die Grenzen seiner körperlichen und geistigen Leistungsfähigkeit führte, mit Erfahrungen, die er noch nie zuvor gemacht hatte und die er nicht unbedingt noch einmal durchstehen wollte.

Während er unter der Eiche saß und die Jungs in ihren Trikots beobachtete, sah er sich selbst im rechten Teil des Spielfelds. Er sah vor seinem inneren Auge, wie er losrannte, die erste Markierung passierte und dann den Werfer zu Boden stieß. Er sah, wie die Eltern am Spielfeldrand standen oder auf Campingstühlen saßen und ihre Sprösslinge anfeuerten, und dann erinnerte er sich, wie wertlos er sich immer gefühlt hatte, weil seine Mutter oder sein Vater nie zugesehen hatten, wenn er bei einem Spiel mitmachte. Entweder rührte ihn die offene Zuneigung der Eltern zu ihren Kindern, oder aber ihn plagte die Vorahnung, dass etwas Drastisches, Entscheidendes in seinem Leben geschehen sollte. Er wusste nicht so genau, warum er plötzlich so sehr von seinen Gefühlen übermannt wurde, doch er ließ die Tränen einfach fließen. In seinem Leben gab es genug Grund zum Weinen. Viele seiner Erlebnisse hätten einen Schwächeren niedergestreckt.

Er lag ein paar Minuten lang regungslos da und hörte, wie das Spiel zu Ende ging, wie die Spieler der beiden Mannschaften sich mit Handschlag beglückwünschten. Jetzt wurden Fitnessriegel ausgepackt, und leere Trinkflaschen fielen klirrend in die Abfalleimer.

Johnson warf einen Blick auf den Kiosk hinter der Abgrenzung des linken Spielfeldrands. Dort stand ein Mädchen, das den gleichen Sportanzug trug wie Junikäfer. Er hatte ihr im Frühjahr diesen Anzug gekauft. Die Art, wie sich das Mädchen bewegte, wie ihr Haar hinter ihr herwehte, als sie losrannte, erinnerte ihn an seine Kleine. Sie begann immer zu hüpfen, wenn sie es eilig hatte. Das Mädchen verschwand hinter einer Mauer, die den Sportplatz umrandete. Wenn er schon dachte, er hätte Junikäfer gesehen, war er wohl wirklich kurz vor dem Durchdrehen.

Er sah auf seine Armbanduhr, und dann ging er zum Parkplatz, mitten in einer Gruppe aus Eltern, Geschwistern und verschwitzten Spielern. Ein Junge mit der Nummer 14 auf dem Trikot ging an ihm vorbei. „Gute Arbeit mit dem Schläger, Nummer vierzehn", platzte John heraus.

Der Junge drehte sich um und sah ihn verwundert an. Er trug eine Brille mit starken Gläsern, und seine Lippen waren von der Limonade rot gefärbt. Dann lächelte er verlegen. „Ich hab doch nie getroffen."

„Ja, aber *wenn* du mal triffst, dann fliegt der Ball meilenweit. Trainier schön weiter mit dem Schläger."

Der Vater des Jungen legte seinem Sohn die Hand auf die Schulter, und die beiden gingen weiter. John startete das Wohnmobil. Er erinnerte sich noch gut an die Strecke und bog rechtzeitig auf die Landstraße ab. Es gab hier keine gepflegten Gärten oder weiß gestrichene Holzzäune wie in den Vorstädten. Die Straße führte bergab, und er erkannte von Weitem die beiden Weiden neben dem kleinen roten Häuschen mit dem kurzen Fahrweg und der Schaukel auf der Veranda.

Er parkte auf dem Kiesplatz neben dem Briefkasten. Erst jetzt sah er das Schild, auf dem „Zu vermieten" stand. Die Sonne stand noch hoch am Himmel, aber es war bald Zeit fürs Abendessen. Er schlug nach ein paar lästigen Mücken, als er zur Haustür ging. In der Nähe des Hauses war ein Flüsschen über die Ufer getreten. Das Wasser reichte bis zu einem kleinen Teich neben dem Haus.

John klopfte an die Tür und wartete ab. Drinnen rührte sich nichts. Er pochte lauter an die Tür. Dann sah er durch das Fenster bei der Schaukel. Er legte die Hände um die Augen, damit ihn das Sonnenlicht nicht blendete. Der abgetretene Parkettboden wurde durch kein Möbelstück bedeckt. Das Haus war leer. Noch nicht einmal ein Küchentisch stand dort, und es gab auch kein Telefon. Er umrundete das Haus. Da sah er, dass sich auf der benachbarten Farm etwas rührte. Er durchschritt den Rand eines

Maisfeldes und ging einen langen Fahrweg hinauf. Ein Mann arbeitete am Rad seines Traktors. Auf dem Kopf trug er eine von Schweiß und Schmieröl durchtränkte Baseballmütze.

„Entschuldigen Sie bitte“, sagte John anstelle einer Begrüßung. „Wissen Sie zufällig etwas über die Dame, die in diesem Haus da unten gewohnt hat?“

Der Mann drehte sich um und stützte sich mit dem Arm auf das riesige Rad. Ein paar Sekunden lang musterte er John mit prüfenden Blicken. Erst dann antwortete er. „Sie meinen Mrs Linderman?“

„Genau. Sie ist doch hoffentlich nicht verstorben?“

Der Mann sah John über den Rand seiner Brille an. „Sie weilt noch unter den Lebenden, aber sie ist von hier weggezogen. Und wer sind Sie, wenn ich fragen darf?“

„Oh, Entschuldigung. Ich bin ein Freund ihres Sohnes.“

„Sie kannten Calvin?“

„Wir waren zusammen in der Armee. In Afghanistan haben wir Seite an Seite gekämpft.“

Der andere Mann wischte sich beide Hände an seinem Overall ab. Mühsam richtete er sich auf, und dann streckte er John eine raue, schwielige Hand hin. In seinem Gesicht hatte das Leben viele Spuren hinterlassen, und seine sonnenverbrannte Haut war von Falten durchzogen. „Sind Sie etwa John?“

John schüttelte dem Mann die Hand. Er war überrascht. „Woher kennen Sie meinen Namen?“

„Margaret hat oft auch von Ihnen gesprochen, wenn sie von Calvin erzählt hat. Sie hat immer gehofft, dass Sie mal hier auftauchen.“ Er warf einen Blick auf das Haus. In der Küche sah John eine Frau bei der Arbeit. „Möchten Sie und Ihre Tochter nicht reinkommen und mit uns zu Abend essen?“

„Meine Tochter?“, fragte John verwirrt. Woher wusste der Mann, dass es Junikäfer gab?“

Der Mann zeigte mit einer Kopfbewegung in Richtung Straße. „Sie ist doch mit Ihnen zusammen gekommen. Ist das nicht Ihre Tochter?“

John drehte sich um. Junikäfer hüpfte den Fahrweg entlang. Als sie ihn sah, rannte sie mit einem strahlenden Lächeln auf den Lippen los.

Kapitel 12

Ich umarmte meinen Papa, und ich fand, dass er aussah, als ob ihm die Augen aus dem Kopf fallen wollten. Er stand wie ein großes Fragezeichen da, mit weit offenem Mund. Ich war ganz leise gewesen, und wenn wir über Brücken gefahren sind, habe ich nur in mein Kissen gesungen. Am schwierigsten war es, was zu essen zu finden. Ich hatte aus Sheilas Küche ein bisschen Brot und Käse mitgenommen, aber als alles aufgegessen war, hat mein Magen immer geknurrt. Ich wollte doch mit Papa mitfahren, weil ich unbedingt rauskriegen wollte, was er machte und warum diese Fahrt so schrecklich wichtig war. Irgendwas fehlte ihm. Oder jemand.

Vielleicht war es sein Vater oder der Onkel, von dem er ab und zu redete und der ihm beigebracht hat, wie man angelt. Vielleicht war das der Mann, von dem er alle guten Erinnerungen an seine Kindheit hat.

Anstatt mich von meinem Papa ausfragen zu lassen, habe ich einfach seine Hand genommen und sie vor und zurück geschwungen. Den älteren Mann habe ich angelächelt. „Sind Sie ein Freund von meinem Papa?“

„Jetzt bin ich das wohl“, antwortete er. „Ich hab ihn eben gefragt, ob er mit uns zu Abend essen möchte. Hast du Hunger?“

„Ich hab einen Mordshunger“, sagte ich. „Können wir bei ihnen essen, Papa? Bitte sag ja. Ich weiß, dass es prima schmecken wird, weil es schon so gut duftet.“

„Ich geh rein und sag meiner besseren Hälfte, dass sie noch zwei Teller auf den Tisch stellen soll.“

Der Mann ging zum Haus. Dabei beugte er sich zu einer Seite und hielt den einen Arm fest an seinen Körper gepresst.

Als er die Treppenstufen aus unverputzten Hohlblocksteinen erreichte, drehte sich Papa zu mir um. „Was machst du eigentlich hier? Du solltest doch bei Sheila bleiben. Bist du die ganze Zeit im Wohnmobil gewesen?“

Ich konnte nur nicken.

Er fuhr sich mit der Hand durch das Haar. „Sie ist bestimmt außer sich vor Angst um dich. Vielleicht hat sie die Polizei angerufen, weil sei meint, dass du weggelaufen bist.“

„Das macht sie bestimmt nicht. Sie kann sich doch denken, wo ich bin.“

„Ich muss unbedingt telefonieren.“

„Die Leute da drin lassen dich bestimmt ihr Telefon benutzen. Kennst du sie?“

In Papas Gesicht zeigten sich Sorgenfalten, und er sah aus, als ob er mit den Gedanken ganz woanders wäre. Meistens war mein Papa ganz für mich da, wenn ich mit ihm redete. Aber ich merkte, dass ihm jetzt Gedanken im Kopf herumgingen und diese Gedanken ihn an einen anderen Ort mitnahmen, vielleicht irgendwohin in eine Wüste oder auf eine verlassene Insel.

„Ich kannte die Frau, die im Nachbarhaus wohnte. Sie wollte ich besuchen.“

„Und warum?“

Er sah mich an, und in seinen Augen konnte ich so was lesen wie: *Ich kann einfach nicht glauben, dass du mir Fragen stellst, wo ich dich doch so vieles fragen will.* Aber er musste dabei trotzdem lächeln. „Ich hab dir in all den Jahren kein einziges Mal den Hintern versohlt, junge Dame, aber jetzt bin ich kurz davor, es zu tun. Was hast du dir eigentlich dabei gedacht, als du im Wohnmobil blinder Passagier gespielt hast?“

„Ich will's einfach wissen“, antwortete ich.

„Was willst du wissen?“

„Na ja, alles über dich. Und über mich. Ich weiß doch, dass du mich nicht mitgenommen hättest, wenn ich dich gefragt hätte. Und wenn du mich gefunden hättest, solange wir noch in Colorado waren, wärst du umgedreht. Deshalb bin ich da oben geblieben, so lange ich konnte.“

„Am besten, ich setze dich gleich morgen früh in einen Bus. Ich sollte dich sofort zu Sheila zurückschicken."

„Aber ich will mit dir kommen und es rausfinden."

„Was willst du denn rausfinden? Wovon redest du überhaupt?"

Die Fliegengittertür an der Hintertür quietschte, und der alte Mann streckte den Kopf heraus. „So, ihr beiden, dann kommt mal rein und wascht euch die Hände."

„Wir kommen gleich", sagte mein Papa. Er ließ sich auf ein Knie nieder und legte die Arme auf meine Schultern. „Was soll das? Ich hab gedacht, dass du so gern bei Sheila bleiben willst."

Da rollten mir die Tränen aus den Augen. Wenn sie einmal anfangen zu fließen, dann kann niemand sie aufhalten. Da spielt es keine Rolle, wie alt man ist. Ich mochte es nicht, vor meinem Papa zu heulen. Wenn ich weinen musste, machte ich das abends im Bett, wenn er schlief oder wenn er draußen war, um was zu essen zu kaufen. Aber jetzt konnte ich nicht anders. „Ich will mit dir zurück nach Dogwood."

Er kniff die Augen zusammen und starrte mich an, als ob ich drei Köpfe hätte. „Was weißt du über Dogwood?"

„Meine Mama ist dort. Ich weiß es einfach. Ich hab gedacht, wenn ich mit dir komme, wirst du mir ein paar Sachen erklären. Ich will wissen, was mit ihr passiert ist."

Jetzt lief mir die Nase, und ich wischte sie mir am Ärmel meines T-Shirts ab. Dann rieb ich mir die Augen. Ich konnte zwar noch nicht sehr gut sehen, aber ich sah, was für ein Gesicht mein Papa machte. Ich fiel ihm in die Arme, und er drückte mich an seine Brust und hielt mich fest, während ich laut schluchzte. Es fühlte sich gut an, alles rauszulassen, aber gleichzeitig war es schwer, so wie damals, als ich eine ganze Tüte Erdbeerlakritzstangen gefuttert habe. Ich hatte es noch bis zum Parkplatz geschafft, aber dann kam alles raus. Papa hatte Angst, dass in mir was geplatzt war, weil alles rot war. Da hab ich ihm gesagt, dass es nur Erdbeerlakritz war. Er lachte bloß und schüttelte den Kopf. Dann gab er mir ein feuchtes Papiertuch.

Er klopfte mir auf den Rücken und flüsterte mir was ins Ohr. „Ruhig, es wird alles gut." Das sagte er bestimmt hundert Mal hintereinander. Dann schob er mich von sich weg und holte ein Taschentuch aus seiner Gesäßtasche. Ich putzte mir die Nase, und dann mussten wir beide lachen. Wenn ich mir die Nase richtig laut putze, klingt das nämlich wirklich wie eine Trompete.

„Wie hast du das mit Dogwood rausgefunden?", fragte er schließlich.

Da kam die Wahrheit ans Licht. Ich erzählte ihm von dem Poster im Supermarkt, von meinem Foto und was da draufstand. Ich wusste es noch genau, weil ich zigmal darüber nachgedacht habe.

Während er mir zuhörte, rang Papa andauernd die Hände. Es sah aus, als ob er versuchte, etwas abzuwaschen. Wieder fragte ich ihn, ob wir nach Dogwood fahren könnten, aber er schüttelte bloß den Kopf und murmelte, dass er das niemals fertigbringen könnte.

„Warum denn nicht?"

„Das ist zu kompliziert zum Erklären." Er warf einen Blick zur Straße hin. Auf seinem Gesicht waren Falten, die ich vorher noch nie gesehen hatte. Schließlich sagte er: „Welcher Name gefällt dir besser – Junikäfer oder Natalie Anne?"

„Ich glaube nicht, dass ich mich an einen anderen Namen als Junikäfer gewöhnen kann."

Sein Kinn wackelte ganz komisch, als er mich noch mal an sich zog.

Wieder quietschte die Fliegengittertür hinter uns. „Das Essen steht auf dem Tisch", sagte der alte Mann.

„Wir sind schon auf dem Weg", entgegnete Papa.

Er hob mich hoch und ging mit mir ins Haus. Wir mussten einen langen Flur entlang bis zum Bad. Der Dielenboden knarrte unter unseren Füßen. Ich hatte das dumpfe Gefühl, dass dieser Boden auch knarrte, wenn eine Maus darauf entlanglief. Im Haus roch es muffig, und in den Ecken lag einiges an Staub, den die beiden alten Leute vielleicht übersehen hatten. Die Wasserhähne im Bad waren rostig. Sie tropften, obwohl ich sie ganz fest zudrehte. Auf den Handtüchern waren Rostflecken. Ich wollte nicht verheult aussehen, deshalb spritzte ich mir kaltes Wasser ins Gesicht, aber meine Augen waren trotzdem noch rot.

Papas Hände waren braungebrannt und kräftig. Er umfasste mit diesen Händen mein Gesicht und gab mir einen Kuss auf den Kopf. „Du siehst toll aus. Jetzt komm schon."

Die alte Frau wischte sich die Hände an ihrer Schürze ab und lächelte mich an wie ihr liebstes Enkelkind. Sie schüttelte meinem Papa die Hand und meinte, sie sei stolz darauf, ihn kennenzulernen. Dann drückte sie mich so fest an sich, dass ich keine Luft mehr bekam.

Sie zeigte mir meinen Platz am Tisch und stellte den Fernseher leiser. Ich konnte nicht glauben, dass sie das viele Essen nur für sich und ihren Mann gekocht hatte. Vielleicht hatte sie wegen uns schnell noch mehr gemacht. Auf einem großen Teller lag etwas, was aussah wie ein frisch gebackenes Brot.

Sie sagte, dass das ihr spezieller Hackbraten sei. In einer Schüssel sah ich grüne Bohnen, die noch dampften, und in einer anderen Schale war etwas Rotes. Später fand ich heraus, dass das Rote Bete war. Sie hatte vier riesige Ofenkartoffeln gebacken. Eine von ihnen schnitt sie für mich auf. Dann legte sie ein Stück Butter darauf. Es schmolz sofort.

„Das ist frische Butter von unseren Kühen", sagte sie. „Und hier habe ich noch selbst gemachten Apfelsirup. Den kannst du dir auf dein Brötchen streichen. Probier mal ein bisschen."

Sie hatte ein liebes Gesicht mit mehr Falten als die Landkarte, die wir im Wohnmobil hatten. Außerdem redete sie deutlich mehr als ihr Mann. Sie sprach ziemlich viel und stellte eine Menge Fragen, und der alte Mann saß bloß da und hörte zu.

Wenn seine Frau Luft holte, konnte er sich auch mal zu Wort melden. Aber sie berichtigte ihn meistens, und dann aß er schweigend weiter.

„Warren hat mir erzählt, dass Sie Margaret und ihren Jungen gekannt haben. Sie haben mit ihm in Afghanistan gekämpft."

„Das stimmt", erwiderte Papa. „Ich habe sie vor ein paar Jahren besucht, nach dem Tod von Calvin."

Sie schüttelte den Kopf. „Seitdem ist in ihrem Leben vieles anders geworden. Nach dem Essen rufen wir sie an."

Papa sah mich an. „Wenn Sie nichts dagegen haben, würde ich gern noch jemanden anrufen. Aber das wird ein Ferngespräch."

Sie hob ihre faltige Hand. „Das ist kein Problem. Und Ihr Wohnmobil können Sie neben der Scheune parken. Ihr zwei bleibt über Nacht bei uns."

„Das können wir nicht annehmen", sagte Papa.

„Doch, das können Sie. Die Kleine braucht was Ordentliches zu essen. Wir können euch nicht ohne ein gutes Frühstück gehen lassen."

„Papa, bleiben wir über Nacht hier?", fragte ich. Ich zerdrückte meine Kartoffel mit der Gabel und vermischte sie mit der Butter.

„Darüber reden wir noch", antwortete er.

Ich habe noch nie in meinem Leben etwas Besseres gegessen. Auf dem Hackbraten war eine rote Sauce, die aussah wie Ketchup, aber süßer schmeckte. Vielleicht fand ich das Essen auch deshalb so gut, weil ich wirklich einen Mordshunger hatte. Schließlich habe ich im Wohnmobil fast nichts gegessen. Vielleicht lag es auch daran, dass ich mein Geheimnis endlich verraten hatte. Ich fühlte mich wie der Typ in dem Buch *Die Pilgerreise*, als er das Bündel nicht mehr auf dem Rücken tragen muss. Papa hat angefangen, mir das Buch vorzulesen, aber dann wurde es mir zu kompliziert. Deshalb haben wir uns was anderes zum Lesen ausgesucht.

„Wie heißt du denn, junge Dame?", fragte mich die alte Frau.

„Natalie, aber alle nennen mich Junikäfer."

Sie presste das Papierhandtuch an die Lippen, legte den Kopf zurück und fing an zu lachen. „Das ist ja ein tolles

Ding! Dieser Name passt zu dir wie angegossen. Als wir noch in die Schule gingen, hat dort unten im Tal ein Junge gewohnt, der hieß Kuhfladen Reynolds", sagte sie und klopfte ihrem Mann auf die Schulter. „Erinnerst du dich noch an Kuhfladen?"

„Klar doch."

„Ich weiß nicht, wie er zu diesem Spitznamen gekommen ist, aber in der Schulzeit nannte ihn jeder so, bis er die Schule abgebrochen und in der Fabrik gearbeitet hat. Er hatte einen Hang zur Flasche, wenn ihr wisst, was ich meine. Das hat ihn schließlich umgebracht."

„Er hat sich als Kind mal in einen Kuhfladen gesetzt", fügte ihr Mann hinzu.

„Daher hatte er also seinen Spitznamen?"

Er nickte. „Genau."

Sie biss ein kleines Stück von ihrem Brötchen ab, auf das sie vorher Apfelsirup gestrichen hatte. Dann wischte sie sich ein paar Schweißtropfen von der Stirn.

„Ich glaube, er hatte früher mal ein Auge auf mich geworfen. Er hat es mir nie vergessen, dass ich ihn nicht heiraten wollte."

Sie warf einen Blick auf ihren Mann. Er reagierte darauf mit einem verlegenen Grinsen. „Aber mein Warren hat mein Herz im Sturm erobert."

„Ich hab sie eigentlich nur geheiratet, weil sie so einen guten Hackbraten macht."

Papa schob seinen Stuhl nach hinten. „Da haben Sie eine kluge Entscheidung getroffen. So was Gutes habe ich schon seit Jahren nicht mehr gegessen."

Ich wollte ihn fragen, ob ihm Sheilas Essen etwa nicht geschmeckt hatte, aber das ging nicht mehr, weil Papa unbedingt telefonieren wollte. Das schwarze Telefon, das an der Küchenwand hing, sah aus, als hätte es mindestens einen Krieg mitgemacht. Die alte Frau schien zu wissen, dass er ungestört sein wollte. Deshalb zeigte sie ihm das Telefon im Wohnzimmer. Der Raum lag um die Ecke, zwei Türen weiter auf dem staubigen Flur.

„Wohin wollt ihr beiden eigentlich?", fragte die Frau, als

Papa weg war. „Gehst du irgendwo zur Schule? Du bist doch bestimmt schon in der dritten Klasse, oder?"

„Ich gehe nicht in eine normale Schule. Mein Papa gibt mir Unterricht im Wohnmobil."

„Hausunterricht. So nennt man das."

„Nein, Wohnmobilunterricht", erklärte ich.

Sie lachte. Dann erzählte sie eine neue Geschichte.

Papa kam ziemlich schnell wieder und setzte sich an den Tisch. „Ich habe niemanden erreicht. Wenn es Ihnen nichts ausmacht, versuche ich es später noch einmal."

„Probieren Sie es, bis Sie jemanden erreichen. Möchten Sie eine Tasse Kaffee?"

„Das wäre prima."

„Gieß mir auch eine Tasse ein", meldete sich der alte Mann zu Wort.

Sie griff nach einem kleinen Geschirrhandtuch und holte einen Kuchen aus der Küche. „Ich hab heute Nachmittag diesen Kirschkuchen gebacken. Jetzt stecke ich ihn noch mal in die Backröhre, damit er schön warm und knusprig ist, wenn ich das Vanilleeis drauf tue."

Papa trank seinen Kaffee immer schwarz. Das konnte ich einfach nicht kapieren. Ich habe es einmal versucht, aber es schmeckte wie abgestandenes Regenwasser, das man aus einem Schuh trinkt. Wir vier saßen um den Tisch und hörten zu, wie die alte Frau über ihre Wehwehchen redete und sich beklagte, dass die Ärzte sich heutzutage nicht mehr richtig um ihre Patienten kümmern.

Ich sah auf den Fernseher und die Nachrichten, die über den Bildschirm flimmerten. Das Wort *Wirtschaftskrise* blitzte auf, und dann ein Bild von einem gezackten Pfeil, der nach unten zeigte. Ich hatte meinen Teller fast leer gegessen, bis auf die Schale der Kartoffel und die grünen Bohnen. Alte Leute scheinen dieses Gemüse zu mögen, aber ich bin nicht so begeistert davon.

Die Frau holte den Kirschkuchen aus dem Backofen und Vanilleeis aus dem Gefrierschrank. Dabei redete sie ununterbrochen von ihrer Darmentzündung. Sie meinte, dass sie seit Monaten nicht auf die Toilette gehen könnte, aber das konnte ich nicht so recht glauben. Wieder warf ich einen Blick auf den Fernseher. Ein Reporter mit einem Mikrofon in der Hand stand vor einem Polizeirevier. Der Mann war schon älter. Er hatte graues Haar und ein Gesicht wie ein Maulwurf. Unten auf dem Bildschirm erschienen die Worte *Dogwood, West Virginia.* Ich tippte Papa auf die Schulter und deutete auf den Fernseher. Er fragte den alten Mann, ob er das Gerät lauter stellen könnte, aber seine Frau war schneller. Sie drehte die Lautstärke voll auf.

„... die hiesige Polizei hat offenbar einen Zeugen in dem rätselhaften Fall, der die Menschen in dieser Kleinstadt in West Virginia in Atem gehalten hat", sagte der Reporter. Während er noch sprach, wurde ein klapperdürrer, mit einen weißen T-Shirt bekleideter Mann in das Gebäude geführt. Als er die Kamera sah, versteckte er sein Gesicht hinter den Händen und sah weg.

„Obwohl diese abgelegene Stadt inzwischen im ganzen Land bekannt ist, stehen die Einwohner vor einem Rätsel. Noch immer ist nicht geklärt, was mit dem vor sieben Jahren verschwundenen Mädchen geschehen ist."

Die Kamera zeigte einen Baum. Darunter stand ein von Blumen umrahmtes Bild. Auf dem Bildschirm erschien der Name *Natalie Anne Edwards.* Ich hatte plötzlich ein flaues Gefühl im Magen.

Der alte Mann schüttelte den Kopf. „Ich weiß nicht, was aus unserer Welt geworden ist."

Papa stand auf und stellte den Fernseher wieder leiser. Der Reporter sprach gerade mit einer älteren, weißhaarigen Frau, die wild mit ihren Händen wedelte, während sie die Fragen beantwortete. Papa blieb vor dem Fernseher stehen und lehnte sich an den Tisch. „Ich bin aus dieser Stadt, aber ich hätte nie gedacht, dass sie es mal in die landesweiten Nachrichten schafft."

„Hoffentlich schnappen sie den Kerl, der das arme kleine Ding entführt hat", sagte die Frau, und dann stellte sie mir einen Teller mit Kuchen und Eis hin.

„Warum können wir den Bericht nicht ganz angucken?",

jammerte ich. Ich rutschte auf meinem Stuhl hin und her, damit ich einen Blick auf den Bildschirm erhaschen konnte.

„Manche Dinge sind nicht geeignet für kleine Mädchen", antwortete Papa.

„Da hat er ganz recht", fügte der alte Mann hinzu.

Die Frau legte eine Hand auf meinen Rücken. „Dein Papa passt auf dich auf. Er sorgt dafür, dass dir nichts passiert. Oder hast du etwa Angst?"

„Nein!", platzte ich heraus. Weil die anderen mich erschrocken ansahen, merkte ich, dass meine Stimme wohl ein bisschen zu laut und zornig geklungen hatte. „Ich finde das einfach nur spannend."

Papa aß ein paar Löffel Kuchen und Eis. „Am besten rufe ich Mrs Linderman an und frage, ob ich sie besuchen kann. Dann fallen wir Ihnen nicht mehr zur Last."

„Ihr fallt uns doch nicht zur Last", meinte die Frau. Dann suchte sie in ihrem Schreibtisch herum, bis sie ein gelbes Adressbuch fand. Sie schrieb eine Telefonnummer auf den Rand einer alten Zeitung und riss das Stück dann ab.

Papa ging wieder ins Wohnzimmer, und ich schob die Eiscreme auf dem Teller hin und her, bis sie zu einem kleinen See geschmolzen war. Kirschkuchen gehört zu meinen Lieblingskuchen, gleich nach Käsekuchen mit heißem Karamell. Nach diesem Bericht im Fernsehen brachte ich aber keinen Bissen mehr runter, und ich konnte auch nicht mehr klar denken.

Ich hörte, wie Papa lachte, als er telefonierte. Die alte Frau fragte, ob sie mir ein Stück Kuchen einpacken sollte. Ich schüttelte den Kopf, weil ich keinen rechten Appetit mehr hatte.

„Sie hat gemeint, wir sollen gleich zu ihr kommen", sagte Papa. „Dann fahren wir wohl am besten los."

Die alte Frau wollte für uns zwei Gästezimmer vorbereiten, aber sie ahnte wohl schon, dass wir nicht mehr zurückkommen würden. Ich ging zu ihr und drückte sie fest an mich. Sie nahm mich auch in den Arm. Ich umarmte auch den alten Mann, der steif wie eine Statue an der Tür stand. Er drückte mich an sich und sagte zum Abschied: „Pass gut auf deinen Papa auf.“

Die beiden alten Leute standen auf der Veranda und winkten uns zu, als ins Wohnmobil stiegen. Papa wendete auf dem Fahrweg und fuhr auf die Straße.

Kapitel 13

Sheriff Harry Preston war nicht begeistert, als er merkte, dass die Medien von der Verhaftung Graham Walkers Wind bekommen hatten. Er hatte Mike extra gebeten, mit den Reportern nicht über den Fall zu sprechen. Verärgert fragte er seinen Stellvertreter, warum er diese Bitte missachtet hatte. Das Gesicht des jungen Mannes nahm die Farbe des roten Sporthemds an, das er unter seiner Uniform trug. Ein niedliches junges Ding vom Fernsehkanal 13 mit kurzem Rock und langen Wimpern hatte sich in der Nähe des Streifenwagens aufgehalten. Preston konnte sich vorstellen, wie sie seinem Mitarbeiter die Informationen abgeluchst hatte.

„Das haben Sie einfach toll hingekriegt." Er war zu Recht verärgert.

„Ich hab ihr nicht viel gesagt, Sheriff."

„Das hat schon gereicht. Jetzt gucken Sie sich bloß den Medienzirkus da draußen an."

Walker saß im selben Vernehmungsraum wie vorher Dana. Er fingerte nervös an einem Kaffeebecher aus Styropor herum. Sein Äußeres war alles andere als ansprechend: Sein Haar fiel ihm zottig bis auf die Schultern. Der Pony verdeckte ein Auge. Das Gesicht des Mannes war von Narben entstellt, die wohl von einer nicht behandelten Jugendakne stammten, wie Preston vermutete. Die Gewichtsangabe in der Fahndungsakte war maßlos übertrieben; der Kerl bestand nur aus Haut und Knochen. Er trug ein enges T-Shirt; darunter zeichneten sich die Rippen deutlich ab. Seine knochigen Arme wirkten wie Besenstiele. Entweder war Walker drogenabhängig, oder er hatte einen hyperaktiven Stoffwechsel.

„Wollen Sie einen Rechtsanwalt?", fragte Preston, während er sich einen Stuhl zurechtrückte und sich darauf niederließ. Seinen Hut knallte er vor sich auf den Tisch.

„Wozu brauche ich einen Anwalt?"

„Sie brauchen keinen, aber ich muss Ihnen diese Frage stellen."

„Ich hab nichts verbrochen."

„Wie lange?"

„Was wollen Sie damit sagen?"

„Es stimmt nicht, dass Sie nichts verbrochen haben. Ich hab mir Ihre Akte angesehen."

„Das ist doch schon so lange her, Sheriff. Sie können mir das nicht mehr vorwerfen. Ich hab mich geändert."

Preston nickte. „Das hört man gern. Arbeiten Sie immer noch in der Autoreifenfabrik?"

„Ich hab vor ein paar Monaten gekündigt. Bin immer noch auf der Suche nach einem Job."

„Haben Sie gekündigt oder hat man Sie gefeuert?"

Walker schwieg einen Moment, bevor er weitersprach. „Sagen wir mal so: Es war beiderseitig. Ich wollte eine andere Arbeitszeit, aber mein Chef wollte nicht."

Preston goss sich eine Tasse Kaffee ein. „Er hat gesagt, dass Sie kein einziges Mal pünktlich zur Arbeit erschienen sind."

Walker erwiderte nichts.

Preston lehnte sich gegen den Türpfosten. „Das, was ich in Ihrer Akte gelesen und was ich gehört habe, hat mich dazu bewogen, Sie hierher bringen zu lassen. Erinnern Sie sich noch an die Zeit, als Sie auf dem Minigolfplatz gearbeitet haben?"

Walker rutschte auf seinem Stuhl nervös hin und her. „Ja, klar doch." Er senkte den Kopf, aber dann sah er dem Sheriff direkt in die Augen. „Was ist damit?"

„Man hat Ihnen dort auch gekündigt."

„Diesen Job hab ich nur nebenbei gemacht, um mir ein bisschen Taschengeld zu verdienen."

„Ich hab gehört, dass Sie ein junges Mädchen angemacht haben. Ihr Chef hat das mitbekommen. Ist das so gelaufen?"

Walker machte den Mund auf, aber er brachte keinen Ton heraus.

„Sie war dreizehn“, fügte Preston hinzu.

„Sheriff, dieses Mädchen hat älter ausgesehen. Das ist hundertprozentig sicher. Und wir haben bloß miteinander geredet.“

„In Ihrem Auto?“

„Hören Sie mal, ich weiß wirklich nicht, was das noch soll. Hat mich das Mädchen etwa angezeigt?“

„Ich will mir bloß ein Bild machen.“ Preston warf dem Mann einen prüfenden Blick zu. „Das war um die Zeit, als Sie nach Ohio gezogen sind. Nach Akron, richtig?“

„Ich hab einen Bruder dort. Ich konnte bei ihm unterschlupfen.“

„Sie haben etwa einen Monat lang dort gewohnt, als die Nachbarn sich über Sie beschwert haben.“

„Woher wissen Sie das ...? Machen Sie deswegen so ein Theater? Wegen dieser Sache in Ohio?“ Walkers hageres, eingefallenes Gesicht war ein einziges Fragezeichen.

„Eigentlich nicht.“ Preston ging zurück zum Stuhl und setzte sich hin. Er stützte die Ellbogen auf die Knie und beugte sich vor. „Ich will bloß alles der Reihe nach wissen, die ganze Geschichte. Es ist immer gut, wenn man ein vollständiges Bild von einem Menschen hat.“

Walker kniff die Augen zusammen. Offenbar verstand er nicht, was der Sheriff ihm sagen wollte.

„Sie helfen mir und sich selbst, wenn Sie offen und ehrlich zu mir sind.“

„Ich bin doch offen und ehrlich.“ Walker wich dem Blick des Sheriffs aus. Jetzt wirkte er wie ein Hund, der sein Geschäft auf dem Teppich gemacht hat und sich deswegen schämt.

„Nach dem, was ich gehört habe, haben Sie Ohio verlassen, weil man Sie dabei erwischt hat, wie Sie in fremde Fenster geschaut und Frauen erschreckt haben.“

Walker reagierte mit einem Achselzucken. „Ich bin nachts halt gern spazieren gegangen. Ich war kein Spanner, wenn Sie das meinen.“

„Unser Durchsuchungsbefehl erstreckt sich auch auf Computer. Wir haben bei Ihnen einen Laptop gefunden."

Walker sah Preston unverwandt an, aber seine Schultern strafften sich. Schließlich lehnte er sich mit einem unsicheren Lächeln zurück.

„Werden wir auf der Festplatte etwas finden, was Sie belastet?"

„Sie werden das Gleiche finden, was auf jedem anderen Computer auch drauf ist."

„Das werden wir ja sehen", erwiderte Preston. Er griff nach seinem Hut. „Sehen Sie sich gern gewisse ... Bilder an?"

Walker starrte auf die Hände des Sheriffs. „Wie lange sind Sie verheiratet, Sheriff?"

„Fast dreißig Jahre lang – mit ein und derselben Frau."

Walker schüttelte den Kopf. „Dreißig Jahre. Dann waren Sie dreißig Jahre lang nicht mehr mit einer Frau verabredet. Ich kann Ihnen eins sagen: Heute ist alles anders."

„Das befürchte ich."

„Sie haben ja keine Ahnung. Die Frauen von heute ... die warten nur, bis Sie was Falsches sagen oder was machen, was ihnen auf die Nerven geht. Dann stehen sie einfach auf und gehen. Das kann ganz schön stressig sein, vor allem dann, wenn Sie in einem Restaurant sitzen und auf einmal zwei Essen bezahlen müssen."

„Haben Sie diese Internetverabredungen ausprobiert?"

Walker deutete mit einem bitteren Hohnlachen auf sein Gesicht.

„Egal von welcher Seite ich mich knipsen lasse, ich sehe immer aus wie auf einem Fahndungsfoto. Die Frauen brauchen bloß einen Blick drauf zu werfen, und schon klicken sie weiter. Neulich hab ich ein Bild von so 'nem Typen gesehen, der zusammen mit einem Delfin in einem Schwimmbecken zu sehen ist. Der hat geschrieben, dass er die Natur liebt, gern liest und lange Wanderungen macht. Und natürlich hatte der so ein Babygesicht, wie einer von diesen Boygroup-Sängern in Rente. Darauf fahren die Mädels ab!"

Preston musste lachen. Der Mann war zwar ein Sonderling, aber er hatte Sinn für Humor.

Walker beugte sich vor und tippte mit dem Zeigefinger auf die Tischplatte. „Heute geben die Frauen einem wie mir noch nicht mal eine Chance. Sie sind auf der Suche nach Typen mit einem hübschen Gesicht und einem sechsstelligen Einkommen. Ein Kerl wie ich hat da keine Chance, obwohl ich ein gutes Herz hab, Sheriff."

Preston nickte und musterte ihn prüfend. „Nehmen Sie deshalb lieber was Jüngeres?"

„Ich weiß nicht, was Sie meinen."

„Na ja ... wir haben noch nicht alles durchgesehen, aber Mike hat ein paar Sachen auf Ihrem Computer gefunden, die nicht gut für Ihr Image sind. Und dann gibt es auch noch Aufzeichnungen über den Austausch von Nachrichten im Internet. Welche Erklärung haben Sie dafür?"

„Hey, es ist doch nicht verboten, sich im Internet mit anderen Leuten zu unterhalten. Woher soll ich denn wissen, wie alt die sind?"

„Wenn sie sagen, dass sie zwölf Jahre alt sind, dann ist das schon ein guter Hinweis, meinen Sie nicht auch?"

„Ja, vielleicht, aber viele lügen auch. Das müssten Sie doch am besten wissen."

Preston nickte. „Klar, aber Fotos lügen nicht."

Walker hob abwehrend beide Hände. „Ich hab damit nichts zu tun. Ehrlich. Vor ein paar Wochen war ein Freund bei mir zu Besuch. Als ich rausgefunden hab, dass er sich Bilder runtergeladen hat, hab ich ihm gesagt, dass er die löschen soll. Er hat gemeint, das hätte er gemacht."

„Sie sollten die Schuld nicht anderen in die Schuhe schieben, Gray. Stehen Sie doch zu dem, was Sie gemacht haben."

Walker lehnte sich zurück und drehte sein Haar zu einem Pferdeschwanz. „Ich geb ja zu, dass ich irgendwie stehengeblieben bin. Mit älteren Frauen komm ich einfach nicht klar. Ich hab's doch probiert. Die jüngeren schleppen nicht so viel Mist mit sich herum. Das können Sie doch bestimmt verstehen, oder?" Er unterbrach sich mit einem kurzen Fluch. „Ich hab nicht gewusst, dass ich hier beim Seelenklempner bin."

Preston bemühte sich immer, auf die Leute wie ein guter Kumpel zu wirken, wie ihr „Freund und Helfer", der nur notgedrungen in ihrer Vergangenheit wühlen musste, um den Dingen auf den Grund zu gehen. Dieses Verhalten hatte Methode. Wenn er mit einem aalglatten Anwalt aus Charleston oder einem Journalisten aus New York sprach, konnte er diesen Leuten durchaus sagen, was sie hören wollten. Aber er fühlte sich eher zu Hause bei seinen eigenen Leuten, bei denjenigen, denen das Leben immer wieder harte Schläge verpasste, bei Leuten wie Walker.

„Sie hatten diesen Job auf dem Minigolfplatz im Jahr 2001, stimmt's?"

Walker blickte nachdenklich drein. „Ja, das war im Sommer vor den Anschlägen vom elften September."

„Und im darauffolgenden Jahr waren Sie Ende Juni in der Bar *Zum Tautropfen*."

„Sheriff, ich will Sie nicht anlügen. Ich war im Laufe der Jahre in einer Menge Bars. Da kann ich mich nicht mehr so genau auf eine festlegen."

„Sie waren an dem Abend in dieser Bar, als das kleine Mädchen verschwand. Erinnern Sie sich daran?"

Walker legte den Kopf schief. „Die Frau, deren Tochter vermisst wurde?"

„Genau die."

Er musste lachen. „Das glaub ich jetzt nicht."

„Haben Sie die Nachrichten gesehen?"

„Ja, sie haben das Auto im Wasserreservoir gefunden."

Preston reagierte mit einem Kopfnicken. Dann sah er den Mann eindringlich an.

Walker verschränkte die Arme vor der Brust. Seine Ellbogen stachen spitz hervor. „Also, ich weiß nicht, wie ich Ihnen da helfen kann."

Preston betrachtete seine Hände.

„Jemand hat uns etwas von einem Gespräch mit Ihnen erzählt."

„Wer war das?"

„Das ist nicht so wichtig. Angeblich haben Sie kurz nach dem Verschwinden des Mädchens über den Vorfall gesprochen." Der Sheriff knöpfte die Brusttasche seines Hemdes auf und holte ein Blatt Papier heraus. Er faltete es auseinander und hielt es fast eine Armlänge von seinem Gesicht weg. „‚Ich glaube, jemand hat dieses kleine Mädchen genommen und in einen See geworfen. Man wird dieses Mädchen nie finden.' Das sollen Sie gesagt haben."

Walkers Arme spannten sich an, und sein Gesicht legte sich in Falten. Es sah plötzlich aus wie ein verschrumpelter Apfel. „Ich hab so was nie gesagt. Woher sollte ich denn wissen, was mit dem Mädchen passiert ist? Ich weiß nicht, wer Ihnen das erzählt hat, aber derjenige lügt wie gedruckt."

„Sie schien sich ziemlich sicher zu sein."

„Sie? War das etwa eine Frau?" Er sprang auf und stützte sich mit beiden Händen auf der Tischplatte ab. „Dann sollten Sie ihre Geschichte mal überprüfen. Vielleicht hat *sie* sich ja das Kind geschnappt." Er ging in die hintere Ecke des Raums und fuhr sich nervös mit der Hand durch die Haare. „Ich schwör's Ihnen, Sheriff, ich hab in meinem Leben eine Menge Blödsinn gemacht, aber ich hab mit dem Tod dieses Mädchens nichts zu tun."

Preston starrte wortlos auf Walkers Hinterkopf.

Der Mann drehte sich abrupt um. Sein Gesicht war knallrot, und er wirkte überrascht und verängstigt zugleich, wie ein Tier, das in eine Falle getappt war. „Ich hab das nicht so gemeint. Ich weiß doch nicht, ob die Kleine tot oder lebendig ist. Aber ich hatte nichts damit zu tun."

„Sie wissen doch mehr, als Sie zugeben. Stimmt's?"

Walker lief nervös auf und ab. Die Schnürsenkel seiner Schuhe flogen hin und her, und die Säume seiner Jeans schleiften auf dem Boden. „Also, wenn ich besoffen bin, sag ich so einigen Blödsinn. Manchmal gerate ich in eine Schlägerei, und wenn ich wieder nüchtern bin, weiß ich nichts mehr davon. Vielleicht hab ich mal so was gesagt. Schließlich hab ich mir wie alle anderen auch überlegt, was damals passiert sein könnte. Aber ich kann mich nicht mehr daran erinnern."

„Warum haben Sie das mit dem See erwähnt?"

„Sheriff, das bin nicht ich gewesen, sondern der Alkohol. Ich hab das bloß vermutet, wenn ich das überhaupt so gesagt hab. Andere Leute können doch auch ihre Meinung äußern, ohne dass man sie gleich verhaftet."

Preston warf wieder einen Blick auf das Blatt Papier. Er saß einfach da und wartete ab, weil er hoffte, mit seinem Schweigen den anderen Mann zu verunsichern und zum Reden zu bringen. Draußen ballten sich am Himmel dunkle Wolken zusammen. Es wurde dämmrig im Vernehmungszimmer.

Schließlich brach Preston das Schweigen. „Sie hat noch gesagt, dass Sie wussten, dass das Auto dieser Frau auf dem Grund eines Sees lag. Nicht, dass sie es *vermuteten*, sondern dass sie es *wussten*."

„Das ist ... das ist einfach nicht wahr. Woher sollte ich denn wissen, wo dieses Auto ist? Ich war damals in dieser Bar und hab ein paar Bierchen getrunken."

„Also geben Sie zu, dass Sie an jenem Abend in der Bar *Zum Tautropfen* waren."

„Nein, das geb ich nicht zu. Aber vielleicht hab ich das in einer Bar zu einer Frau gesagt, weil ich bei ihr Eindruck schinden wollte."

„Sie waren nicht in einer Bar, als Sie das gesagt haben, Gray, und auch nicht betrunken. Sie waren stocknüchtern." Preston faltete das Blatt Papier zusammen und steckte es wieder in die Brusttasche seines Hemdes. „Eine Verwandte von Ihnen hat sich bei uns gemeldet. Sie hat uns von diesem Gespräch erzählt. Sie hat gesagt ..."

„Eine Verwandte?"

„... dass diese Information uns vielleicht weiterhelfen könnte. Zuerst hat sie gesagt ..."

„Wer war das?"

„... dass sie sich darüber keine Gedanken gemacht hat, aber als das Auto aus dem See geborgen wurde, hat sie sich wieder ..."

„Wer hat Ihnen das erzählt?!?“ Walker schrie diese Frage heraus.

„... an dieses Gespräch erinnert.“

„Welche Schlampe hat Ihnen das erzählt?“

„Jetzt beruhigen Sie sich.“

„Ich will mich aber nicht beruhigen. Irgendeine falsche Schlange will mir was anhängen. Ich will wissen, wer das ist.“

Die Tür öffnete sich einen Spalt breit. Preston schickte Mike mit einer ungeduldigen Handbewegung weg. Dann beugte er sich vor und sah Walker an. Das Gesicht des Mannes wirkte angespannt, und die Narben traten stärker hervor als vorher.

„Sheriff, Sie müssen mir sagen, wer Ihnen das erzählt hat, weil das eine Lüge ist.“

„Es war Ihre Mutter, Gray.“

Walkers Augen verloren jeden Ausdruck. Seine Schultern sackten nach unten, und er sank auf dem Stuhl zusammen, als ob ihm jemand eine Kugel in den Kopf geschossen hätte.

Preston hatte schon gesehen, wie Männer von Schüssen niedergemäht wurden. Ein alter Mann, der seine Frau und seine Tochter misshandelt hatte, hatte sich vor einigen Jahren mit einer Handfeuerwaffe in einem Schweinestall verschanzt. Es stand von vornherein fest, dass er nicht lebend herauskommen würde. Und so war es auch geschehen. Nach einem gut platzierten Schuss fiel er wie ein Stein um, mitten zwischen die Schweine. Bei Walker wirkte es genauso.

„Meine Mutter?“ Plötzlich klang er wie ein winselnder Hund.

Einen Augenblick lang meinte Preston, in das Leben dieses Mannes zu blicken. Er sah Vernachlässigung und Angst. Walkers Mutter war eine große, kräftige Frau, und ihr Gesicht war genauso hart wie das ihres Sohnes. Sie war brutal, nicht nur in ihren Worten, sondern auch in ihren Taten. Preston hatte das an der Art gemerkt, wie sie während der Vernehmung über ihren Sohn gesprochen hatte.

Der Sheriff empfand sogar ein gewisses Mitleid mit Walker.

„Ja. Wir haben hier in diesem Raum gesessen, und dann hat sie uns alles erzählt. Ich glaube nicht, dass mich eine Mutter anlügt, wenn es um ihren Sohn geht, oder was meinen Sie?"

Walker starrte ins Leere.

„Es gibt aber noch etwas. Ein weiteres Teil in dem Puzzle."

Walker schüttelte den Kopf. Offenbar konnte er kein weiteres Wort mehr ertragen.

Draußen auf dem Flur war Stimmengewirr zu hören, dann Geschrei. Mit einer kurzen Entschuldigung stand Preston auf, riss die Tür auf und sah, wie Mike mitten auf dem Flur stand und Ella Edwards den Weg versperrte. Ihr Mann näherte sich langsam von hinten.

„Ist er da drin, Sheriff?", schrie Ella.

„Jetzt beruhige dich doch", sagte Preston und ging mit schnellen Schritten auf sie zu.

„Ich hab versucht, sie aufzuhalten, Sheriff", erklärte ihm Mike.

Preston drängte sich an seinem Stellvertreter vorbei und sah Ella direkt in die Augen. Sie sah aus wie ein angriffslustiger Kampfhund.

„Ich hab's in den Nachrichten gesehen. Hat er gestanden?"

Preston warf einen Blick auf William. „Bring deine Frau von hier weg." Dann wandte er sich an Ella. „Geh nach Hause, Ella."

William drehte sich um und griff nach den Autoschlüsseln, aber Ella packte ihren Mann am Arm. „Hat er gesagt, wo sie ist? Was er mit ihr gemacht hat?"

Preston erblickte plötzlich im Eingang die Linse einer Videokamera. Er schob Mike nach vorn. Ein Scheinwerfer tauchte sie alle in ein grelles, weißes Licht. „Bitte sorgen Sie dafür, dass die verschwinden."

Mike hielt eine Hand vor die Linse der Kamera. Diese Szene sollte in den nächsten Nachrichtensendungen immer wieder auftauchen. Ein Mann in Uniform, der den Kameramann aus dem Gebäude drängt, während der Sheriff versucht, eine untröstliche Großmutter zu beruhigen.

„Ella, du hilfst deiner Enkelin nicht, wenn du hier bleibst. William, fahr das Auto zum Hintereingang."

Diesmal ließ Ella den Arm ihres Mannes los. Draußen sah man ein Blitzlichtgewitter der Kameras.

„Hat er es getan?", fragte Ella. Ihre Stimme zitterte. „Hat er sie entführt?"

„Das weiß ich noch nicht, Ella. Jetzt lass mich meine Arbeit machen. Du weißt, dass ich dich sofort anrufe, wenn ich etwas herausfinde. Warum vertraust du mir nicht?"

„Das ist nicht der Grund, und du weißt es auch." Sie sprach weiter, während der Sheriff sie zur Hintertür führte, am Vernehmungsraum vorbei. „Ich bin die Einzige in dieser Stadt, die Einzige in meiner Familie, die nie die Hoffnung aufgegeben hat. Und wenn er weiß, wo sie ist ..."

Preston führte sie durch die Tür, als das Auto vorfuhr. Er versuchte sie, vor den Kameras und den hartnäckigen Fragen der Reporter abzuschirmen. Sie stieg ein. William wollte den Rückwärtsgang einlegen, aber Preston klopfte an das Fenster auf der Beifahrerseite und deutete auf den schmalen Durchgang zur Hauptstraße. Die Kameras richteten sich auf den Sheriff, als das Auto wegfuhr.

Preston lächelte den Journalisten zu und wollte wieder hineingehen, aber die Hintertür war verschlossen. Er trommelte mit den Fäusten auf das Holz und versuchte, durch das Fenster ins Innere zu sehen. Sein Stellvertreter hielt sich jedoch im vorderen Teil des Polizeireviers auf. Schließlich ging Preston um das Gebäude herum. Die Horde der Reporter mit ihren Mikrofonen und Kameras folgte ihm wie ein Rudel Entenküken ihrer Mutter. Als Preston schließlich wieder drinnen war, warf er Mike einen finsteren Blick zu. Dann eilte er zurück zum Vernehmungszimmer.

Als er die Tür aufriss, wusste er, dass das Chaos jetzt erst richtig beginnen würde. Das Zimmer war leer, und das Fenster stand sperrangelweit offen.

Kapitel 14

Schweigend fuhren sie weiter. Junikäfer saß auf dem Beifahrersitz und John starrte unverwandt geradeaus. Er hielt auf einem Parkplatz vor einer Wäscherei und einer Pizzeria. Das Wohnmobil beanspruchte zwei Parkplätze.

„Ich kann einfach nicht glauben, dass du so was gemacht hast", sagte John schließlich.

„Du hast mir selbst die Idee geliefert", erwiderte sie.

„Was redest du da?"

„Erinnerst du dich noch an die Geschichte, die du mir erzählt hast? Als deine Mutter weggefahren ist und du dich auf dem Rücksitz versteckt hast, weil du bei ihr sein wolltest?"

Johns Blick fiel auf eine Telefonzelle gegenüber. In der Halterung für das Trinkglas bewahrte er immer Kleingeld auf. Er holte alle passenden Münzen heraus.

„Fahren wir nicht zum Haus von der alten Dame?"

„Es ist kein Haus", antwortete John. Er stieg aus, knallte die Tür hinter sich zu und ging über den Parkplatz auf die Telefonzelle zu.

Junikäfer folgte ihm. Sie konnte kaum mit ihm Schritt halten. „Wenn sie nicht in einem Haus wohnt, wo wohnt sie dann? In einem Wohnmobil?"

„Nein. Jetzt geh wieder zum Auto. Ich muss allein mit Sheila reden."

„Ich muss aber aufs Klo."

Er erreichte das Telefon und zeigte auf den Lebensmittelladen auf der anderen Seite des Parkplatzes. „Versuchs mal da drin. Und pass an der Straße auf."

Sie rannte über den Parkplatz und verschwand im Laden. Dann ging sie wieder nach vorn und sprach mit der Frau an der Kasse. Die Kassiererin kaute wie eine wiederkäuende Kuh auf einem Kaugummi herum, aber sie reichte Junikäfer einen Schlüssel. Sie sagte etwas zu der Kleinen, die mit dem Finger auf das Fenster zeigte. Die Frau warf einen Blick nach draußen.

Sheila meldete sich. „Hallo?"

John zögerte. „Hallo, ich bin's, John. Sie ist bei mir."

Am anderen Ende hörte er ein lautes Seufzen. „Warum hast du mir das angetan?"

„Das hab ich gar nicht. Ich habe selbst erst gerade entdeckt, dass sie mitgefahren ist. Sie hatte sich oben im Bett versteckt."

„Bitte lüg mich nicht an."

„Ich lüg dich nicht ..."

„Ich meine das ernst, John. Ich kann die Wahrheit ertragen. Aber ich lasse nicht mehr zu, dass ein Mann mich anlügt, und schon gar nicht bei so etwas Wichtigem." Ihre Stimme zitterte vor angestauter Spannung.

„Ich würde dich nie anlügen."

„Bist du ihr Vater? Bitte beantworte mir diese Frage. Bist du wirklich ihr Vater?"

John schwieg einen Augenblick, bevor er antwortete. „Nein."

„Dann hast du mich die ganze Zeit angelogen."

„Ich habe nie behauptet, dass ich ihr Vater bin."

„Aber sie glaubt, dass du ihr Vater bist. Du belügst sie jeden Tag. Das ist noch schlimmer. Ich kann einfach nicht glauben, dass du zu so etwas fähig bist. Ich weiß nicht, was dahintersteckt, aber ich will damit nichts zu tun haben."

„Das verlange ich auch nicht, aber bitte hör mir doch mal zu."

Am anderen Ende der Leitung hörte er Schluchzen. Es war für ihn das schlimmste Geräusch der Welt, wenn eine Frau weinte, und das auch noch wegen ihm. Am liebsten hätte er aufgelegt. Diese Frau hatte sie schließlich zu sich eingeladen; er hatte sich ihr nicht aufgedrängt. Aber sie hatte recht. Er hatte sie getäuscht, aber das hatte er in den letzten sieben Jahren mit allen Leuten so gemacht, die er und Junikäfer kennengelernt hatten. Auch aus diesem

Grund mied er den zu engen Kontakt zu anderen Menschen. Er blieb stehen, lehnte sich an das Telefon und hörte zu, wie Sheila weinte.

Endlich konnte sie mit tränenerstickter Stimme weitersprechen. „Was sagt uns das denn, wenn sich ein kleines Mädchen lieber in einem Wohnmobil versteckt als bei jemandem zu bleiben, der sie gern hat? Bei mir hätte sie es so gut gehabt wie eine Prinzessin."

„Ich weiß nicht, warum sie das gemacht hat ..."

„John, es geht ihr wie uns allen: Sie will die Wahrheit wissen."

Er musste trotz allem lächeln. „Genau das hat sie auch zu mir gesagt."

„Warum sagst du ihr dann nicht die Wahrheit? Warum lügst du weiter? Du bist doch in Wirklichkeit gar kein freiberuflicher Schriftsteller, oder?"

„Nein."

„Du hast noch nie in deinem Leben einen Artikel verkauft, stimmt's?"

„Ich habe es probiert, aber ..."

„Dein Artikel über Junikäfer ist wunderschön. Mir ist die Luft weggeblieben. Aber das bist nicht wirklich du."

Einen Moment herrschte Schweigen. Dann nahm John den Gesprächsfaden wieder auf. „Das mit Junikäfer ist kompliziert. Ich will ihr nicht wehtun. Ich habe gehofft, dass ich noch ein paar Jahre Zeit habe, aber wenn sie anfängt Fragen zu stellen, wird es wohl Zeit, ihr die Wahrheit zu sagen. Und dann ist ja auch noch das in Dogwood passiert ..."

„Geh zur Polizei, und zwar sofort."

John sah zu, wie ein Sattelschlepper an der Telefonzelle vorbeifuhr. Junikäfer hüpfte in den vorderen Teil des Ladens und gab der Kassiererin den Schlüssel zurück. Die Frau nahm ihn und hängte ihn hinter sich an einem Haken auf. „Ich wollte dir nur Bescheid sagen, dass sie in Sicherheit ist. Als ich sie sah, hat es mich fast umgehauen. Mir ist klar, dass du dir Sorgen gemacht hast."

„Sorgen gemacht? Das ist wohl nicht der passende Ausdruck. Ich war fast verrückt vor Angst, weil ich mich gefragt habe, wer du wirklich bist und was du mit ihr angestellt hast."

„Ich versichere dir, dass ich ihr niemals wehgetan habe. Ich hab immer versucht, ihr ein guter ..." Er unterbrach sich, als er merkte, was er sagen wollte.

„Du belügst ja nicht nur sie, sondern du machst dir selbst auch was vor. Wo seid ihr jetzt?"

„In Arkansas. Ich will eine alte Bekannte besuchen."

Sheila fing wieder an zu schluchzen. Es kam ihm so vor, als ob alles, was er sagte, sie zum Weinen brachte. „Hast du die Nachrichten gesehen?"

„Ich hab nur einen Teil gesehen. Hast du die Polizei verständigt?"

Jetzt war es heraus. Das war die einzige Frage, die er ihr hatte stellen wollen. Er hatte nicht nur bei ihr angerufen, um ihr zu sagen, wo Junikäfer steckte, sondern um eine Antwort auf diese Frage zu bekommen.

„Hast du mich deswegen angerufen?"

Das gibt's doch nicht, dachte John. *Diese Frau merkt aber auch alles.* „Ach, vergiss es. Es ist mir egal, ob du die Polizei verständigt hast oder nicht. Ich wollte dir nur Bescheid geben, dass es Junikäfer gut geht. Und ich könnte sogar verstehen, wenn du die Polizei angerufen hättest."

Sie seufzte. „Ich hab das Telefon Dutzende Male in der Hand gehabt. Jedes Mal, wenn ich dieses Bild vor Augen habe. Dann muss ich an dieses kleine Mädchen denken ..."

Junikäfer rannte auf ihn zu. „Ist sie dran?"

Er nickte bloß.

„Kann ich mit ihr reden?" Ihr Gesicht leuchtete von innen heraus.

Er hob abwehrend die Hand. „Warte einen Moment", flüsterte er ihr zu. Dann wandte er sich halb ab. „Welches Bild denn?", fragte er Sheila.

Es klang, als ob sie sich die Nase putzte. „Ich sehe, was sie für ein Gesicht gemacht hat, als sie auf ihrem Fahrrad herumgefahren ist. Und ich sehe, wie du sie die ganze Zeit beobachtest."

„Du hast das gesehen?“

„Auf der Videokamera in der Drogerieabteilung. John, ich habe noch nie ein kleines Mädchen gesehen, das seinen Papa so sehr vergöttert wie sie. Aber du bist ja nicht ihr Vater. Und wenn du es nicht schaffst, ihr die Wahrheit zu sagen, dann muss etwas geschehen.“

„Ich glaube, du hast recht. Ich gebe sie dir jetzt mal. Sie möchte dir was sagen.“

John reichte Junikäfer den Telefonhörer. Sie hüpfte vor Freude auf und ab. „Sheila!“

Er konnte natürlich nicht hören, was Sheila zu Junikäfer sagte, aber er konnte es sich gut vorstellen. Junikäfer sagte nur, sie hätte sie und ihren Vater ausgetrickst, und sie solle sich keine Sorgen machen, weil sie zu ihr zurückkommen werde.

„Tut mir leid, dass ich nicht bei dir bleiben konnte. Aber ich *musste* einfach mit Papa mitfahren.“

Es folgte eine lange Pause. Nach mehrmaligen Bestätigungen von Junikäfers Seite sagte sie schließlich: „Okay. Mach ich. Mach's gut.“ Sie reichte John den Hörer und machte sich auf den Weg zum Wohnmobil.

Er hielt den Hörer ans Ohr. Wieder hörte er, wie Sheila leise schluchzte.

„Wir müssen jetzt weiter.“

„John?“ Sie hatte tausend Fragen an ihn, aber sie brachte zunächst nur dieses eine Wort heraus. Schließlich fragte sie: „Willst du immer weiter davonlaufen?“

„Ich weiß nicht.“

„Die Polizei hat einen Mann verhaftet. Man vermutet, dass er etwas mit dem Verschwinden des Mädchens zu tun hat.“

„Das hab ich mir schon gedacht. Aber mach dir keine Sorgen. Ich werde das Richtige tun. Das verspreche ich dir.“

„Dann ist es ja gut“, erwiderte Sheila.

„Ich weiß nicht, was daraus wird“, fügte er hinzu. Seine Stimme klang ruhig und zuversichtlich. „Aber wir beide sind dir dankbar für das, was du für uns getan hast. Juni wird dir das nie vergessen. Und ich auch nicht." Er wartete einen Moment. Als Sheila schwieg, sagte er: „Mach's gut, Sheila."

Er legte den Hörer zurück auf die Gabel und hielt ihn kurz fest, bevor er sich umdrehte und zum Wohnmobil ging.

*

Das Gebäude sah nicht aus wie ein Altenheim, sondern eher wie ein auf einem Hügel gelegener Palast, eine Art *Graceland* für alte Menschen. Der Sicherheitsmann am Tor nahm ihre Daten auf und gab Johnson einen Besucherpass. „Auf der rechten Seite ist ein Parkplatz für größere Fahrzeuge", erklärte er ihm der Pförtner.

Sie parkten das Wohnmobil und gingen Hand in Hand zum Eingang für Besucher. Junikäfer beobachtete begeistert die Bienen, die über den Blumen schwebten. Dann bestaunte sie wie verzaubert das riesige Gebäude. „Das sieht ja aus wie das Haus, in dem der Präsident wohnt!"

Die Türen öffneten sich wie von Zauberhand, und plötzlich standen sie vor einem künstlichen Wasserfall. In einem Zierteich schwammen bunte Fische.

„Kann ich Ihnen helfen?" Eine schick gekleidete Frau kam auf sie zu.

„Wir möchten Mrs Linderman besuchen."

„Dann müssen Sie John sein. Sie erwartet Sie draußen im Garten. Bitte folgen Sie mir."

Sie gingen hinter der Frau durch den breiten, mit glänzendem Marmor ausgelegten Flur. John vermisste den sonst in solchen Häusern üblichen Geruch nach Desinfektionsmitteln und alten Menschen. Stattdessen liebkoste ein herrlicher Duft nach Blumen, Erde und Wasser seine Nase.

Sie kamen am Speiseraum vorbei. Dort wurden die Tische bereits für das Frühstück am nächsten Morgen gedeckt. Kristallgläser und Stoffservietten waren perfekt arrangiert. Vor einem großen Kamin befand sich eine gemütliche Sitzecke. John entdeckte ein gut gefülltes Bücherregal.

Mrs Linderman saß im Rollstuhl in einem wunderschönen Garten, in dem die Bänke von blühenden Rosenbüschen flankiert wurden, und genoss den Anblick der Sonne, die in einem herrlichen Farbenspiel aus Gelb- und Orangetönen am Horizont versank.

Sie wandte sich ihnen zu.

Ein strahlendes Lächeln erschien auf ihrem faltigen Gesicht.

Dann streckte sie John die linke Hand hin. „Ich hab gewusst, dass Sie zurückkommen werden, aber ich hab mich gefragt, ob ich es noch erlebe."

Er beugte sich zu ihr herunter und gab ihr einen Kuss auf die Stirn. Sie legte ihm ihre welke Hand an die Wange und sah ihn an, als ob sie die Vergangenheit heraufbeschwören wollte. Dann fiel ihr Blick auf Junikäfer, die dastand und die beiden mit weit offenem Mund angaffte. „Na, wen haben wir denn da?"

„Mrs Linderman, das ist Juni." Er sah das kleine Mädchen an. „Mrs Linderman ist die Mutter eines Freundes und ein ganz besonderer Mensch."

Junikäfer streckte ihre Hand aus, und die alte Frau ergriff sie. Ihre Augen blitzten schelmisch auf. „Du bist ja bildhübsch. John, wo haben Sie denn diese kleine Schönheit aufgegabelt?"

„Da hab ich wohl Glück gehabt", erwiderte er.

„Schön, Sie kennenzulernen", sagte Junikäfer. „Ich würde gerne sagen, dass ich schon viel von Ihnen gehört habe, aber da müsste ich lügen."

Mrs Linderman legte den Kopf zurück und lachte laut. „Ich glaube, dieser Kerl hier sagt fast nichts über seine Vergangenheit."

Als Junikäfer zustimmend nickte, legte John der Kleinen eine Hand auf das Haar. „Wir bemühen uns, mehr miteinander zu reden und einander die Wahrheit zu sagen."

Junikäfer sah zu ihm hoch. „Wirklich?"

„Ja, wirklich."

„Ich finde, das ist eine gute Idee“, meldete sich Mrs Linderman zu Wort. „Wer sich nicht an die Vergangenheit erinnert, ist dazu verurteilt, sie zu wiederholen. Das hab ich jedenfalls gehört.“ Sie seufzte, und dann nahm sie Johns Hand in die ihre. Ein sanfter Wind bewegte die Blätter der Bäume. „Ich komme jeden Abend hierher und betrachte den Sonnenuntergang. Gott veranstaltet extra für mich ein buntes Feuerwerk.“ Obwohl es noch immer schwülwarm war, rieb sie sich plötzlich die Arme, als ob sie frieren würde. „Fährst du mich auf mein Zimmer, mein Schatz?“

Junikäfer trat hinter die alte Dame, die sich nach vorn beugte und an einem Rad eine Bremse löste. „Durch die Tür und dann geradeaus“, erklärte sie.

John ging neben dem Rollstuhl her, hielt die Hand von Mrs Linderman und verlangsamte auf diese Weise den schnellen Schritt von Junikäfer.

„Das hier unterscheidet sich ziemlich stark von Ihrem Haus unten im Tal.“

„Das kann schon sein. Natürlich ist es nichts im Vergleich zu dem Stadthaus, in dem ich vorher gewohnt habe. Aber dann bin ich gestürzt. Seitdem brauche ich Hilfe.“ Sie winkte einer Pflegekraft zu und lächelte sie an, als ob sie die besten Freundinnen wären.

„Haben Sie sich was gebrochen?“, fragte John.

„Die Hüfte“, antwortete sie. „Von da an ging's bergab. Also hab ich mein Stadthaus mit einem netten Gewinn verkauft, bevor die Immobilienpreise gefallen sind. Dann bin ich hierher gezogen, in mein kleines Schloss Versailles. So nenne ich dieses Haus. Die Angestellten hier verbringen genauso viel Zeit mit den Blumen wie mit der Pflege von uns Alten.“ Sie reckte den Hals, um ihm in die Augen sehen zu können. „Sie meinen doch nicht etwa, dass das hier für mich zu fein ist, oder?“

„Ich meine, dass Sie das hier und noch viel mehr verdient haben. Aber können Sie es sich überhaupt leisten?“

Sie legte den Kopf schief und sah ihn mit einem wissenden Blick an. Offenbar überraschte sie diese Frage. „Ja, wissen Sie es denn nicht?“

„Was denn? Haben Sie im Lotto gewonnen? Oder hat man unter Ihrem Stadthaus eine Ölquelle entdeckt?“

„Nein, und ich hab auch nicht die Spielhöllen in Las Vegas besucht.“

Junikäfer hatte bisher nichts gesagt. Sie hörte jedoch genau zu, während sie den Rollstuhl schob. Sie sah, dass der Fußboden zunächst aus dekorativen Fliesen bestand und später in einen noch dekorativeren Teppichboden überging. Es fiel ihr schwer, sich auf diese wechselnden Muster zu konzentrieren.

„Hier rechts ist es, Juni“, sagte die alte Frau. „Hier ist meine zweite Heimat. Oder meine letzte Ruhestätte, ganz wie du willst.“

Das Zimmer war geräumig und mit einer kleinen Küchenzeile ausgestattet. Daneben lag hinter einem offenen Durchgang ein ebenso geräumiges Schlafzimmer mit einem Fenster, das sich über die gesamte Wand erstreckte. Mrs Linderman hatte die Rollos offen gelassen. Draußen war ein Teich mit Enten und Gänsen. Dahinter lag ein weites Tal, das sich in der Ferne zu verlieren schien.

„Das ist ein schöner Ausblick“, bemerkte John.

„Ich habe wirklich Glück gehabt. Fahr mich bitte zu dem Sessel dort drüben, Juni.“

Die Kleine folgte dieser Anweisung. Die alte Dame stellte den Rollstuhl an die richtige Stelle. Dann drückte sie auf eine Taste. Der Sessel fuhr höher. Sie ließ sich darauf nieder und senkte den Sitz dann auf die richtige Höhe. Danach atmete sie tief durch und bat ihre beiden Gäste mit einer Handbewegung, sich auf die Couch zu setzen. Auf dem Beistelltisch standen zwei Fotos. Auf dem einen war ein lächelnder älterer Mann zu sehen, auf dem anderen ein jüngerer Mann in Uniform. Die beiden sahen bis auf den Altersunterschied fast gleich aus.

„Was führt euch zu meinem bescheidenen Heim?“, fragte die alte Dame.

„Die Frage ist nicht, was uns hierher führt, sondern wie Sie hierher gekommen sind. Erzählen Sie doch mal. Wie können Sie sich diesen Luxus hier leisten?“

Sie reagierte mit einem Kopfschütteln. „Sie haben doch ein ähnliches Vermögen in diesem Kasten, den ich Ihnen gegeben habe."

Aufgeregt beugte John sich vor. „Was soll das heißen?"

„Ja, was soll das heißen?", wollte Junikäfer wissen.

Mrs Linderman warf der Kleinen einen Blick zu. „Vor langer Zeit hat dein Vater meinem Sohn etwas Gutes getan. Na ja, dein Papa hat damals gemeint, es sei nichts Tolles gewesen, und er kam mich besuchen, nachdem mein Sohn gestorben war. Er hatte viele schlimme Gedanken, weil er sich die Schuld am Tod meines Sohnes gegeben hat."

„Das tue ich immer noch", fügte John hinzu.

„Was ist denn damals passiert?", fragte Junikäfer.

„Das können wir später besprechen", erwiderte John.

Mrs Linderman nahm den Gesprächsfaden wieder auf. „Ich gab ihm einen Kasten, in dem Geld und noch ein paar andere Sachen waren."

„Ich habe Ihnen den Kasten gestohlen, und der Polizist hat ihn wieder zu Ihnen zurückgebracht."

„Ich habe Ihnen den Kasten gegeben, und das hab ich dem Polizisten auch genau erklärt."

„Moment mal", mischte sich Junikäfer ein. „Die Polizei hat dich wohin gebracht?"

John stand auf und ging zum Fenster, ohne auf diese Frage zu reagieren.

„Ich hab das Geld verwendet, um das Wohnmobil zu kaufen. In den letzten Jahren haben wir vom Rest gelebt, Junikäfer."

„Aber da war noch mehr in dem Kasten", erklärte Mrs Linderman. „Diese Zertifikate, die ich mit meiner Unterschrift versehen und damit auf Sie übertragen habe."

John drehte sich abrupt um. „Die Papiere in dem großen Umschlag?"

Mrs Linderman nickte. „Haben Sie den denn nicht aufgemacht?"

„Ich will aber die Geschichte über die Polizei hören", quengelte Junikäfer.

Mrs Linderman hob beschwichtigend die Hand. „Das war ein Missverständnis. Ein Freund von meinem Sohn hat gemeint, er müsste mich beschützen."

„Das hätten Sie aber nicht tun müssen."

„Endlich sind wir uns mal einig. Ich habe das nicht tun *müssen*, aber ich habe es trotzdem getan, und zwar aus einem ganz einfachen Grund: Ich wusste, dass Sie ein guter Mensch sind, John. Ich wusste aber auch, dass Sie sich etwas Schlimmes antun wollten. Deshalb musste ich drastische Maßnahmen ergreifen. Also hab ich diesen Kasten rausgeholt. In gewisser Hinsicht war das ein Mittel, um Sie wieder zur Vernunft zu bringen."

„Moment mal." Junikäfer schüttelte den Kopf, während sie versuchte, diese Informationen zu verarbeiten. „Was ist denn mit dir und dem Kasten passiert ... und der Polizei?"

John kniete sich vor der Kleinen hin. „Das erkläre ich dir später."

„Nein", erwiderte Junikäfer. „Ich will es jetzt hören. Ich will, dass sie es erzählt."

„Die Kleine hat Mumm", sagte Mrs Linderman. „Genau wie Sie, John."

John holte tief Luft. „Sie ist nicht meine Tochter."

„Was?", rief Junikäfer und sprang auf.

„Ganz ruhig. Ich erkläre es dir."

„Sie ist nicht Ihre Tochter?" Mrs Linderman war mindestens so überrascht wie Junikäfer.

„Nein. Ich meine, ich bin ihr Vater, seitdem sie klein ist. Und ich habe mein Bestes gegeben, obwohl das in meinem Fall nicht viel heißt."

„Haben Sie die Kleine etwa unter einem Kohlblatt gefunden, wie in der Geschichte von Peter Hase?"

John setzte sich vor den beiden im Schneidersitz auf den Boden. „Warum nehmen wir uns nicht eine Geschichte nach der anderen vor?"

„Warum bist du nicht mein Vater?", wollte Junikäfer wissen.

„Ich erzähle lieber zuerst von diesem Kasten", entgegnete John.

Junikäfer verschränkte die Arme vor der Brust. „Aber nur, wenn du beide Geschichten erzählst."

John sah zu Boden und begann zu sprechen. „Es ging mir nicht gut. Ich war noch nicht lange entlassen ..."

„Entlassen? Von was?", fragte Junikäfer.

„Aus der Armee. Mrs Lindermans Sohn und ich waren zusammen in Afghanistan."

„Was hast du dort gemacht?"

John rieb sich mit einer Hand den Nacken. „Na ja, wir haben Häuser kaputt gemacht und Leute erschossen. Böse Leute."

„Und was ist mit Ihrem Sohn passiert?" Junikäfer sah Mrs Linderman fragend an, aber die alte Dame nickte zu John, als ob sie sagen wollte: *Lass ihn weitererzählen*.

„Wir waren in einem Feuergefecht, einem schlimmen Kampf. Wir sind dorthin geschickt worden, und wir dachten, es wären nur wenige Männer. Aber es waren mehr, als wir vermutet hatten. Wir waren plötzlich eingekesselt und saßen in der Falle. Ein paar von unseren Jungs waren verletzt. Mrs Lindermans Sohn war Sanitäter. Er wollte losrennen und sich um die Verwundeten kümmern, aber ich versuchte, ihn davon abzubringen. Ich sagte ihm, dass die Männer schon so gut wie tot wären. Aber er wollte nichts davon hören. Er wollte unbedingt helfen."

John rieb sich die Hände, als ob er sie waschen würde. Je länger er erzählte, desto stärker wurde diese Bewegung.

Junikäfer saß wie gebannt da und betrachtete Johns Gesicht.

„Ich versuchte, ihm Deckung zu geben, aber die Feinde waren in der Überzahl. Und ich hatte kaum noch Munition. Dann kam der Luftangriff, aber Calvin hatte inzwischen die Verwundeten erreicht. Überall war Feuer und Rauch, alles um uns herum explodierte, aber er verband unseren Jungs die Wunden und versuchte, das Blut zu stillen."

Mrs Linderman lief eine Träne die faltige Wange herunter. Sie beugte sich vor. „Sie waren da."

John rang um Fassung. Er schüttelte den Kopf. „Nein, das stimmt nicht. Ich habe ihm nicht geholfen."

„Das steht aber nicht in dem Bericht."

„Mir ist egal, was in dem Bericht steht. Ich weiß, was geschehen ist. Ich habe nicht alles für ihn gegeben."

„Das stimmt nicht. Sie waren ein Held."

„Ich war ein Feigling. Ich habe zugelassen, dass er sich ganz allein in Gefahr begeben hat. Wenn ich vorher auf ihn gehört hätte ..." John legte die Fingerspitzen beider Hände an seine Schläfen, als ob er versuchen wollte, seine Erinnerungen zurückzudrängen. Er sah Junikäfer in die Augen. „Du hast mich mal gefragt, warum ich nachts so oft schreiend aufwache. Jetzt weißt du, warum. Ich träume von ihrem Sohn und von den anderen Jungs, die bei mir waren. Ich habe sie im Stich gelassen."

„Sie haben diesen Einsatz nicht geplant, John. Sie haben nur Befehle befolgt. Sie waren ein guter Soldat."

„Ein guter Staffelführer sieht solche Probleme voraus. Ein guter Staffelführer gerät erst gar nicht in eine Falle, in der seine Leute keine Chance mehr haben."

„Aber du hast überlebt", bemerkte Junikäfer.

John nickte mit zusammengepressten Lippen. „Das ist ja mein Problem."

„Ein guter Staffelführer gibt sein Leben für seine Freunde hin", sagte die alte Dame. „Und genau das haben Sie getan."

„Nein. Ihr Sohn hat das getan. Und das Opfer, das er gebracht hat, verfolgt mich bis in meine Träume. Ich hätte auf ihn hören sollen."

Jetzt herrschte Schweigen im Zimmer der alten Dame. Auf dem Kaminsims tickte eine antike Uhr. Die Sonne war untergegangen, und die Hügel wirkten in der Abenddämmerung wie Schattenrisse.

Schließlich rutschte Junikäfer von der Couch herunter und setzte sich neben John auf den Boden. „Ich glaube nicht, dass es deine Schuld war."

„Da hat sie vollkommen recht", meinte Mrs Linderman. „Sie haben getan, was Sie konnten. Und wenn die anderen jetzt hier sein könnten, würde Ihnen keiner auch nur den geringsten Vorwurf machen."

John sah zu der alten Dame hoch. In seinen Augen standen Tränen.

Sie sprach weiter. „Jetzt müssen Sie nur noch eins tun, und das wird Ihnen vielleicht am schwersten fallen: Lassen Sie die Vergangenheit los, damit Sie wieder ein freier Mensch werden. Calvin hätte es nicht gewollt, dass Sie sich so quälen. Er hätte gewollt, dass Sie die Vergangenheit hinter sich lassen und in Ihrem Leben Gutes bewirken."

„Das habe ich auch versucht, aber das Einzige, was mich die ganze Zeit am Leben erhalten hat ..." Er warf Junikäfer einen Blick zu. „Sie ist für mich das Beste, was die Welt zu bieten hat."

„Daran habe ich nicht den geringsten Zweifel", erwiderte Mrs Linderman. Sie sah die Kleine an. „Wie habt ihr euch eigentlich kennengelernt?"

John hob abwehrend eine Hand. „Jetzt noch nicht."

„Ich hab immer geglaubt, er ist mein Papa", meldete sich Junikäfer zu Wort. „Na ja. Ist er denn ein guter Vater?"

Junikäfer nickte bedächtig. „Wir haben viel zusammen gesehen. Er hat mir eine Menge über Geschichte beigebracht und auf welcher Seite von einem Baum das Moos wächst und noch viel mehr."

John stand auf und fuhr sich mit den Fingern durch sein Haar. Er wollte kein neues Thema anschneiden, bevor er dieses hier abgeschlossen hatte. „Woher wussten Sie, dass Ihr Plan aufgehen würde?", fragte er die alte Dame. „Woher wussten Sie, dass ich mir nichts ... antun würde, wenn Sie mir das Geld geben würden?"

Mrs Linderman lehnte sich zurück. „Offen gestanden hatte ich keine Ahnung. Ich wusste, dass Sie nicht weiterleben wollten, weil Ihre Erinnerungen Sie so sehr quälten. Aber ich habe gebetet, dass Gott Sie durch dieses Tal hindurchführen möge, dass er Ihre innere Finsternis mit seiner Liebe durchdringen und Sie zur Vernunft bringen würde." Sie hielt inne. Plötzlich schienen sich die Falten in ihrem Gesicht zu glätten, als sie ihn ansah. „Wenn Sie wirklich die Wahrheit hören wollen, dann muss ich Ihnen sagen, dass es in meinem Gebet eigentlich nicht um Sie ging."

„Was wollen Sie damit sagen?“

„Die Welt braucht Männer wie Sie. Die keine Angst davor haben, dem Bösen die Stirn zu bieten. Die Welt braucht gute Männer, und Sie sind einer von ihnen. Als ich gesehen habe, wie der Schmerz Sie förmlich aufgefressen hat, hab ich den Spieß einfach umgedreht. Ich habe Gott gebeten, Ihnen jemanden zu schicken, der Ihre Hilfe braucht, jemanden, der Ihnen zeigt, was wahre Liebe ist. Ich hab mir vorgestellt, dass Ihnen vielleicht ein herrenloser Hund über den Weg läuft oder Sie eine nette Frau treffen. Aber Gott hat ein viel größeres Wunder gewirkt, stimmt's?“ Sie warf Junikäfer einen Blick zu. „Wo ist deine Mama, mein Schatz?“

Junikäfer zögerte mit ihrer Antwort. „Ich weiß nicht.“

Der Blick der alten Dame wanderte zurück zu John.

„Die Sache ist ziemlich kompliziert“, erwiderte er.

Sie nickte zustimmend. „Tja, das ganze Leben ist kompliziert. Ich will meine Grenzen ja nicht überschreiten, aber ich glaube, mein Gebet wurde erhört. Und eins ist auch noch wichtig: Sie sind zurückgekommen. Die Tatsache, dass Sie hier in meinem Zimmer sitzen, ist der beste Beweis, dass Gott noch immer auf seinem Thron sitzt und regiert. Seit damals habe ich Gott jeden Tag gebeten, Ihnen Ruhe und Frieden zu schenken. Sie verdienen beides, mein Junge.“

„Aber ...“ Junikäfer war noch nicht zufrieden. „... was ist denn jetzt mit der Polizei und dem Kasten? Ich kapier das einfach nicht.“

John lehnte sich an den steinernen Kamin. „Nach meiner Entlassung aus der Armee hatte ich ein bisschen Geld übrig. Ich habe es verwendet, um hierher zu kommen und ein Versprechen einzulösen. Ich wollte Mrs Linderman die Sachen bringen, die Calvin mir gegeben hatte. Dann wollte ich mich auf und davon machen und ... einfach nicht mehr da sein.“

„Und sie hat dir einen Kasten geschenkt?“

„Nein. Sie hat mir gesagt, dass ich bei ihr übernachten sollte. Damals hat sie noch in dem Haus neben der Farm gewohnt. Sie gab mir Calvins Zimmer. Nach dem Abendessen holte sie diesen grauen Kasten raus. Ich sah zu, wie sie Geld und einen großen Umschlag reinlegte. Später, es war mitten in der Nacht, bin ich abgehauen und habe den Kasten mitgenommen."

„Du hast ihn *gestohlen?*", fragte Junikäfer mit weit aufgerissenen Augen.

Er nickte. „Als sie schlief, hab ich mich davongeschlichen. Ich ging in eine Bar, stellte diesen Kasten auf den Tisch, nahm Geld raus und spendierte den anderen Männern dort eine Runde Bier und Whisky. Plötzlich kommt ein Polizist an meinen Tisch. Er fragt mich, ob er einen Blick in den Kasten werfen darf. Dann holt er ein paar Papiere raus und sagt: ‚Ich kenne Mrs Linderman.' Er zieht seine Dienstpistole und legt mir Handschellen an."

„Und was ist dann passiert?", fragte Junikäfer.

„Der Polizist fuhr mich zu Mrs Linderman und klopfte an die Tür. Es hat ziemlich lange gedauert, bis sie aufmachte."

„Das war bloß gespielt", fügte Mrs Linderman hinzu. „Als ich den Streifenwagen in der Auffahrt sah, wusste ich Bescheid."

„Sie hat die Tür aufgemacht und mich mit den Handschellen gesehen. Dann hat sie den Polizisten in Grund und Boden geschimpft."

Mrs Linderman musste lachen. „Ich hab ihm ganz schön zugesetzt."

„Der Polizist hat geglaubt, dass sie sich bei ihm bedanken würde, weil er einen Dieb gefasst hat, und stattdessen hätte sie ihn beinahe geohrfeigt. ‚Nehmen Sie ihm sofort die Handschellen ab. Wissen Sie überhaupt, wen Sie da vor sich haben? Das ist ein Kriegsheld. Sie verdienen es noch nicht mal, neben diesem Mann zu stehen.' So ähnlich hat sie sich ausgedrückt."

Junikäfer musste lachen, weil John die alte Dame so gut nachahmen konnte.

„Dann sagte sie zu mir: ‚John, ich bin ja so froh, dass Sie zurückgekommen sind. Ich hab vergessen, diese Zertifikate zu unterzeichnen. Ohne meine Unterschrift können Sie sich den Gegenwert nicht auszahlen lassen.‘ Das hat mich fast umgehauen. Ich war mir nämlich sicher, dass sie ...“ Wieder übermannten ihn seine Gefühle, und er senkte den Kopf.

Mrs Linderman erzählte weiter. „Der Polizist konnte es auch nicht fassen. Du hättest ihn sehen müssen, wie er mit den Schlüsseln für die Handschellen herumgefummelt hat. Schöner hätte ich es nicht planen können. Ich nahm ihm den Kasten ab, holte den Umschlag mit den Zertifikaten raus und begann, sie zu unterzeichnen. Als ich den Kopf hob und den Polizisten noch da stehen sah, schrie ich ihn an, er solle endlich verschwinden, sonst würde ich ihn noch wegen einer unrechtmäßigen Verhaftung verklagen.“

Junikäfer musste wieder lachen.

John schüttelte den Kopf. „Ich werde nie vergessen, was Sie als Nächstes getan haben.“

„Das war doch nichts Besonderes.“

„Damit haben Sie mir aber das Leben gerettet.“

„Was denn?“, wollte Junikäfer wissen. „Was haben Sie getan?“

John stand auf und ging zum Fenster. Als die alte Dame schwieg, drehte er sich um und verschränkte die Arme vor der Brust. „Als der Polizist weg war, schloss sie den Kasten und gab ihn mir. Ich sagte, dass ich das nicht annehmen könne, aber sie meinte: ‚Doch, das können Sie. Das ist nämlich ein Geschenk.‘ Sie fügte hinzu, in dem Kasten sei genug für einen Neubeginn.“

Die alte Dame kicherte leise. „Ich wusste damals nicht, wie recht ich mit diesen Worten hatte.“

„Sie sagte, sie würde mit diesem Kasten etwas Wertvolles kaufen, nämlich meine Seele.“

Junikäfer verzog ihr Gesicht. „Wie kann man denn die Seele eines Menschen kaufen?“

„Ich habe damit was anderes sagen wollen“, erklärte ihr Mrs Linderman. „Nämlich, dass er ein wertvolles Geschöpf Gottes ist und er dieses Geschenk nicht einfach ablehnen kann. Ich sagte ihm, er solle es nehmen und aus seinem Leben etwas Gutes machen."

„Und was hast du dazu gesagt?", fragte Junikäfer.

„Wenn ich mich richtig erinnere, hab ich gar nichts gesagt. Ich hab mir bloß diesen Kasten geschnappt und bin gegangen. Dann bin ich die Straße entlanggewandert, bis ich zu einem Feld kam. Dort hab ich mich hingesetzt und erst mal über mein Leben nachgedacht. Am nächsten Morgen bin ich in die Stadt gegangen. Ich hab das Geld im Kasten gezählt. Die Summe hätte für ein schönes Auto gereicht. Aber dann hab ich ein Wohnmobil gesehen und mir gedacht, dass ich damit zwei Fliegen mit einer Klappe schlagen könnte. Ich könnte in diesem Ding wohnen und nach Hause fahren."

„Das Geld hat für unser Wohnmobil gereicht?"

„Es war sogar noch mehr", erwiderte John. „Aber das ist noch immer keine Erklärung dafür, warum Sie es sich leisten können, hier zu wohnen."

„Sie haben diese Aktien nie zu Geld gemacht, stimmt's?"

„Was ist ein Aktien?", wollte Junikäfer wissen.

„Eine Aktie ist ein Papier, das eine Firma dir gibt. Damit gehört dir ein Teil der Firma. Wenn du so einen Anteilschein hast, dann kannst du bei den Entscheidungen dieser Firma mitreden, und du hast auch einen Anteil am Gewinn oder Verlust eines Unternehmens."

John überlegte. *„Walmart!",* sagte er schließlich. „Haben Sie nicht bei *Walmart* gearbeitet?"

Mrs Linderman reagierte auf diese Frage mit einem Lächeln. „Ich habe in Sams erstem Laden gearbeitet. Und im Laufe der Jahre hab ich immer wieder Aktien bekommen."

„Wer ist denn Sam?"

„Sam Walton ist der Gründer von *Walmart.* Ich erinnere mich noch gut, wie er mit diesem alten Lastwagen rumgefahren ist. Damals bin ich ein paar Mal umgezogen, wenn neue Filialen eröffnet wurden, und ich habe fast dreißig Jahre lang bei *Walmart* gearbeitet. Als ich in Rente gehen wollte, ist mein Mann gestorben. Da hatte ich Bedenken, ob seine Lebensversicherung und meine Rente überhaupt reichen würden. Ich hatte ein paar Verwandte zu einem Grillabend eingeladen. Ein Neffe von mir ist ein wahres Finanzgenie. Ich habe ihn um Rat gefragt. Er wollte wissen, ob ich irgendwelche Kapitalanlagen hätte. Ich hab ihm von den Aktien erzählt, und er hat sie sich angesehen. Ich werde nie vergessen, wie er mich angeschaut hat. Er sagte zu mir: ‚Du bist auf einen Schlag alle deine Geldsorgen los.' Es stellte sich heraus, dass diese Aktien ein paar Millionen Dollar wert waren. Vor lauter Schreck hätte ich beinahe meine dritten Zähne verschluckt. Mir ist egal, was die Leute über ihn sagen. Der alte Sam hat gut für seine Mitarbeiter gesorgt."

John fiel vor Erstaunen die Kinnlade herunter. „Sie haben mir diese Aktien gegeben?"

„Nicht alle. Ich hab bloß ein bisschen Geld in den Kasten gelegt und ein paar Zertifikate unterzeichnet. Was haben Sie eigentlich mit den Papieren gemacht?"

„Ich hab sie in dem Umschlag und in dem Kasten gelassen. Ich hab vorher noch nie eine Aktie gesehen, und so hab ich gedacht, dass sie höchstens ein paar hundert Dollar wert sein könnten. Aber in meinem damaligen Gemütszustand hätte ich sowieso keinen Börsenmakler aufgesucht."

„Wo sind die Papiere jetzt?"

„In Dogwood."

„Und Sie haben sie nicht zu Geld gemacht?"

John schüttelte den Kopf.

Mrs Linderman warf zuerst John und dann Junikäfer einen Blick zu. „In den Nachrichten kommt immer wieder diese Meldung über ein kleines Mädchen, das vor ein paar Jahren in West Virginia verschwunden ist. Das war etwa zur gleichen Zeit, als ..."

„Ich hab auch einen Bericht darüber gesehen", unterbrach John die alte Dame.

„John, ist sie dieses kleine Mädchen?"

Er senkte den Kopf und sah zu Boden. „Können wir Ihren Fernseher anmachen und hören, was aktuell über diesen Fall gesagt wird?"

Mit einer von der Gicht verformten Hand griff sie nach der Fernbedienung. Dann gab sie John das Gerät. Er drückte auf den Einschaltknopf und fand einen Nachrichtensender.

Kapitel 15

Es war schön in Mrs Lindermans Wohnheim. So ähnlich würde es wohl sein, wenn ich eine Großmutter hätte, aber ohne die teuren Möbel und die Betreuung rund um die Uhr. Ich stellte mir vor, dass ich bei ihr Plätzchen und Limonade bekommen und mit ihr zusammen über alle möglichen Witze lachen könnte. Sie würde mir tolle Geschichten von früher erzählen. Eine Großmutter würde mir vielleicht auch Geschenke geben, so wie ganz alte Ohrringe von ihrer eigenen Urgroßmutter oder eine Puppe oder so.

Obwohl es bei der alten Dame richtig schön war, war ich unruhig. Jetzt wusste ich also, dass mein Papa nicht mein richtiger Vater war. Und ich hatte keine Ruhe, weil ich mir eine Menge Fragen stellte. Ich hatte immer geglaubt, dass es für mich am wichtigsten wäre, zu wissen, wer meine Mama ist, was sie für ein Mensch ist und was ich von ihr geerbt habe. Vielleicht habe ich ja die Nase von ihr oder die Augen oder irgendeine Erbkrankheit. Aber man braucht bloß eine alte Frau zu besuchen, und schon merkt man, dass da noch jede Menge andere Fragen im Raum herumschwirren wie Schmetterlinge. Die Antworten sind genauso schwer einzufangen. Es gibt kein Netz, das groß genug wäre für alle meine Fragen.

Als mein Papa auf der Fernbedienung herumdrückte, fand er einen Nachrichtensender mit einer Frau, die einen bunten Schal um den Hals trug. Ich dachte mir, dass es doch viel zu warm für so was ist, aber was weiß ich denn schon von Mode. Sie hatte wohl ihr ganzes Make-up auf einmal verwendet. Ihr Gesicht wirkte wie das einer Schaufensterpuppe, so glatt und glänzend wie Porzellan. Ich glaube nicht, dass sie morgens beim Aufstehen so aussieht.

Sie erwähnte die „Topmeldung des Tages“ über den Fall

eines vermissten Kindes in West Virginia. Wir hatten den Bericht schon bei dem Ehepaar auf der Farm gesehen, aber dort hatte ich mich kaum darauf konzentrieren können. Ich rückte näher an den Fernseher ran, um alles mitzubekommen, was der Reporter sagte. Er sah so aus, als ob er lieber anderswo wäre als dort in Dogwood, West Virginia. Sein Haar war perfekt frisiert, und er hatte ein nettes Gesicht, aber seine kleinen Augen hatten einen irgendwie misstrauischen Blick.

Sie zeigten wieder das Foto, auf dem ich als kleines Kind zu sehen war. Dann kam das künstlich gealterte Bild. Der Reporter sagte, dass meine Mutter eine Frau namens Dana Edwards sei. Das war neu für mich. Dann sah man eine ältere Frau, die aus ihrem Auto ausstieg und auf ein Haus zuging. Sie hielt die Hände vor die Augen, um sie vor dem grellen Scheinwerferlicht zu schützen. Der Reporter sagte, sie sei die Großmutter.

„Ich habe schon immer gesagt, dass sie noch am Leben ist", schrie die Frau. Sie sah wütend aus. „Und jetzt haben sie den Entführer entwischen lassen!"

Ich glaube, die Presseleute mögen es, wenn andere Leute laut schreien, weinen oder mit Gegenständen werfen. So oft sehe ich die Nachrichten nicht im Fernsehen, aber jedes Mal, wenn ich sie sehe, kriegt irgendjemand einen Anfall wegen irgendwas. Die Leute regen sich über alles Mögliche auf, über die Benzinpreise oder eine Wahl oder irgendein anderes Problem.

Mein Papa, obwohl er ja nicht mein richtiger Papa ist, sagt immer, dass nur die Dinge, die die Menschen „bis aufs Blut reizen", Schlagzeilen machen. Ob Papas Kampf im Krieg und der Tod seines Freundes auch in den Nachrichten gemeldet wurden? Jedenfalls scheinen diese beiden Dinge meinen Papa bis aufs Blut zu reizen.

Die Stimme des Reporters war wieder zu hören, während auf dem Bildschirm das Foto eines zerknittert aussehenden Mannes mit einem gruseligen Gesicht und genauso scheußlichen Haaren auftauchte. Als ich ihn sah, bekam ich am ganzen Körper Gänsehaut.

„Das ist Graham Walker, ein Verdächtiger im Fall des vermissten Mädchens. Er wurde in diesem Polizeirevier verhört, als ihm die Flucht gelang."

Die Kamera schwenkte zu einem älteren Mann in Uniform. Er stand vor dem Polizeigebäude, umringt von Reportern, die ihm ein paar Dutzend Mikrofone hinhielten. Oder so sah es wenigstens aus. Er hatte seinen Hut tief ins Gesicht gezogen, sodass man seine Augen nicht richtig erkennen konnte. Der Mann sah so aus, als ob er sich nicht wohl in seiner Haut fühlen würde.

„Der Verdächtige läuft jetzt frei herum", sagte er in die Mikrofone. Mir wurde es ganz warm, als ich ihn sprechen hörte. Ich hatte das Gefühl, jemanden von zu Hause vor mir zu haben, und das war ja wohl auch so. „Während der Vernehmung floh er durch ein Seitenfenster."

„Hatten Sie ihn denn verhaftet?", fragte der Reporter. Etwa hundert andere Stimmen stellten dieselbe Frage.

„Nein, wir haben ihm bloß ein paar Fragen gestellt. Wegen eines Zwischenfalls in unserem Büro blieb er ein paar Minuten allein zurück ..."

Er sagte noch mehr, aber ich hörte nicht mehr richtig zu, weil ich plötzlich mittendrin war in dieser Sache. Wenn man sein Foto an einer Wand betrachtet und sich fragt, woher man wohl kommt, ist das was ganz anderes, wenn man sich selbst im Fernsehen sieht.

„Hat er etwas zu diesem Fall ausgesagt, Sheriff?", schrie der Reporter. „Glauben Sie, dass er etwas mit dem Verschwinden des Mädchens zu tun hatte?"

Der Sheriff starrte den Reporter böse an. „Ich kann über laufende Ermittlungen keinen Kommentar abgeben."

Der Reporter mit den wachsamen Augen fasste den Bericht zusammen, obwohl es mir lieber gewesen wäre, wenn er noch mit der Großmutter oder mit der Frau, die meine Mutter sein soll, geredet hätte. Aber wahrscheinlich haben diese Reporter nur eine gewisse Zeit zur Verfügung. Jetzt war wieder die Frau mit dem vielen Make-up zu sehen. Sie schüttelte den Kopf, weil sie wohl nicht glauben konnte, was sie da gerade hörte. Dann sagte sie etwas über die

Wirtschaft. Hinter ihr tauchte ein Pfeil auf, der nach unten zeigte. Da wusste ich, dass der Bericht über mich zu Ende war.

Als ich mich umdrehte, merkte ich, wie still es hinter mir geworden war. Ich sah, wie mein Papa neben Mrs Linderman kniete. Die alte Dame hielt sich eine Hand vor den Mund, und er flüsterte ihr etwas zu. Als ich aufsprang, zuckte sie zurück, als ob sie ein Gespenst gesehen hätte. Sie hatte Tränen in den Augen. Ihr Gesicht war so traurig, wie ich es noch bei keinem Menschen gesehen habe. Dann streckte sie eine Hand aus, die noch verschrumpelter aussah als eine Rosine. „Komm mal her, Kleines."

Sie nahm meine Hand und zog mich neben sich auf den Sessel. Ich hatte noch genug Platz neben ihr, weil sie so dünn war. Sie drückte mich ganz fest an sich und gab mir einen Kuss auf die Wange. „Der Herr hat dich als Werkzeug gebraucht, Juni. So wahr wir hier sitzen."

Ich sah sie an, aber ich wusste nicht so recht, was ich dazu sagen sollte.

„Begreifst du, was dort in West Virginia los ist?"

„Ich glaub schon."

Papa kniete noch immer neben ihr, aber er hatte den Kopf weggedreht und kaute auf seinem Daumennagel rum.

„Sag mir, was du weißt."

„Dass er nicht mein richtiger Papa ist. Dass ich aus Dogwood in West Virginia komme und dass meine Mama und vielleicht auch mein Papa dort sind."

In ihren Augen blitzte es auf, als ob sie überrascht wäre über das, was sie da hörte. „Und weiter?"

„Die meinen, dass mich der Typ mit dem gruseligen Gesicht entführt hat."

Sie nickte und umarmte mich noch einmal. Papa hatte dem Sessel den Rücken zugekehrt. Er starrte aus dem Fenster. Wieder war es still im Zimmer, bis auf das Gerede der Nachrichtensprecherin. Dann kam eine Werbung über ein Mittel gegen Haarausfall, das von vielen Männern mit Erfolg verwendet wird.

„Wir müssen nach Dogwood“, sagte Papa schließlich. „Ich muss dich dorthin zurückbringen.“

„Echt?“, fragte ich und setzte mich gerade hin.

Mrs Linderman zuckte zusammen, und da merkte ich, dass ich ihr meinen Ellbogen in die Seite gerammt hatte. Ich entschuldigte mich bei ihr.

„Wir machen uns gleich morgen früh auf den Weg.“

Vielleicht konnte Mrs Linderman in meinem Gesicht etwas lesen, weil sie mich anlächelte und mich noch einmal umarmte. „Möchtest du das denn? Dorthin zurückfahren und deine Familie finden?“

Ich nickte. „Ja, mehr als alles andere.“ Und dann sah ich den Ausdruck in den Augen meines Papas. „Aber ich kann doch trotzdem bei dir bleiben, oder? Deine Familie wohnt doch auch dort, oder?“

Er starrte mich bloß an, als ob ich die Antwort auf diese Fragen wüsste. Plötzlich lief es mir kalt den Rücken runter, aber ich tat so, als würde ich nichts merken.

„Wir sollten jetzt gehen“, sagte er zu mir.

Die alte Dame zog ihre Handtasche vom Rollstuhl runter und suchte darin herum. Sie holte ein kleines Bündel Geldscheine raus und drückte sie meinem Papa in die Hand. Er wollte das Geld nicht annehmen, aber sie schimpfte ihn aus wie einen kleinen Jungen. „Jetzt geben Sie endlich Ruhe. Das ist für Sie beide.“

„Ich kann nicht noch mehr von Ihrem Geld annehmen“, sagte er.

„Ich hab noch genug. So, und jetzt verschwinden Sie.“ Sie packte seine Hand und sah ihn an, als wäre er ihr eigener Sohn. „Sie sind ein guter Mensch, John. Ich bin stolz darauf, Sie kennen zu dürfen.“ Dann drehte sie sich zu mir um. „Pass gut auf ihn auf, hörst du?“

Ich nickte bloß und umarmte sie ganz fest.

Als wir gingen, nahm ich Papas Hand. Wir stiegen in das Wohnmobil und fuhren zur Autobahn. Als wir an einem Schnellimbiss vorbeikamen, hielt Papa an und kaufte mir von dem Geld der alten Dame einen großen Eisbecher. Dann fuhren wir weiter. Ich saß auf dem Beifahrersitz, und wir beide hörten auf das singende Geräusch der Reifen auf der Straße.

Ich war froh, dass ich mich nicht mehr verstecken musste und wir zusammen sein konnten, auch wenn mein Papa nichts sagte.

Ich hatte einen Haufen Fragen, aber ich merkte, dass jetzt nicht der Zeitpunkt war, sie zu stellen.

„Bist du müde?“, fragte er, als ich meinen Mund aufriss und laut gähnte.

„Nein, ich bin putzmunter.“

„Warum kletterst du nicht hoch und kriechst ins Bett?“

„Wie weit fahren wir noch?“, wollte ich wissen.

„So lange, bis ich müde werde. Wir haben noch genug Benzin im Tank.“

„Ist dir dann nicht langweilig?“

„Nein. Beim Fahren kann ich gut nachdenken.“

„Worüber denkst du denn nach?“

„Was ich als Nächstes machen soll.“

„Und was machst du als Nächstes?“

„Deshalb will ja fahren und nicht reden, kleiner Quasselkäfer.“

Ich musste kichern. Er nannte mich immer so, wenn ich zu viele Fragen stellte. Ich schnallte mich ab und kroch hinter den Fahrersitz. Papa klopfte mir auf den Rücken, als ich an ihm vorbeikam. „Träum was Schönes. Wir sehen uns, wenn du aufwachst.“

Wir haben uns angewöhnt, mit ausgestreckten Händen gegenseitig unsere Fingerspitzen zu berühren. Papa macht das immer abends vor dem Schlafengehen. Wenn ich Angst bekomme und er in seinem Bett liegt, dann streckt er die Hand aus. Ich weiß, dass das irgendwie blöd klingt, aber es hat auch was Tröstliches, wenn man einfach die Hand nach jemandem ausstreckt, den man lieb hat.

Ich drehte mich um und umarmte ihn. Dann gab ich ihm einen Kuss auf die Wange. Er sah plötzlich so traurig aus, dass ich am liebsten was dagegen gemacht hätte.

„Glaubst du immer noch, dass das mit ihrem Sohn deine Schuld war?“, fragte ich schließlich. „Du konntest doch nichts dafür, dass er umgebracht wurde. Das waren doch die bösen Leute, die auf ihn geschossen haben."

Er nickte. „Vom Kopf her weiß ich das. Aber manche Dinge hat man einfach in sich und kriegt sie nicht raus."

„Willst du mich auch aus deinem Kopf raus haben?"

Papa drehte sich zu mir um und hielt meinen Blick fest. Da war es mir so klar, dass er kein Wort zu sagen brauchte. Aber ich bin froh, dass er es trotzdem gemacht hat. „In meinem Leben gibt es viele Dinge, die ich bedaure. Aber du gehörst nicht dazu. Du bist das Beste, was mir je passiert ist, Junikäfer. Und wenn ich es noch einmal machen könnte, würde ich dich wieder mitnehmen."

Ich legte ihm noch einmal von hinten die Arme um den Hals. Dann ging ich in mein Bett und versuchte, die Krümel wegzuwischen, die ich dort oben zurückgelassen hatte. Ich hatte noch nicht allzu viel herausgefunden, aber eins war mir klar: Dort unten saß ein Mensch, der mich wirklich lieb hatte. Auch wenn man viele Fragen hat, ist es gut, so etwas zu wissen.

Kurz danach schloss ich die Augen und fiel in einen tiefen Schlaf.

*

Wir standen auf einem Hügel und sahen von dort aus in ein kleines Tal. Um uns herum waren zerklüftete Felsen. Es war irgendwo im Westen, weil es nichts anderes gab als verdorrte Sträucher und Felsblöcke und ein paar Bäume in der Ferne. Er stand da und hatte sich den Hut tief ins Gesicht gezogen. Das macht er immer, wenn er draußen ist.

„Komm schon, nimm es."

„Ich will aber nicht."

„Früher oder später wirst du es lernen müssen."

„Ich will aber nicht."

Meine Stimme hatte diesen quengeligen Ton, den er nicht mag. „Quengel nicht rum", sagt er immer. Ich versuche, mich zusammenzureißen, aber manchmal klappt das nicht, und dann muss ich einfach quengeln. Plötzlich hörte ich das leise Kläffen eines Hundes. Ich habe ihn vielleicht schon eine Million Mal gefragt, ob ich einen Hund haben kann. Es hat gar keinen Zweck, ihn um eine Katze zu bitten. Zu manchen Leuten passen Hunde, und zu manchen passen Katzen. Zu ihm passen keine Katzen.

Der junge Hund hatte ein wuscheliges, schwarzes Fell. Er rannte auf mich zu. Dabei wedelte sein Schwänzchen wild, und er legte die Ohren zurück. Seine Augen waren sanft und freundlich. Ich wollte ihn an mich drücken und nie mehr loslassen. Er schnupperte an meinen Füßen und leckte mir die Hand. Dann lief er den Hügel herab. Ich folgte ihm mit den Augen, in denen Tränen standen. Aber ich musste kichern, weil er so witzig aussah und ich so glücklich war.

„Eines Tages musst du lernen, auf ein Tier zu schießen", sagte er. „Warum probieren wir es nicht jetzt?"

Ich hasse Gewehre, weil man damit tötet. Ich werde nie mit einem Gewehr schießen.

Seine Augen bekamen diesen leeren Blick, den er immer hat, wenn er darüber redet, dass wir woanders hinfahren müssen, weil es bald Winter wird. Ich weiß nicht, warum er das macht, aber ich glaube, es ist mir egal, weil es so viel Spaß macht, mit ihm herumzureisen.

Er starrt in die Ferne, und dann sagt er: „Gewehre sind nicht nur zum Töten da, sondern auch zum Beschützen."

Ich wusste, was er damit sagen wollte, aber trotzdem wollte ich kein Gewehr in die Hand nehmen.

Er pfiff leise vor sich hin. Der kleine Hund folgte schnuppernd einer Spur. Das Hündchen schien sich nicht entschließen zu können, wo es weiterging. Es lief wie wild hin und her. Das sah so komisch aus, dass ich es am liebsten gefilmt hätte.

„Das Leben ist eine Abfolge von Entscheidungen, Junikäfer. Manchmal musst du überlegen, was gut ist, und dann entscheiden, was besser ist. Es ist vielleicht gut, wenn du sagst, dass du nie mit einem Gewehr schießen willst. Aber besser ist es, wenn du im Notfall weißt, wie du mit einem Gewehr umgehen musst."

„Ich weiß nicht, was du mir sagen willst. Ich will nicht mit dem Gewehr schießen."

Wieder starrte er in die Ferne. Ich habe an ihm noch nie diesen starren Blick gesehen. „Nimm das Gewehr in die Hand, Junikäfer." Er sagte es leise, fast flüsternd. Es lief mir kalt den Rücken runter. „Jetzt sofort."

Ich verdrehte die Augen und nahm das Gewehr in die Hand. Es war schwer. Ich wusste nicht, wie ich dieses Ding halten sollte, und schon gar nicht, wie ich damit schießen sollte. Plötzlich war das Gewehr oben. Ich sah auf den kleinen Hubbel am Ende des Laufs, aber ich wusste nicht, was ich jetzt machen sollte.

Er legte seine Hände unter meine, um mir zu helfen. „Du musst Kimme und Korn auf eine Linie bringen und dann zielen. Du solltest aber nur dann auf etwas zielen, wenn du bereit bist, es auch zu treffen."

Ich ließ das Gewehr sinken, als ich sah, dass er es auf den Hund gerichtet hatte. „Nimm das Gewehr weg."

„Nein. Halt es jetzt hoch."

Ich packte es, aber meine Arme begannen zu zittern. In meinen Augen spürte ich die ersten Tränen. „Zwing mich nicht, auf ihn zu schießen. Bitte."

„Hör auf zu quengeln und hör mir zu."

„Bitte."

„Hör auf."

Er schob das Gewehr ein Stückchen nach rechts und richtete es auf das hohe Gras zwischen den Bäumen. Plötzlich entdeckte ich, wie sich dort etwas bewegte. Dann sah ich zwei Augen, eine lange Schnauze und spitze Ohren.

„Siehst du das?"

„Was ist das?"

„Das spielt keine Rolle. Es hat Hunger, und dort läuft eine warme Mahlzeit herum."

„Nimm du das Gewehr und erschieß das Tier."

„Nein. Du zielst jetzt, und dann drückst du ab."

„Nein, bitte nicht."

„Willst du, dass dieser Kojote den kleinen Hund auffrisst?"

„Nein, aber bitte schieß du."

Er ließ das Gewehr los. Der Lauf zeigte nach unten.

Mein Herz raste, als ich zusah, wie der kleine Hund auf das hohe Gras zulief. „Er rennt direkt auf das Tier zu!"

„Dann ziel und drück ab."

„Und was ist, wenn ich den kleinen Hund treffe?"

„Ziel und drück ab, Junikäfer."

Ich hob das Gewehr hoch, aber ich konnte den Kojoten nicht mehr sehen.

Plötzlich waren seine starken Hände unter meinen. Er war hinter mir. Ich konnte seinen Atem auf der Schulter spüren. Sein Gesicht war ganz nah an meinem Kopf. Ich sah, wie das Tier plötzlich aus dem Gras hochsprang. Mit seinem Zeigefinger drückte er meinen Finger auf den Abzug, und dann noch einmal. Ich hörte zwei Mal ein kurzes Knacken.

Vor dem Kojoten spritzte Sand in die Höhe. Er erstarrte und sah uns an. Dann fiel er hin. Er zuckte kurz, und dann lag er ganz ruhig da, wie ein Stück Fell im Gras. Der kleine Hund bellte laut, als er auf uns zu rannte. Dann blieb er stehen, sah zurück und bellte noch lauter.

„Du hast ihn erschossen", sagte ich. „Ich wollte ihm bloß Angst einjagen."

„Manche Lebewesen musst du töten, denn wenn du mit ihnen rumspielst, töten sie dich."

Der kleine Hund kroch auf meinen Schoß, und ich hielt ihn ganz fest. Papa stand auf und ging zum Wohnmobil zurück. Ich folge ihm mit dem Hündchen in den Armen. Der Kleine wand sich hin und her, leckte mir die Hände und trat mit den Pfoten nach mir.

Als ich ihn wieder auf den Boden setzen wollte, fiel mein Blick noch einmal auf das Tal. Ich sah den Kojoten. Er hob den Kopf und grinste. Dann sagte er etwas, ob du es glaubst oder nicht. Die geflüsterten Worte wehten über das ausgedörrte Land. Der Wind trug sie zu mir herüber, aber ich konnte sie nicht verstehen. Dann legte der Kojote den Kopf wieder ins Gras und bewegte sich nicht mehr.

Kapitel 16

Sheriff Harry Preston war gerade nach Hause gekommen. Auf dem Tisch warteten schon ein knuspriges Grillhähnchen, selbst gebackene Brötchen und ein Krautsalat auf ihn, als sein Handy klingelte. Er mochte dieses Ding nicht besonders, und schon oft hätte er am liebsten das Fenster seines Streifenwagens heruntergerollt und das Mobiltelefon rausgeschmissen. Seiner Meinung nach war das Handy eine Erfindung von Ehefrauen, die ihre Männer kontrollieren wollten.

„Lass es doch einfach klingeln", sagte seine Frau Mabel. „Du arbeitest zu viel. Jetzt iss erst mal was."

Mabel Preston war eine herzensgute Frau. Sie war klein und stämmig; ein paar schwarze Strähnen waren noch sichtbar im Grau ihrer Haare. Ihr kräftiges Kinn ließ ihr Gesicht entschlossen wirken. Das Zusammenleben mit ihr schien Preston manchmal wie ein wahrer Marathon an Problemen zu sein. Es gab Probleme mit ihrer Tochter, Probleme mit der Arbeit. Als seine Eltern älter und gebrechlicher wurden, hatte Mabel ihm angeboten, dass seine Eltern zu ihnen ziehen könnten, damit sie sie pflegen konnte. Als seine Eltern tot waren, wurde bei ihrer Mutter Alzheimer festgestellt. In den letzten sechs Jahren ihres Lebens hatte sie ebenfalls bei ihnen gewohnt.

Wenn sie gefragt wurden, wie ihre Ehe die vielen Jahrzehnte überstanden hatte, meinte Preston immer, das sei der Verdienst seiner Frau. „Sie hat jede Menge Geduld und ist nachsichtig mit jedem", sagte er dann immer, und das war die Wahrheit. Ihre Nachsicht und Vergebungsbereitschaft kannte keine Grenzen. Er hatte von anderen gehört, dass sie jeden Mittwochabend die Mitglieder ihrer kleinen Kirchengemeinde dazu anhielt, dafür zu beten, dass ihr

Mann zu Gott fand. Aber sie gehörte nicht zu diesen moralpredigenden Christen, die sich für etwas Besseres halten als alle anderen und die, die ihren Glauben nicht teilen, gleich in der Hölle schmoren sehen. Der Glaube seiner Frau war so leise und unaufdringlich, dass er manchmal deutlicher sprach als jede Predigt.

Manchmal hatte er deswegen ein schlechtes Gewissen. Es ist eine Sache, wenn man die Leute anpredigt, aber es ist etwas anderes, wenn man in seiner Bibel jeden I-Punkt und jedes Komma kennt und sogar einen Zeugen Jehovas in Grund und Boden diskutieren kann, aber trotzdem jeden Menschen liebt, selbst wenn er anderer Meinung ist als man selbst.

Preston hatte miterlebt, wie sie sich um den Sohn eines Gemeindemitglieds gekümmert hatte. Der junge Mann hatte sich vom Glauben abgewandt und führte ein ziemlich wildes Leben. Seine Mutter erwähnte ihn immer wieder in der Gebetskette, die häufigen Besuche in den Bars für Homosexuelle und seine ständig wechselnden Partner, bis er an AIDS erkrankte und wieder bei seinen Eltern einzog. Da war er bereits von der tödlichen Krankheit gezeichnet. Als es mit ihm zu Ende ging, brauchte er rund um die Uhr Pflege. Obwohl die Leute in ihrer Kirchengemeinde den Lebensstil des jungen Mannes nicht gutgeheißen hatten, besuchte Mabel ihn viele Monate lang jeden Tag. Sie kümmerte sich um ihn wie um einen eigenen Sohn und sprach bis zu seinem Tod mit ihm über die Liebe Gottes, über Vergebung und den Weg zurück zu Jesus. Bei der Beerdigung hätte man meinen können, sie sei die Mutter des Jungen, weil sie so viele echte Tränen vergoss. Ein solcher Glaube hielt allen Gegenargumenten stand. Trotzdem nutzte Preston jede Gelegenheit zur Diskussion mit seiner Frau.

Er holte das vibrierende Handy aus der Brusttasche seines Hemdes und warf einen Blick auf das Display. Vielleicht war es Mike. Aber es erschien eine unbekannte Telefonnummer. „Preston."

Am anderen Ende war nichts zu hören außer einem laufenden Fernseher im Hintergrund.

„Hallo?“

Eine heisere Stimme begann zu sprechen, immer wieder unterbrochen von rasselndem Husten. Prestons Stellvertreter hatte mit Walkers Mutter gesprochen, aber die Frau hatte keine weiteren Informationen für sie. Der Sheriff hatte deshalb keine Ahnung, wer der unbekannte Anrufer war.

„Ich weiß, wo der Typ ist. Der, den Sie suchen.“

„Woher haben Sie meine Handynummer?“

„Von Ihrem Stellvertreter. Warum?“

Preston schüttelte bloß den Kopf. „Also gut. Wo ist er?“

„Ich hab letzte Nacht gehört, wie hier ein Auto vorbeigefahren ist.“

„Wo ist ‚hier‘?“

Er hörte kurz zu. Zunächst wollte er einen Kugelschreiber zücken, aber dann schloss er die Augen und folgte der Wegbeschreibung im Geiste. Er kannte den Ort genau, weil er als Kind oft dort gewesen war.

„Wissen Sie, wo das ist?“, fragte die krächzende Stimme.

„Ja, ich kenne die Gegend.“

„Gibt es eine Belohnung, wenn Sie ihn finden?“

„Für Sie sollte es Belohnung genug sein, dass Sie geholfen haben.“

Er klappte das Telefon zu und schob seinen Stuhl vom Tisch weg, nicht ohne einen bedauernden Blick auf das Grillhähnchen zu werfen. Mabel gelang es immer viel besser als im besten Restaurant, und den Krautsalat machte sie mit genau der richtigen Menge Mayonnaise, damit die Sauce nicht über den ganzen Teller lief und die Brötchen aufweichte.

„Du musst doch nicht gleich wieder los!“, sagte sie. „Iss doch wenigstens ein kleines Stück von dem Hähnchen. Oder schick Mike hin.“

„Wenn ich erst mal anfange zu essen, kann ich nicht aufhören. Dein Grillhähnchen hat eine seltsame Wirkung auf einen Mann.“

Mabel lächelte, als er aufstand und um den Küchentisch herumging. Dann starrte sie auf ihren leeren Teller.

Er legte ihr eine Hand auf die Schulter. „Kannst du es für mich warm halten?"

„Ich stell den Krautsalat in den Backofen."

Er reagierte mit einem leisen Auflachen und strich ihr sanft über den Rücken. Wenn sie sich über ihn ärgerte, wurde sie sarkastisch. Das machte sie verwundbar, aber gleichzeitig sympathisch. „Ich bin bald wieder zurück. Du kannst ruhig auf mich warten."

Als er hinter ihr stehen blieb, drehte sie sich um. Ihre Augen blickten müde und schmerzerfüllt. „Ich hab an das kleine Mädchen denken müssen", sagte sie schließlich. „Meinst du, dieser Typ hat ihr etwas angetan?"

„Ich bin mir nicht sicher. Und ich weiß auch nicht, ob es überhaupt eine Rolle spielt. Alles kommt irgendwann mal ans Licht, auch die Wahrheit. Und ich will endlich die Wahrheit rausfinden."

„Wenn er tatsächlich etwas mit dem Verschwinden der Kleinen zu tun hatte, wird er sich fühlen wie eine in die Enge getriebene Ratte. Dann wirst du ihn wohl kaum lebend finden."

„Vielleicht ist er aus diesem Grund geflohen. Aber vielleicht hat ihm auch bloß das Verhör ein bisschen Angst gemacht. Mach dir keine Gedanken ..."

„Die mache ich mir aber. Schließlich bist du nicht mehr der Jüngste."

„Das ist nun mal so, wenn man mehr als fünfzig Jahre auf dem Buckel hat."

„Harry, das ist kein Spaß. Du solltest um Verstärkung bitten, um diesen Kerl wieder einzufangen. Dann kannst du ihn auch fragen, was er mit der Kleinen gemacht hat." Sie drehte sich wieder zum Tisch um und bewegte ihre Hände auf der Tischplatte nervös hin und her. „Ich will dich nicht verlieren", fügte sie hinzu. Plötzlich klang ihre Stimme verzagt wie die eines kleinen Mädchens.

„Du wirst mich nicht verlieren. Jetzt mach dir mal keine Gedanken. Wir haben so etwas doch schon oft erlebt, und es hat dir nie was ausgemacht."

„Ich hatte letzte Nacht einen Traum."

„Ich muss jetzt gehen."

„Ich war bei deiner Beerdigung. Und alle haben gesagt, was für ein guter Mensch du warst."

„Na, das ist ja mal eine gute Nachricht." Er beugte sich vor und gab ihr einen Kuss auf die Stirn. „Es wird schon alles gut gehen. Wir bringen ihn zurück aufs Revier und kriegen raus, was damals wirklich passiert ist. Irgendwas passt da nicht zusammen, und ich will endlich wissen, was."

„Wenn du ihn für unschuldig hältst, kann diese Sache doch warten, oder nicht?"

„Ich habe nicht gesagt, dass er unschuldig ist. Ich meine nur, dass das Ganze keinen richtigen Sinn ergibt. Er weiß mehr, als er erzählt. Und er ist abgehauen. Das macht ihn verdächtig."

„Und wenn er eine Pistole hat? Vielleicht hat er ein Verbrechen begangen, von dem ihr noch nichts wisst."

„Wenn das der Fall ist, finde ich es raus und leite die entsprechenden Maßnahmen ein. So, jetzt muss ich aber wirklich ..."

„Ich will dich nicht verlieren wegen so einem Nichtsnutz."

Preston griff nach der Türklinke und öffnete die Tür. „Du sagst doch immer, dass in Gottes Augen jeder Mensch wertvoll ist."

„Das stimmt ja auch, aber das heißt nicht, dass jeder Mensch das Recht hat, meinen Mann umzubringen."

Er setzte sich den Hut auf und betrat die vordere Veranda. „Halt du nur den Krautsalat warm, und du wirst sehen, ich bin zurück, bevor der Kuchen fertig ist."

Als er im Streifenwagen saß, beobachtete Preston seine Frau durch das Fenster. Sie strich sich mit der einen Hand über die andere, als ob sie die Haut glätten wollte.

*

Sheriff Preston traf Mike auf dem Parkplatz des Schnellimbiss an der Autobahn 60. Als Mike in den Streifenwagen stieg, hatte er eine Menge Fragen an seinen Chef. Er wollte wissen, wer der Anrufer war, was er zu sagen gehabt hatte und wohin sie fuhren.

Preston suchte den Parkplatz und die Straßen mit den Augen ab, ohne auf die Fragen seines Stellvertreters einzugehen. „Ist Ihnen einer von diesen Reportern gefolgt?"

„Nein, ich habe mich rausgeschlichen."

„Haben Sie mit jemandem über unseren Einsatz gesprochen?"

„Nein, noch nicht mal mit meiner Frau."

Schweigend fuhr Preston auf die nächtliche Straße. In Gedanken spielte er alle möglichen Szenarien durch. Die Fenster auf der Fahrer- und Beifahrerseite waren offen, weil er eine Abneigung gegen die Klimaanlage hatte. Zunächst bog er in verschiedene Seitenstraßen ab. Er wollte sicher sein, dass ihnen niemand folgte. Dann fuhr er in östlicher Richtung auf die Autobahn 60, bis sie in Dogwood an der alten Grundschule vorbeikamen.

In seiner Kindheit hatte Preston mit seiner Familie in dem Ort gewohnt, bis sie schließlich in die Gegend von Huntington gezogen waren. Sein Vater war oft mit ihm zusammen in dem Gebäude aus roten Klinkersteinen gewesen, als er ein kleiner Junge war. Er nannte das Geschäft den „Futterladen", obwohl auf dem Schild vorne etwas anderes stand, nämlich *Landwirtschaftliche Maschinen Dogwood*. An diesem Ort mischten sich die Gerüche von frisch gemahlenem Mais, Zuckerrübensirup, Heu und neuen Maschinen. Sein Vater erlaubte ihm dann immer, sich aus dem Kühlschrank eine Flasche Limonade und einen Schokoriegel zu holen.

Als sie an der Stelle vorbeifuhren, an der sich heute ein kleines Einkaufszentrum befand, mit einem Nagelstudio und einer Reinigung, hatte er den Nussgeschmack des Schokoriegels und die perlende Süße der Limonade auf der Zunge. Es war wie ein Gruß aus der Vergangenheit.

Jetzt kamen sie wieder, die Erinnerungen. Sie überraschten ihn wie die Fluten aus einem gebrochenen Staudamm. Vor seinem geistigen Auge sah er seine Kindergärtnerin, wie sie auf dem Fußgängerüberweg von einem Auto überfahren wurde. Er sah Flammen und hilflos um ein brennendes Haus herumstehende Menschen. Er hörte noch einmal den schrillen Schrei der Mutter, deren Kinder vom Feuer eingeschlossen waren. Dann, wie ein alter Hund einen Hang herunterrannte, auf die Straße. Er sah, wie ein Auto kurz abbremste und dann weiterfuhr. Der Hund – sein eigener Hund – lag leblos und mit heraushängender Zunge auf der Straße.

„Meinen Sie, er ist bewaffnet?", fragte Mike.

„Vielleicht ist er betrunken, und wenn er eine Schusswaffe hat, wird er wohl auf alles ballern, was sich bewegt. Wir wollen nur mit ihm reden und ihn nicht unter Druck setzen. Verstanden?"

„Ja, klar."

Sie fuhren in die immer dunkler werdende Nacht hinein. Das Licht vom Armaturenbrett fiel auf ihre Gesichter. Als sie an einem Restaurant vorbeifuhren, wandte sich Mike an seinen Chef: „Haben Sie schon mal in diesem Lokal gegessen? Ich hab noch nie so gute Grillhähnchen probiert, und man kriegt dort so viel Fisch, Hackbraten, Krabben wie man will."

„Wie machen Sie das nur, so viel zu essen und dabei so auszusehen?", wollte Preston wissen. Der Junge war nur Haut und Knochen. Wahrscheinlich musste er unter der Dusche von Strahl zu Strahl rennen, um nass zu werden.

„Na ja, ehrlich gesagt, Sheriff, ich kann essen, was und wie viel ich will und nehme nicht zu. Mein Vater hat immer gesagt, dass ich einen Stoffwechsel hab wie ein Eichhörnchen."

„Ich fürchte, er hat recht."

„Meine Frau dagegen muss wirklich aufpassen. Sie steht immer vor dem Spiegel und fragt sich, ob sie sich den Bananensplit zum Nachtisch wirklich leisten kann."

„Sie ist ein hübsches Ding", erwiderte Preston. „Hoffentlich sagen Sie ihr das auch oft genug."

„Ich sage ihr dauernd, dass sie hübsch aussieht und so. Sie weiß einfach, dass ich sie liebe."

„Das ist nur ein kleiner Tipp von mir. Sie meinen, dass sie weiß, was in Ihrem Kopf vor sich geht. Aber solange Sie ihr das nicht sagen, weiß sie es nicht wirklich."

„Woher haben Sie denn diese Weisheit?"

„Wenn das hier vorbei ist, gehen Sie nach Hause und fragen Sie Ihre Frau."

„Was soll ich sie denn fragen?"

„Fragen Sie Ihre Frau, was Sie tun können, damit sie weiß, wie sehr Sie sie lieben. Dann werden Sie ja hören, was sie sagt."

Mike grübelte über die Worte seines Chefs nach, bis sie eine Schotterstraße erreichten. Wieder wurde Preston langsamer. „Und wie machen Sie das? Wie sagen Sie Ihrer Frau, dass Sie sie lieben?"

Preston stellte die Scheinwerfer ab und parkte das Auto am Straßenrand. Der Mond stand hoch über ihnen und tauchte die Bäume in ein kaltes, weißes Licht. „Ich hab nicht gesagt, dass ich das mache, aber ich weiß, dass sie das braucht."

Mike musste lachen. Die beiden Männer schwiegen, während der Motor mit einem leisen Klicken abzukühlen begann. Jetzt hörten sie das Zirpen der Grillen und andere nächtliche Geräusche. In der Nähe rauschte ein Bach.

„Wenn ich mich richtig erinnere, liegt die Hütte etwa hundert Meter rechts von uns. Wenn Sie den Bach überqueren und hinter der alten Eiche über den Kamm des Hügels laufen, können Sie sich von hinten anschleichen."

„Und was machen Sie?"

„Ich gehe auf der Straße weiter bis zum Eingang. Dann mach ich einen Krawall, als ob die Hütte von fünfhundert Polizisten umstellt wäre. Wenn er durch die Hintertür fliehen will, können Sie ihn abfangen." Preston sah seinem Stellvertreter in die Augen. „Sie verhalten sich ruhig, bis er losrennt. Verstanden?"

„Und wenn er um sich schießt?"

„Dann haben wir ein Problem, stimmt's?"

„Ich glaub schon. Wollen Sie Funkstille?"

Preston nickte. Der Junge redete immer so, als ob sie

sich auf einem Militäreinsatz befanden, aber er merkte, dass das bloß aus Nervosität geschah. „Klar. Stellen Sie Ihr Funkgerät ab. Ich halte Ausschau nach Ihnen. Wenn Sie Ihre Zielposition erreicht haben, geben Sie mir Leuchtzeichen mit Ihrer Taschenlampe.“

Kapitel 17

Ich wurde wach, als ich das Zischen von Luftdruckbremsen hörte und ein helles Licht durch das Schiebedach drang. Da wusste ich, dass wir an einer Tankstelle waren. Wenn man auf der Straße lebt, weiß man so manches, zum Beispiel, wie es sich anfühlt, wenn man eine Brücke überquert oder wenn man nachts im Dunkeln unterwegs ist.

Als ich merkte, dass wir an einer Tankstelle waren, dachte ich sofort daran, meinem Papa (obwohl ich ja jetzt wusste, dass er nicht mein richtiger Papa war) von dem Traum zu erzählen. Er ging mir nicht aus dem Kopf. Es war genauso wie damals, als ich Läuse hatte und meine Haare abrasiert werden mussten. Wir mussten das ganze Wohnmobil auswaschen und sogar meine Matratze wegschmeißen.

Damals hatte eine Familie ihr Wohnmobil neben uns geparkt, und ich war oft drüben und habe mit dem Mädchen gespielt. An ihren Namen kann ich mich nicht mehr erinnern. Sie hatte so eine schöne kleine Spielküche mit Töpfen und Pfannen und allem Drum und Dran. Wir spielten Hausfrau und taten so, als ob wir für unsere Familie Essen kochen würden. Kurz bevor mir die Haare abrasiert wurden, habe ich bei dem Mädchen ein Mittagsschläfchen gemacht. Vielleicht sind wir deshalb so schnell aufgebrochen.

In der Ferne hörte ich eine Sirene, die immer lauter wurde. Dann konnte ich im Schiebedach rote und blaue Lichter sehen. Das Polizeiauto fuhr auf die Autobahn und raste davon. Die Sirene wurde immer leiser, und ich hörte, wie die Fernfahrer miteinander redeten und lachten.

Eine Raststätte in der Nacht muss wohl zu den einsamsten Orten auf Erden gehören. Man bekommt dort zwar alle Getränke, die man will, und alle möglichen Arten von Kuchen oder Sandwichs oder Hotdogs, aber die Leute, die nachts an einer Tankstelle arbeiten, haben immer so traurige Augen. Außerdem finde ich, dass alles, was man dort kauft, nach Rauch riecht. Ich gehe in der Nacht nicht gern in eine Tankstelle rein, weil es irgendwie gruselig ist. Aber manchmal muss ich auf die Toilette, und dann geht mein Papa mit mir.

Wenn ich einschlafe, stellt Papa das Radio an und fährt weiter. Einmal habe ich diese Ärztin gehört, die man anrufen kann, und dann bekommt man von ihr einen guten Rat. Sie hat was Interessantes über Eltern gesagt, nämlich dass die Eltern nicht unbedingt diejenigen sein müssen, die ein Kind geboren haben. „Jeder kann ein Samenspender sein oder ein Kind gebären, aber um *wirklich* ein Vater oder eine Mutter zu sein, braucht man Liebe."

Ich weiß nicht, was ein Samenspender ist, aber ich glaube, sie wollte damit sagen, dass die Leute, die einen Menschen lieben und für ihn sorgen, wirklich zählen im Leben. Vielleicht nenne ich meinen Papa deshalb immer noch Papa, obwohl er nicht mein richtiger Vater ist.

Ich drehte mich zur Bettkante und wollte gerade den Vorhang aufziehen, als ich ein Geräusch hörte. Die Tür des Wohnmobils ging auf. Zuerst dachte ich, dass es mein Papa war, aber da sah ich einen Mann und eine Frau. Die beiden flüsterten sich was zu.

„Das ist genau richtig", meinte der Typ. „Hier hinten ist ein großes Bett."

„Das ist ein ganz schönes Dreckloch", erwiderte die Frau.

„Egal – wir kommen damit weg von hier."

Ich war mucksmäuschenstill. Ich versuchte, ganz flach zu atmen und mich nicht zu rühren. Mein Papa hat den Vorhang aufgehängt, damit ich meine Ruhe haben kann. Es ist zwar nur ein Stück Stoff, aber wenn ich ihn zuziehe, fühle ich mich wie in meiner eigenen kleinen Welt. Ich hatte am Abend vor dem Einschlafen den Vorhang zugemacht, aber durch den Schlitz in der Mitte konnte ich gucken. Das Licht von draußen fiel auf den hinteren Teil des Wohnmobils, und so sah ich in dem Dämmerlicht ihre Gesichter. Der Typ war ziemlich groß. Er hatte die Ärmel von seinem T-Shirt abgeschnitten und auf beiden Armen Tätowierungen. Ich konnte die Muster aber nicht erkennen. Er hatte kurze Haare und trug zerrissene Jeans. Der Rucksack, den er über eine Schulter geworfen hatte, sah ganz schön schwer aus. Es gab einen dumpfen Schlag, als er ihn an der Tür zur Toilette abstellte. Dann holte er etwas heraus.

Die junge Frau war sehr dünn. Sie sah aus wie das Kleinste in einem Wurf junger Hunde. Ich konnte ihre Wangenknochen spitz hervorstehen sehen. Ihre Arme waren so dünn wie zwei Besenstiele, und ihr Haar war so zerzaust, dass es aussah wie ein Vogelnest. Sie hatte wohl nie gelernt, eine Haarbürste zu verwenden. Irgendwie tat sie mir leid. Sie hätte bestimmt ganz hübsch ausgesehen, wenn sie mal ein Bad genommen hätte und zum Friseur gegangen wäre.

Sie trug einen Koffer, der sicher fast so viel wog wie sie selbst. Das Pärchen wirkte nervös. Der Typ ließ hinten sogar die Rollos runter, und dann zog er vor den anderen Fenstern die Vorhänge zu.

„Ich glaube, das ist er“, flüsterte die Frau und deutete auf den vorderen Teil des Wohnmobils.

„Geh nach hinten“, sagte der Typ. Seine Stimme klang barsch, und die Frau huschte schnell weg. Dieser Typ war richtig fies, und er war wohl daran gewöhnt, dass andere Leute machten, was er sagte.

Die Tür ging auf, und das Wohnmobil senkte sich auf der Fahrerseite, als Papa einstieg. Als er den Zündschlüssel ins Schloss steckte und umdrehte, ertönte ein Summer. Der Motor sprang an. Dieses Motorengeräusch gehört für mich zu den schönsten Geräuschen der Welt – vielleicht deshalb, weil ich weiß, wie es ist, wenn der Motor nicht anspringt.

Der Typ duckte sich, um sich zu verstecken. Am liebsten hätte ich laut geschrien, um Papa zu warnen, aber ich hatte Angst, dass das vielleicht ins Auge gehen könnte. Aber dann spielte das keine Rolle mehr, weil Papa den Typen entdeckte. Der Mann hielt etwas in der Hand.

„Legen Sie den Gang ein und fahren Sie los. Dann passiert Ihnen nichts", sagte der fiese Typ.

Mein Papa saß wie erstarrt da.

Ich glaube, er dachte an mich. Die junge Frau stellte sich hinter den großen Kerl. Vielleicht habe ich mich hinter dem Vorhang bewegt. Sie sah zu mir hoch und zog den Vorhang weg.

„Ach, guck doch mal, was wir hier haben", gurrte sie.

„Junikäfer?", fragte Papa.

„Ich bin okay", rief ich zurück.

Der große Kerl stand auf. Da sah ich, dass er einen Revolver in der Hand hielt. Dann hörte ich wieder eine Sirene. Der Ton kam rasch näher.

„Wenn Sie jetzt nicht sofort auf die Autobahn fahren, stirbt Ihre Tochter. Fahren Sie endlich los!"

Papa legte den Gang ein. Das Wohnmobil bewegte sich langsam vorwärts. Wir umrundeten ein paar von den großen Brummis, die auf dem Parkplatz für Lastwagen standen.

„Auf der Autobahn fahren Sie nach Westen", sagte der Kerl.

„Junikäfer, komm sofort hier runter", befahl mir Papa.

„Nee, so nicht." Der fiese Typ packte mich am Arm und zerrte mich so schnell runter, dass ich das Gefühl hatte, in einer Achterbahn zu sitzen. Im nächsten Augenblick lagen wir alle auf dem Boden, weil Papa das Lenkrad rumgerissen hatte.

Der Typ richtete den Revolver auf mich. „Versuchen Sie das nicht noch einmal. Wenn ja, wird dieser süße kleine Junikäfer zerquetscht. Haben Sie das kapiert?"

Seine Stimme klang so, als ob es ihm überhaupt nichts ausmachen würde, mich zu erschießen. Genauso gut hätte man ihn fragen können, ob er seinen Hamburger lieber mit Ketchup oder mit Senf wollte. Seine Augen blickten so böse, wie ich es noch nie bei einem Menschen gesehen habe, und ich habe schon eine Menge Böses gesehen. Die Tätowierungen reichten von seinem Handrücken über den ganzen Arm bis hoch zu seinem Hals. Das Muster ringelte sich hoch wie eine Schlange, und ganz oben stand „Todesengel“.

„Au, du tust mir weh!“ Ich warf der dürren Frau einen Blick zu, aber sie kam mir nicht zur Hilfe.

„Ich hab kein Problem damit, die Kleine abzumurksen“, sagte der Typ.

„Lassen Sie die Kleine los, und wir bringen Sie dorthin, wo Sie hinwollen.“

Der Typ sprach durch seine zusammengebissenen Zähne. „Sie kapieren es immer noch nicht, oder?“ Diesmal richtete er den Revolver auf meinen Papa. „Entweder Sie fahren jetzt los oder die Kleine landet im Sarg.“

Ich konnte mich so weit aufrichten, dass ich im Rückspiegel die Augen meines Papas sehen konnte. Er sagt immer, dass dieser Spiegel eigentlich nutzlos ist, weil man damit gar nicht die Straße sehen kann, sondern nur einen kleinen Fleck, wenn die Rollos nicht runtergelassen sind. Aber jetzt war ich froh, dass der Spiegel noch da war.

„Alles in Ordnung mit dir?“, fragte mich Papa.

Ich nickte und wollte aufstehen, aber der fiese Typ drückte mich wieder zurück auf die Bank. Diesmal setzte sich die dünne Frau neben mich und legte mir den Arm um die Schultern.

„Fahren Sie endlich los“, sagte der Kerl.

„Aber wir wollen gar nicht in diese Richtung“, beklagte ich mich. „Wir kommen doch von dort.“

Das Polizeiauto raste zuerst auf uns zu, aber dann bog es auf die Autobahn ab. Die junge Frau lehnte sich zurück. Sie zitterte, als der Streifenwagen vorbeifuhr.

„Alles ist gut“, sagte mein Papa zu mir. Seine Stimme klang immer anders als bei anderen Leuten, wenn er mit mir sprach. „Wir fahren diese beiden dorthin, wo sie hinwollen, und dann machen wir uns wieder auf den Weg.“

Der fiese Typ lachte spöttisch. Das fand ich nicht sehr nett, aber von solchen Leuten kann man wohl nicht viel gutes Benehmen erwarten.

Papa legte den Gang ein und fuhr los. Wir mussten eine Brücke überqueren, um über die Autobahn fahren zu können. Deshalb schloss ich die Augen und begann zu singen.

„Halts Maul!“, sagte der Typ.

Ich hörte auf zu singen und fing an zu summen.

Die junge Frau zog mich an sich. „Was ist denn los?“

„Wir fahren über eine Brücke, und ich hab Angst vor Brücken. Es hilft, wenn ich ein Lied singe.“

„So ein Quatsch“, murmelte der fiese Typ.

„Warum hast du denn Angst vor Brücken?“, fragte mich die junge Frau.

„Ich weiß nicht. Ich hab Angst, dass ich ins Wasser falle.“

„Da unten ist gar kein Wasser“, sagte der Typ.

„Egal. Ich muss trotzdem singen.“ Jetzt merkte ich, wie mir die Luft ausging. Ich fing an zu japsen. Der große Knoten in meiner Brust schnürte mir die Luft ab.

„Dann sing einfach weiter“, sagte die dürre Frau.

Das habe ich dann auch gemacht.

Wieder fuhr ein Polizeiauto an uns vorbei. Papa bog links ab. Endlich ließen wir die Brücke hinter uns. Wir fuhren nach Westen, in die Richtung, aus der wir gekommen waren. Ich fragte mich, ob wir überhaupt jemals in Dogwood ankommen würden.

Plötzlich bemerkte ich diesen seltsamen Geruch. Die beiden stanken nicht nur nach Zigarettenrauch, sondern sie hatten wohl auch vor langer Zeit ihr letztes Bad genommen. Oder vielleicht schleppten sie in diesem Rucksack ein totes Tier herum. Ich wollte sie auf keinen Fall danach fragen. Es war vielleicht gut, dass die junge Frau ihren Arm um mich legte, aber weil ich Angst hatte und auch noch diesen Gestank ertragen musste, fühlte ich mich gar nicht wohl.

Ich rückte von der Frau weg und sagte: „Ich muss wieder ins Bett.“

„Du bleibst hier“, sagte der fiese Typ. Er richtete den Revolver wieder auf mich. Der Typ riss die Tür von unserem Kühlschrank auf, aber er fand dort drin nur ein paar Wasserflaschen und Büchsen mit Corned Beef, Bohnen und Obst. Ich erklärte ihm, dass der Generator schon lange kaputt war. Er reagierte darauf mit einem Achselzucken, nahm sich einen Beutel Chips aus dem Schrank und futterte sie auf.

„Wohin wollt ihr eigentlich?“, fragte ich. Vielleicht war es besser, mit den beiden zu reden. Aber der Typ guckte mich mit einem bösen Blick an. Ich hatte wohl eine falsche Frage gestellt.

„Halt's Maul!“

Ich sah die junge Frau an. Ihre Augen waren ganz rot. „Was ist in dem Rucksack?“, flüsterte ich.

Sie guckte mich gehetzt an. „Das geht dich nichts an.“ Dann legte sie den Zeigefinger auf ihre Lippen. „Sei bloß still.“

Ich habe gehört, dass es einen Frieden gibt, der höher ist als unsere Vernunft, und wir diesen Frieden haben können, wenn wir ihn wollen. Ich glaube an Jesus, und ich weiß, dass er in meinem Herzen wohnt, aber in diesem Moment hatte ich keinen Frieden, weil ich merkte, dass dieser fiese Typ uns ohne Zögern erschießen würde. Manchmal fühle ich mich richtig gut, wenn ich weiß, dass Jesus in meinem Herzen ist. Dann weiß ich, dass er mich immer lieb hat. Aber jetzt fiel es mir schwer, daran zu denken.

„Fahren Sie bloß nicht zu schnell, Schumacher“, sagte der fiese Typ mit einem blöden Grinsen zu meinem Papa. Vielleicht fand er das witzig. „Wir wollen doch nicht, dass die Polizei uns anhält, weil wir zu schnell fahren. Dann muss ich nämlich Sie und Ihre Tochter erschießen.“

Ich strengte mich an, an etwas Gutes zu denken, und so erinnerte ich mich daran, wie ich Jesus Christus kennengelernt habe. Wir waren damals in Florida gewesen, in diesem Wohnmobilpark. In der Nähe war eine große Kirchengemeinde. Überall hingen Plakate mit der Aufschrift „Ferien-Bibelschule“. Und Leute gingen herum und verteilten Einladungen. Ein Mann trug so einen komischen Hut mit einem Moskitonetz, wie auf einer Safari in Afrika. Eine von den älteren Frauen war ganz begeistert von meinem Kleine-Meerjungfrau-Kleid, das ich anhatte. Sie meinte, ich sollte meine Mama fragen, ob ich bei der Ferien-Bibelschule mitmachen dürfte. Sie wusste natürlich nicht, dass ich keine Mama hatte, aber für mich war das kein Problem.

Ich zeigte meinem Papa den Einladungszettel. Er knüllte ihn zusammen und wollte ihn wegwerfen, aber da fing ich an zu heulen. Schließlich sagte er: „Wir wissen doch gar nicht, was das für eine Gemeinde ist."

„Das ist mir egal", erwiderte ich. „Ich will da hingehen. Es fängt morgen an, und die haben gesagt, dass es nichts kostet."

Am nächsten Morgen ging er mit mir dorthin. Mir kam es so vor, als ob ihm das nicht leicht fallen würde. Wir waren schon öfter in kleinen Kirchen gewesen, draußen in der Pampa, aber das hier war eine richtig große Kirche mit hohen, bunten Glasfenstern und einem geteerten Parkplatz. Die Frau am Empfang war auch angezogen wie auf einer Safari, weil Afrika das Thema für diese Woche war. Sie wollten an einem Tag sogar einen echten, lebenden Elefanten auf das Gelände bringen. Als ich das hörte, konnte ich es kaum glauben.

Papa sagte der Frau, was sie über mich wissen wollte. Er erzählte ihr, dass wir auf dem Campingplatz wohnen würden. Obwohl wir nicht so gut angezogen waren wie die anderen, wurden wir nicht wieder weggeschickt. Die Frau machte mir ein schönes Namensschild mit dem Namen „Juni". Dann schenkte sie mir ein brandneues T-Shirt mit einer Giraffe vorne drauf. Ich zog es über mein anderes T-Shirt, weil die Klimaanlage auf vollen Touren lief. Vielleicht hätten sich Pinguine in dieser Kälte ganz wohl gefühlt.

Die Frau am Empfang steckte mir das Namensschild an. Sie sagte meinem Papa, wohin man mich bringen würde. Plötzlich war ich umringt von einem ganzen Schwarm Kinder. Wir gingen zum Südflügel des Kirchengebäudes. Mein Papa blieb an der hohen Eingangstür stehen. Eine weitere Frau nahm mich an der Hand und führte mich durch den breiten Flur. Ich warf einen Blick zurück und winkte meinem Papa zu.

Als der Unterricht begann, konnte ich ihn durch das Fenster beobachten. Er ging zurück zum Campingplatz, aber er starrte die ganze Zeit auf den Boden. Irgendwie tat er mir leid, weil er die nächsten drei Stunden allein sein musste. Ich konnte mir nicht vorstellen, was er in dieser Zeit mit sich anfangen wollte.

Aber ich hatte trotzdem jede Menge Spaß. Die Erwachsenen brachten uns ein paar Lieder bei. Wir sollten dazu unsere Hände und Füße bewegen. Es war lustig, den Erwachsenen zuzusehen, wie sie uns die Bewegungen vormachten. Normalerweise erwartet man so was nicht von solchen Leuten. Ich habe noch immer ein paar von diesen Liedern im Kopf, und ich könnte sie auch vorsingen, wenn mich jemand darum bitten würde. Aber das macht sowieso niemand.

Es war am Ende des zweiten Tages, nachdem sie uns erzählt hatten, wie Gott alle Tiere gemacht hat und dass Jesus eigentlich alles geschaffen hat und dann auf die Erde gekommen ist, um die Strafe für unsere Sünden auf sich zu nehmen. Zuerst habe ich das nicht verstanden, weil es für mich keinen Sinn ergab, dass jemand, der vollkommen ist, für jemand anderen, der nicht vollkommen ist, sterben soll. Aber je länger ich zuhörte, desto mehr spürte ich, wie sich in mir etwas bewegte. Es war so ähnlich wie bei dieser Bio-Erdnussbutter, die erst richtig gut schmeckt, wenn man sie gut umrührt.

Mein Papa und ich hatten schon öfter vor dem Schlafengehen biblische Geschichten gelesen, aber jetzt wurde mir plötzlich alles klar. Wir alle haben Schlimmes getan, aber anstatt uns den Rücken zuzudrehen und die ganze Erde zum Teufel zu jagen, hat Gott uns seinen Sohn geschickt, damit wir zu ihm zurückkommen können.

Als ich das hörte, stand ich als Erste mit hochgereckter Hand auf, weil ich mit einem von den Erwachsenen beten wollte. Es war ganz anders als im Fernsehen, wenn die Leute aufstehen und nach vorne gehen, mit Taschentüchern in der Hand, damit sie ihre Tränen abwischen können. Ich habe nicht geweint, sondern ich habe einfach gewusst, dass ich Jesus will. Das war alles.

Am Nachmittag erzählte ich meinem Papa, was geschehen war. Ich wusste nicht, was er dazu sagen würde, aber ich war froh, als er lächelte und mir die Hand drückte. „Das ist wunderbar, Junikäfer. Ich bin stolz auf dich."

Ich glaube, ich werde nie vergessen, wie ich mich damals gefühlt habe, als ich Jesus in mein Leben eingeladen habe, und dann, als mein Papa mich angelächelt und mir gesagt hat, dass ich etwas Wunderbares getan habe.

Am letzten Tag der Ferien-Bibelschule kam er zu unserer kleinen Aufführung. Alle anderen Väter hatten Videokameras dabei, aber mein Papa nicht. Er saß in der letzten Reihe und sah sich unser Theaterstück an. Die älteren Kinder hatten Sprechrollen, und die Erwachsenen hatten alle Hände voll zu tun, um uns Kleinere zu bändigen, als ob wir wilde Tieren wären. Na ja, ein paar von den Jungs waren so wild, dass man sie wohl wirklich am besten in den Zoo gebracht und in einen Käfig gesperrt hätte. Aber das war auch ein Beweis, dass die Lehrerin recht hatte: Wir alle sind Sünder und brauchen jemanden, der uns vergibt.

Das war dann auch schon alles, was ich erstmal über Gott und Jesus mitbekommen habe. Ab und zu haben Papa und ich einen Gottesdienst besucht, und Papa hat mir vor dem Schlafengehen Geschichten aus der Bibel erzählt, über Typen, die mit Dolchen und Schwertern umgehen konnten. Ich weiß nicht, woher Papa diese Geschichten kannte. Vielleicht haben sie in der Armee über „Ehud, den Linkshänder" geredet, aber seine Augen leuchteten immer, wenn er mir von diesen Typen erzählte.

Ich dachte gerade darüber nach, als der Typ mit dem Revolver die dürre Frau beiseitenahm und ihr etwas zuflüsterte. Papa sah mich im Rückspiegel an. Er wollte mir wohl etwas sagen, weil er eine Bewegung mit dem Arm machte, aber ich wusste nicht so richtig, was er meinte.

Der fiese Typ hatte etwas bemerkt. Er schleuderte mich brutal auf das Bett. Ich schrie auf, weil mein Arm wehtat. Der Fiesling guckte aus dem Fenster. Er sah ein blaues Schild. „Noch sechzehn Kilometer, und dann kommt ein Rastplatz", brüllte er. Er richtete den Revolver auf meinen Papa. „Sie fahren auf diesen Rastplatz, und dann sag ich Ihnen, wie es weitergeht."

Kapitel 18

Sheriff Harry Preston setzte auf der Schotterstraße vorsichtig einen Fuß vor den anderen. Noch immer zirpten die Grillen, und jetzt stiegen die ersten Glühwürmchen auf. Seine Augen gewöhnten sich allmählich an die Schatten und an das Mondlicht, das durch die Äste fiel. Im Straßengraben hörte er ein Geräusch, und dann schlich sich eine Beutelratte über die Straße. Der Aasfresser wirkte gesättigt von einer unbekannten Beute. Sein langer Schwanz hinterließ eine Schleifspur im Schotter. Immer, wenn er ein solches Tier sah, spürte er einen gewissen Respekt und gleichzeitig einen tiefen Ekel in sich aufsteigen. Die Beutelratte fraß jedes tote Tier, das ihr zwischen die scharfen Zähne kam.

Preston hätte beinahe einen Stock aufgehoben und nach der Ratte geworfen, aber er wusste, dass sie sich dann auf den Rücken drehen und sich tot stellen würde. Auf diese Weise täuschte das Tier seine natürlichen Feinde. *So ähnlich macht es der amerikanische Kongress, wenn es um wichtige Entscheidungen geht,* dachte Preston. Aber er ließ die Ratte in Ruhe. Schließlich wollte er keinen unnötigen Lärm machen.

Preston hörte zu, wie Mike sich vom Streifenwagen weg bewegte und den Bach überquerte. Der junge Mann schimpfte leise vor sich hin, als er mit einem lauten Platschen ins Wasser trat. Preston verdrehte die Augen und grinste. Mike legte den Weg zum Hügel ohne weitere Zwischenfälle zurück.

Eine Mücke stach Preston in den Hals. Er schlug nach dem blutgierigen Insekt, und plötzlich war er umgeben von einem Mückenschwarm. Vielleicht war in der Nähe ein stehendes Gewässer? In der Luft lag ein fauliger Geruch.

Preston beschleunigte seine Schritte, wedelte mit seinem Hut herum und spuckte eine Mücke aus, die ihm in den Mund geflogen war.

Er sah die Blockhütte vor sich, wenn man diese Bruchbude überhaupt so bezeichnen konnte. Sie lag auf einer kleinen Anhöhe abseits der Schotterstraße. Aus dem Dach ragte ein Rohr, das als Schornstein diente. Das Fenster bestand nur noch aus ein paar Glasscherben, und die uralten Schindeln auf dem Dach sahen aus, als ob sie sich im Mondlicht bewegen würden.

Preston war früher mal mit seinen Eltern hier gewesen, auf der Suche nach dem Bruder seiner Mutter, einem Veteranen aus dem Koreakrieg. Der Mann hatte sich so oft in Alkoholexzesse geflüchtet, dass sein Körper völlig ruiniert war. Es gab in seinem Leben ein sich ständig wiederholendes Muster:

Wenn er zur Besinnung kam, lieferte man ihn zur Entgiftung ins Bezirkskrankenhaus in Huntington ein. Danach arbeitete er eine Weile als Bauhelfer. In den nüchternen Phasen tauchte er auch ab und zu in den Gottesdiensten auf. Er dankte den Leuten für ihre Gebete und schwor dem Alkohol ab. Aber dann verschwand er wieder tage- oder wochenlang, und Prestons Mutter machte sich immer wieder auf die Suche nach ihm. Einmal, mitten im Winter, führte ihr Weg zu dieser Hütte, nachdem ihr ein Saufkumpan ihres Bruders einen entsprechenden Tipp gegeben hatte.

Prestons Vater war damals aus dem Auto ausgestiegen. Zunächst stand er wie angewurzelt da. Sein Atem bildete weiße Wolken in der kalten Luft. Er starrte auf die Landschaft und auf die kleine Hütte. „Warte hier“, sagte er. Preston hatte noch nie so viele Sorgenfalten im Gesicht seines Vaters gesehen.

Seine Eltern gingen zusammen auf die Hütte zu. Ihre Schritte klangen knirschend auf dem hart gefrorenen Boden. Sie versuchten, durch das Fenster in das Innere der Hütte zu sehen; seine Mutter kratzte die Eisschicht weg. Dann öffneten sie die Tür und gingen hinein. Drinnen war es stockdunkel. In Prestons Fantasie spielten sich Horrorszenen ab.

Preston holte tief Luft und stieß sie wieder aus. Jetzt stand er als Erwachsener hier, aber die Erinnerung war noch sehr lebendig. Vor seinem geistigen Auge sah er seine Eltern, wie sie das leblose Gerippe, das einmal sein Onkel gewesen war, zum Auto schleppten. Seine Mutter weinte. Sie hatte mit dem unebenen, gefrorenen Boden zu kämpfen, während sie ihren Bruder stützte. Prestons Vater hatte einen Arm um ihn gelegt wie um einen Getreidesack, der unten ein Loch hatte und langsam auslief. Plötzlich blieben sie abrupt stehen. Prestons Onkel versuchte, gegen den Brechreiz anzukämpfen, aber dann beugte er sich nach vorne, und sein Mageninhalt ergoss sich auf den Boden. Prestons Schuhe waren übersät mit braunroten Flecken. Als sein Onkel sich wieder aufrichtete, war sein Gesicht von einer wächsernen Blässe, und er sah aus wie ein Gespenst.

„Tut mir leid, Harry", sagte sein Onkel, als ob er ihn erst jetzt bemerkt hätte. „Wie geht's dir denn, mein Junge?"

„Mir geht' gut."

Dann stiegen sie alle ein und ließen die Hütte hinter sich. Sein Onkel rollte das Fenster herunter und streckte den Kopf heraus. Seine Kleidung war verdreckt, Bartstoppeln überwucherten seine aufgesprungenen Lippen. Seine kreidebleiche Haut spannte sich über sein Gesicht, sodass es aussah wie ein Totenkopf. Aber am schrecklichsten fand Preston den Ausdruck in seinen Augen. Es war, als ob sie einem anderen gehörten, und er war tatsächlich nicht mehr der Mensch, der er einmal gewesen war.

Sein Vater ließ Preston am Ortseingang aussteigen. Von dort aus waren es zu Fuß noch etwa anderthalb Kilometer bis zu ihrem Haus. Er bat ihn, sich sofort auf den Weg zu machen und dort zu bleiben, bis sie zurück wären. Preston war damit einverstanden. Er wollte nicht mit ins Krankenhaus mit den weinenden Besuchern und den seltsamen Gerüchen. Bis heute tat sich Preston mit Besuchen im Krankenhaus schwer. Er war sich sicher, dass diese Abneigung etwas mit den Erinnerungen an seinen Onkel zu tun hatte.

Im Laufe der Jahre wurde die alte Hütte immer wieder von Jugendlichen benutzt und beschädigt, bis der Eigentümer die Eingänge mit Brettern vernagelte und Schilder mit der Aufschrift *Unbefugter Zutritt verboten* aufstellte. Über diesem Ort lag ein seltsam ungesunder, modriger Geruch, als ob das Holz von innen her schimmeln würde. Während Preston im Mondlicht stand, spürte er einen leichten Schmerz, wie von einem Nadelstich aus der Vergangenheit.

Dann bemerkte er eine Bewegung und sah, wie Mike von hinten die kleine Anhöhe hochkletterte. Der junge Mann bewegte sich schnell und sicher. In der einen Hand hielt er seinen Dienstrevolver, und die andere hatte er ausgestreckt, um sich abzustützen, falls er ausrutschen sollte. Hinter der Hütte hatte sich ein Wall aus Erde gebildet. Preston war überrascht, dass sie im Laufe der Jahre nicht von einem der vielen Erdrutsche eingedrückt worden war.

Weiter hinten stand ein kleines Auto, das aussah wie ein Toyota. Es war halb verdeckt von Zweigen und Buschwerk. Er ließ die Taschenlampe aufblitzen und erkannte ein Nummernschild aus West Virginia.

Sobald Mike hinter der Hütte und außer Sicht war, sah Preston zwei kurze Lichtblitze in den Baumkronen über ihm. Er antwortete mit dem gleichen Signal und bewegte sich vorsichtig die Anhöhe hinauf. In der Hütte brannte kein Licht, und man sah auch keine andere Bewegung als die geisterhaften Schatten des bleichen Mondlichtes auf den Dachschindeln. Als er die vordere Veranda betreten wollte, schoss ein Waschbär aus dem Dunkel und rannte an ihm vorbei. Vor Schreck wäre Preston beinahe hingefallen, aber er packte instinktiv ein junges Bäumchen und hielt sich daran fest. Dann lauschte er angestrengt in die Dunkelheit hinein, aber in der Hütte rührte sich nichts.

Vielleicht war das Ganze auch bloß ein Trick. Vielleicht war das gar nicht Gray Walkers Auto dort am Straßenrand. Aber als er einen Fuß auf die Veranda setzte und das erste

Holzbrett laut knarrte, hörte Preston von drinnen ein Klicken, als ob jemand an einem Gewehr den Hahn spannen würde.

„Gray, ich bin es, Sheriff Preston. Ich will mit Ihnen reden." Er merkte selbst, wie angespannt seine Stimme klang.

Keine Antwort.

Er öffnete den Schnappverschluss seines Schulterhalfters und zog den Revolver. Dann machte er einen Schritt nach links von der Tür weg. Er glaubte zwar nicht, dass der Typ den Mut hatte zu schießen, aber wenn er zu viel getrunken und Angst vor dem Gefängnis hatte, war er unberechenbar.

„Ihnen wird nichts passieren, Gray, wenn Sie rauskommen und mit mir reden."

„Ich hab die Nase voll vom Reden, Sheriff", sagte Gray Walker. Seine Stimme klang gedämpft und schlaftrunken. „Sie haben doch sowieso schon eine Meinung über mich."

„Das ist nicht wahr. Ich fälle keine vorschnellen Urteile. Ich weiß nicht, was damals passiert ist, aber ich versuche, Antworten auf meine offenen Fragen zu bekommen. Kommen Sie raus, und dann reden wir drüber."

„Klar doch. Ihr Bullen wollt immer über alles reden." Seine Stimme klang spöttisch. „Ihr habt doch schon das Urteil über mich gesprochen. Und was haben Sie in meinem Computer gefunden?"

„Bloß ein paar Fotos. Sie haben ja schon erklärt, dass Ihr Freund die Bilder runtergeladen hat. Jetzt kommen Sie schon raus und erzählen mir, was damals in jener Nacht geschehen ist."

„Gut. Ich hab nicht viel zu sagen, weil ich dem Mädchen nichts getan hab."

„Das glaube ich Ihnen", entgegnete Preston.

Gray murmelte etwas Unverständliches, aber Preston hörte, wie die Bodendielen in der Hütte noch immer knarrten.

„Vielleicht überrascht Sie das, aber ich hab den Eindruck, dass Sie in diesem Fall nicht unser Mann sind."

„Dann wissen Sie ja, dass Sie den Falschen jagen."

„Aber Sie sind weggerannt. Das ist für viele Leute ein Schuldeingeständnis. Wenn Sie mit uns zurückkommen, können wir die Sache wieder in Ordnung bringen."

„Ich fahre mit Ihnen zurück ... und lande dann für den Rest meines Lebens hinter Gittern."

„Wie kann das passieren, wenn Sie unschuldig sind?"

„In den Gefängnissen sitzen viele Unschuldige. Das wissen Sie so gut wie ich. Die haben schon so manchen auf den elektrischen Stuhl geschickt und hinterher festgestellt, dass er gar kein Verbrechen begangen hat."

Preston wusste eines: Je mehr Worte er dem Mann entlockte, desto größer wurde die Chance, dass er ihn dazu bewegen konnte, mit zum Polizeirevier zu kommen. „Da haben Sie leider recht, aber genau deshalb will ich doch mit Ihnen reden. Ich will nicht den Falschen hinter Gitter bringen. Ich glaube Ihnen, wenn Sie mir sagen, dass Sie nichts mit dem Verschwinden der Kleinen zu tun hatten, aber ich glaube auch, dass Sie mehr wissen, als Sie zugeben. Deshalb kommen Sie endlich raus, damit wir von Mann zu Mann reden können."

„Das können Sie vergessen. Wissen Sie denn nicht, was die im Gefängnis mit einem Kerl wie mir machen?"

Preston dachte angestrengt nach. Was meinte Walker denn mit „einem Kerl wie mir"?

„Also, ich werde hier draußen langsam von den Mücken zerstochen, und jetzt formieren sich die Bremsen zu einem Frontalangriff. Kommen Sie endlich raus. Ich verspreche Ihnen einen fairen Handel."

„Sie sind doch bloß sauer, weil ich abgehauen bin und weil das ein schlechtes Licht auf Sie wirft."

Preston musste lachen. „Ich geb ja zu, dass ich darüber nicht gerade froh bin. Sie haben es fertiggebracht, dass diese Schmierfinken von Journalisten sich über mich lustig gemacht haben. Aber ich schlucke das gern, wenn wir endlich diesen vertrackten Fall lösen können."

Zuerst herrschte Schweigen. Dann hörte Preston ein Geräusch, das wie das Klirren von Glas klang. Offenbar goss sich Walker noch ein Glas Whisky oder etwas Ähnliches ein. Der Sheriff hatte sich nicht auf ein langes Gespräch eingestellt, weil er glaubte, dass der andere nicht dazu fähig war. Hoffentlich würde Mike sich ruhig verhalten. Es wäre fatal, wenn er jetzt überstürzt handeln würde.

„Wenn ich Sie für den Täter halten würde, hätte ich Sie im Polizeirevier von bewaffneten Polizisten bewachen lassen. Aber ich hab Ihnen bloß ein paar Fragen stellen wollen."

Im Inneren der Hütte hörte er einen dumpfen Schlag. Entweder knallte Walker eine Flasche auf einen Tisch, oder aber eine Handfeuerwaffe war auf den Boden gefallen. Er konnte das Geräusch nicht richtig zuordnen. Jetzt hatte Preston den weiteren Verlauf des Gesprächs in der Hand, wenn er es richtig anstellte. Es war allerdings auch der Moment, in dem er alles kaputtmachen konnte.

„Ich mache Ihnen ein Angebot. Sie kommen mit mir und schlafen im Polizeirevier Ihren Rausch aus. Morgen früh können Sie mir in Ruhe erzählen, was Sie wissen. So einfach ist das. Klingt das nicht gut?"

„Ich weiß nicht ... ", antwortete Walker, aber er klang schon etwas unsicher.

Preston schlich sich vorsichtig zur Tür. „Wenn wir feststellen, dass es keine Verbindung zwischen Ihnen und dem kleinen Mädchen gegeben hat, sind Sie ein freier Mann. Das meine ich ehrlich."

Walkers Stimme klang jetzt weinerlich. „Sie haben doch keine Ahnung. Sie haben überhaupt keine Ahnung."

„Wir können über alles reden."

„Es spielt überhaupt keine Rolle, was ich gemacht oder nicht gemacht hab. Sie halten mich sowieso für schuldig."

„Das stimmt doch nicht, Gray!" Preston stand jetzt dicht an der Tür. Er hätte mit der Nase das Holz berühren können. „Ob Sie es glauben oder nicht, ich bin hier, um Ihnen zu helfen. Sie können nicht mehr klar denken. Ihr Hirn ist vernebelt, und das ist verständlich. Also kommen Sie endlich raus, und ..."

Plötzlich hörte er ein lautes Krachen wie von splitterndem Holz, und dann einen Knall. Jemand schrie laut auf. Es war wohl Mike. Dann fiel etwas mit einem dumpfen Schlag auf den Boden. Preston trat gegen die Tür, aber sie war stabiler, als er vermutet hatte, und er fiel hin. Als er aufstand und noch einmal zutrat, zerbarst die Tür dann doch. Er duckte sich und wartete auf einen weiteren Knall, aber er hörte bloß Schritte auf den Holzdielen und den keuchenden Atem von Mike, der auf dem Boden zu liegen schien.

„Er ist hinten rausgerannt, Sheriff", brachte sein Stellvertreter mühsam hervor.

Es war dunkel in der Hütte, und Preston konnte nur die schattenhafte Silhouette des jungen Mannes erkennen. Die Hintertür schwang schief hin und her. Sie hing nur noch in einer Türangel.

„Tut mir leid. Ich hab einen Überraschungsangriff versucht."

Preston knipste die Taschenlampe an. Er befürchtete, eine Schusswunde und eine Menge Blut zu sehen; stattdessen stieg ihm ein widerlicher Geruch in die Nase. Sein Stellvertreter hatte die Kontrolle über Blase und Darm verloren. Mike saß da und lehnte sich an eine Wand. Er verdeckte sein Gesicht mit den Händen. „Sind Sie okay?"

Mike nickte bloß.

„Bleiben Sie hier. Ich rufe einen Krankenwagen."

„Ich brauche keinen Krankenwagen. Verfolgen Sie lieber diesen Kerl."

Der Motor des Toyota sprang röhrend an. Als Preston draußen war, war er längst weg. Zur Hauptstraße führten mehrere Wege, und Preston würde eine Weile brauchen, bis er den Streifenwagen erreichte.

Der Sheriff warf einen Blick zurück auf Mike. Der junge Mann zitterte am ganzen Körper. Er hatte Glück gehabt; nur zu leicht hätte ihn eine Kugel treffen können. „Sie warten hier auf mich", sagte Preston.

Kapitel 19

Die dünne Frau saß neben mir auf dem Bett und sagte, dass alles gut werden würde. Dann strich sie mir über die Arme und murmelte „Ruhig, ganz ruhig“, und ähnliches Zeugs.

Etwas stimmte nicht mit dieser Frau, aber ich konnte nicht sagen, was es war. Mein Papa hat mir mal gesagt, dass Gott in jeden Menschen etwas hineingelegt hat, aber er wüsste nicht, wie er das nennen sollte. Es ist so ähnlich wie ein Metalldetektor, der piept, wenn man über eine alte Konservendose oder einen vergrabenen Silberlöffel läuft. Dieses innere Ding sagt einem, wenn mit einem anderen Menschen etwas nicht stimmt oder wenn Gefahr im Anzug ist. Wenn man diesen Piepton tief in seinem Inneren hört, sollte man so schnell wie möglich das Weite suchen. Ich habe so getan, als ob ich wüsste, wovon er redete, als er mir das erzählte, aber in Wirklichkeit habe ich es nicht verstanden.

Natürlich fühle ich auch Dinge in mir. Zum Beispiel, wenn ich an meine Mama denke. Dann spüre ich diesen seltsamen Schmerz. Den fühle ich auch, wenn ich mich frage, warum wir nie an einem bestimmten Ort bleiben können, warum wir immer wieder wegfahren, wenn ich Freunde gefunden habe. Dieser Schmerz ist auch da, wenn ich mir einen Hund wünsche, aber ich weiß ja genau, dass wir keinen haben können. Aber ich habe mir nie zusammenreimen können, was Papa mit diesem „flauen Gefühl in der Magengegend“ gemeint hat, bis ich neben dieser Frau gesessen habe. Da wurde es mir plötzlich klar.

Ich glaube, ich hatte noch nie in meinem Leben so viel Angst, und dieses komische Gefühl im Magen kam nicht von dem Revolver, mit dem der fiese Typ rumfuchtelte, sondern von dem Blick, den die Frau mir zuwarf.

Es war wie mit diesem tollwütigen Fuchs, von dem mein Papa mir mal erzählt hat. Als er ein Kind war, wurde in seiner Heimatstadt ein Freund von ihm im Wald von einem Fuchs gebissen. Der Junge hatte zuerst niemandem davon erzählt, aber schließlich sagte er es meinem Papa. Ihm war klar, dass er es ganz schnell weitersagen musste. Wenn ein Tier im Wald auf einen Menschen zu rennt und ihn beißt, ist das nicht normal. Mein Papa wusste das. Aber als er es endlich jemandem sagte, war es schon zu spät. Sein Freund hatte auch Tollwut, und man konnte nichts mehr für den Jungen tun.

Bei dieser Geschichte bekam ich immer eine Gänsehaut. Mein Papa hatte so ein seltsames Gefühl, als sein Freund ihm von dem Fuchs erzählte. Genau das gleiche Gefühl hatte ich jetzt, als ich der Frau in die Augen sah. Ihr Blick war so leer. Es fehlte etwas, was eigentlich da sein müsste. Oder es war stattdessen etwas anderes da. Ich weiß nicht, wie ich es erklären soll, aber am liebsten wäre ich weggerannt.

Mein Papa sagt, dass manche Leute sich an Menschen hängen, die nicht gut für sie sind, weil sie die Hoffnung verlieren oder keine Liebe mehr haben oder weil ihnen beides fehlt. Vielleicht war sie deshalb mit diesem Kerl zusammen, der aussah wie der Teufel selbst. Mein Papa hat mir auch noch was anderes Wichtiges gesagt: Wenn man dieses komische Gefühl in der Magengrube hat, soll man nicht erst lange herumrätseln, was da eigentlich nicht stimmt, sondern man soll so schnell wie möglich abhauen.

Als wir auf den Rastplatz fuhren mit dem flachen Gebäude aus roten Ziegelsteinen, standen auf dem Parkplatz eine Menge Lastwagen und Autos. Die Leute schliefen wohl alle schon. Plötzlich dachte ich an die Handbewegung, die mein Papa gemacht hatte, und da war mir alles klar. Er wollte mir nicht sagen, dass ich zu ihm nach vorne kommen sollte, sondern dass ich versuchen sollte, abzuhauen, sobald er anhielt.

„Alles wird gut, du wirst schon sehen“, beruhigte mich die Frau, als mein Papa ein paar große Sattelschlepper umrundete und auf einen freien Parkplatz zufuhr. Ich wollte der Frau zwar glauben, aber ich fühlte das Gegenteil. „Ich glaub, mir wird schlecht“, sagte ich bloß.

Papa bremste ein bisschen schärfer als sonst, und der fiese Typ trat zu ihm nach vorn.

Ich schoss zur Tür und rannte raus.

„Lauf ihr nach!“, schrie der Typ.

Ich rannte in die Dunkelheit hinein, als ob Gott persönlich mir einen Auftrag gegeben hätte. Vielleicht war das ja auch wirklich so. Die dürre Frau rannte herum wie ein aufgescheuchtes Huhn. Ihre Füße zeigten nach innen, und sie wedelte wie wild mit den Armen. Ich kauerte mich hinter das Gebüsch neben den Toiletten. Am liebsten hätte ich „Kalt!“ gerufen, wie an Ostern. Papa versteckte dann was Süßes, und ich musste danach suchen. Er sagte dann immer *„Heiß!“* oder *„Kalt!“*, und manchmal brauchte ich ewig, bis ich endlich den Schokoriegel oder den Pfefferminztaler gefunden hatte.

Ich konnte sehen, wie mein Papa im Wohnmobil saß und der teuflische Kerl ihn anschrie. Ich fürchtete schon, dass jetzt alles vorbei wäre, aber dann beruhigten sie sich wieder. Die Tür des Wohnmobils ging auf, und der Typ brüllte: „Donna, komm her.“

Papa saß immer noch am Steuer und starrte in die Dunkelheit. Obwohl er nicht wusste, wo ich war, wollte er mir anscheinend etwas mitteilen. Er hob einen Daumen hoch. Dann streckte er beide Hände aus und deutete nach unten. Seine Lippen bewegten sich. „Bleib, wo du bist“, sollte das wohl heißen.

Also kauerte ich mich noch ein bisschen tiefer und beobachtete, wie Donna, die Tollwut-Frau, zurück zum Wohnmobil rannte. Sie kletterte hinein, und dann ging das Licht an. Ich sah, wie sich mein Papa anschnallte und den Motor anließ.

Jetzt hatte ich wieder ein flaues Gefühl im Magen, weil ich plötzlich begriff, dass sie losfuhren. Ich wollte hier nicht allein zurückbleiben! Deshalb rannte ich aus meinem Versteck. Aber bis ich da war, blinkte das Schlusslicht des

Wohnmobils auf (es funktionierte nur noch das linke), und weg waren sie. Sie fuhren wieder auf die Autobahn.

Ich fühlte mich einsam und verlassen, und ich fing an zu weinen, weil ich mir sicher war, dass die beiden meinem Papa was antun würden. Man fühlt sich schon schlecht genug, wenn jemand, den man lieb hat, in Gefahr ist, aber es ist noch viel schlimmer, wenn man nachts an einem dunklen, verlassenen Ort ist und mit diesem Gefühl allein fertig werden muss. Plötzlich fuhr ein Auto auf den Rastplatz. Das Fernlicht blendete mich, und ich drehte mich auf dem Absatz um und rannte zurück in mein dunkles Versteck. Von dort aus konnte ich alles beobachten. Eine Frau stieg aus und ein kleines Mädchen in meinem Alter. Die beiden waren Afroamerikaner.

Ich erinnere mich noch, wie ich zum ersten Mal dunkelhäutigen Menschen begegnet bin. Das war in Florida. Ich spielte am Strand, und in unserer Nähe war eine Familie. Ich ging zu meinem Papa und fragte ihn, ob ich mit dem „braunen Mädchen" spielen dürfte. Er musste laut lachen, als er meine Frage hörte. Dann nahm er mich an der Hand und ging mit mir zu der Familie. Die Leute waren wirklich nett. Sie haben mir sogar ein Plastikeimerchen geliehen. Papa blieb die ganze Zeit da, als wir spielten, und wir bauten eine richtig schöne Sandburg. Manche Leute blieben sogar stehen und sahen sie sich an.

Die Familie ging dann weg, aber Papa und ich arbeiteten bis zum Sonnenuntergang weiter an der Sandburg. Dann holten wir uns Hotdogs und standen oben am Geländer und sahen zu, wie die Flut kam. Ich musste weinen, als die ersten Wellen unsere Sandburg umspülten. Mein Papa nahm mich in den Arm und drückte mich fest an sich.

„Die Flut kommt jeden Abend und jeden Morgen, Junikäfer", sagte er. „Das ist nun mal so in der Natur. Alles, was man aufbaut, wird von den Wellen plattgemacht."

„Ich will aber nicht, dass unsere schöne Sandburg plattgemacht wird."

„Na ja, das Ganze hat auch seine guten Seiten. Du hast jeden Tag die Möglichkeit, nochmal ganz neu anzufangen.

Der Strand ist wie eine leere Leinwand, auf der du ein Bild malen kannst."

Es ist schon komisch, dass ich mich gerade jetzt daran erinnerte. Schließlich hatte ich eine Riesenangst, dass mein Papa nicht mehr lebend zurückkommen würde.

Ich sah der schwarzen Mama zu, wie sie zusammen mit ihrer Tochter in das Gebäude ging. Der Vater saß im Auto, hinter ihm noch zwei schlafende Kinder. Das Nummernschild war aus Pennsylvania. Ich fragte mich, wohin die Familie wohl wollte.

Plötzlich musste ich an ein Spiel denken, das mein Papa mit mir immer gespielt hat. Papa sagte mir, aus welchem Staat ein vorbeifahrendes Auto kam, und dann erfand er eine Geschichte über die Leute, die drin saßen.

Ich dachte mir eine Geschichte über die Familie aus Pennsylvania aus, um mir die Zeit zu vertreiben. Na ja, ehrlich gesagt wollte ich auch nicht mehr so viel Angst haben. Wenn man an etwas anderes denkt, vergisst man nämlich seine Angst. Ich stellte mir also vor, dass die Eltern und ihre drei Kinder nach Chicago wollten, um dort die Oma zu besuchen. Sie hatten es eilig und fuhren deshalb die Nacht durch, weil die Großmutter krank geworden war. Wenn sie nicht schnell genug bei ihr waren, könnten sie sich nicht mehr von ihr verabschieden. Doch die Geschichte war so traurig, dass ich schon wieder an meinem Papa denken musste, wie er mit diesem gefährlichen Paar unterwegs war.

In dem Gebäude rauschte die Toilettenspülung. Kurz darauf kamen die Frau und das kleine Mädchen wieder raus. Es war noch immer schwül hier draußen, aber die Frau drückte ihre Tochter so fest an sich, als ob wir schon im dicksten Winter wären. Die Mutter setzte das Mädchen auf den Rücksitz, und die Kleine kuschelte sich in ein Kissen, das so weich aussah wie Zuckerwatte. Der Vater wartete, bis alle angeschnallt waren. Dann fuhr er los.

Vielleicht stimmte meine Geschichte gar nicht. Sie wollten nicht die kranke Oma besuchen. Das viele Gepäck hinten im Auto sah nach Umzug aus. Vielleicht war der Mann ein Pastor, der eine kleine Kirchengemeinde in Iowa übernommen hatte. Die Familie hatte ihren ganzen Besitz ins Auto geladen. In seiner Sonntagspredigt würde er sagen, dass wir in dieser Welt nicht zu Hause, sondern nur auf der Durchreise sind. Vielleicht war die Familie traurig, weil sie ihre Freunde in Pennsylvania zurücklassen musste.

Plötzlich hörte ich, wie die Tür eines Sattelschleppers zuschlug. Dann kam ein Berg von einem Mann auf das Gebäude zu. Er hatte einen Jeans-Overall und ein T-Shirt an. Auf dem Kopf trug er einen Hut, der aussah, als ob er älter wäre als er selbst. Er blinzelte, als er in das helle Licht guckte. Ich fand es komisch, dass er hier entlang lief, denn die Herrentoiletten waren auf der anderen Seite.

Er hatte einen Bart, der in alle Richtungen zu wachsen schien. Es sah fast so aus, als ob sein Bart ihn zu mir führte. Als er an den Rand des Lichtscheins trat, legte er den Kopf schief.

„Was machst du denn hier, Kleine?“, fragte er.

Ich hatte erwartet, dass ein so großer Mann eine Stimme wie Gott haben müsste, ganz tief und Furcht einflößend, aber das Gegenteil war der Fall. Sie klang hoch wie die Stimme einer Frau. „Warum sitzt du im Gebüsch und singst?“

Erst da wurde mir klar, dass ich wieder mein Lieblingslied „I'll Fly Away“ gesungen hatte, ohne es zu merken. Ich antwortete dem Mann nicht, sondern rutschte noch ein Stück tiefer ins Gebüsch. Wenn ich ganz still war, würde er vielleicht weggehen.

„Ich kann dich sehen. Jetzt komm endlich raus und erzähl mir, was los ist. Hat dich jemand hier zurückgelassen?“ Er starrte in die Dunkelheit, und dann ließ er sich auf ein Knie nieder. Er hatte wohl keine Angst vor Grasflecken. „Ich habe beobachtet, wie diese Frau aus dem Wohnmobil nach dir gesucht hat. Dann sind sie weggefahren. Ich hab alles gesehen.“

Als er sich diesmal umdrehte, konnte ich im Lichtschein seine Augen erkennen. Sie waren nicht leer wie die von der Frau. Im Gegenteil, sein Blick wirkte ... voll. Ich wusste nur nicht genau, was es war. Ich horchte in mich hinein, ob ich ein flaues Gefühl im Magen hatte, ob ich diesem Mann vertrauen konnte oder ob ich lieber wegrennen sollte.

„Hast du Hunger?“, fragte der Mann. „Ich hab nämlich ein schönes belegtes Brot in meinem Kühlschrank, und ich könnte dir dazu noch eine Cola oder so spendieren.“

Er warf einen Blick auf seinen Lastwagen. Hinter der Windschutzscheibe bewegte sich etwas; dann hörte ich Hundegebell. Der Mann murmelte etwas in seinen Bart. „Du bleibst schön hier. Ich bin gleich wieder zurück.“

Er rannte zu seinem Lastwagen. Na ja, er rannte nicht richtig. Es sah eher aus, als ob er rollen würde, weil sein dicker Bauch beim Laufen auf und ab hüpfte. Mein Papa sagt immer, dass ich mich nicht über dicke Leute lustig machen soll. Das mache ich auch nicht. Trotzdem muss ich immer hingucken, wenn ein dicker Mensch rennt. Es ist so ähnlich, wie wenn man einen Tornado beobachtet. So was sieht man nicht so oft, und wenn es passiert, dann muss man einfach draufstarren.

Der Mann rollte also zu seinem Sattelschlepper und riss die Tür auf, und ein Hund sprang heraus. Es war der niedlichste Beagle, den ich jemals gesehen habe. Er hatte braune Schlappohren. Mit der Nase am Boden rannte er über den Parkplatz und direkt auf mich zu. Als er auf dem Bürgersteig angekommen war, lief er zum erstbesten Baum und hob das Bein. Er stand lange da, und der Strom schien gar nicht mehr aufzuhören. Wenn mein Papa das gesehen hätte, hätte er gesagt, dass dieser Hund länger einhalten konnte als ich. Das sollte was heißen, denn mein Papa meint immer, dass ich eine Blase habe wie ein Kamel.

Als er endlich fertig war, kam der Hund zu mir. Er schnupperte an meinen Schuhen und an meinen Beinen. Als er den Kopf hob und mich ansah, war ich doch tatsächlich froh, dass ich auf diesem Rastplatz zurückgeblieben war. Ich setzte mich hin. Der Hund kam auf meinen Schoß und ließ sich von mir streicheln.

„Er mag dich“, sagte der Lastwagenfahrer. „Das macht er nicht bei jedem. Also musst du ein besonderer Mensch sein.“

„Wie heißt er denn?“, wollte ich wissen.

„Fred.“

Ich musste lachen. „Warum haben Sie ihm diesen komischen Namen gegeben?“

„Ich weiß nicht so recht, aber irgendwie passt der Name zu ihm.“

Ich fühlte mich sicher, weil ich die Geräusche der vorbeifahrenden Autos, das Zirpen der Grillen und das Röhren eines startenden Motors hörte, aber vielleicht hätte ich Angst haben müssen. Mein Papa hat mir erzählt, dass es in der Welt viele böse Menschen gibt, die kleinen Kindern schlimme Dinge antun wollen, aber dieser Mann schien ganz in Ordnung zu sein. Aber natürlich wusste ich nicht, wie böse Typen aussehen.

„Und wie heißt du?“, fragte er.

„Junikäfer.“

Er lachte glucksend. „Na, toll! Das ist fast so gut wie Fred.“

Jetzt musste ich auch lachen.

„Willst du mir nicht erzählen, was vorhin passiert ist? Ist die Frau, die nach dir gesucht hat, deine Mama?“

Ich schüttelte den Kopf. „Nein, das war eine fremde Frau. Sie ist mit dem Typen zusammen, der den Revolver hat. Sie heißt Donna, aber das ist alles, was ich von ihr weiß. Sie kamen in unser Wohnmobil, als Papa Benzin holen wollte. Dieser fiese Typ hat den Revolver auf Papa gerichtet und gesagt, dass er ihn umbringt, wenn er nicht losfährt. Wir wollten nach West Virginia, aber er hat uns gezwungen, wieder umzudrehen.“

Er hörte mir genau zu. Manchmal erzählt man Leuten eine Geschichte, aber sie kapieren sie nicht, weil sie nicht richtig zuhören. „Deine Mama war nicht mit dabei?“

„Ich hab keine Mama.“

Er seufzte leise. „Aber der Mann am Steuer ist dein Papa?“

Ich nickte, weil ich dem Mann nicht erzählen wollte, dass mein Papa nicht mein richtiger Papa ist.

„Und du weißt nicht, wohin sie gefahren sind?“

Ich schüttelte den Kopf.

Er dachte kurz nach, und dann sah er mich an. Seine Augen blickten finster, und ich bekam jetzt doch ein bisschen Angst. „Komm mit zu meinem Lastwagen. Ich muss die Polizei anrufen."

Das klang vernünftig, und so folgte ich dem Mann zu seinem Laster. Fred lief schwanzwedelnd vor uns her. Der Mann machte die Tür auf, und Fred sprang auf den Beifahrersitz. Ich brauchte eine Weile, bis ich hochgeklettert war. Der Mann sagte: „Platz da, Fred. Wir haben Besuch."

Hunde können nicht die Stirn runzeln oder lächeln. Wenn ich meinem Papa erzähle, dass ein Hund mich angelächelt hat, meint er immer, das sei nicht wahr. Aber jetzt war ich mir ganz sicher, dass Fred mir einen ärgerlichen Blick zuwarf, bevor er auf den Boden sprang. Ich stieg ein und setzte mich auf sein Kissen.

Der Mann holte sein Telefon von der Sichtblende runter und wählte eine Nummer. „Weißt du, wie euer Kennzeichen lautet?"

Ich schüttelte den Kopf. Dann sprach er mit der Polizei. Er sagte, dass wir auf dem Rastplatz bei der Autobahn wären und mein Papa mit dem Wohnmobil von zwei Leuten entführt worden wäre. Er beantwortete eine Menge Fragen, obwohl er nicht allzu viel wusste. Als er die Taste drückte, um aufzulegen, saß er eine Weile nachdenklich da und kaute auf seiner Unterlippe herum. Sein wilder Bart bewegte sich.

„Was hat die Polizei gesagt?"

„Die schicken jemanden vorbei." Er legte das Telefon zurück auf die Sichtblende. Dann sah er mir in die Augen und hob den Zeigefinger. „Es wird alles gut mit deinem Papa, hörst du? Ich will nicht, dass du dir Sorgen um ihn machst. Er wird schon auf sich aufpassen."

„Er war bei der Armee", erwiderte ich mit zittriger Stimme.

„Dann brauchst du dir erst recht keine Sorgen zu machen. So ein Wohnmobil wird um diese Zeit nicht schwer zu finden sein."

Fred stieß mit der Schnauze gegen meine Hand, und dann leckte er sie. Ich streichelte ihm über den Kopf. Es war zwar nicht unbedingt mein Traum, ohne meinen Papa in einem Lastwagen zu sitzen und einen Hund zu streicheln, aber trotzdem war es ein gutes Gefühl.

„Wie heißen Sie eigentlich?", fragte ich den Mann.

„Mein richtiger Name ist Ronald, aber meine Freunde aus dem Funkkanal nennen mich Big Mac. Du weißt schon, wie der Big Mac von McDonalds."

„Was ist ein Funkkanal?"

„Der mobile Fernfahrer-Funk." Er deutete auf ein kleines Funkgerät mit einem Mikrofon an der Seite. „Ich rede darüber mit meinen Freunden und Kollegen, die auch auf der Straße unterwegs sind. Das hier ist mein Büro. Ich fahre schon länger auf diesen Straßen herum, als du auf der Welt bist."

„Macht Ihnen das Spaß?"

„Na ja, nicht immer, aber es ist ein guter Job. Was macht dein Papa denn beruflich?"

„Ach, er schreibt Sachen auf seinem Computer und schickt sie dann weg." Ich fragte mich in diesem Moment, ob er das eigentlich wirklich machte. Schnell streichelte ich Fred, um nicht mehr daran denken zu müssen.

Big Mac stöberte in der Kabine hinter sich herum. Schließlich fischte er einen Beutel Kartoffelchips heraus. Ich hatte auf einmal richtigen Kohldampf, und die Chips schmeckten toll. Ich ließ einen fallen; Fred schnappte sofort nach dem Ding und verschlang es mit einem lauten Schmatzen. Big Mac und ich mussten lachen.

„Bei Fred musst du schnell sein. Der futtert dir alles weg, wenn du nicht aufpasst."

Big Mac sah aus dem Fenster neben mir und reckte den Hals.

„Was ist? Ist das schon die Polizei?"

„Nein. Ich hab gedacht, dass da jemand ist. Aber vielleicht hat sich nur im Schatten was bewegt."

Er hatte das Fenster heruntergerollt, damit frische Luft reinkommen konnte. Dann reichte er mir eine Fantadose, die so kalt war, dass der Wasserdampf an der Seite runtertropfte. Ich kriege diese Dosen nie richtig auf. Deshalb bat ich Big Mac, sie mir aufzumachen. Der Deckel ging mit einem leisen Knall und Zischen auf.

Plötzlich hörte ich von draußen eine Stimme, die meinen Namen flüsterte. Zuerst dachte ich, es sei die Stimme Gottes. Ich habe schon öfter im Radio gehört, wie manche Leute der Stimme Gottes folgen und dass man Schwierigkeiten bekommt, wenn man Gott nicht gehorcht. Als ich dieses laute Flüstern hörte, glaubte ich deshalb, dass Gott mich rufen würde. Vielleicht wollte er mich zu einer Prophetin machen, oder vielleicht wollte er mir sagen, dass ich als Fernfahrer arbeiten sollte.

Aber es war nicht Gott, sondern mein Papa. Ich sah, wie er sich im Dunkeln ins Gebüsch duckte. Vielleicht hatte ich das laute Brummen des Wohnmobils überhört? Im Nu hatte ich die Tür des Fahrerhäuschens aufgerissen. Fred hatte die Stimme wohl auch gehört, denn er bellte laut und folgte mir. Big Mac versuchte, den Hund zu beruhigen, aber er rannte direkt auf meinen Papa zu. Wieder bellte er, aber ich holte ihn ein und packte ihn am Halsband.

Papa hob mich hoch und drückte mich so fest an sich, dass ich schon dachte, ich müsste ersticken. Vielleicht hatte er Angst gehabt, dass mir etwas Schreckliches passiert sein könnte. „Ich hab mir solche Sorgen um dich gemacht!“, sagte er schließlich.

„Und ich hab Angst gehabt, dass dieser Typ dich erschießt.“

Jetzt war auch der Lastwagenfahrer bei uns. Papa stellte mich wieder auf den Boden.

„Das ist Mr Big Mac“, stellte ich ihn vor. „Sein richtiger Name ist Ronald. Er hat die Polizei angerufen, und ich darf Fred streicheln. Das ist sein Hund. Ist er nicht niedlich?“

Ein anderer Lastwagenfahrer rief verärgert, der Hund sollte endlich aufhören zu bellen, aber Big Mac und mein Papa achteten nicht auf ihn.

Mein Papa schüttelte Big Mac die Hand. „Danke, dass Sie auf Junikäfer aufgepasst haben.“

„Sie hat mir erzählt, dass man Sie entführt hat", erwiderte Big Mac. Er kniff die Augen zusammen und legte den Kopf schief, als ob er mehr hören wollte.

Papa nickte.

„Ja, so ungefähr ist es gelaufen. Was hat die Polizei gesagt?"

Big Mac warf einen Blick auf die Autobahn. „Die sind bestimmt gleich hier."

Papa packte meine Hand. „Wir müssen von hier verschwinden."

„Moment mal!" Big Mac hob eine Hand. „Was ist denn mit Ihren Entführern passiert?"

„Ich habe dieses Problem gelöst", antwortete mein Papa.

Er hielt meine Hand ganz fest, und jetzt sah ich, dass er am Kopf eine Wunde hatte. Blut lief ihm über die Wange. Ich deutete darauf, aber Papa wischte es bloß weg.

„Ich hab einen Erste-Hilfe-Kasten bei mir im Laster", meinte Big Mac.

„Wir müssen weg", erwiderte Papa mit einem Blick über die Schulter. „Vielen Dank für Ihre Hilfe."

Wir rannten los, aber Big Mac rief: „Wartet!" Ich befürchtete schon, dass er einen Herzanfall bekommen könnte, so laut schnaufte und keuchte er. Er legte eine Hand auf Papas Schulter und schnappte nach Luft. „Ich bin auch Veteran. Da Nang. Von achtundsechzig bis siebzig. Erste Infanterie-Einheit."

Mein Papa nickte, als hätte er das schon geahnt, aber ich wusste nicht, was Da Nang war.

Big Mac keuchte immer noch. „Wenn ihr in Schwierigkeiten seid, helfe ich euch gern."

In der Ferne konnten wir schon die Sirene eines Polizeiautos hören. Papa warf erst einen Blick auf Big Mac und dann auf die Autobahn. Endlich sagte er: „Das Wohnmobil hat einen Totalschaden. Ich hab das Lenkrad ein paar Mal absichtlich verrissen und bin in ein paar Bäume reingefahren."

„Und dieses saubere Pärchen ist bestimmt schön durch die Luft geflogen", meinte Big Mac grinsend.

„Ja, die wurden ziemlich rumgeschleudert. Ich hab dem Typen den Revolver weggenommen und ihn in hohem Bogen in den Wald geworfen, nur für den Fall, dass er wieder zu sich kommt. Die Polizei wird die beiden finden, und natürlich auch ihr Diebesgut."

„Warum wartet ihr nicht auf die Polizei?", wollte Big Mac wissen. „Vielleicht gibt es eine Belohnung, wenn dieses niedliche Paar gefasst wird."

„Papa, können wir nicht hierbleiben?", fragte ich. Ich ging in die Hocke und streichelte Fred. „Wir können das Geld gut gebrauchen, wenn wir nach West Virginia fahren."

„Ich glaube nicht, dass wir es bis dorthin schaffen, Junikäfer."

„Warum denn nicht?", wollte ich wissen.

Mein Papa guckte auf einmal so streng. Ich konnte auf der Autobahn schon die blau-roten Lichter des Polizeiautos sehen.

„Wir müssen los", sagte Papa und zog mich hoch.

Big Mac packte Papa am Arm. „Einen Moment noch. Ich will jetzt wissen, was hier eigentlich los ist."

Papa sah dem Mann lange in die Augen. Fast wie beim Angeln, wenn er sich überlegte, wie tief er den Haken unter dem Schwimmer befestigen sollte. Dann sagte er zu mir: „Bleib noch ein bisschen bei Fred. Okay?"

„Okay." Ich setzte mich wieder auf den Asphalt. Fred lehnte sich an mich, während ich ihn hinter den Ohren kraulte. Ich wollte unbedingt mitbekommen, was mein Papa Big Mac erzählte, aber ich hörte nur ein paar Wortfetzen.

„... wollten zurück nach West Virginia ... als sie klein war ... in dem Wohnmobil rumgereist ... der Typ, den sie verhaftet haben ..."

Ich konnte mir daraus keinen Reim machen, aber Big Mac schien jedes Wort zu verstehen. Mein Papa kann eine Geschichte besser erzählen als jeder andere, weil er gleich zum Punkt kommt. Er kann sogar das Telefonbuch interessant machen, wenn er es vorliest. Vielleicht liegt das daran, dass er nicht viel redet und nur dann den Mund aufmacht, wenn er wirklich was zu sagen hat.

Als mein Papa fertig war, stand Big Mac einfach da und sah zu, wie das Polizeiauto mitten auf der Autobahn wendete. Mir war nicht ganz klar, warum wir mit der Polizei nichts zu tun haben wollten. Eigentlich hat mein Papa noch nie Ärger mit der Polizei gehabt. Er hält sich immer an die Geschwindigkeitsbegrenzung, weil das Wohnmobil sowieso nicht so schnell fahren kann.

„Ihr zwei klettert jetzt hoch in meine Schlafkajüte und lasst euch nicht blicken“, sagte Big Mac schließlich.

„Gut. Wir vertrauen Ihnen, dass Sie uns nicht verraten“, erwiderte Papa.

Wir krochen in den Schlafplatz des Lastwagenfahrers. Dort war es so eng, dass ich mir nicht vorstellen konnte, wie dieser große, dicke Mann da reinpassen sollte. Wir duckten uns. Es roch ziemlich muffig, aber das Bett war weich und bequem. Papa fand einen Beutel Maischips. Er nahm sich eine Handvoll. Ich hätte Fred gern hier oben gehabt, aber er war draußen geblieben. Ich gab Papa den Rest von meiner Limonade, und er trank alles in einem Zug aus.

„Wir können also nicht zurück zum Wohnmobil?“, wollte ich wissen.

„Nein.“

„Und was ist mit unseren Sachen?“

„Welche Sachen?“

„Meine Kleidung. Meine Tagebücher.“

Er seufzte. „Vielleicht gibt uns die Polizei alles zurück, wenn das Wohnmobil abgeschleppt wird.“

„Und wann ist das?“

„Sei leise.“

„Aber wann können wir die Sachen zurückhaben?“

„Ich weiß nicht. Sprich leiser.“

„Wovor hast du denn Angst? Du hast doch nichts verbrochen. Diese Leute sind doch in unser Wohnmobil gekommen und haben dich mit einem Revolver bedroht.“

„Ja, klar, aber es geht um mehr als bloß um das.“

„Um mehr? Was meinst du damit?“

„Das ist nicht so leicht zu erklären. Jetzt leg dich hin.“

Ich sprach im Flüsterton weiter. „Was hast du Big Mac denn erzählt? Warum will er uns helfen?“

Papa warf mir wieder diesen strengen Blick zu, aber dann antwortete er mit sanfter Stimme: „Es gibt Sachen, die kann ich dir noch nicht erzählen. Du sollst es wissen, und ich will es dir ja auch sagen, aber ich weiß noch nicht, wie ich es anstellen soll.“

„Sag's mir doch einfach.“

„Das ist nicht einfach.“

„Aber das ist nicht fair. Du sagst mir doch immer, dass ich ganz offen reden soll, wenn ich was auf dem Herzen habe.“

„Aus dir wird bestimmt mal eine gute Rechtsanwältin.“

„Also kannst du mir's auch erzählen.“

Er machte noch immer so ein komisches Gesicht, halb besorgt oder wütend und halb gerührt über irgendwas. „Du wirst die Wahrheit schon bald erfahren. Aber jetzt hab ich etwas anderes auf dem Herzen. Wir müssen unbedingt zurück nach West Virginia, weil wir diesen Kasten von Mrs Linderman holen müssen. Ich muss ein paar Dinge regeln, und dann ...“

„Was dann?“

„Dann können wir weiterziehen.“

„Was soll das heißen?“

„Sei leise.“

„Was soll das heißen: Wir können weiterziehen?“

„Wir können mit unserem Leben weitermachen“, antwortete er. „Die Vergangenheit hinter uns lassen. Alle unsere Sachen aus dem Wohnmobil ersetzen ...“

„Meine Tagebücher kann man nicht ersetzen!“

Er hielt mir mit einer Hand den Mund zu, aber nicht fest, weil er es nicht böse meinte, sondern mich nur ruhig halten wollte. Ich konnte den Ausdruck in seinen Augen sehen, und der war traurig und freundlich zugleich. Es ist komisch, wie viel die Augen eines Menschen über ihn verraten, aber es ist wahr.

„Junikäfer, hör mir zu. Wir können es uns im Moment nicht leisten, dass die Polizei bei uns herumschnüffelt. Sobald wir in West Virginia sind, können wir dir tonnenweise Tagebücher kaufen und auch ein neues Wohnmobil. Und ich werde mein Bestes tun, damit du deine Tagebücher zurückbekommst. Aber ich kann dir nichts versprechen, was ich vielleicht nicht halten kann. Verstehst du?"

Ich nickte, und er nahm die Hand weg. Aber ich konnte nicht anders: mir liefen die Tränen runter, und ich merkte, wie mein Kinn zitterte. Das ist ein furchtbares Gefühl, denn man kann nichts machen, damit dieses blöde Zittern aufhört. Ich habe das schon oft versucht, aber es ist mir nie gelungen.

„Bitte hör auf zu weinen. Alles wird gut. Das verspreche ich dir."

Daran konnte ich aber nicht so richtig glauben. Ich hatte das dumpfe Gefühl, dass noch etwas Schlimmes geschehen würde. Es kam mir vor, als ob zwischen uns und unserem Ziel eine Million Brücken liegen würden und als ob ich etwas Wichtigeres verlieren würde als nur das Wohnmobil und alle unsere Sachen. Aber ich konnte nicht genau sagen, was es war. Dieses komische Gefühl machte mich nervöser als der Typ, der meinen Papa mit dem Revolver bedroht hatte.

Kapitel 20

Es war mitten in der Nacht, als Ella im Schaukelstuhl saß und betete. Obwohl im hinteren Schlafzimmer der Ventilator lief und alle Fenster offen standen, war es noch immer schwülwarm, und das dünne Nachthemd klebte ihr am Körper. Das laute Schnarchen ihres Mannes störte sie, und so war sie auf die verglaste Veranda gegangen. Sie sprach immer wieder dasselbe Gebet wie in der ersten Nacht nach dem Verschwinden von Natalie: *Bring sie zurück, Herr. Bring sie zurück und halte deine Hand über sie. Und bitte sorg dafür, dass Dana den Weg zu dir findet. Lass sie nicht so weit abirren, dass sie nicht mehr umkehren kann.*

Während sie den leise knarrenden Schaukelstuhl in Bewegung hielt, dachte sie an den Bibelvers, der ihr jedes Mal in den Sinn kam, wenn sie an ihre Enkelin denken musste. Es war Römer 8,28. „Wir wissen aber, dass denen, die Gott lieben, alle Dinge zum Besten dienen."

Herr, du weißt, dass ich dich liebe und deinen Willen tun will. Das will ich schon, so lange ich denken kann. Aber ich kann mir einfach nicht zusammenreimen, wozu das gut sein soll. Und ich kann erst recht keinen Sinn darin erkennen. Du brauchst mir ja gar nichts zu erklären. Ich weiß, dass du der allmächtige Gott bist und deine Wege nicht meine Wege sind, aber ich verstehe nicht, warum du uns über das Schicksal der Kleinen im Dunkeln tappen lässt. Diese Ungewissheit raubt mir die Freude am Leben, aber du hast doch gesagt, dass du uns Leben in Fülle geben willst. So, wie es jetzt ist, ist es für mich aber kein Leben in Fülle. Ich will nicht undankbar sein, weil du so viel für mich getan hast, aber ich will auch ehrlich zu dir sein und dir sagen, dass ich das nicht verstehen kann. Wirklich nicht.

Für Ella war das Gebet eine einseitige Unterhaltung, ähnlich den Gesprächen, die sie mit William führte. Sie war es, die redete, und er hörte zu. Manchmal reagierte er mit einem zustimmenden Brummen, einem Stirnrunzeln, einem Augenrollen oder einem Kopfschütteln, aber die meiste Zeit hörte er bloß zu. Und ehrlich gesagt war es ihr lieber, wenn er schwieg.

Manchmal fragte sie sich, wie sie reagieren würde, wenn Gott tatsächlich einmal zu ihr sprechen würde.

Sie mochte diesen stillen Gott, der ihr zuhörte und ihr half, das Leben zu verstehen, indem er ihren Gebeten freundlich zustimmte. Das war bisher ganz gut gegangen, aber manchmal schwebte die Last der ganzen Welt so bedrohlich über ihr wie eine Gewitterwolke. In solchen Situationen wollte sie Antworten auf ihre Fragen haben. Sie wollte von Gott wissen, wo ihr Enkelkind war, selbst wenn sie nur noch eine Leiche vorfinden würde.

Bring sie zurück, Herr. Beschütze sie und bring sie zurück.

Ella wusste, warum sie nachts oft nicht schlafen konnte. Es lag an den Träumen. In dem einen, den sie immer wieder hatte, sah sie, wie Männer den Wald durchkämmten. Die Hunde bellten und schnupperten auf dem Boden herum. Es war Herbst. Die Männer hatten Mäntel an, und die Bäume reckten ihre kahlen Äste in den bewölkten Himmel. Sie bewegten sich in einer Linie über die bewaldeten Hügel. Dabei setzten sie vorsichtig einen Fuß vor den anderen. Plötzlich ertönte ein lauter Ruf. Die Männer und die Hunde rannten zu einem flachen Grab. Eine winzige, knochige Hand schaute aus dem Herbstlaub heraus.

Diese Szene sah sie am häufigsten, wenn sie träumte. Aber sie hatte noch weitere Träume. In einem von ihnen arbeitete sie im Garten. Beim Unkrautjäten zog sie eine Pflanze heraus, die wie eine Steckrübe aussah, sich dann aber in ein Baby verwandelte. Es war Natalie. In diesem Moment wachte sie jedes Mal schweißgebadet auf.

Vielleicht blieb sie aus Angst vor den Träumen lieber wach. Vielleicht sprach Gott durch diese Traumbilder zu ihr, weil er sie auf die schreckliche Wahrheit vorbereiten wollte, auf die Entdeckung einer kleinen Leiche im Wald. Auch aus diesem Grund war es ihr lieber, wenn Gott ihr schweigend zuhörte. Sie wusste natürlich nicht, ob er ihr überhaupt zuhörte. Manchmal dachte sie, dass sie selbst es war, die ihr Leben in der Hand hatte, nicht Gott. Wenn er wirklich die Welt in seiner Hand halten und dabei die Grausamkeiten zulassen würde, die jeden Tag in der Zeitung standen, dann wusste sie nicht so genau, ob sie einem solchen Gott vertrauen konnte.

In der Ferne hörte sie das Pfeifen einer Lokomotive. Zwei lange Töne, ein kurzer und noch ein langer. Dieses Signal bedeutete, dass sich der Zug dem Bahnübergang von Dogwood näherte. Ihr Vater hatte bei der Bahn gearbeitet; deshalb kannte sie sämtliche Pfeifsignale.

Wenn ihr Verstand auf Hochtouren arbeitete, aber ihr Körper erschöpft war, tauchte sie gern in die Vergangenheit ab. Vor ihrem geistigen Auge sah sie ihren Vater, wie er an der Badestelle stand. Der Bach lag direkt unterhalb ihres baufälligen Elternhauses. Sie waren bitterarm, aber hatten trotzdem Freude am Leben. Ella erinnerte sich noch an die vorstehenden Zähne ihres Bruders, an sein breites Grinsen, wenn er im Bach planschte. Keiner aus ihrer Familie konnte schwimmen, aber der Bach war nicht tief genug zum Ertrinken.

In der Gegenwart, wenn sie in der Nacht allein da saß, fand ihre Seele Halt in ihrem Glauben wie ihre Hand an den abgewetzten Armlehnen ihres Schaukelstuhls. In solchen Momenten fiel es ihr leichter, in die Vergangenheit zurückzublicken, als den Schmerz der Gegenwart zu ertragen. Sie hatte sich immer gefragt, was ihre Mutter wohl durchgemacht hatte, als sie ihre Kinder aufwachsen sah und miterlebte, wie sie ihren eigenen Weg gingen – oder auch nicht. Sie fragte sich, was ihre Mutter wohl über Dana sagen würde. Wäre die junge Frau für ihre Großmutter auch ein hoffnungsloser Fall, oder würde sie die Hoffnung nicht aufgeben? Ella war sich ganz sicher, wie ihr Vater reagieren würde: Er würde sagen, dass das Mädchen wohl eine Tracht Prügel brauchte, um sie wieder zur Vernunft zu bringen.

Ella reckte den Hals, um auf die Küchenuhr zu sehen. Aber die Uhrzeit spielte im Grunde genommen keine

Rolle. Sie würde sowieso nicht zur Ruhe kommen. Mit einer alten Zeitung fächelte sie sich Luft zu, und plötzlich kam ihr wieder eine Erinnerung an die Vergangenheit, weil das alles war, was sie noch hatte.

Dana hatte starke Ohrenschmerzen gehabt. Sie hatte als Kind immer die schmerzhaftesten Krankheiten. Ella versuchte, ihre kleine Tochter in den Schlaf zu wiegen. Sie sang ihr Lieder vor, damit sie sich beruhigte. Eines Abends saß sie an Danas Bett und sang ihr das Lied vom alt' rauen Kreuz vor. Sie war gerade bei der letzten Strophe angekommen.

Diesem alt' rauen Kreuz bleib auf immer ich treu,
Trage williglich Schande und Hohn.
Einstens ruft es mich heim,
Wo ich ewig darf schau'n
Seine Herrlichkeit vor Gottes Thron.

Dana sah sie mit ihren großen Augen an. „Mama, warum singst du immer diese Lieder vom Kreuz?"

Ella wollte ihrer Tochter schon eine theologische Antwort geben und ihr mit einfachen Worten den Opfertod Jesu erklären, aber dann überlegte sie es sich anders. „Ich singe einfach gern von jemandem, den ich lieb habe", sagte sie schließlich.

„So wie *Tom Dooley*?"

„Na ja, nicht ganz. *Tom Dooley* ist ein tragisches Lied über eine verlorene Liebe. ‚Das alt' raue Kreuz' ist ein Siegeslied, weil die Liebe nicht verloren, sondern gewonnen hat."

„Ich will aber lieber das Lied von Tom Dooley hören."

Diese scheinbar unwichtige Episode entwickelte sich zu etwas Bedeutenderem. Mutter und Tochter entfernten sich voneinander. Besonders deutlich wurde das, als Dana von der Grundschule auf das Gymnasium wechselte. Ella hatte damals einen Job bei einer Bank. Sie fragte sich immer, ob die Probleme angefangen hatten, weil sie nicht zu Hause war, wenn Dana aus der Schule kam. Oder vielleicht wäre ihre Tochter sowieso ihren eigenen Weg gegangen.

Natürlich machte Ella sich Vorwürfe, als Dana begann, sich mit Jungen herumzutreiben. Anscheinend hatte sie jedes Wochenende einen neuen Freund. Sie blieb oft von Freitag bis Sonntag komplett weg. Ella hätte am liebsten die Polizei verständigt, aber das Mädchen tauchte dann doch immer wieder zu Hause auf. Häufig schwankte sie, weil sie zu viel getrunken hatte. William lief nur noch mit finsterer Miene herum und murmelte, sie würden ein Flittchen großziehen. Aber trotzdem ließ er seine Tochter gewähren.

Als Dana es immer wilder trieb, schließlich nicht mehr zur Schule ging und mit einem Mann zusammenzog, suchte Ella Zuflucht im Glauben. Sie klammerte sich an Gott, aber sie hatte immer das Gefühl, dass die Leute in der Gemeinde sie verurteilten, weil sie sie nicht verstanden. Mit Ausnahme des jungen Hatfield, der eines frühen Morgens zu schnell gefahren war und zwei kleine Mädchen totgefahren hatte, waren die meisten Jugendlichen der Stadt harmlos.

Obwohl Freunde und Bekannte ihr rieten, den Kontakt zu ihrer Tochter abzubrechen, brachte Ella das nicht über das Herz. Obwohl sie sich nicht sicher war, ob sie richtig handelte, glaubte sie im Nachhinein, dass es besser war, die Brücken nicht ganz abzubrechen.

Alles wurde anders, als Dana eines Tages mit dickem Bauch vor ihrer Tür stand. Sie hatte inzwischen mehrmals die Liebhaber gewechselt. Zuletzt teilte sie sich in Huntington eine Bruchbude mit einem „Mitbewohner". Sie wollte wieder zurück in die Schule, aber der „Mitbewohner", der wohl auch für ihren Lebensunterhalt aufkam, hatte sie hinausgeworfen, als sie sich weigerte, das Baby abtreiben zu lassen. Deshalb war sie nach Hause gekommen.

In der Natur folgt auf das Leben der Tod. Aber nach dem Tod entsteht wieder neues Leben, manchmal an den unmöglichsten Orten. Bäume wachsen in seltsamen Winkeln direkt aus einem Felsen. Durch Risse im Asphalt drängt sich frisches Grün. Manche Dinge kann man nicht zupflastern, und das Leben schon gar nicht. Die Tatsache, dass ihre Tochter ein Baby erwartete, war für Ella ein deutliches

Zeichen. Es gab doch einen Gott, und er hielt seine Versprechen, so wie in dem Lied vom „alt' rauen Kreuz". Die Frucht, die aus der Sünde ihrer Tochter entstanden war, kam auf dem Rücksitz eines Autos nach Hause und war so niedlich, dass Ella die Luft wegblieb.

Ella hatte Dana das Bügelzimmer hergerichtet. Sie hatte das Bett frisch bezogen und weiche Kissen darauf verteilt. Ihr liebevolles Verhalten ihrer Tochter gegenüber hätte sogar einen Stein erweicht, aber Dana war nicht dafür empfänglich, sondern lachte ihre Mutter aus.

William fragte Ella, warum sie sich diese Unverschämtheit gefallen ließ, aber sie reagierte bloß mit einem Kopfschütteln. „Unser Herr hat von mir so viel ertragen müssen. Deshalb kann ich bei unserer Tochter jetzt nicht kleinlich sein."

Es war die Rede davon, das Kind gleich nach der Geburt zur Adoption freizugeben oder es sogar an ein wohlhabendes Ehepaar in einem anderen Bundesstaat zu verkaufen, aber als die Kleine schließlich auf die Welt kam, wusste Ella, dass so etwas nicht geschehen würde. Jetzt würde Dana nichts anderes übrig bleiben, als ihr Leben zu ändern und endlich Verantwortung zu übernehmen.

Doch letztlich war eher Ella die Mutter für die Kleine, und sie ließ zu, dass Dana ihr altes Leben wieder aufnahm. Ella konnte sich nicht daran erinnern, dass ihre Tochter bei der kleinen Natalie auch nur einmal die Windeln gewechselt hätte. Sie hatte das Kind einfach an ihre Mutter abgeschoben. Ella hatte ein Ungeheuer großgezogen – nun ja, beinahe. Aber jedes Mal, wenn sie in die Augen dieses kleinen Engels sah, ihrer geliebten Natalie, dann vergaß sie die falschen Entscheidungen der Vergangenheit, weil sie wusste, dass Gott aus etwas Schlechtem etwas Gutes hervorgebracht hatte.

Natalie war der lebende Beweis für die Wahrheit der Worte aus Römer 8,28. Nach ihrem Verschwinden hatte dieser Vers einen bitteren Nachgeschmack bekommen. Ella hatte dieses Kind so sehr geliebt. Aber was war dabei herausgekommen?

Der fast schon volle Mond schien hell, als ein Auto um die Kurve bog. Ein Scheinwerfer war offenbar defekt. Kurz vor der Böschung wurde es langsamer; dann bog es in die Einfahrt zu ihrem Haus ein. Unter den Reifen knirschte der Schotter. Ella ärgerte sich jetzt, dass das Licht am Ende des Gartenwegs aus war, weil sie nicht erkennen konnte, wer der Fahrer war. Derjenige parkte den Wagen und blieb hinter dem Lenkrad sitzen. Es war nicht das Auto des Sheriffs; Ella kannte den Klang seines Motors. Sie hoffte und befürchtete zugleich, dass der Sheriff Graham Walker erwischt und herausgefunden hatte, was er mit Natalie angestellt hatte. Während sie in die Dunkelheit starrte, überlegte sie, ob der Fahrer des Autos vielleicht sogar Walker selbst sein könnte. Vielleicht bereute er seine Tat und wollte etwas wiedergutmachen.

Ella stand auf. Das Nachthemd klebte ihr am Rücken. Sie wusste nicht so recht, ob sie schnell das geladene Gewehr holen sollte, das William immer neben dem Abfalleimer an der Hintertür stehen hatte, weil er auf ständigem Kriegsfuß mit einem Murmeltier stand. Aber dann schlich sie sich doch ohne es vorsichtig zur Haustür und drückte sie auf.

Die Autotür öffnete sich, und es erschien eine Frau mit glattem Haar und einem kantigen Gesicht.

Ella kniff die Augen zusammen. „Dana?“

Die junge Frau schlenderte den Gartenweg entlang, als ob sie regelmäßig zu Besuch kommen würde. Mit hängenden Armen lief sie bis zur Veranda. Dann starrte sie ihre Mutter an.

Ella umarmte ihre Tochter, aber Dana erwiderte die Umarmung nicht.

„Ich bin hier vorbeigefahren und hab geguckt, ob bei euch Licht brennt“, sagte Dana anstelle einer Begrüßung.

„Warum das denn?“

Dana senkte den Kopf. „Na ja, ich wollte einfach sehen, ob jemand da ist.“

Ella wich ein paar Schritte zurück. „Ich kann in letzter Zeit nicht so gut schlafen. Es ist doch bestimmt schon zwei Uhr morgens.“

„Halb vier", entgegnete Dana. Sie war erschreckend dünn, und ihr Gesicht wirkte im Mondlicht geisterhaft bleich.

„Soll ich dir was zu essen machen? Du siehst aus, als wärst du am Verhungern."

„Du meinst immer, dass ich am Verhungern bin, Mama." Dana lachte höhnisch. Dann setzte sie sich auf den Schaukelstuhl. Die Füße stützte sie auf das Geländer der Veranda.

„Wem gehört das Auto?", wollte Ella wissen.

„Das gehört mir. Delbert hat es mir geschenkt."

„Wer ist denn Delbert?"

Dana verdrehte die Augen. „Das geht dich nichts an. Du würdest bloß schlecht über ihn reden."

Ella machte sich ihre Gedanken, während sie sich auf der obersten Stufe der Treppe niederließ. Vielleicht wollte Gott ihr durch diese nächtliche Begegnung noch eine weitere Chance mit ihrer Tochter geben.

„Ich hab eben daran gedacht, wie du als kleines Mädchen immer solche furchtbare Ohrenschmerzen hattest. Kannst du dich noch erinnern?"

„So schlimm war das nun auch wieder nicht."

„Nicht so schlimm?" Ella lehnte sich an die Haustür, die ihre Tochter vor Jahren einmal so fest zugeschlagen hatte, dass das Glas zerbrochen war. Seitdem ließ sie sich nur noch schwer schließen. „Du hast wie am Spieß gebrüllt. Es war schrecklich."

„Das denkst du dir doch bloß aus."

„Das wäre schön. Jedes Mal, wenn du diese Entzündungen hattest, hat es mir in der Seele wehgetan. Ich hätte dir am liebsten die Schmerzen weggenommen und sie selbst ausgehalten, aber das ging ja nicht."

Dana kaute auf einem Daumennagel herum. Ella merkte, dass ihre Worte gar nicht zu ihrer Tochter durchgedrungen waren. Sie saß bloß da und starrte mit diesem leeren Blick vor sich hin.

„Ich brauche Geld, Mama."

„Geld können wir alle brauchen."

„Nein, ich meine es ernst. Ich will weg von hier, und ich werde wohl nicht mehr zurückkommen. Hier verfolgt mich die Vergangenheit auf Schritt und Tritt."

„Und was ist mit deinem Freund Delbert?"

Dana reagierte mit einem Achselzucken. „Der ist nicht der Richtige für mich."

„Aber warum hast du es auf einmal so eilig?"

„Ich kann das nicht mehr aushalten, diese Kameras und ständig die Nachrichten. Da kommt das von früher alles wieder hoch."

Sie fuhr sich mit beiden Händen durch ihr Haar, das so trocken wie von der Sonne gebleichtes Stroh aussah.

„Wo willst du denn hin? Die Nachrichten sind doch im ganzen Land dieselben."

„Ich weiß nicht. Irgendwohin, wo ich nochmal neu anfangen kann. Wo die Leute einen nicht gleich wieder aburteilen."

„Also, wenn du so einen Ort findest, dann sag mir, wo der ist, und ich komme auch dorthin."

„Das ist kein Witz. Ich kann hier nicht mehr bleiben."

In der Dunkelheit war der Walnussbaum am anderen Ende der Auffahrt nicht zu erkennen. Aber vor ihrem geistigen Auge sah Ella seine knorrigen, fast verkrüppelten Zweige. Dieser Baum hatte ums Überleben gekämpft und gewonnen. *Bäume sind wie Menschen,* dachte Ella. *Bei beiden geht es immer um die Wurzeln.* „Wie viel brauchst du?"

Dana schüttelte den Kopf. Jetzt kam ein wenig Leben in ihre Augen. „Ich nehme, was du erübrigen kannst."

„Es gibt einen Unterschied zwischen der Summe, die ich erübrigen kann, und dem Geld, das ich tatsächlich habe. Aber eins muss sicher sein: Du verwendest das Geld wirklich für einen neuen Anfang und nicht für Drogen."

„Ich schwöre, dass es das letzte Mal ist. Dann bist du mich los. Ich will mein Leben wirklich ändern."

Ellas Blick schweifte in die Ferne. Sie dachte daran, wie sie immer wieder gehofft hatte, dass ihre Tochter ihren Weg finden würde. Dann erinnerte sie sich an die vielen dunklen Nächte und an die Momente, in denen sie sich gewünscht hatte, ihre Tochter wäre nie geboren worden. Ihre Gedanken wanderten zu ihrer Enkelin. Ohne ihre Tochter hätte es Natalie nicht gegeben. „Ich rede mit deinem Vater."

„Du weißt doch jetzt schon, wie er reagieren wird."

„Ich kann es mir vorstellen."

„Außerdem brauche ich das Geld jetzt gleich. Ich kann nicht warten. Du brauchst ihn nicht zu wecken. Gib mir einfach, was du an Bargeld im Haus hast, und ich verschwinde."

Ella starrte zunächst auf ihre Hände. Dann warf sie ihrer Tochter wieder einen Blick zu. „Was ist los? Was macht dich denn so fertig?"

„Ich hab's dir doch gesagt. Die Nachrichten." Sie schnappte schluchzend nach Luft. „Ich halte das nicht mehr aus. Ich brauche Hilfe."

Ella drehte sich um, damit sie die Tränen ihrer Tochter nicht sehen musste. Sie stand auf. „Also gut, Dana. Ich helfe dir. Aber unter einer Bedingung."

„Was für eine Bedingung?"

„Ich brauche etwas von dir, bevor ich dir das Geld gebe", erklärte Ella ihrer Tochter.

„Ich hab doch nichts außer diesem alten Auto und ein paar Klamotten."

Ella quittierte das mit einem Kopfschütteln. „Das meine ich nicht. Ich will die Wahrheit wissen."

„Welche Wahrheit denn?"

„Die Wahrheit über jene Nacht. Was ist damals wirklich passiert?"

Dana rollte den Kopf hin und her, als ob sie eine Dehnübung machen wollte. „Ich hab dir und der Polizei und allen anderen doch schon erzählt, was passiert ist."

„Ich glaube nicht, dass du alles erzählt hast", entgegnete Ella mit ruhiger Stimme. Sie hatte ihr Leben lang versucht, ihrer Tochter nach dem Mund zu reden, damit sie nicht einen ihrer berüchtigten Wutanfälle bekam. Jetzt schien ihr das nicht mehr angebracht zu sein. „Sag mir, was mit Natalie geschehen ist."

Dana biss die Zähne zusammen und fuhr sich wieder mit beiden Händen durch das Haar. „Die Kleine. Um sie geht es dir, und ich bin dir vollkommen egal."

„Wie kannst du so etwas sagen?"

„Das ist doch wahr!", schrie Dana. „Natalie hat an einem Tag mehr Liebe von dir bekommen als ich in meinem ganzen Leben!"

„Dana, wie kommst du denn darauf?"

„Weil es stimmt. Ich hab sie nie gewollt, und du hast sie wie eine Prinzessin behandelt."

Ella schauderte. „Was hast du mit ihr gemacht?"

„Ich hab gar nichts gemacht! Ich will nur, dass du einmal in deinem Leben an *mich* denkst."

„Was ist mit ihr passiert? Du weißt mehr, als du sagst, stimmt's?"

„Ich weiß nicht, was passiert ist", entgegnete Dana ein bisschen zu schnell. Sie verschränkte die Arme vor der Brust.

„Hatte dieser Walker etwas damit zu tun? Hast du –?"

„Hab ich was?"

„Hast du sie ihm *verkauft*? Oder gegen Drogen getauscht? Sag mir, dass du so was nicht gemacht hast."

Dana sah ihre Mutter an. In ihren Augen lag eine Verachtung, die Ella noch nie erlebt hatte. „Wie kannst du nur so was von mir denken?"

„Ich versuche mir vorzustellen, was passiert sein könnte, wenn du die ganze Zeit gelogen hast. Sag mir jetzt endlich die Wahrheit!"

„Ach, Mama, du kannst dir gar nicht das Schlimmste ausmalen. Denn wenn du das könntest, würdest du mir nicht mehr in die Augen schauen, und du könntest dich auch nicht mehr im Spiegel ansehen."

„Was willst du damit sagen?"

Dana legte den Kopf schief. „Ich habe viel nachgedacht, seitdem sie das Auto aus dem Wasser gezogen haben. Und weißt du, was ich rausgekriegt habe?"

Ella schüttelte den Kopf, aber in ihrem Herzen machte sich eine entsetzliche Leere und Angst breit.

„*Du* bist das Problem“, sagte Dana. „Ohne dich wäre Natalie noch am Leben. Sie würde bald ihren Geburtstag feiern.“

„Du *weißt*, dass sie nicht mehr lebt?“

Dana machte einen Schritt auf ihre Mutter zu und deutete mit dem Finger auf sie. „Das habe ich nicht gesagt. Aber du warst schuld. Du hast sie verhätschelt mit diesen blöden Schleifen im Haar und den Geschenken. Du hast alles nur noch schlimmer gemacht.“

Ella gab ihrer Tochter eine schallende Ohrfeige. „Wie kannst du es wagen, so mit mir zu reden! Jetzt sag mir endlich, wo das Kind ist.“ Ihre Stimme zitterte vor Aufregung. Sie packte Dana am Arm so fest, dass sich ihre Haut unter ihrem Griff weiß färbte. „Sag mir die Wahrheit, oder du kriegst keinen einzigen Dollar von mir.“

Ein gefährliches Lächeln umspielte Danas Lippen. Sie riss sich los. „Wenn du wissen willst, warum deine Enkelin weg ist, schau in den Spiegel.“

„Wo ist sie?“, brüllte Ella. Wieder packte sie zu, aber diesmal griff sie ins Leere. Dana war bereits durch die Tür geschlüpft.

„Wenn ich zurück bin, will ich Geld sehen!“, schrie Dana ihr zu, während sie zum Auto rannte.

Ella sank auf den Schaukelstuhl, als das Auto wegfuhr. Die flackernden Schusslichter wirkten auf sie wie ein rotes Augenpaar, das sie drohend anstarrte.

Hinter ihr ging die Tür auf. „Was war denn das für ein Krach?“

„Nichts“, antwortete Ella. „Leg dich wieder hin.“

Kapitel 21

Sheriff Harry Preston erwachte vom Duft knusprig gebratenen Schinkenspecks. Als er sah, wie die hellen Sonnenstrahlen durch das Fenster fielen, gebrauchte er einen Kraftausdruck. Er hatte bloß ein paar Stunden schlafen wollen! Mit einem Blick auf den Wecker stand er auf. Er hatte immer noch seine Uniform an; letzte Nacht war er todmüde ins Bett gefallen. Es war ihm nur noch gelungen, sich die Schuhe auszuziehen und den Pistolenhalfter abzuschnallen. Im Magen hatte er ein unangenehmes Völlegefühl, das bestimmt von dem Hähnchen herrührte. Schließlich war er erst mitten in der Nacht zum Essen gekommen. Er zog sich rasch aus und ging unter die Dusche. Vielleicht würde er heute Abend nicht mehr dazu kommen. Wenn es ähnlich laufen würde wie letzte Nacht, hatte er einen langen Tag vor sich.

Mabel hatte schon die Spiegeleier mit Speck parat, als er sich an den Küchentisch setzte. Seine Haare waren noch nass. Das Wasser tropfte ihm auf den gestärkten Hemdkragen.

„War spät letzte Nacht, oder?", fragte sie.

„Danke, dass du mir das Hähnchen warm gehalten hast."

„Um wie viel Uhr warst du zurück?"

Er nannte die Uhrzeit.

„Hast du ihn geschnappt?"

„Nein, wir hatten ein paar Probleme."

„Was für Probleme?"

Preston schilderte ihr die Geschehnisse der letzten Nacht in leicht abgeschwächter Form. Sie sollte sich auf keinen Fall aufregen, bevor er sein Frühstück aufgegessen hatte. „Niemand wurde verletzt. Das ist die gute Nachricht. Aber die schlechte Nachricht lautet: Er ist abgehauen."

„Es hätte dich treffen können", meinte Mabel.

Er brach ein noch warmes Brötchen in zwei Hälften, und duftender Dampf stieg auf. Dann goss er Honig über die beiden Hälften. „Wenn ich so dumm gewesen wäre, in die Hütte zu stürmen, hätte er vielleicht auf mich geschossen. Ich glaube, er wäre von selbst rausgekommen, wenn Mike abgewartet hätte, wie ich es ihm gesagt habe."

Seine Frau starrte schweigend die Tischdecke an. Endlich fand sie die Sprache wieder. „Man weiß nicht, was man hat, bis man es beinahe verliert."

„Was soll das denn heißen?"

„Das heißt, dass du mir fehlen würdest, wenn du nicht mehr nach Hause kommen würdest. Deshalb hab ich die ganze Nacht gebetet."

„Nicht die ganze Nacht!" Er musste lächeln.

„Solange ich die Augen offen halten konnte. Und ich hab nicht gerade wenig gebetet."

„Das hab ich auch gespürt."

Sie neigte den Kopf zur Seite. „Wirklich?"

„Jetzt mach dir bloß nicht gleich Hoffnungen über mein Seelenheil. Aber ja, klar spüre ich manchmal, dass es so was wie eine höhere Macht gibt, die auf mich aufpasst. Manche nennen diese Macht Gott oder Jesus oder den Großen Geist. Ich weiß nicht, wer oder was es ist, aber ich glaube nicht, dass es Humbug ist."

„Na ja, das ist immerhin ein Anfang", entgegnete sie.

Im Schlafzimmer klingelte sein Handy. Bevor er aufstehen konnte, hatte sie ihm das Mobiltelefon schon geholt und hielt es hoch, damit er die Nummer auf dem Display erkennen konnte. Er nahm den Anruf entgegen, ging aber nach vorne ins Wohnzimmer und schaute durchs Fenster in den Vorgarten. Der Rasen musste wieder einmal gemäht werden. Er musste sich heute oder morgen darum kümmern, oder sie holten wieder den kleinen Reynolds. Der Junge verlangte für diese Arbeit 20 Dollar. Für Preston war das ein Wucherlohn.

„Wer war es denn?", fragte sie, als er wieder in die Küche kam.

„Mikes Frau. Er kommt heute nicht zur Arbeit."

„Das kann ich verstehen. Es hätte ja auch gründlich schiefgehen können. Vielleicht braucht er sogar psychologische Beratung wegen post-traumatischem Stresssyndrom."

Preston wollte schon erwidern, dass *er* eine psychologische Beratung nötiger hätte als sein Stellvertreter, aber er schwieg lieber. Sie hätte ihm am Ende noch zugestimmt. Während sie ihren Kaffee austrank, holte er sich seinen Gürtel mit Pistolenhalfter vom Kaminsims.

„Du hast ja gar nicht aufgegessen." Das zweite Brötchen lag unangetastet auf seinem Teller.

„Das reicht mir bis heute Mittag. Wenn ich von der letzten Nacht ausgehe, könnte das heute wieder ein langer Tag werden." Wieder klingelte sein Handy. Er warf einen Blick auf die Nummer des Anrufers, nahm aber nicht ab.

„Wenn du zum Mittagessen nicht nach Hause kommst, esse ich vielleicht bei Brad", sagte Mabel. „Leslie hat gesagt, ich könnte immer kommen, wenn du Überstunden machst. Aber wenn du meinst, dass du zum Abendessen zurück bist, bleibe ich natürlich hier."

„Nein, geh ruhig rüber. Wenn sich die Lage beruhigt, statte ich dir vielleicht einen Besuch ab."

„Du stattest mir einen *Besuch* ab?"

„Ja, so wie damals, als wir jung waren. Wenn ich mich richtig erinnere, hat mich dein Bruder nie sonderlich gemocht."

„Er hat eben gleich gewusst, dass du bloß hinter meinem Luxuskörper her warst!"

Sie mussten beide lachen. Ein Blick oder ein Witz, den jemand vor Jahren erzählt hatte, genügte, um bei ihnen dieses vertraute Gefühl der Zusammengehörigkeit zu wecken. Die Zeit kann manchmal Wunder wirken.

Er beugte sich zu ihr herunter und küsste sie auf das Haar. Sie strich ihm zärtlich über die Hand. Als er durch die Haustür nach draußen ging, rief sie ihm nach: „Ich bete für dich."

Er nickte ihr noch einmal zu und ließ die Tür hinter sich

zufallen. Ihre Ehe war zwar nicht perfekt, aber es ging ihnen gut miteinander.

Vom Auto aus rief er im Büro an. Seine Sekretärin nahm ab. „Es sind ein paar Anrufe eingegangen von Leuten, die meinen, sie hätten Walkers Auto gesehen. Ich kann Ihnen die Nummern durchgeben, wenn Sie diese Hinweise weiter verfolgen wollen."

„Haben ihn die Anrufer vor oder nach Mitternacht gesehen?"

„Vor Mitternacht", antwortete Mindy.

„Die können warten, bis ich im Büro bin. Sonst noch was?"

„Ich hatte noch einen weiteren Anruf. Eine Frau aus Colorado wollte mit demjenigen reden, der die Ermittlungen leitet."

„Welche Ermittlungen?"

„In dem Fall des vermissten Mädchens. Sie sagte, sie hätte wichtige Hinweise."

Preston reagierte mit einem skeptischen Kopfschütteln. Das war vielleicht wieder so ein *Medium*. Er hatte schon mit vielen Anrufern gesprochen, die behaupteten, übersinnliche Fähigkeiten zu haben. Nachdem sie die Nachrichten gesehen hatten, riefen sie an, weil sie angeblich in einer Vision gesehen hätten, wo der Täter das kleine Mädchen begraben hatte. Wieder andere erahnten die Leiche des Mädchens im Kofferraum eines alten Autos auf einem Schrottplatz. Die schlimmste Version war die von Leichenteilen, die irgendwo in den Appalachen verstreut liegen sollten. Auf ihre Art meinten sie es alle gut, aber diese Hinweise führten zu nichts. „Hat sie vielleicht die Karten gelegt oder im Kaffeesatz gelesen?"

„Nicht, dass ich wüsste. Aber sie klang aufgeregt. Ich glaube, die ist echt." Mindy hatte eine gute Menschenkenntnis.

„Dann geben Sie mir die Nummer."

Er schrieb die Telefonnummer auf den Rand eines Kaffeebechers von McDonalds. Während er auf einen Schnellimbiss mit Autoschalter zufuhr, wählte er die Nummer.

Ein Anrufbeantworter sprang an. Die Frau nannte ihren Namen und bat um eine kurze Nachricht. Er wollte gerade seine Telefonnummer hinterlassen, als sie den Hörer doch noch abnahm.

„Sheriff Preston?“, fragte sie.

„Am Apparat.“

„Ich hab Sie in den Fernsehnachrichten gesehen. Danke für Ihren Rückruf. Ich wollte gerade zur Arbeit.“

„Wann kann ich Sie wieder anrufen?“

„Nein, nein, ich habe noch ein bisschen Zeit.“

Er nahm am Autoschalter einen neuen Kaffeebecher aus der Hand der jungen Frau, die ihn bediente. „Darf ich fragen, warum Sie um einen Rückruf gebeten haben?“, wollte er wissen.

Sie atmete tief durch. Es klang so, als ob sie mit den Tränen kämpfte. „Es geht um die kleine Natalie. Das vermisste Mädchen.“

„Ich höre.“

Preston machte sich darauf gefasst, dass er wieder eine wilde Geschichte zu hören bekommen würde. Vielleicht hatte sie einen Traum gehabt und wollte von ihm wissen, ob er einen Ort kannte, an dem zwei Bäume zusammengewachsen waren, weil dort das Mädchen begraben liegen würde.

„Ich vermute, dass sie kürzlich bei mir im Haus gewohnt hat.“

Er hatte gerade einen großen Schluck von dem Kaffee genommen. Beinahe hätte er sich verschluckt. „Und was veranlasst Sie zu dieser Vermutung?“

„Sie war mit ihrem Vater unterwegs. Zumindest hielt ich diesen Mann für ihren Vater. Er hatte sein Wohnmobil auf unserem Parkplatz abgestellt, während er auf ein Ersatzteil wartete.“

„Das Fahrzeug war fahruntüchtig?“

„Richtig. Ich arbeite bei Walmart. Und dann ist dieses niedliche kleine Ding ...“ Sie konnte nicht mehr weitersprechen.

Preston trank einen kleinen Schluck Kaffee. Wieder fuhr ein Übertragungswagen eines Fernsehsenders auf die Abfahrt nach Dogwood. „Wie alt war das Mädchen Ihrer Meinung nach?"

„Etwa neun Jahre alt. Natalie müsste am zwanzigsten ihren zehnten Geburtstag feiern."

„Woher wissen Sie das?"

„Das stand auf dem Plakat mit dem Bild des vermissten Mädchens. Sie war ihr wie aus dem Gesicht geschnitten."

Ihre Angaben klangen vernünftig, aber trotzdem blieb Preston skeptisch. Genau aus diesem Grund hatte er Ella davon abgeraten, sich an den Suchdienst für vermisste Kinder zu wenden. Die Leute meinen ständig, irgendwelche Ähnlichkeiten festzustellen. Man ging dann diesen Hinweisen nach, aber ein paar Jahre später wurden ein paar Knochen gefunden, und dann musste man feststellen, dass man sich an eine falsche Hoffnung geklammert hatte.

„Können Sie den Fahrer des Wohnmobils beschreiben?"

„Natürlich, er hat bei mir übernachtet."

Sie erklärte ihm kurz, wie es dazu gekommen war. Preston fragte nach dem Namen des Mannes. Er machte sich Notizen. Der Name kam ihm irgendwie bekannt vor, aber er wusste nicht, woher.

„Haben Sie das Kennzeichen des Wohnmobils?"

Der Zettel lag in ihrem Schlafzimmer. Sie ging zum anderen Telefon.

„Gibt es noch andere Gründe für Ihre Vermutung, dass es sich bei dem Mädchen um Natalie Edwards handeln könnte?", fragte Preston.

„Ja. Das, was er am Telefon gesagt hat. Er hat mich von Arkansas aus angerufen und mir gestanden, dass sie nicht seine Tochter ist."

„Johnson hat Ihnen das erzählt? Warum hat er Sie angerufen?"

„Das Mädchen sollte eigentlich eine Weile bei mir bleiben, aber sie ist trotzdem mit ihm mitgefahren. Er musste nach Arkansas. Ich weiß nicht, warum. Und als er anrief, meinte er, sie hätte sich im Wohnmobil versteckt. Er hätte nicht gewusst, dass sie im Auto war."

„Sie glauben ihm nicht."

„Ich weiß nicht, was ich glauben soll. Aber während dieses Telefongesprächs hab ich Zwei und Zwei zusammengezählt."

Preston schrieb eifrig mit.

„Ganz ehrlich, Sheriff, er ist ein guter Mensch. Er ist sehr lieb zu dem Mädchen, auch wenn er nicht ihr richtiger Vater ist."

„Das ist aber bloß ihr persönlicher Eindruck."

„Stimmt."

Er dachte kurz nach. „Warum melden Sie sich erst jetzt bei mir?"

Sie hielt inne. Er konnte hören, wie sie erneut mit den Tränen kämpfte. „Ich wollte es nicht wahrhaben, weil ich mir so sehr eine Familie wünsche. Ich würde die Kleine sofort adoptieren. Sie ist hochintelligent. Sie kann besser lesen als die meisten Erwachsenen, die ich kenne. Das ist ein Beweis, dass es ihr nicht an Bildung mangelt. Aber ihre Familie geht mir einfach nicht aus dem Kopf. Irgendwo in West Virginia steht ein leeres Kinderbett, und die Kleine braucht doch die Geborgenheit ihrer Familie."

Preston musste an Ella denken und an alles, was diese Frau durchgemacht hatte. Vielleicht war die Anruferin eine Verrückte, oder vielleicht wollte sie unbedingt in die Zeitung kommen.

Aber das glaubte er nicht. Vielleicht hatte Ella von Anfang an recht gehabt. Vielleicht gab es keine an einem unbekannten Ort verscharrte Kinderleiche. Vielleicht lebte Natalie tatsächlich noch. Vielleicht war sie mit einem Mann in einem Wohnmobil unterwegs. Vielleicht hatte dieser Mann die Kleine entführt, wie Dana Edwards behauptete. Und was war dann mit Walker?

Prestons Gedanken überschlugen sich förmlich. Er wollte sich jedoch nicht nach einem einzigen Telefongespräch ein Bild machen. Schließlich wusste er, dass man sich in Menschen leicht täuschen konnte. Eine einsame Frau, die zwei Fremde von einem Parkplatz auflas, konnte nicht den vollen Durchblick haben. Falls dieser Typ das kleine Mädchen sexuell missbrauchte, dann war er kein guter Mensch, sondern ein Verbrecher. Und Verbrecher muss man zur Strecke bringen.

„Bitte geben Sie mir Bescheid, wenn Sie ihn finden", sagte die Frau am anderen Ende der Telefonleitung. „Ich glaube, die beiden sind auf dem Weg in Ihre Gegend."

„Wie kommen Sie denn darauf?"

„Weil er aus West Virginia stammt. Aus den Bergen. Ich glaube, er wollte dort irgendetwas regeln."

„Ich werde Augen und Ohren offen halten."

„Bitte tun Sie ihm nichts an, Sheriff. Vor langer Zeit hat dieses kleine Mädchen etwas Schreckliches erlebt. Wenn Sie ihr den einzigen Vater wegnehmen, den sie kennt, machen Sie alles noch viel schlimmer."

Dritter Teil

Kapitel 22

Ich kuschelte mich auf dem Bett an Fred, während Big Mac seinen Laster fuhr. Wir kamen an unserem Wohnmobil vorbei. Überall blitzten rote und blaue Lichter. Big Mac sah, wie ein Mann und eine Frau in ein Polizeiauto geschoben wurden. Diese beiden bekamen hoffentlich ihre verdiente Strafe. Im Radio sagte der Nachrichtensprecher etwas über eine Schießerei in der Drogenszene. Big Mac meinte, dass dieses saubere Pärchen bestimmt in die Sache verwickelt wäre.

Als wir am Wohnmobil vorbeifuhren, wusste ich plötzlich, wie sich Leute fühlen müssen, wenn ihr Haus von einem Tornado oder einer Flutwelle vernichtet wird. Wir hatten unser Zuhause verloren.

Ich packte Papa am Arm. „Können wir zurück zu Sheila, wenn alles vorbei ist?"

Er starrte bloß auf die weißen Streifen der Straße. „Ich weiß nicht, Junikäfer."

„Aber mein Fahrrad steht noch bei ihr!"

„Warten wir mal ab."

„Warum nennen Sie die Kleine eigentlich Junikäfer?", fragte Big Mac. „Das kann doch nicht ihr richtiger Name sein."

„So nennt er mich aber immer", sagte ich.

„Werfen Sie doch mal einen Blick auf sie", meinte Papa. „Wenn Ihnen ein besserer Name einfällt, sagen Sie es ruhig."

„Ich weiß nicht so recht", erwiderte Big Mac. „Vielleicht Julie oder Carrie oder Ginevra. Jeder andere Name wäre besser als Junikäfer."

Ich musste lachen, als er *Ginevra* sagte, aber Papa legte den Arm um mich. „Als ich sie zum ersten Mal gesehen habe, fiel mir sofort ‚Junikäfer' ein."

„Und wann war das?“, wollte Big Mac wissen.

„Das ist schon lange her. Es war im Juni. Auch aus diesem Grund passt der Name zu ihr. Sie können sie nennen, wie Sie wollen, aber für mich wird sie immer *Junikäfer* bleiben.“

Fred legte mit einem tiefen Seufzer den Kopf auf mein Bein. Bei dem, was Papa gesagt hatte, wurde mir ganz warm ums Herz, obwohl es mich auch ein bisschen traurig machte. Schließlich kannte ich ja jetzt meinen richtigen Namen. Manchmal passiert es eben, dass ein glückliches Gefühl begleitet wird von anderen, nicht so schönen Gefühlen.

Wir fuhren nach Westen, also in die entgegengesetzte Richtung als nach West Virginia, aber Big Mac sagte, wir sollten uns keine Gedanken machen. Er kannte einen anderen Fahrer, der nach Osten wollte. Big Mac rief die Handynummer dieses Fernfahrers an und hinterließ ihm eine lange Nachricht.

Ich musste wohl eingeschlafen sein, als der andere zurückrief, weil Papa mich plötzlich weckte und Fred wie verrückt bellte.

Big Mac stand auf dem leeren Parkplatz eines Supermarktes und redete mit einem anderen Typen, dessen Lastwagen am Rand parkte. Überall war dichter Nebel, weil es noch vor Sonnenaufgang war. Ich streichelte Fred ein letztes Mal, dann hob Papa mich in den anderen Lastwagen und legte mich dort in die Schlafkajüte. Der Kollege von Big Mac hieß Bill. Im Mobilfunk der Fernfahrer war sein Spitzname *Kojote*. Vielleicht hatte er diesen Namen, weil er ab und zu heulte. Er schien nicht gerade froh darüber zu sein, dass er uns mitnehmen sollte. Aber er schuldete Big Mac einen Gefallen.

„Vielleicht gerate ich in Schwierigkeiten, wenn ich euch mitnehme“, sagte Bill zu Papa, als wir losfuhren.

„Wir werden niemandem was erzählen“, erwiderte Papa.

Bill hatte keinen Hund, aber sein Bett roch, als ob er mal einen gehabt hätte. Es lagen genug Krümel und Essensreste darauf herum, dass davon zwei, drei junge Hunde eine ganze Woche hätten leben können. Ich war todmüde. Deshalb fielen mir sofort die Augen zu. Als ich wieder aufwachte, standen wir vor einem McDonald's. Die Sonne war schon längst aufgegangen, und es wurde heiß im Schlafplatz, obwohl Bill einen kleinen Ventilator zwischen dem Bett und den vorderen Sitzen aufgehängt hatte.

Papa half mir beim Aussteigen, und dann gingen wir über den Parkplatz, weil man diese großen Laster nicht auf einem normalen Platz abstellen kann.

„Wo sind wir?", fragte ich.

„Bei McDonald's", antwortete Bill mit einem verächtlichen Lachen, als ob er das witzig finden würde.

„In Kentucky", meinte mein Papa leise. „Das ist nicht mehr weit von West Virginia."

Ich fragte ihn nochmal, ob wir meine Tagebücher wiederbekommen würden. Er ging in die Hocke, damit er mir in die Augen sehen konnte. „Junikäfer, jetzt hör mir mal zu. Wir sind in einer Zwickmühle. Ich muss an diesen Ort, an dem ich seit Jahren nicht mehr gewesen bin, und dort etwas suchen. Und dann ..."

„Und dann?"

Er drehte den Kopf weg. Zuerst dachte ich, er würde auf das Gebäude gucken, aber als er sich wieder zu mir umdrehte, waren seine Augen ganz rot und feucht. „Und dann überlegen wir uns, was wir als Nächstes machen. Jetzt essen wir erst mal was, damit wir fit sind für die restliche Strecke. Wir machen einen Schritt nach dem anderen."

Danach beschloss ich, nicht mehr so viele Fragen zu stellen. Ich weiß nicht, wie es anderen Leuten geht, aber ich kann niemanden weinen sehen, besonders nicht meinen Papa.

Ich bekam einen Orangensaft und Pfannkuchen mit Ahornsirup. Bill zerteilte seine Würstchen, während er mich beim Essen beobachtete. Er kicherte. „Die Kleine hat ja einen gesunden Appetit. Wie lange seid ihr schon unterwegs?"

Papa warf mir einen warnenden Blick zu. Er wollte nicht, dass ich etwas über uns verriet.

„Ich hab nicht gewusst, dass das ein Staatsgeheimnis ist“, meinte Bill, als wir seine Frage nicht beantworteten.

Er steckte sich noch ein Würstchen in den Mund. Seine Lippen glänzten von dem Fett. „Mac hat mir erzählt, dass ihr nach West Virginia wollt, aber er hat mir nicht gesagt, wohin dort.“

„In einen Ort etwa eine Stunde von der Grenze zu Kentucky entfernt“, erwiderte Papa.

„Dogwood“, ergänzte ich. „Haben Sie davon schon mal gehört?“

Bill wischte sich mit einer Serviette über den Mund. „War da nicht neulich was in den Nachrichten?“

Papa knüllte seine Serviette zusammen und legte sie auf das Tablett. „Wir müssen los“, sagte Papa.

„Moment mal“, protestierte Bill. „Ich hab noch nicht aufgegessen.“

„Ich mache es beim Mittagessen wieder gut“, entgegnete Papa.

„Ich muss aufs Klo“, jammerte ich.

„Das kann warten“, meinte Papa.

„Papa, ich muss aber ganz dringend!“

Er hob mich hoch und hielt mich ganz nah an sein mit Bartstoppeln übersätes Gesicht. Das hatte er immer gemacht, als ich noch ganz klein war. Seitdem ich größer bin, macht er es eigentlich nicht mehr. Deshalb war ich überrascht. Aber dann bemerkte ich das Polizeiauto, das draußen parkte.

Bill holte uns am Eingang ein. Papa drehte sich zu ihm um. „Steigen Sie in den Lastwagen und warten Sie da drüben an der Tankstelle auf uns.“

Bill antwortete ihm mit nicht so netten Worten. Er meinte, mein Papa sei nicht sein Chef, und er könnte uns auch einfach hier stehen lassen. Er war wohl noch immer sauer, weil er sein Frühstück nicht hatte aufessen können.

„Diese Mühe wird sich für Sie lohnen“, sagte mein Papa, und da erwiderte Bill nichts mehr. Papa marschierte durch die Tür, stellte mich auf den Boden und nahm mich an der Hand. Ich ließ seine Hand nicht ein einziges Mal los, als wir über die Straße gingen und in der Tankstelle gegenüber die Toilette aufsuchten. Mann, war ich froh, dass ich nicht bis zur nächsten Raststätte warten musste! Wenn man Orangensaft trinkt, sollte immer eine Toilette in der Nähe sein.

Als ich zum Laster kam, war Bill auch da. Papa reichte ihm einen braunen Kaffeebecher durchs Fenster. Vielleicht wollte er ihn für sein verpasstes Frühstück entschädigen. Wir stiegen ein, und Papa reckte den Hals, um nach dem Polizeiauto zu sehen.

Bill stellte das Radio an. Es stellte sich heraus, dass er am liebsten ganz laut Country-Musik hörte. Ich fand das gar nicht schlecht. Einmal habe ich im Radio einen Prediger gehört. Er sagte, dass das einzige von Gott geschaffene Musikinstrument die menschliche Stimme sei. Das gefiel mir. Engel sollen ja Harfen und alles Mögliche haben, wie man hört, und sie singen auch. Als ich den Sängern zuhörte, war ich froh, dass Gott Menschen geschaffen hat, die beim Singen den Ton halten können.

Wir fuhren zurück auf die Autobahn, und gleich darauf überquerten wir eine Brücke. Ich hielt mir die Ohren ganz fest zu und sang. Bill drehte sich um und sagte wieder böse Wörter. Papa versuchte, ihm die Sache mit den Brücken zu erklären, aber der Typ wollte das einfach nicht kapieren. Dann war die Brücke vorbei. Im Mund hatte ich noch immer den süßen Geschmack der Pfannkuchen. Die laute Musik dröhnte, und der Wind wehte durch die offenen Fenster. Aber eins ging mir nicht mehr aus dem Kopf: die Tränen in Papas Augen.

Ich war ziemlich müde und muss wohl wieder eingedöst sein. Als Nächstes merkte ich, wie Papa mich wachrüttelte. Er deutete auf ein Schild, auf dem stand: „Willkommen im wilden, wundervollen West Virginia!“ Ich sah aus dem Fenster. Wir fuhren gerade über eine große Brücke. Mein Papa hatte mich extra deswegen geweckt. Da wusste ich, wie lieb er mich hat.

Inzwischen hatte Bill die Country-Musik abgestellt und hörte dem Mobilfunk zu. Ich verstand nur die Hälfte von dem, was er ins Mikrofon sprach, aber ich bekam mit, dass er mit seiner Ladung nach Charleston fahren wollte. Mein Papa meinte, wir würden vorher aussteigen.

Sobald wir West Virginia erreichten, wurde es hügeliger. Am Straßenrand wuchsen so viele Bäume und Büsche, dass es aussah wie ein riesiger Garten. Alles war so grün und lebendig. Ich fragte mich, wie es wohl wäre, in einem der Häuser zu wohnen, die ich im Vorbeifahren sah. Viele hatten vorne Säulen, und die Gärten sahen aus, als würden sie gar kein Ende nehmen. Dann musste ich wieder an unser Wohnmobil denken und an alle meine Sachen. In so einem großen Haus würde ich mich ohne meine Tagebücher bestimmt sehr einsam fühlen.

„Ein Bruder von mir ist da zum College gegangen", sagte Bill und deutete auf eine Stadt, die auf der linken Seite der Straße lag, aber durch die Bäume kaum zu sehen war.

„Was macht er heute?"

„Arbeitet als Versicherungsvertreter in Columbus."

Papa sah aus dem Fenster. Jedes Mal, wenn ich an einen Ort komme, an dem ich schon mal war, denke ich an das letzte Mal und an alles, was ich dort erlebt habe. Vielleicht ging es Papa gerade genauso.

„Sind Sie hier in der Gegend aufgewachsen?", wollte Bill wissen.

Papa nickte. „Ich war ein kleiner Junge, als das Flugzeug mit dem ganzen Team abgestürzt ist. So was vergisst man nicht."

„Stimmt. Das hat der ganzen Gegend einen Schlag versetzt. Aber die Mannschaft hat später noch viele Meisterschaften gewonnen."

„Das hat die Leute, die beim Flugzeugabsturz gestorben sind, auch nicht wieder lebendig gemacht", meinte mein Papa.

„Auch wieder wahr", erwiderte Bill.

Wir fuhren unter einer hohen Brücke durch. Papa zeigte nach rechts. „Als ich ein Teenager war, war da hinten ein Autokino."

„Was ist denn ein Autokino?", wollte ich wissen.

Papa erklärte mir, dass das ein Kino ist, in dem man von seinem Auto aus einen Film anschauen kann. Das macht bestimmt Spaß.

„Ich bin nie da gewesen, aber wenn ich vorbeifuhr, hab ich immer einen Blick auf die Leinwand geworfen“, sagte Papa. „Diese riesig großen Bilder, die über den Parkplatz flimmerten.“

„Warum bist du denn nie hingegangen?“, fragte ich.

Er zuckte mit den Schultern. „Vielleicht, weil ich niemanden hatte, der mit mir hinwollte.“

Die Sonne stand hoch am Himmel, als wir weiterfuhren. Papa sagte zu Bill, dass er sich für das Mittagessen ein Restaurant aussuchen sollte. Bill wollte zu einem *Wendy's*, und so parkte er auf einem freien Platz für Lastwagen. Papa und ich gingen ins Restaurant. Als wir wieder rauskamen, waren wir beladen mit Hamburgern, Pommes frites und Getränken. Papa gab Bill ein paar Zwanzigdollarscheine und dankte ihm für seine Hilfsbereitschaft. Ich fand, dass Hilfsbereitschaft nicht unbedingt das richtige Wort war. Schließlich hatte er uns bloß mitgenommen, weil er Big Mac einen Gefallen schuldete.

Er stopfte das Geld in die Brusttasche seines Hemdes und runzelte die Stirn. „Sie könnten ruhig noch ein bisschen mehr rausrücken.“

„Ich hab ihnen fast mein ganzes Bargeld gegeben.“

Bill zeigte mit einer Kopfbewegung auf sein Funkgerät. „Ich brauch bloß dieses Ding hier anzustellen und einen Tipp rauszuschicken. Wollen Sie wirklich, dass die Polizei nach einem schrägen Typen und einem kleinen Mädchen sucht?“

Ich glaube, Papa hatte Angst vor der Polizei. Er griff in seine Brieftasche, holte noch mehr Geldscheine raus und gab sie dem Kerl. Bill zählte kurz nach und warf einen Blick auf Papas Brieftasche. Ich konnte darin nur noch einen Zwanzigdollarschein sehen. Zum Abschied zog der Typ seine dreckige Mütze. „Hoffentlich geht für euch alles gut aus“, sagte er. Dann startete er den Motor und fuhr weg.

Wir sahen bestimmt ganz schön armselig aus auf diesem trostlosen, leeren Parkplatz, auf dem das Unkraut wucherte. Die Sonne brannte auf uns nieder. Wir hatten nur noch wenig Geld, und wir besaßen nichts außer den Kleidern, die wir trugen. Wenn jemand in diesem Moment an uns vorbeigefahren wäre, hätte er zwei Landstreicher gesehen, die nicht so recht wussten wohin. Aber trotzdem war ich aufgeregt, weil ich spürte, dass wir beide unserem eigentlichen Zuhause näher waren als jemals zuvor. Am liebsten hätte ich laut gesungen, so sehr freute ich mich. Ich umklammerte Papas schwielige Hand. Obwohl wir alles verloren hatten, hüpfte ich fröhlich neben ihm her. Ich war voller Hoffnung, dass wir jetzt endlich das finden würden, wonach wir suchten.

„Komm mit. Wir suchen uns erst mal ein schattiges Plätzchen", sagte Papa.

Wir gingen nicht in den Burger-Laden zurück, sondern zu einem anderen Schnellimbiss. Drinnen war es kühl. Ich setzte mich auf eine Sitzbank, während Papa uns eiskalte Limo holte. Ich bekam eine mit Limonengeschmack. Sie war so kalt, dass ich am liebsten wieder nach draußen gegangen wäre, um mich aufzuwärmen.

„Was machen wir jetzt?", wollte ich wissen.

Er trank einen großen Schluck von seiner Limonade. Als er anfing zu sprechen, sah ich, dass seine Zunge ganz grün war. Da musste ich lachen. Er schüttelte Kopf, aber dann lächelte er. Plötzlich wusste ich, dass alles gut werden würde, auch wenn wir jetzt kein Geld und kein Wohnmobil mehr hatten. Mein Papa hat mir schließlich oft gesagt, dass man nicht viel braucht, wenn man in dieser Welt einen Menschen hat, den man liebt.

„Wir brauchen einen fahrbaren Untersatz, und dann müssen wir uns auf den Weg zum Reservoir machen."

„Wie wollen wir das anstellen? Wir haben doch kein Geld mehr."

„Ich hab schon eine Idee, aber dafür müssen wir eine Wanderung machen. Meinst du, du schaffst das?"

„Eine Bergwanderung? Klar doch!"

„Nein, keine Bergwanderung. Es ist bloß ein langer Spaziergang.“ Er sah noch einmal in seiner Brieftasche nach.

„Haben wir denn genug Geld?“, fragte ich.

„Wir werden schon klarkommen“, antwortete er. „Jetzt marschieren wir erst mal los.“

Kapitel 23

Sheriff Harry Preston ging zur Kaffeemaschine und füllte einen Pappbecher mit der schwarzbraunen Flüssigkeit. Dann warf er einen Blick auf die Übertragungswagen. Die Journalisten verhielten sich momentan noch abwartend, wie Geier, die über einem verendeten Tier kreisen, aber er wusste, dass er sie nicht mehr allzu lange hinhalten konnte. Schon bald würden sie sich gierig auf ihre Beute stürzen.

Sie hatten über den entflohenen Tatverdächtigen berichtet, aber sie wussten noch nicht, was letzte Nacht vorgefallen war. Er hoffte, dass das noch eine Weile so bleiben würde. Momentan arbeitete er fieberhaft an der Reihenfolge der Geschehnisse vor langer Zeit. Je länger er darüber nachdachte und je öfter er sich die Bilder des aus dem Wasser geborgenen Autos ansah, desto weniger ergaben die Aussagen der Beteiligten für ihn einen Sinn. Das Verschwinden des kleinen Mädchens erinnerte ihn an den Docht einer abgebrannten Kerze. Der Rauch steigt noch eine Zeit lang auf, und dann verschwindet er. Vielleicht war etwas dran an den Worten der Anruferin aus Colorado. Vielleicht hatte Dana damals die Wahrheit gesagt.

Mindy legte ihm ein Blatt Papier auf den Schreibtisch. „Das ist der Bericht über die Autonummer, bei der ich den Halter ermitteln sollte. Ach ja, und dann ist dieser Reporter vom Lokalblatt am Telefon."

„Sie wissen, dass ich mit denen nicht reden will ..."

„Ich hätte Sie nicht damit belästigt, wenn er nicht gesagt hätte, dass er Informationen für Sie hat. Am besten, Sie sprechen doch mal mit ihm."

„Informationen worüber?"

„Er sagt, er weiß etwas über Gray Walker."

Preston stieß einen leisen Fluch aus.

„Ich hab ihm kein Sterbenswörtchen gesagt." Mindys Stimme klang entrüstet.

„Wahrscheinlich hat er sich an Mike rangemacht und ihm eine Schachtel Pralinen oder einen Sechserpack Bier versprochen."

Mindy musste lächeln. „Für ein gutes Bier würde der seine Seele verkaufen."

„Also gut. Machen Sie die Tür zu." Preston nahm den Telefonhörer ab und setzte sich die Lesebrille auf.

„Sheriff, hier ist Todd Bentley. Ich bin gerade hier in der Gegend. Kann ich vorbeikommen?"

„Ich weiß nicht, Mr Bentley. Ich bin nicht besonders gut auf Ihre Branche zu sprechen."

Bentley lachte leise. „Ich glaube aber, dass Sie interessiert, was ich Ihnen zu erzählen habe. Es geht um Graham Walker."

„Nicht alles, was Sie einem meiner Stellvertreter aus der Nase ziehen, ist die reine Wahrheit. Das müssten Sie doch wissen."

„Von Mike hab ich das nicht. Aber ich weiß, dass letzte Nacht Schüsse gefallen sind."

Mit einem Seufzer verdrehte Sheriff Preston die Augen. Dieser Typ war wirklich gut. Ein richtiger Terrier. Vielleicht war diese Story für ihn eine Chance, bei einer größeren Zeitung einen Fuß in die Tür zu kriegen.

Preston warf einen Blick auf den Bericht, den seine Sekretärin ihm hingelegt hatte. Er hatte seine Gefühle besser im Griff, wenn er sich auf mehr als nur eine Sache konzentrierte. Das Autokennzeichen, das die Frau aus Colorado ihm gegeben hatte, stammte aus West Virginia, aber es war bereits seit Jahren ungültig.

„Wie kommen Sie darauf, dass es einen Schusswechsel gegeben hat?"

„Weil er es mir erzählt hat", erwiderte Bentley.

„Mein Stellvertreter hat Ihnen das gesagt?"

„Nein. Graham Walker hat gesagt, dass Ihr Mitarbeiter die Hintertür der Hütte aufgetreten hat."

Sheriff Preston ließ vor Schreck beinahe den Hörer fallen. „Ach, wirklich?"

„Hat mit seiner Schrotflinte über den Kopf Ihres Stellvertreters hinweggeschossen. Ihr Mitarbeiter war so erschrocken, dass er ... nun ja, wie soll ich es formulieren ... die Kontrolle über seine Eingeweide verloren hat. Ist diese Information richtig?"

Preston erwiderte nichts.

Bentley sprach weiter. „Walker meinte, er hätte nicht gewusst, wer der Unbekannte war. Er habe ganz spontan gehandelt. Sie hatten ihn an der Vordertür wohl in ein Gespräch verwickelt, und deshalb war er erschrocken. Er sagte, er habe Ihnen geglaubt, als Sie ihm erzählten, dass Sie allein seien."

Preston hatte diese Tatsache nicht erwähnt. Der Reporter wollte ihn in die Enge treiben, um noch mehr herauszufinden, aber er hatte offenbar tatsächlich mit Walker gesprochen. „Mr Bentley, Sie wissen, dass ich Sie wegen Einmischung in laufende Ermittlungen vor Gericht bringen kann."

„Ich will mich doch gar nicht einmischen. Walker hat *mich* angerufen. Was sollte ich denn machen? Auflegen?"

„Sie hätten ihm sagen sollen, dass er sich freiwillig stellen soll."

„Das habe ich getan! Und das hat er auch vor."

„Hat er Ihnen das gesagt?"

„Ja. Er will sich freiwillig stellen, aber er will sichergehen, dass er nicht für Ihren Fehler verantwortlich gemacht wird."

Preston blätterte um. Auf der zweiten Seite des Berichts stand eine Meldung über einen Vorfall in Kentucky. Die dortige Polizei hatte in einem Wohnmobil mit einem Kennzeichen aus West Virginia mehrere Kilo Kokain sichergestellt. Zwei Verdächtige wurden am Tatort festgenommen. Sie waren zuvor an einer Schießerei bei einer Lagerhalle beteiligt gewesen, bei der es drei Tote gegeben hatte. Die Polizei fand auch mehrere hunderttausend Dollar im Wohnmobil. Das Fahrzeug hatte einen Totalschaden, und die beiden Verdächtigen waren beim Eintreffen der Polizei bewusstlos gewesen. Das Wohnmobil war in Kentucky beschlagnahmt worden.

„Für *meinen* Fehler?", entgegnete Preston. „Ich nehme an, Sie wollen dabei sein, wenn Walker sich freiwillig stellt, mit einem Fotoreporter im Schlepptau. Und natürlich sind Sie nicht an einer Story interessiert, sondern bloß daran, dass ein Mitbürger fair behandelt wird. Stimmt's?"

Die beiden Insassen des Fahrzeugs behaupteten, dass die Drogen und das Geld nicht ihnen gehörten. Ihren Angaben zufolge hatte ein Mann mithilfe eines kleinen Mädchens ihr Vertrauen gewonnen und sie dann mit einer Handfeuerwaffe bedroht. Der Mann sei zu Fuß geflohen, als das Wohnmobil von der Straße abkam und zu Schaden kam. Keine Angaben über den Verbleib des Mädchens.

„Ich will doch bloß der Sache auf den Grund gehen", meinte Bentley. „Eine Menge Leute leiden noch heute unter dem Verschwinden des kleinen Mädchens. Wenn dieser Mann dazu beitragen kann, die offenen Fragen zu klären, will ich das miterleben." Die Stimme des Reporters klang aufrichtig.

„Das war eine überzeugende kleine Rede, Mr Bentley. Wie lange haben Sie am Text gefeilt?"

„Seitdem ich mein Telefonat mit Walker beendet habe", erwiderte Bentley. „Aber Spaß beiseite. Ich muss immer wieder an die Großmutter der Kleinen denken. Man kann ihren Schmerz förmlich spüren, wenn sie über ihre Enkelin redet."

„Ja, das stimmt schon."

„Ich hab auch mit der Mutter geredet, obwohl sie nicht wusste, dass ich Reporter bin."

„Dana? Was hat Sie Ihnen erzählt?"

„Zu dem Zeitpunkt war sie ... nun ja, nicht mehr ganz nüchtern. Sie hat sich an mich rangemacht."

„Meinen Sie, dass sie das nicht gemacht hätte, wenn sie nüchtern gewesen wäre?"

Bentley sprach weiter. „Das meiste, was sie gesagt hat, hat keinen Sinn ergeben. Sie hat mir alle möglichen Geschichten über ihre verflossenen Liebhaber erzählt. Wie kommt es eigentlich, dass eine so nette Frau wie Ella Edwards so eine Tochter hat?“

„Sie finden Ella *nett*?“

Bentley musste lachen. „Na ja, sie ist ein bisschen dominant, aber ich denke, sie hat ein gutes Herz. Sie möchte so gern ihre Enkelin wiedersehen.“

„Hat Dana etwas über ihre Tochter gesagt?“

„Nicht von sich aus. Ich hab ihr ein paar Köder hingeworfen, weil ich wissen wollte, ob sie die schluckt. Aber sie hat nichts rausgerückt. Ich weiß nicht, ob sie die Sache bloß verdrängt oder ob sie am Verschwinden ihrer Tochter Schuld ist. Schließlich hab ich sie gefragt: ‚Haben Sie jemals etwas verloren, was Sie unbedingt zurückhaben wollen?‘ Da machte sie einen Witz über ihre Unschuld. Dann hab ich versucht, das Gespräch auf Kinder zu lenken, aber sie sagte bloß, sie hätte mal eine Tochter gehabt, aber die sei verschwunden.“

„Wann war das Telefonat?“, wollte Preston wissen.

„Nachdem man das Auto aus dem Reservoir gezogen hat“, antwortete Bentley. „Ich hab eine Weile gebraucht, bis ich die Frau aufgespürt hatte.“

„Warum haben Sie denn keine Story über sie geschrieben?“

„Sie würden sich wundern, wie viel man wissen muss, bevor man eine wahre Geschichte niederschreiben kann, Sheriff. Das ist wohl ein bisschen wie in Ihrem Beruf. Sie wissen mehr, als Sie sich anmerken lassen, wenn Sie mit einem Verdächtigen wie diesem Walker reden. Und Sie müssen einen begründeten Verdacht gegen ihn haben, wenn Sie nach ihm fahnden.“

„Ja, ja, sehr witzig. Das waren Mike und ich – eine riesige Fahndungstruppe.“

„Glauben Sie, dass er etwas weiß?“

„Ich glaube sogar, dass er eine ganze Menge weiß.“

„Ich meine den Fall Edwards.“

„*Sie* haben doch mit ihm geredet. Hat er Ihnen nichts gesagt?“

„Leider war er nicht sehr gesprächig. Er wollte nur, dass ich ihm helfe."

Sheriff Preston schob den Bericht weg und lehnte sich auf seinem Bürostuhl zurück. Die Klimaanlage ratterte laut, wenn man sie höher stellte. Deshalb ließ er sie immer auf einer mittleren Einstellung. Preston spürte, wie die Schweißflecke unter den Armen immer größer wurden.

„Mr Bentley, ich habe mich wohl in Ihnen getäuscht. Sie haben doch noch Mitgefühl für Ihren Nächsten und sind nicht bloß auf einen Sensationsbericht aus."

„Worauf wollen Sie hinaus?"

„Helfen Sie mir, diesen armen Jungen hierher zu bringen. Sagen Sie mir, von wo er Sie angerufen hat, und ich werde ihn finden."

„Genau davor hat er doch Angst, Sheriff. Er glaubt, dass Sie sich auf ihn stürzen werden, weil er auf einen Polizisten geschossen hat."

„Ich muss schon sagen, ich bin nicht gerade begeistert davon, dass er mit einem Gewehr auf meinen Stellvertreter gezielt hat, aber ich versichere Ihnen, dass ich nicht Gleiches mit Gleichem vergelten werde."

„Deshalb hat er mich angerufen. Ich gebe nur wieder, was er mir gesagt hat. Und wenn Sie wollen, dass ich Ihnen helfe, muss ich dabei sein, wenn er sich stellt."

Mindy steckte den Kopf durch die Tür. „Ich habe einen der Polizisten aus Kentucky in der Leitung. Wollen Sie mit ihm sprechen?"

Sheriff Preston nickte. „Also gut, Bentley. Wie sind Sie mit Walker verblieben?"

„Er hat gesagt, dass er mich anruft und mir einen Treffpunkt mitteilt. Dann soll ich Sie anrufen."

„Ich gebe Ihnen meine Handynummer. Aber seien Sie nicht überrascht, wenn Sie nichts mehr von ihm hören."

„Was soll denn das heißen?"

„Vielleicht überlegt er es sich anders. So was hab ich schon oft erlebt. Entweder gibt er Fersengeld und haut ab, oder aber er tut sich was an."

„Meinen Sie, er könnte Selbstmord begehen?"

„Wenn er keinen Ausweg mehr sieht und zu viel getrunken hat, dann ja.“

„Ich gebe Ihnen Bescheid, sobald ich was höre“, sagte Bentley.

Kapitel 24

Wir waren in einer kleinen Stadt. Die Straßen waren voller Schlaglöcher, aber sonst war es ganz schön dort. Es gab einen Bestatter, ein Postamt und ein Schuhgeschäft, aber die meisten Geschäfte wirkten verlassen.

Ich hielt Papas Hand ganz fest. In meinem Bauch hatte ich so ein Kribbeln. Das bedeutete, dass etwas Gutes geschehen würde. Vielleicht würde mich mein Papa zu meiner Mama bringen. Vielleicht saß sie irgendwo in ihrem Haus, wartete auf mich und betete, dass ich zu ihr zurückkommen würde.

Wir bogen in eine Allee ein und gingen eine lange Zeit, bis wir an einer großen Kirche vorbeikamen. Das Gebäude war aus roten Ziegelsteinen. Ich war nicht oft in Kirchen gewesen, aber aus den offenen Fenstern drang der Geruch von altem Holz. Tief drinnen in mir regte sich etwas. Ich erinnerte mich plötzlich.

„Sind wir schon in Dogwood?", fragte ich.

„Nein. Dogwood ist noch etwa fünfzehn Kilometer von hier entfernt. Warum fragst du?"

„Weil ich mich an diese Kirche und diesen Geruch erinnern kann."

Wir liefen über das frisch gemähte Gras. An manchen Stellen sah ich kleine Löwenzahn-Blüten, und in der Nähe des Gebäudes standen ein paar Quecken. Papa blieb stehen und hob mich hoch, damit ich durch eins der offenen Buntglasfenster sehen konnte. Plötzlich war alles wieder da. Ich sah vor mir, wie mich eine ältere Frau lächelnd hochhielt. Dann blinzelte ich, weil dieses Bild ganz verschwommen war.

„Was ist denn, Junikäfer?"

„Es ist ganz komisch. Ich erinnere mich, wie mich eine

Frau hochgehalten hat. Es hat genauso gerochen wie hier. Und sie hat einen Namen gesagt."

„Natalie?", fragte Papa.

Er hob mich über das Fenstersims, damit ich mir alles genau ansehen konnte, aber ich hatte meine Augen geschlossen, weil ich versuchte, das Gesicht der alten Frau zu erkennen. Als das Bild nicht mehr zurückkam, machte ich die Augen auf und sah in die Kirche hinein. Die Sonne schien auf die hölzernen Bänke, aber die waren leer. „Nein, das war anders. Sie hat mich hochgehoben und gelacht."

Ich warf einen Blick auf die große Orgel auf der gegenüberliegenden Seite und das Klavier, das in der Nähe des Fensters stand. Dabei überlegte ich, wie es wohl klang, wenn im Gottesdienst alle mitsangen. Ich stellte mir einen Chor mit wallenden Gewändern vor.

„Woran denkst du?", wollte Papa von mir wissen.

Ich stützte mein Kinn auf das kalte Fenstersims. „Ich weiß, dass das Leben im Wohnmobil Spaß macht und man eine Menge vom Land sieht. Aber wäre es nicht schön, wenn wir in einem Haus wohnen und in so eine Kirche gehen könnten? Wäre es nicht prima, wenn wir einen eigenen Garten hätten, vielleicht mit einer Wiese und einer Schaukel? Oder wenn wir einen kleinen Hund hätten? Ich würde ihm beibringen, einen Ball zu apportieren und dir morgens die Zeitung zu bringen."

Papas Gesicht leuchtete auf, aber gleichzeitig sah er traurig aus, vielleicht, weil er wusste, dass so etwas nie geschehen würde. „Ja, das wäre schön", meinte er nur.

„Kann ich Ihnen helfen?" Die Stimme erklang genau hinter uns. Manchmal sagen Leute in einem Laden so etwas, aber sie wollen einem gar nicht helfen, sondern einen nur loswerden. Aber dieser Mann meinte es wohl ehrlich. Er war gut angezogen und sah ein bisschen älter aus als mein Papa.

Papa stellte mich wieder auf den Boden. Ich zupfte an meinem verrutschten T-Shirt.

„Wir haben bloß reingeschaut", sagte Papa. „Sie haben eine sehr schöne Kirche."

Der Mann sagte, er sei der Pastor. Ich wollte ihn alles Mögliche fragen, aber Papa erzählte dem Mann, dass wir einen Spaziergang machen würden.

„Ich würde mich freuen, Sie am Sonntag hier begrüßen zu dürfen“, erwiderte der Mann.

„Wir sind nur auf der Durchreise“, meinte Papa.

Der Mann starrte uns an, als ob er merkte, dass mit uns etwas nicht stimmte.

Er sah Papa direkt in die Augen, als er fragte: „Ist bei Ihnen alles in Ordnung?“

Es klang so, als ob ihm jemand gesagt hätte, dass er diese Frage stellen sollte. Ich weiß nicht, ob Gott heute überhaupt noch zu Menschen spricht. In der Bibel gibt es eine Menge Geschichten, in denen er zu Leuten aus Büschen geredet hat oder so ähnlich. Ich schätze, wenn wir wirklich wollen, dass Gott zu uns spricht, wird er das schließlich auch machen.

„Ja, uns geht es gut.“

Mein Herz klopfte so schnell, dass ich Angst hatte, es könnte zerspringen, als der Mann sich umdrehte. Papas Antwort war falsch, und deshalb fügte ich hinzu: „Außer dass unser Wohnmobil Schrott ist und dieser Lasterfahrer uns unser ganzes Geld abgenommen hat.“

Papas Hand krallte sich in meine Schulter, und der Mann drehte sich wieder zu uns um und musterte uns von oben bis unten. „Ach, was für ein Pech.“

„Ich hab Verwandte hier in der Stadt“, sagte Papa schnell. Er packte mich am Arm und zog mich hinter sich. „Wir sind auf dem Weg zu ihnen, aber wir haben einen kleinen Umweg gemacht, weil wir uns Ihre Kirche ansehen wollten.“

„Wie heißen sie?“, fragte der Pastor. „Ich meine, Ihre Verwandten.“

Papa zögerte. „Johnson. Sein Vorname ist Franklin. Wenn ich mich richtig erinnere, wohnt er in der Dritten Straße.“ Er legte den Kopf schief und deutete in die Richtung.

Der Pastor biss sich auf die Unterlippe und sah zu Boden. Für mich sah das nach einem schlechten Zeichen aus.

„Tut mir sehr leid, aber Franklin ist verstorben. Das war schon vor vier oder fünf Jahren. Herzinfarkt beim Bergsteigen. Er war der netteste Mann, den ich je gekannt habe.“ Er schnippte mit den Fingern. „In Nullkommanichts war er tot.“

„Dann musste er wenigstens nicht leiden“, sagte Papa. Er sprach leise und langsam. Seine Worte klangen fast wie ein Gebet.

„Ich glaube, das Haus wurde verkauft. Mrs Johnson ist nach Cleveland zu ihrer Familie gezogen, einer Schwester, wenn ich mich richtig erinnere.“

Papa nickte. Ich starrte ihn an, während er die Kirche betrachtete, als ob es dort etwas total Interessantes zu sehen gäbe. Ich hätte gern gewusst, ob dieser Mann sein Papa gewesen ist.

„Franklin hatte einen Bruder, der in Dogwood gewohnt hat, stimmt's?“, wollte der Pastor wissen.

Papa nickte wieder. „Ja. Henry.“

„Kommt, ich habe ein Auto. Ich fahre Sie hin.“

„Nein, danke. Wir kommen schon klar.“

„Sind Sie sicher?“, fragte der Pastor. „Mein Auto hat eine Klimaanlage. Ein bisschen Abkühlung würde sicher gut tun.“

„Oh ja“, bestätigte ich. Ich wollte unbedingt in das kühle Auto. Dieser Wunsch war fast stärker als der nach einem kleinen Hund. Aber nur fast. Papa stand immer noch da und schaute auf die Kirche. Ich ging auf den Pastor zu. „Wie viele Leute gehen in Ihre Kirche?“

„Das hängt ganz davon ab, ob es Weihnachten, Ostern oder ein ganz normaler Sonntag ist“, antwortete er lächelnd. „Zu Spitzenzeiten kommen ein paar Hundert, an Mittwochabenden bloß eine Handvoll.“

„Macht Ihnen die Arbeit als Pastor Spaß?“

„Junikäfer ...“, sagte Papa drohend. Er wollte nicht, dass ich den Mann ausfragte.

„Nein, das ist schon in Ordnung“, erwiderte der Pastor. „Ich liebe meinen Beruf, weil ich so vielen Menschen helfen kann. Und manchmal macht es mich traurig, wenn ich sehe, dass einige Leute nichts mit Gott zu tun haben wollen."

„Ich bin auch Christin", sagte ich.

„Das habe ich sofort gewusst."

„Wirklich? Kann das jeder Pastor erkennen?"

Er musste lachen. „Ich weiß nicht, ob das jeder kann, aber manchmal sieht man einem Menschen an, dass er Jesus kennt. Man merkt es an seiner Ausstrahlung."

„Wohin wollten Sie denn, als Sie stehen geblieben sind, um mit uns zu reden?"

„Junikäfer", warnte mich Papa wieder.

Diesmal beachtete der Pastor meinen Papa nicht, sondern warf einen Blick auf seine Armbanduhr. „Ich war auf dem Weg in das kleine Lokal dort drüben. Zuerst wollte ich eine Kleinigkeit essen, und dann wollte ich im Krankenhaus eines meiner Gemeindemitglieder besuchen." Jetzt sah er Papa wieder an. „Aber ich habe genügend Zeit, um euch überallhin zu fahren, wo ihr hin müsst. Ich freue mich, wenn ich euch helfen kann."

Ich drehte mich zu Papa um. „Ach bitte, können wir in dem kühlen Auto mitfahren?"

Hinter den Gebäuden ertönte die Sirene eines Polizeiautos. Papa sah plötzlich aus wie ein Tier, das man in die Enge getrieben hat. „Wenn Sie wirklich genug Zeit haben, würde uns das helfen."

Der Mann antwortete mit einem strahlenden Lächeln. Es sah aus, als ob wir gerade seinen Tag gerettet hätten. Manche Leute lächeln, wenn sie einem das Geld wegnehmen, und andere lächeln, wenn sie einem helfen können. Auf einmal musste ich an Sheila in Colorado denken und an ihr Lächeln, wenn ich in ihrem Haus etwas Neues entdeckte. Wenn man solche Leute kennt, ist das so, als ob man einen vergrabenen Schatz findet. Natürlich haben mein Papa und ich auch ein paar von der anderen Sorte kennengelernt.

Ich sprang auf den Rücksitz, und Papa stieg vorne ein. Sobald der Pastor den Motor anließ, war die Luft im Auto so toll kühl, dass ich am liebsten gar nicht mehr ausgestiegen wäre. Die Sitze waren mit Leder bezogen. Obwohl sie ziemlich heiß waren, als ich eingestiegen war, wurden sie schnell angenehm kühl. Der Pastor streckte eine Hand nach hinten aus und zeigte mir, wie ich die Lüftungsdüse in eine andere Richtung drehen konnte. Und dann spielte da auch noch diese leise und beruhigende Musik. Ein Sänger, der vom „Lamm“ und dem „Vater“ oder so ähnlich sang. Der Pastor hatte die Musik extra leise gestellt, damit wir uns unterhalten konnten. Aber die meiste Zeit redete nur er.

Als wir losfuhren, sagte Papa, er dürfte wegen uns doch nicht das Mittagessen verpassen. Der Pastor meinte bloß, dass er sich das leisten könnte, und dabei klopfte er sich auf den Bauch.

Wir fuhren durch die Straßen. Der Pastor deutete auf die Häuser von Leuten, die in seine Kirche gingen. Viele von ihnen waren entweder schon gestorben, oder sie hatten alle möglichen Krankheiten. Der Pastor erzählte, dass eine Frau an der Gallenblase operiert worden war und ein Mann Prostatakrebs hatte. In einem anderen Haus war der Sohn der Leute im Irak umgekommen. Ehrlich gesagt war ich froh, als wir diese Gegend hinter uns ließen, weil diese Geschichten langsam bedrückend wurden. Aber Pastoren müssen sich wohl oft mit so etwas beschäftigen.

Während wir auf einer Seitenstraße fuhren, bemerkte ich, dass Papa sich aufmerksam umsah, obwohl er nicht viel sagte. „Gibt es immer noch den Bauernmarkt an der A60?“ fragte er schließlich.

„Klar doch“, antwortete der Pastor. „Vor Kurzem ist er sogar erweitert worden. In ein paar Wochen gibt es dort die besten Maiskolben, die man hier auf Erden bekommen kann.“

Der Pastor zeigte uns das neue Postgebäude und die Grundschule. Papa war als Kind da hingegangen. Ich konnte mir überhaupt nicht vorstellen, dass er einmal so klein gewesen sein soll wie ich.

Der Pastor schnippte mit den Fingern. „Jetzt erinnere ich mich wieder. Sie waren doch in der Armee! Waren Sie nicht in einer Eliteeinheit?“

„Ja."

„Ich hab damals in der Zeitung einen Bericht über Sie gelesen."

„Dann haben Sie aber ein gutes Gedächtnis", entgegnete Papa.

Der andere Mann lachte. „Ich achte auf Kleinigkeiten. Zum Beispiel kann ich Ihnen die Anfangsaufstellung für fast jedes Spiel von achtundsechzig bis fünfundsiebzig nennen. Natürlich nur die Spiele der Nationalliga. Diese Liebe zum Detail hat mir beim Auswendiglernen von Bibelversen geholfen und auch, als ich Griechisch gelernt habe. Und dann muss ich mich ja auch jeden Sonntag an Namen und Gesichter erinnern."

Wir fuhren an einem Polizeiauto mit eingeschaltetem Blaulicht vorbei. Es stand hinter einem verbeulten alten Auto, in dem zwei junge Männer saßen. Der Pastor bremste ab, um einen Blick auf die Männer werfen zu können. Dann spitzte er die Lippen. „Das war einer der Meadow-Jungs. Seine Mutter wird außer sich sein."

Ich versuchte zu raten, in welchem der Häuser meine Mutter wohnen könnte. So ein schönes, gepflegtes mit einem weißen Holzzaun wäre mir am liebsten gewesen, aber die anderen aus rotem Stein sahen auch ganz ordentlich aus. Dann fuhren wir an ein paar großen Wohnwagen vorbei, die mir nach unserem Wohnmobil wie Villen vorkamen.

„Wenn ich mich richtig erinnere, müssen wir zu Henrys Haus über die Virginia Avenue fahren und dann nach links Richtung Autobahn abbiegen."

Papa nickte. Dann sah er sich nach rechts und links um. „Sie können aber auch gern hier anhalten und uns aussteigen lassen."

„Nein, nein, ich fahre sie hin. Das ist überhaupt kein Problem."

„Hm." Papa sah wieder aus dem Fenster. Er sah aus, als ob er da draußen jemanden erwartete, den er nicht sehen wollte. „Ich glaube, es ist besser, wenn wir zu Fuß weitergehen."

Der Pastor bog nach links ab. Plötzlich wurde Papas Nacken ganz rot. „Halten Sie sofort an!“

Der Pastor trat auf die Bremse. „Sie brauchen doch nicht gleich zu schreien.“

„Entschuldigen Sie“, erwiderte Papa. Er stieg aus und machte hinten die Tür auf, während ich mich abschnallte.

„Er hat das nicht so gemeint“, sagte ich zum Pastor. „Ich glaube, er ist ein bisschen nervös.“

Der Mann nickte. Dann griff er in seine Brusttasche und steckte mir ein kleines Stück Papier zu. Darauf standen sein Name und seine Telefonnummer und auch die Anschrift von seiner Kirche. „Mach's gut, Junikäfer. Und wenn du mal Hilfe brauchst, kannst du mich jederzeit anrufen. Hörst du?“

Ich nickte ihm zu und stieg aus. Bevor er die Tür zuschlug, beugte sich mein Papa vor und sagte: „Danke fürs Mitnehmen. Ich wollte Sie wirklich nicht erschrecken.“

Ich weiß nicht, was die beiden danach noch gesagt haben, weil ich zu sehr damit beschäftigt war, alles in mich aufzunehmen, was ich sah, hörte und roch. Auf der anderen Straßenseite sah ich einen Pferdestall. Daneben standen einige kleine Häuser in einer Reihe. Einige von ihnen sahen ganz adrett aus, andere wieder wirkten alt und schäbig.

Als der Pastor wegfuhr, nahm Papa meine Hand, und wir gingen los. Plötzlich kam ein niedlicher schwarzer Hund aus einem der Häuser auf der anderen Straßenseite. Er stand auf der obersten Treppenstufe und bellte laut. Man sollte nicht meinen, dass Hundegebell einem das Gefühl geben kann, dass man willkommen ist. Aber es war tatsächlich so. Ich spürte, dass ich an einem Ort war, der schon vor langer Zeit mein Zuhause gewesen sein sollte.

Papa kann richtig schnell gehen, wenn er es eilig hat, aber jetzt ließ er sich so viel Zeit wie noch nie. Es war fast so, als würden wir über einen Friedhof gehen. Nur die Grabsteine fehlten.

Zuerst blieben wir auf der rechten Seite der Straße, bis Papa vor einem kleinen weißen Haus stehen blieb. Er starrte auf den Namen, der auf dem Briefkasten stand. „Mein bester Freund hat hier gewohnt. Wir sind immer zusammen mit dem Fahrrad hier rumgefahren."

„Wie hieß er?"

„Dale."

„Was ist aus ihm geworden?"

„Das weiß ich genauso wenig wie du. Er hat geheiratet, so viel weiß ich noch. Schließlich war ich sein Trauzeuge."

Wir gingen weiter, und dann blieb er vor einem anderen Haus stehen. Ich fragte ihn, wer dort gewohnt hatte.

„Ein Mädchen. Sie hieß Conny. Sie war die Klügste in unserer Klasse. Als wir anderen noch Comics gelesen hatten, kannte sie schon *Jane Eyre*."

„Wer ist Jane Eyre?"

„Das ist der Titel eines berühmten Buchs. Ich hab es aber immer noch nicht gelesen."

„Hast du sie gern gehabt – diese Conny?"

Er nickte. „Man musste sie einfach gern haben, obwohl sie immer sehr schweigsam war. Ich hab mich immer gefragt, was wohl aus ihr geworden ist. Sie konnte so gut zeichnen, dass die Aushilfslehrerin ihr vorwarf, sie hätte die Bilder aus einem Kunstbuch kopiert. Sie hat deswegen ganz schön geweint."

Ich habe noch nie erlebt, dass mir eine Lehrerin was vorgeworfen hat, weil der einzige Lehrer, den ich bisher gehabt habe, mein Papa war. Meine Neugier war riesengroß. „Komm, wir schauen nach, ob sie immer noch dort wohnt!"

Er schüttelte nur den Kopf, und dann gingen wir weiter die Straße entlang. Auf einem Schild stand *Sackgasse*, aber mir kam es so vor, als würde diese Straße gar kein Ende nehmen. Links von uns war eine Wiese, die sich in sanften Wellen abwärts neigte. Unten floss ein Bach.

„Ich habe mal für einen Farmer gearbeitet, dem diese Wiese gehört hat. Im Sommer hab ich das Heu geerntet und es zu ihm in die Scheune gebracht. Er hat für diese Arbeit zwar nicht viel bezahlt, aber es hat Spaß gemacht, auf dem Heuwagen zu fahren und die Ballen aufzuladen. Jedes Mal, wenn ich eine Ladung in die Scheune gebracht hab, kam seine Frau mit einem Krug leckerer Limonade für mich aus dem Haus."

Ich schloss die Augen und stellte mir vor, wie mein Papa als Junge auf dem Feld arbeitete und Heuballen auf den Anhänger wuchtete. Vielleicht hatte er sein Hemd ausgezogen, und vielleicht fingen seine Muskeln schon an zu wachsen. Dann stellte ich mir vor, wie er und sein Freund Dale in der Sommersonne schwitzten, Limonade tranken und hart arbeiteten. „Wie viel hat er dir bezahlt?"

„Fünf Dollar pro Tag. Damals war das für mich viel Geld."

Wenn er jetzt so viel an die Vergangenheit dachte, konnte ich ihn vielleicht überraschen. Deshalb fragte ich ihn: „Wohnt meine Mama auch hier in der Nähe?"

Er ließ seinen Blick über das Feld schweifen. Das Bellen des Hundes wurde schwächer. „Wir haben dort unten im Bach kleine Fische gefangen. Dann sind wir mit den Fahrrädern zum Reservoir gefahren und haben Flusskrebse und manchmal sogar ein paar Schlangen geschnappt."

Ich sagte nichts dazu. Endlich sah er mich an. „Ich weiß nichts von deiner Mama, Junikäfer. Ich hab dir doch schon gesagt, dass ich keine Antwort auf deine Fragen habe."

Es war noch immer sehr heiß. Der Asphalt war zu Ende, und wir mussten auf Erde weitergehen. Die Fliegen wurden lästig. Wahrscheinlich konnten sie unseren Schweiß riechen. Dann kamen auch noch die Stechmücken und summten um uns rum. Ich versuchte, sie totzuschlagen, aber sie waren so hartnäckig wie ich mit meinen Fragen nach meiner Mutter.

Am anderen Ende der Wiese standen viele Wohnwagen, so dicht gedrängt wie die Startlinie bei einem Autorennen. Ein paar Kinder rannten herum und lachten. Am Ende der Straße war ein hoher Zaun; dahinter konnte man die Autobahn hören. Auf der rechten Seite, den Wohnwagen gegenüber, stand ein altes, braunes Haus. Es sah aus, als ob jemand vor langer Zeit mal halbherzig versucht hätte, es zu streichen. Aber die Farbe blätterte ab und das Dach war eingesunken. Vorne zur Straße hin hatte ein Fenster

Sprünge im Glas. Das Haus sah aus wie ein Boxer mit einem Veilchen.

Papa ließ meine Hand los. Er ging in die Hocke und starrte das Haus schweigend an.

„Bist du dort aufgewachsen?", fragte ich schließlich.

Er nickte. „Ich hab hier gewohnt, bis ich zur Armee ging."

„Hat es schon immer so verfallen ausgesehen?"

„Nein, so schlimm war es nicht. Im Vorgarten war eine Vogeltränke. Drumherum lagen große Steine, und es blühten Blumen."

Der Vorgarten war jetzt überwuchert mit Disteln und Löwenzahn. Entweder funktionierte der Rasenmäher nicht mehr, oder es kümmerte sich niemand um den Garten. Die Einfahrt führte zu einem Schuppen, der ganz schief stand. Ein starker Wind würde ihn bestimmt umpusten.

„Wer wohnt jetzt hier?"

Papa deutete auf den Briefkasten. Durch den Rost konnte ich den Namen *Johnson* erkennen. „Ich glaube, mein Vater."

Ich stand da und schlug nach den Mücken, während Papa noch immer einfach so da hockte. Ein Laster kam aus der Wohnwagensiedlung raus. Der Fahrer hob einen Finger, als er uns sah. Papa winkte zurück. Ich fand es komisch, dass dieser Typ noch nicht mal die ganze Hand heben konnte, aber vielleicht grüßen sich die Leute hier eben auf diese Art.

Ich stämmte die Hände in die Hüften und starrte meinen Papa an. „Gehen wir jetzt da rein oder willst du hier blieben und Staub einatmen?"

Er versuchte, ein Lächeln zu unterdrücken. Dann kniff er die Augen zusammen und sah mich an. „Warum gehst du nicht rüber und klopfst an die Tür? Mal sehen, was passiert."

„Und was soll ich sagen?"

„Ich weiß nicht. Vielleicht tust du so, als ob du Spenden für die Pfadfinder sammelst."

Ich warf einen Blick auf das Haus, aber ich hatte ein

ungutes Gefühl. Vielleicht spukte es dort drin! „Warum kannst du denn nicht mitkommen?"

„Ich komme gleich nach."

„Gleich" konnten zwei Minuten oder eine Stunde sein, je nachdem. Aber mir war so heiß und die Mücken plagten mich so sehr, dass ich schließlich doch über die Straße ging und die Treppe zu der wackligen Veranda hochstieg. Vor der Tür stand ein einzelner Gartenstuhl, der so aussah, als ob man nicht mehr drauf sitzen konnte, ohne einzukrachen. Daneben stand eine Kaffeedose voller Zigarettenkippen.

Ich warf einen Blick zurück zu Papa, aber der hockte noch immer an derselben Stelle und beobachtete mich. Er hatte die Ellbogen auf die Knie gestützt und die Hände gefaltet. Ich drückte auf die Klingel, aber im Haus war kein Ton zu hören. Also klopfte ich an die Fliegengittertür, aber da merkte ich, dass das Gitter fehlte. Der leere Holzrahmen rasselte wie eine wütende Klapperschlange. Dann griff ich durch den leeren Rahmen der Fliegengittertür und klopfte an die Holztür.

Von drinnen kam immer noch kein Geräusch. Deshalb wollte ich schon weggehen, aber dann drehte sich doch der Türknopf. Im Rahmen stand plötzlich der ekligste Mensch, den ich jemals gesehen habe. Sein Gesicht war mit weißen Bartstoppeln bedeckt, und aus einem Mundwinkel lief ihm etwas Braunes. Sein Haar war ungekämmt und oben auf dem Kopf zusammengezwirbelt. Er sah aus, als ob er gerade aus dem Bett gekommen wäre. Sein weißes T-Shirt hatte unter den Armen riesige Schweißflecken. Er starrte mich so verächtlich an wie einen Wurm in der Salatschüssel.

„Kannst du nicht lesen?", fragte er. Seine Stimme klang wie das Knurren eines wütenden Hundes. Er deutete auf ein Schild an der Hauswand. *Betteln und Hausieren verboten,* stand da.

„Ich weiß nicht, was das bedeutet", antwortete ich.

„Das bedeutet, dass ich dir nichts abkaufe."

Es war schrecklich, mit jemandem zu reden, der nicht wollte, dass es mich gab. Aber trotzdem erinnerten mich der Klang dieser Stimme und der Blick seiner Augen an meinen Papa. Wenn man etwas Schreckliches sieht, muss man manchmal trotzdem hingucken. Beinahe wollte ich schon mein Angstlied singen, aber dann ließ ich es doch lieber bleiben.

„Verschwinde und lass mich in Ruhe."

Er wollte die Tür schon zumachen, aber da nahm ich meinen Mut zusammen. „Kennen Sie einen John Johnson? Er war in der Armee und hat in Afghanistan gekämpft."

Der eklige Mann riss die Tür wieder auf. Sie knarrte laut. „Was weißt du über Johnny? Der wohnt doch gar nicht mehr hier."

„Das weiß ich auch. Aber er hat hier gewohnt, oder nicht?"

Seine Augen wurden zu kleinen Schlitzen.

„Sie sind sein Papa, stimmt's?"

Er murmelte etwas von „blöden Kindern aus der Nachbarschaft, die ihn ständig störten". Wieder wollte er die Tür zumachen. Aber dann sah er über meinen Kopf hinweg. Ich spürte hinter mir einen großen Schatten und eine Hand auf meiner Schulter.

Der alte Mann starrte meinen Papa halb wütend und halb überrascht an. Dann machte er den Mund auf. Ich konnte sehen, dass seine Zähne entweder gelb oder ganz schwarz waren.

„Ich hab gedacht, du wärst tot."

„Da hast du falsch gedacht", sagte Papa.

„Es hieß, du hast dich umgebracht. Das haben alle gedacht. Ich hab mir schon vorgestellt, wie du an irgendeinem Strand angespült wirst."

„Nun, ich bin hier angespült worden. Dürfen wir reinkommen?"

„Wir?", fragte der alte Mann. Dann starrte er mich an. „Deine Tochter?"

„Das ist Junikäfer. Junikäfer, das ist mein Vater."

Der alte Mann brummte, bevor er sich umdrehte und in das Innere seines Hauses guckte. Vielleicht überlegte er, was er als Wurfgeschoss verwenden könnte.

Mein Papa machte die leere Fliegentür auf und ging ins Haus. Drinnen war es dunkel, trotz der Sonne draußen, weil alle Rollos unten waren. Das einzige Licht im Haus kam vom Fernseher. Überall lagen Zeitungen herum und ein paar Schüsseln, die schon lange darauf warteten, gespült zu werden. Leider hatte der alte Mann keinen Hund, aber wer weiß, was aus dem armen Tier geworden wäre. Offensichtlich konnte Papas Vater ja noch nicht mal richtig für sich selbst sorgen.

Der alte Mann wankte beim Gehen hin und her. Neben der Küchentür war ein Regal mit einer ganzen Menge brauner Medizinflaschen, auf denen der Name „Henry Johnson" stand. Die Küche war auch nicht sauberer als das Wohnzimmer. An vielen Stellen lösten sich die Fußbodendielen. Im ganzen Haus roch es seltsam, nach nassen Socken oder so. Ich fragte mich, ob es hier schon immer so gerochen hatte.

„Wo war denn dein Zimmer?", fragte ich meinen Papa.

Er deutete in den Flur. „Das letzte auf der rechten Seite."

„Darf ich mal gucken?"

Papa starrte den alten Mann an. „Klar doch. Aber pass auf. Vielleicht begegnest du wilden Tieren."

Der Fußboden knarrte bei jedem Schritt. Das will was heißen, denn ich wiege ja nicht viel. Ich wartete die ganze Zeit darauf, dass die beiden anfingen, sich anzuschreien, aber hinter mir blieb es ruhig. Im Flur lag ein Teppich, der so dünn war wie Sandpapier. Links von mir war das Bad. Durch die offene Tür konnte ich die Badewanne sehen. Sie hatte einen braunen Rand, so wie die Zähne des alten Mannes.

Ich ging zu der Tür am Ende des Flurs und drückte sie auf. Im Zimmer standen ein altes Bett und eine Kommode, bei der ein paar Schubladen lose heraushingen. Überall lag eine dicke Staubschicht. Ich ging rein. Als Erstes sah ich ein Bücherregal, das aus ein paar Betonblöcken und Holzbrettern zusammengezimmert war. Auf dem Regal standen ein paar blaue Bände von der Krimiserie „Die Hardy-Boys" und mehrere Taschenbücher, darunter auch *Eigentlich hätte es ein herrlicher Sommertag werden können.* Ich wusste, dass dieses Buch zu Papas Lieblingsbüchern gehörte. Dann sah ich noch eins, das *Der alte Mann und das Meer* hieß. Auf einem anderen Buch stand *Wer die Nachtigall stört.*

Mein Blick fiel auf ein kleines rotes Buch. Es war eine Bibel. Ich nahm sie in die Hand und schlug die erste Seite auf. „Für Johnny von Onkel Franklin. Geh deinen Weg mit dem Herrn! Dezember 1982."

Ich sah im Kleiderschrank nach. Dort hing in einem Plastiksack eine Uniform. Auf dem Boden standen schwarze Stiefel. Sie waren mit Staub bedeckt. Ich suchte nach Spielsachen oder Spielen, die meinem Papa gehört hatten, aber im ganzen Zimmer war nichts zu finden.

Ich hörte die Stimmen der beiden Männer am anderen Ende des Flurs, aber ich wollte noch unter dem Bett nachsehen. Deshalb hob ich die Tagesdecke hoch, und siehe da, unter dem Bett stand ein Schuhkarton. Ich zog ihn heraus und blies den Staub vom Deckel weg. Als ich den Karton aufmachte, konnte ich es nicht fassen: Ich sah einen mageren kleinen Jungen mit demselben breiten Grinsen, das mein Papa heute noch drauf hat. Das war er als Kind!

In dem Schuhkarton lag ein ganzer Haufen Fotos. Auf einem von ihnen war eine Frau mit stark geschminkten Lippen zu sehen. Sie hielt Papa im Arm und gab ihm einen Kuss. Nur auf einem einzigen Bild sah ich den Papa-Jungen und den alten Mann, damals noch jünger. Zwischen ihnen war ein Abstand von mindestens einem Meter. Beide starrten in die Kamera. Dieses Foto machte mich traurig, obwohl ich nicht so genau wusste, warum.

Ein paar Bilder zeigten meinen Papa mit Football-Outfit und eins beim Schulabschluss. Dann kamen einige, auf denen er in Uniform zu sehen war, aber sein Gesicht wirkte hart wie Stein. Ich stopfte ein paar von den Fotos in meine Hosentasche. Den Schuhkarton nahm ich mit in den Flur.

„Und wo ist ihre Mutter?", fragte der alte Mann.

„Diese Frage kann ich nicht beantworten", erwiderte Papa. Ich fand es komisch, dass er seinen Vater nicht

„Papa“ oder „Paps“ oder mit seinem Namen nannte, sondern gar nicht.

„Ist sie tot? Ist sie durchgebrannt? Irgendwas muss ihr ja zugestoßen sein.“

„Stimmt, aber ich weiß nicht, was.“

Ich stand ganz still, weil ich Angst hatte, dass der Fußboden knarren würde, wenn ich mich bewegte.

„Warum bist du zurückgekommen?“, wollte der alte Mann wissen. „Wenn du Geld brauchst, muss ich dich enttäuschen. Ich kriege eine Invalidenrente, seit du das Weite gesucht hast, und davon kann ich kaum leben.“

„Ich brauche kein Geld“, entgegnete Papa. „Ich will mir bloß ein Auto leihen.“

Der alte Mann lachte gackernd. „Wenn ich ein Auto hätte, würde ich nicht hier rumsitzen. Ich hab einen Transporter, aber das Getriebe hat letzten Monat den Geist aufgegeben. Was ist denn mit deinem Auto passiert?“

„Totalschaden. Wir haben alles verloren.“

„Da zahlt doch die Versicherung.“

„Ich hatte keine.“

Der alte Mann ächzte. „Du liebe Zeit, ich hab einen Idioten großgezogen.“ Jetzt herrschte erst einmal Schweigen zwischen den beiden Männern. „Wo bist du eigentlich nach deiner Rückkehr aus dem Krieg gewesen?“

„Ich musste mich von einem Freund verabschieden und seiner Mutter mein Beileid aussprechen.“

„Und danach? Hast du nichts weiter gemacht als eine Frau geschwängert?“

„Es war nicht so, wie du denkst.“

„Und wie bist du dann an die Kleine geraten? Hast du sie etwa auf dem Flohmarkt gekauft? Wenn ja, hat man dich über den Tisch gezogen. Die ist doch potthässlich mit ihren roten Haaren.“

„Halt den Mund“, erwiderte Papa. „Du hast kein Recht, so zu reden.“

Die beiden saßen sich schweigend gegenüber. Ich fragte mich, ob es damals, als Papa klein war, auch schon so gewesen war.

„Wenn es um sie geht, verbiete ich dir den Mund“, sagte Papa schließlich. „Sie ist das Beste, was mir in meinem Leben passiert ist. Ich habe es nur ihr zu verdanken, dass ich noch lebe.“

Am liebsten hätte ich unter Tränen gelächelt. Ich habe noch nie etwas so Gemeines gehört wie das, was der alte Mann gesagt hatte. Wenn ich mich mit den anderen Kindern, die ich in den Supermärkten oder Läden gesehen habe, vergleiche, fühle ich mich wirklich hässlich. Aber zum ersten Mal in meinem Leben habe ich auch gehört, wie mein Papa sich auf meine Seite stellte.

Der alte Mann hob vermutlich beide Hände und ließ sie in den Schoß fallen. Zumindest hörte ich so ein Geräusch, als ob er sich auf die Oberschenkel klopfen würde. „Also, ich finde, du hast überhaupt keinen Grund, hier aufzukreuzen und den arroganten Fatzke zu spielen. Am besten nimmst du das Gör und verschwindest wieder.“

Ich ging das letzte Stück durch den Flur und reichte Papa den Schuhkarton. Er nahm ihn und blätterte die Fotos durch. Der alte Mann murmelte, er hätte geglaubt, dass er die Bilder weggeworfen hätte.

„Wie erledigst du deine Einkäufe?“, fragte Papa.

Der alte Mann lehnte sich zurück. „Ich ruf die Witwe Perkins an. Sie nimmt mich jede Woche mit zum Supermarkt. Manchmal geh ich zu Fuß zu dem kleinen Laden hier. Dort sind die Preise höher, aber im Notfall kann ich da immer hingehen.“

„Wo wohnt sie?“

Der alte Mann schüttelte den Kopf. „Nein, du gehst nicht zu ihr und belästigst sie. Sonst nimmt sie mich womöglich nicht mehr mit.“

Papa zog mich neben sich und sah sich weiter die Fotos an.

Ich deutete auf das Bild von ihm und der Frau. „Ist das deine Mama?“

Er nickte.

„Seine Mama hätte dich gern gemocht, Kleine.“

„Halt den Mund“, sagte Papa zu ihm.

Der alte Mann hustete würgend. „Sie hat die guten Sachen immer missachtet und ihr Herz an Wertloses gehängt.“

„Ich hab gesagt, dass du still sein sollst“, entgegnete Papa.

„Du hast wohl vergessen, dass das hier mein Haus ist. Es ist zwar eine Bruchbude, aber trotzdem kann ich hier immer noch meine Meinung sagen. Wenn dir das nicht passt, kannst du gehen und dieses hässliche Ding da mitnehmen.“

Papa sprang blitzschnell auf und stellte sich drohend vor den alten Mann. Papa war um einiges größer, aber das lag wohl daran, dass sein Vater geschrumpft war. Die beiden waren wohl einmal gleich groß gewesen, zumindest auf den Fotos.

„Du machst mir keine Angst“, knurrte der alte Mann. „Ich kann auch die Polizei rufen.“

Papa sah sich um. „Du hast doch gar kein Telefon.“

„Aber die Nachbarn haben eins.“

Papa starrte seinen Vater bloß an. Er schüttelte langsam den Kopf. Als er sprach, klang seine Stimme ganz zerquetscht. „Warum? Warum hast du dich nie um mich gekümmert? Was hab ich dir angetan, dass ich dir so gleichgültig war?“

Weil in der Stimme meines Papas so viele verletzte Gefühle lagen, dachte ich, dass der alte Mann sich bei ihm entschuldigen würde. Vielleicht würde er auch versuchen, alles herunterzuspielen oder wenigstens seinen Sohn in den Arm nehmen.

Aber seine Lippen verzogen sich bloß zu einem bösartigen Grinsen, bei dem sich alle seine ekligen schwarzen Zähne zeigten. „Bist du deswegen gekommen? Willst du von mir etwa eine Entschuldigung hören? Oder mir vorheulen, was für ein schlechter Vater ich war? Werd endlich erwachsen! Das Leben ist kein Rosengarten, aber das hast du vielleicht schon selber bemerkt.“

Papa griff nach meiner Hand. „Komm, Junikäfer.“

Ich nahm die Fotos mit der anderen Hand und folgte ihm.

„Gib die her“, schrie der alte Mann. Er streckte den Arm aus und versuchte, mir die Fotos wegzunehmen, aber ich wich ihm aus.

„Das sind meine Bilder!“, brüllte er. „Ich hab nach ihnen gesucht. Das ist doch alles, was ich noch habe.“

Papa nahm mir den Schuhkarton aus der Hand und ließ ihn auf den Tisch fallen. Dann riss er die Haustür auf. Sie prallte gegen den Metallrahmen. Ein paar Holzsplitter fielen auf den Boden. Aber anstatt wieder auf die Straße zurückzugehen, lief Papa zu dem Schuppen hinter dem Haus.

Der alte Mann folgte uns. Er beschimpfte uns und verlangte, dass wir gefälligst sein Grundstück verlassen sollten.

Papa griff nach einer alten, rostigen Schaufel, die an der Wand des Schuppens lehnte. Ich hatte Angst, dass er seinen Vater damit schlagen könnte, aber als der alte Mann brüllte: „Lass die Schaufel hier!“, ging Papa einfach weiter.

Der alte Mann stolperte die Veranda herunter und durchquerte den Garten. Ich war überrascht, wie schnell er laufen konnte. Drinnen im Haus hatte es gewirkt, als ob er sich kaum bewegen könnte, aber jetzt hatte er ein ganz schönes Tempo drauf. Er hatte seine Hände zu Fäusten geballt, als er vor meinen Papa sprang und die Schaufel packte. Dabei atmete er schwer mit offenem Mund, und sein Gesicht war kreidebleich. „Willst du wirklich wissen, warum ich kein guter Vater war? Warum es mir so schwer gefallen ist, mich um dich zu kümmern? Warum ich dich im Stich gelassen hab?“

Papa starrte den alten Mann an, als ob er von einem anderen Planeten käme. Jeder klammerte sich an seinem Ende der Schaufel fest.

„Jedes Mal, wenn ich dich angeschaut hab, hab ich *sie* gesehen“, sagte der alte Mann schließlich. Seine Stimme klang wie das Winseln eines angeketteten Hundes. „Jedes Mal, wenn ich dir in die Augen gesehen hab, hab ich ihre Augen gesehen. Jedes Mal, wenn ich dich gesehen hab, musste ich dran denken, dass sie nie wieder zurückkommen würde.“

„Ich war ein Kind!“, erwiderte Papa. „Ich habe einen Vater gebraucht. Aber du ... du hast nur an dich gedacht.“

Der alte Mann fuhr zurück. Jetzt klang seine Stimme wieder bösartig. „Ich entschuldige mich nicht für das, was ich getan hab! Ich sage nur, was mir damals durch den Kopf gegangen ist. Ich brauche keine Vergebung von dir. Da kannst du lange warten.“

Sie hielten sich immer noch an dieser Schaufel fest. Es hätte komisch ausgesehen, wenn es nicht so furchtbar gewesen wäre.

„Sie können wirklich stolz auf Ihren Sohn sein“, sagte ich. Die beiden drehten sich um, als hätten sie ein Gespenst gesehen. Der Ausdruck in Papas Gesicht war unbezahlbar. Ich konnte sehen, dass ihn meine Worte getroffen hatten.

Aber der alte Mann grinste höhnisch. „Was weißt du denn schon? Du weißt vielleicht noch nicht mal, wer dein Vater ist.“

Papa stieß ihn mit dem Stiel der Schaufel an. Der alte Mann ließ los und fiel nach hinten auf den kleinen Hügel neben der Einfahrt. Er ächzte und stöhnte, aber ich glaube nicht, dass er sich verletzt hatte.

„Komm jetzt, Junikäfer.“ Papa nahm wieder meine Hand, und dann gingen wir die Straße runter. Die rostige Schaufel war das Einzige, was er aus seinem Elternhaus mitgenommen hatte.

Der alte Mann schrie irgendwas hinter uns her, aber ich konnte ihn nicht verstehen.

Als ich meinen Papa fragte, was er denn gesagt hatte, drückte er mich fest an sich. „Schau nicht zurück“, antwortete er.

Ich warf ihm einen Blick zu und sah, wie ihm dicke Tränen die Wangen herunterliefen. Er wischte sie schnell weg.

Kapitel 25

Das war also Dogwood. Die Stadt sah nicht aus wie ein Ort, in den normalerweise Nachrichtenleute kommen, aber schließlich entscheiden diese Leute ja nicht, wann und wo sich die Nachrichten abspielen.

Papa und ich gingen die Straße entlang. Wir mussten oft an den Rand ausweichen, weil diese großen Lastwagen an uns vorbeidröhnten. Papa ging schnell. Er wollte wohl nicht mehr Zeit hier verbringen als unbedingt nötig.

Auf der linken Seite sah ich ein schönes Haus aus roten Ziegeln, aber gleich daneben war wieder so eine Wohnwagensiedlung. Zwischen den Wohnwagen wucherte das Unkraut. Ein paar Leute waren zu sehen. Ein Mann mit langen, strähnigen Haaren fiel mir auf. Er hatte kein Hemd an und rauchte eine Zigarette. Als er uns ansah, fragte ich mich, warum sein Blick so tot und leer war.

„Wohin gehen wir?“, fragte ich.

„Ich hab früher ein paar Leute hier gekannt. Vielleicht finden wir jemanden, der uns fährt.“

Wir kamen an einem Lebensmittelladen vorbei. Hinter dem Laden standen blaue Müllcontainer. Ein paar Ratten nagten an Abfällen. Sie krochen unter den Mülltonnen entlang und wühlten in den Essensresten. Als ich das sah, bekam ich eine Gänsehaut. An einer winzig kleinen Tankstelle gingen wir über die Straße. Auf dieser Seite gab es keinen Bürgersteig, die Gärten reichten bis zum Straßenrand. Papa bog in eine Straße ein, die aussah wie eine Allee, aber es standen keine Häuser dort. Schade, dass ich mein Fahrrad nicht dabei hatte, sonst wäre ich den ganzen Tag in dieser Allee auf und ab gefahren.

Am Ende der Straße stand ein Gebäude der Freiwilligen Feuerwehr. Papa erzählte mir, dass es einmal abgebrannt war, als er noch ein Kind war. Da musste ich lachen. Ein Feuer ist zwar nicht gerade witzig, aber wenn es bei den Leuten ausbricht, die einen eigentlich davor schützen sollen, ist das schon ein bisschen komisch. Es gibt ein Wort dafür, aber das fällt mir gerade nicht ein.

Auf einer anderen Straße standen mehrere Häuser mit großen Gärten, in denen hohe Tomatensträucher von langen Stangen gestützt wurden. Papa sagte, dass dort auch Mais, Gurken und wohl auch Kartoffeln in ordentlichen Reihen wuchsen.

Wenn das Gemüse reif war, konnten die Bewohner der Häuser sich einfach etwas für ihr Mittag- oder Abendessen pflücken. Für mich klang das so ähnlich wie ein Imbiss mit Autoschalter, bloß ohne Autos.

Es war eine Bullenhitze, und so suchte ich ständig nach schattigen Stellen. Ich rannte buchstäblich vor Papa her, sprang in den Schatten und wartete auf ihn, während er langsam nachkam.

„Es hat sich viel verändert“, sagte er schließlich. „Das hier war mal ein Trampelpfad, den wir immer benutzt haben, wenn wir zu meinen Großeltern wollten.“

„Du hast mir gar nicht erzählt, dass du Großeltern hast“, erwiderte ich.

„Jeder Mensch hat Großeltern. Der Unterschied ist nur, dass manche von ihnen noch leben und manche nicht.“

„Hab ich auch Großeltern?“

Die Schaufel machte ein schepperndes Geräusch auf dem Asphalt. „Klar doch.“

„Und wo sind sie?“

Papa lief im Schatten eines hohen Baumes weiter. „Auf diese Frage hab ich keine Antwort.“

„Das versteh ich nicht“, wollte ich jetzt wissen. „Kennst du meine Mama oder kennst du sie nicht?“

Er blieb stehen. Vor uns lag ein kleines grünes Haus mit einer Hollywoodschaukel auf der Veranda und einem Apfelbaum im Vorgarten. „Warte hier.“

Ich folgte ihm trotzdem, weil ich mitbekommen wollte, worüber er mit den Hausbewohnern reden wollte.

Eine ältere Frau kam an die Tür, und mein Papa fragte sie, ob eine Mrs Burris hier wohnte.

„Ach nein, sie lebt schon seit Jahren nicht mehr hier", sagte die Frau. Ihre Wangen hingen schlaff herunter, und ich beobachtete fasziniert, wie sie auf und ab hüpften, wenn die Frau redete. Ihre Unterarme sahen ähnlich aus. Die Haut schwang hin und her, wenn sie mit der Hand wedelte. „Sie wollte nach Florida, weil dort ein Sohn oder eine Tochter von ihr wohnt. In Boca Raton, glaub ich. Oder war es in Tampa? Ich weiß es nicht mehr so genau. Aber ich könnte eine Bekannte fragen, die noch Kontakt zu der Familie hat."

„Danke, aber das ist nicht nötig", entgegnete mein Papa.

Die Frau sah an ihm vorbei und schob mit einem Lächeln ihre Brille höher. „Wen haben wir denn da?"

„Das ist Junikäfer", antwortete Papa und legte den Arm um meine Schultern.

„Die ist ja niedlich. Mir gefällt dein rotes Haar, mein Schätzchen. Wollt ihr ein bisschen Limonade? Heute ist es unerträglich heiß draußen. Meine Güte, ihr müsst ja in der Hitze schmelzen."

Ich spürte, dass mein Gesicht ganz rot war. Ich hörte das leise Brummen einer Klimaanlage, und das Innere des Hauses sah kühl und einladend aus. Ich konnte die Limonade förmlich schmecken, und ich stellte mir vor, wie ich ein eiskaltes Glas in der Hand hielt und es dann an meine Stirn drückte.

Aber Papa sagte: „Wir müssen weiter. Aber vielen Dank."

„Es macht mir wirklich keine Umstände", rief die Frau hinter uns her, aber Papa war schon die Treppe runter und auf dem Weg zur Straße. „Ich kann Ihnen was rausbringen."

Ein alter Kleinlaster rumpelte vorbei und hielt an der nächsten Kreuzung. Als der Fahrer Papa am Straßenrand sah, wendete er. Aus dem Heck stieg Rauch auf, und die Gangschaltung knirschte.

„Warum können wir nicht ein bisschen Limonade trinken?", fragte ich. Weil Papa wegsah, wusste ich, dass meine Stimme jammerig klang.

Der Kleinlaster war blau, aber er hatte lauter weiße Flecken. Vielleicht konnte sich der Besitzer nicht für eine bestimmte Farbe entscheiden. Auf der Ladefläche waren Löcher, durch die man das Aufpuffrohr sehen konnte. Mein Papa hat mir beigebracht, dass ich mir bei einem Auto immer die Reifen genau ansehen soll, denn eine Reifenpanne kann ganz schön gefährlich werden. Deshalb sah ich bei diesem Kleinlaster sofort die abgefahrenen Reifen. Sie waren so glatt wie die Fußböden im Supermarkt. Das Gefährt hielt an. Im Fahrerhäuschen waren beide Fenster runter gerollt. Ich stellte mich auf die Zehenspitzen und war total überrascht: Der Fahrer war der alte Mann, Papas Vater, der so bösartig gewesen war.

„Schmeiß die Schaufel hinten rein und steig endlich ein." Diese Worte klangen eher wie ein Befehl als wie eine Bitte.

Papa sah zuerst mich und dann den alten Mann an. Dann machte er die Tür auf und setzte sich neben seinen Vater. Das war gut, denn ich wollte auf keinen Fall neben diesem komischen Kauz sitzen. Ich wollte eigentlich überhaupt nichts mit ihm zu tun haben. Deshalb blieb ich auf der Straße stehen.

„Komm schon", sagte Papa. „Wir müssen los."

„Er ist ein ganz fieser Typ. Und er hat uns erzählt, dass sein Kleinlaster kaputt ist."

Papa warf dem Alten einen Blick zu. „Da hat sie nicht ganz unrecht."

„Ich hab nicht gelogen! Er ist wirklich kaputt. Der hier gehört einem Nachbarn. Er hat gesagt, dass ich ihn im Notfall ausleihen kann."

„Warum haben Sie uns das nicht schon eher erzählt?", wollte ich wissen.

„Hol sie endlich hier rein. Ich höre ein Auto hinter uns", befahl der Alte.

„Sie haben gesagt, dass ich hässlich bin."

„Ich war bloß aufgeregt. Du bist gar nicht so hässlich."

Papa streckte mir die Hand entgegen, aber ich verschränkte die Arme vor der Brust und dachte an die kühle

Limonade, die ich nicht trinken durfte. Außerdem war dieser alte Mann der gemeinste Mensch auf Erden. Und ausgerechnet der sollte uns im Auto mitnehmen.

„Junikäfer, wir müssen jetzt damit vorliebnehmen. Komm schon."

Das Auto hinter uns bremste ab. Dann fuhr es um den Kleinlaster herum. Wenn wir mit so einer Rostschüssel fahren mussten, waren wir in einer größeren Zwickmühle, als ich gedacht hatte. Also stieg ich ein. Ich ließ mir absichtlich viel Zeit, bis ich die Tür zuschlug, aber nicht fest genug. Papa musste den Arm ausstrecken und die Tür noch mal auf- und wieder zumachen.

„Wo wollt ihr eigentlich hin?", fragte der alte Mann.

„Zum Reservoir", antwortete Papa.

Der alte Mann trat aufs Gaspedal. Der Motor tuckerte ein paar Mal, dann hörte man gar nichts mehr. Aber schließlich sprang er doch wieder an. Die nette Frau mit der Limonade war immer noch auf ihrer Veranda und beobachtete uns. Ich winkte ihr zu, weil jemand, der mich niedlich findet, ein netter Mensch sein muss. Ich fragte mich, ob ich sie wohl jemals wiedersehen würde.

Wenn ich jetzt an der Stelle meines Papas gewesen wäre, hätte ich dem alten Mann mal so richtig die Meinung gesagt und ihn angeschrieen.

Aber Papa schwieg. Die beiden saßen nebeneinander und brachten keine Silbe raus. Ich wusste genau, was meinem Papa gerade durch den Kopf ging. Warum hatte sich der alte Mann die Mühe gemacht, sich einen Kleinlaster zu leihen und nach uns zu suchen? Wollte er damit alles wiedergutmachen, die Verletzungen und den Schmerz, den er Papa zugefügt hatte? Oder wollte er sich an Papa rächen, weil der ihm einen Stoß versetzt hatte? Die ganze Sache war so rätselhaft, dass es mich fast verrückt machte. Am liebsten hätte ich laut geschrieen, aber ich hielt den Mund.

„Hier hat sich eine Menge verändert", erklärte der alte Mann endlich. „Es ist viel gebaut worden."

„Das hab ich auch gemerkt", entgegnete Papa.

„Ein Stück weiter an der A60 ist jetzt ein Baumarkt. Jetzt muss man nicht mehr den weiten Weg bis nach Cross Lanes fahren."

Papa warf einen Blick durch das hintere Fenster. „Genau dort war immer ein Schnellimbiss." Er sah seinen Vater an. „Du hast mich einmal dorthin mitgenommen und mir ein Hotdog spendiert. Ich hab den Geschmack von den gerösteten Zwiebeln immer noch im Mund."

„Was, ich hab dich mitgenommen?", fragte der alte Mann.

„Vielleicht war es auch Onkel Frank", gab Papa zu bedenken. Er starrte geradeaus und wischte sich die Hände an seiner Jeans ab. Ein paar Minuten später streckte er die Hand aus und stellte das Autoradio an. Es war auf einen christlichen Sender eingestellt. Ich erkannte das Lied, das gerade lief.

„Stell diesen Jesus-Kram ab", knurrte der alte Mann.

Ich beugte mich vor und sah ihm direkt in die Augen. „Finden Sie Jesus auch hässlich?"

Er kniff die Lippen zusammen und sagte kein Wort mehr, bis wir zu einem großen Wegweiser kamen, auf dem das Reservoir und ein Wellenbad ausgeschildert waren. Für mich klang das nach dem schönsten Ort in ganz West Virginia. Papa sagte, dass er sich nicht an diesen Wegweiser erinnern könne.

„Ich hab dir doch gesagt, dass sich hier viel verändert hat. Du wirst diesen Ort nicht wiedererkennen."

Am Straßenrand parkten Autos in einer langen Reihe. Es sah so aus, als ob viele Leute dieselbe Idee gehabt hatten und unbedingt ins Wellenbad wollten. Ich fragte, ob wir auch hingehen könnten, aber Papa schüttelte den Kopf. „Heute nicht, Junikäfer."

Ich war mir nicht sicher, ob diese alte Rostschüssel überhaupt den Berg hochkommen würde, aber wir schafften es. Dann bog der alte Mann nach rechts ab, in die entgegengesetzte Richtung von diesem tollen Wellenbad. Er fuhr auf eine andere Straße, die in den Wald hineinführte. In diesem Augenblick kamen im Radio die Nachrichten. Ich hörte die Wörter *Verdächtiger* und *Dogwood*. Papa stellte das Autoradio ganz schnell lauter.

„Sheriff Harry Preston sagte während einer heute Nachmittag anberaumten Pressekonferenz, dass die Polizei nach einer Person fahndet, die vermutlich vor sieben Jahren am Verschwinden von Natalie Edwards beteiligt war. Der Verdächtige heißt Graham Walker. Wenn Sie Hinweise über seinen Verbleib haben, rufen Sie bitte sofort das Büro des Sheriffs an. Der Verdächtige ist vermutlich bewaffnet und gefährlich."

„Hoffentlich kriegen sie diesen Typen!", sagte der alte Mann. „Jemand, der einem Kind so was antut, gehört aufgehängt, finde ich. Früher haben wir uns selber um solche Verbrecher gekümmert."

Papa erstarrte. Er sah aus, als hätte er plötzlich Magenschmerzen oder so was Ähnliches.

„Jetzt musst du rechts abbiegen", krächzte Papa, als sich die Straße gabelte.

„Der Weg führt aber bloß zu einem Parkplatz", wandte der alte Mann ein.

„Fahr trotzdem dorthin."

Wir bogen ab, und dann bot sich uns ein unglaublicher Anblick. Unter uns schimmerte durch die Bäume hindurch ein riesiger See, der kein Ende zu nehmen schien. In den Buchten sah ich kleine Boote und Angelplätze. Männer mit Hüten auf dem Kopf befestigten Köder an ihren Angelruten. Das Reservoir erstreckte sich weit in die Hügel hinein.

„Das hat sich auch verändert", sagte Papa. „Dort unten war der Kai, aber jetzt ..." Seine Stimme wurde schwächer. Er versuchte, sich zurechtzufinden.

Der alte Mann hielt an und stellte das Radio ab. Wir standen mitten auf der Straße. „Wohin jetzt?"

„Da runter", antwortete Papa und deutete nach vorn. „Wie weit geht die Straße?"

„Ich hab doch gesagt, dass dort ein Parkplatz ist."

Wir rumpelten um eine große Kurve, und dann ging es durch den Wald bergab. Der See war zuerst aus unserem Blickfeld verschwunden, aber dann kamen wir direkt über ihm wieder aus dem Wald raus. Unter den Bäumen standen Picknicktische. Ich glaube, dort waren alle Leute, die es sich nicht leisten konnten, ins Wellenbad zu gehen. Am Ufer des Reservoirs war ein kleiner Sandstrand, und Kinder spielten im Wasser.

Wir hielten an und Papa stieg aus. Er ging ein paar Schritte und warf einen Blick auf das Reservoir. Dann holte er die Schaufel und lief zum Ufer. Der alte Mann kam auf mich zu, aber ich wich vor ihm zurück.

„Was sucht er denn dort?", fragte er.

Ich wollte schon sagen: *Warum fragen Sie ihn nicht selbst?* Aber das machte ich dann doch nicht. „Ich glaube, er hat hier was vergraben."

Wir folgten Papa, der den Parkplatz hinter sich ließ und zu einer Baumgruppe ging. Er suchte wohl etwas ganz Bestimmtes, als er im Gebüsch herumstöberte. Dann stieß seine Schaufel mit lautem Klirren auf etwas. Als ich zu ihm ging, konnte ich einen großen Stein sehen.

„Dort stand doch eine Eiche ..." Papa ging zum Wasser. Er machte große, langsame Schritte und schien sie zu zählen. Dann blieb er an einem der Picknicktische stehen. Der Tisch und der Papierkorb waren im Boden festbetoniert.

„Der Baum muss hier gestanden haben. Die große Eiche."

Er drehte sich um und warf einen Blick auf den Parkplatz. Plötzlich machte er ein langes Gesicht. Er ging 15 oder 20 Schritte und sah zurück zum Stein, dann zu der Stelle, an der der Baum gestanden hatte. Jetzt war er auf dem Parkplatz angekommen. Er stand auf einem weißen Streifen, stieß die Schaufel darauf und hob den Kopf. „Hier ist es."

„Was denn?", wollte der alte Mann wissen.

„Etwas Wertvolles."

„Geld?"

„So etwas Ähnliches."

Der alte Mann musterte den Parkplatz. „Sohn, die Leute, die diesen Parkplatz gebaut haben, haben deinen Schatz wahrscheinlich entdeckt, als sie hier alles eingeebnet haben. Oder sie haben ihn mit der ausgehobenen Erde dort drüben aufgeschüttet."

Papa schüttelte den Kopf. „Ich habe es richtig tief vergraben, weil ich nicht wollte, dass es jemand findet."

Der alte Mann starrte auf den Asphalt. „Mit dieser Schaufel kommst du da nicht durch. Und du machst zu viele Leute auf dich aufmerksam, wenn du es bei Tageslicht probierst. Bei Sonnenuntergang wird hier alles geschlossen. Dann kann ich dich wieder hierher zurückbringen. Ich hab in der Garage eine Spitzhacke."

Wir gingen zum Kleinlaster und fuhren wieder weg. Ich saß ganz an die Tür gepresst und drückte mir die Nase an der Fensterscheibe platt. Papa merkte, dass ich Trübsal blies. Er fragte mich, was denn los sei.

„Ich will so gern in dieses Wellenbad."

Papa dachte kurz nach. „Wo ist der nächste Laden mit Klamotten?"

„An der nächsten Autobahnausfahrt."

„Wie viel Bargeld hast du bei dir?"

„Keinen Cent", antwortete der alte Mann. „Meine Invalidenrente kommt erst nächste Woche."

„Fährst du uns zu dem Klamottenladen?"

Der alte Mann sah zu mir rüber und grinste schadenfroh. „Der Eintritt ins Wellenbad ist nicht billig."

„Bei dieser Hitze hat sich ein kleines Mädchen eine Runde im Schwimmbad verdient. Meinst du nicht auch, Junikäfer?"

*

Der Badeanzug kostete 7,96 Dollar plus Mehrwertsteuer. Uns blieben also noch etwa 7 Dollar übrig. Ich fragte Papa, was es denn zum Abendessen geben würde, und er meinte, ich könnte ja das Wasser im Wellenbad trinken. Damit brachte er mich zum Lachen. Er war fest entschlossen, mich in dieses Schwimmbad reinzubringen.

Wir fuhren am Wellenbad vor. Papa und der alte Mann begleiteten mich zu dem Fenster, hinter dem die Kasse war. Wir hörten das Plätschern von Wasser, das Kreischen von Kindern und die Trillerpfeifen der Bademeister, der die Kinder ermahnten, nicht vom Beckenrand ins Wasser zu springen und so weiter. In der Luft lag dieser wundervolle Duft nach Schwimmbad, der wohl vom Chlor kommt. Das alles zusammen bewirkte, dass ich unbedingt ins Wasser wollte.

„Die Tageskarte kostet vierzehn Dollar", sagte die junge Frau an der Kasse.

Papa gab sich nicht so leicht geschlagen. „Gibt es um diese Uhrzeit eine Ermäßigung?"

„Ab sechzehn Uhr kostet der Eintritt nur noch die Hälfte", erklärte sie. „Wir schließen um zwanzig Uhr."

Papa sah auf seine Armbanduhr. „Es ist kurz vor drei. Ich hab noch sieben Dollar. Können Sie die Kleine nicht jetzt schon reinlassen?"

„Tut mir leid, aber das geht nicht."

„Das ist doch Wahnsinn", murmelte der alte Mann. „Ich nenne so was Wucher."

Hinter uns standen ein paar Leute, deshalb ging Papa näher an das Fenster heran. „Kann ich mit jemandem reden? Mit Ihrem Chef zum Beispiel?"

„Der ist nicht da. Tut mir leid. Ich würde Ihnen ja gern eine Ermäßigung geben, aber wenn ich das mache, bekomme ich Schwierigkeiten."

„Ich verstehe", sagte Papa.

Er steckte die Hände in die Hosentaschen. Ich sah, wie der alte Mann das auch machte. Dieser Anblick war irgendwie unheimlich, weil die beiden plötzlich aussahen wie eine ältere und eine jüngere Ausgabe derselben Person.

Papa stand am Zaun und warf einen Blick darüber. „Meinst du, wir können sie einfach da rüberwerfen?"

Der alte Mann lachte leise. „Ich geh zurück und hol die Schaufel. Dann graben wir ihr einen Tunnel."

Jetzt standen mehrere Leute an der Kasse Schlange, und wir guckten zu, wie sie ins Schwimmbad gingen. Das war so, wie wenn man Hunger hat und den Leuten zusieht, die ein Riesen-Büfett leerfuttern, während man selbst nicht einen einzigen Hähnchenflügel erwischen kann. Ich betrachtete die vielen verschiedenen Schwimmbecken und die Wasserrutschen in dem Freibad. Dabei stellte ich mir vor, was genau ich machen würde, sobald ich da drin wäre und meinen Badeanzug anhätte. So ein großes Schwimmbad und so viele Leute hatte ich noch nie gesehen.

Um halb vier war die Schlange vor der Kasse verschwunden. Die junge Frau kaute auf ihrem Kaugummi herum, und dann rief sie mich zu sich. „Gib mir die sieben Dollar, und dann kannst du rein."

Ich rannte so schnell durch den Eingang, dass ich auf dem feuchten Boden beinahe ausgerutscht wäre. Ich warf einen Blick zurück und sah, wie Papa mir mit einem breiten Grinsen zuwinkte.

Ich zog mich um und knüllte meine Klamotten zu einem kleinen Ball zusammen. Dann lief ich durch die Brause, die mich mit kaltem Wasser besprühte. Jetzt war ich draußen. Ich rannte zum Zaun, wo Papa und der Alte standen. Dort legte ich meine Kleider auf den Boden.

„Wo gehst du zuerst hin?", wollte Papa wissen.

Ich deutete auf die große Rutsche, an der schon viele Kinder Schlange standen. Und dann ging ich die Stufen hoch. Ich kam nur langsam vorwärts. Ab und zu warf ich einen Blick nach unten, dorthin, wo Papa stand. Er lächelte mir zu, und als ich ganz oben angekommen war, sah ich, wie die Kinder vor mir diese komischen Rutschringe in die Hand gedrückt bekamen. Als ich an der Reihe war, griff ich nach dem Ring und sah nach unten. Das hätte ich lieber nicht machen sollen.

„Du kannst jetzt runterrutschen", sagte die junge Frau. Sie trug einen eng anliegenden Badeanzug und Shorts. Sie sah aus, als würde sie ihr ganzes Leben in der Sonne verbringen.

Mein Herz raste. Ich gab ihr den Ring zurück. Zuerst dachte ich, dass diese Rutsche einfach toll wäre, aber jetzt schlotterten mir die Knie. Mir blieb die Luft weg, und auf einmal hatte ich keine Lust mehr, da runterzurutschen.

„Los jetzt", sagte jemand hinter mir. „Mach schon."

Die junge Frau sah mich verärgert an. „Du musst jetzt da runter."

Dann schaute ich zu meinem Papa runter. Er winkte mir zu und hob den Daumen in die Luft. Sogar sein Vater stand ganz aufrecht da. Er hatte die Arme auf den Zaun gelegt und sah zu mir hoch. Da fragte ich mich plötzlich, ob Gott nicht auch so ist. Manche Menschen meinen, sie tun Gott einen Gefallen, wenn sie die Wasserrutsche runterrutschen. Aber vielleicht steht er bloß am Zaun, lächelt und streckt die Hand nach uns aus.

Ich packte den Ring, knallte ihn oben auf die Rutsche, sprang drauf, und dann ging es los. Und das, was dann passierte, war gruselig und schön zugleich. So etwas hatte ich noch nie erlebt. Als ich im Wasser landete, flog der Ring unter mir weg und in die Luft. Ich ging unter. Das Wasser war warm und gleichzeitig kühl. Es fühlte sich einfach toll an.

Ich wusste, dass ich nicht in der Nähe der Rutsche bleiben konnte, sonst würde der Nächste, der runterkam, in mich reinknallen. Also tauchte ich auf den Grund, wie Papa es mir gezeigt hatte. Aus meiner Nase kamen große Luftblasen. Als ich unten war, warf ich einen Blick nach oben. Die Sonnenstrahlen glitten an den Körpern der Schwimmer vorbei, die mit Armen und Beinen paddelten. Ich fühlte mich wie eine Meerjungfrau in ihrem Wasserreich.

Dann tauchte ich an die Oberfläche, kämpfte mich durch die vielen Kinder und Erwachsenen, die im Wasser herumtobten, und stieg aus dem Becken. Ich drehte mich um und versuchte, die Stelle am Zaun zu finden, an der mein Papa stand. Da sah ich ihn. Er lächelte noch immer und streckte den Daumen nach oben, als ich zu ihm rüberging. Mich fröstelte jetzt, trotz der Hitze. Aber vielleicht zitterte ich nicht vor Kälte, sondern vor Freude, weil es auf der Rutsche so toll gewesen war.

„Und, wie war's?", wollte Papa wissen.

Ich nickte und nickte nochmal, und dann musste ich lachen.

„Du bist ja ruckzuck da runtergesaust", fügte der alte Mann hinzu. Auch er hatte ein richtig echtes Lächeln auf den Lippen.

Papa griff durch den Zaun durch und wischte mir das Wasser vom Gesicht. „War es gruselig?"

„Gruselig und toll."

Ich hatte kein Handtuch. Weil wir im Schatten des hohen Baumes standen und es plötzlich windig wurde, bekam ich eine Gänsehaut auf beiden Armen.

„Willst du noch mal?", fragte Papa.

Ich nickte wieder und rannte zurück zur Rutsche. Vor mir stand ein kleines Mädchen. Sie war nicht so groß wie ich und hatte langes blondes Haar, das glänzte wie bei einer Barbiepuppe. Sie hielt sich an beiden Geländern fest, aber dabei sah sie sich ständig um, sodass sie mit den Leuten vor ihr zusammenstieß.

„Bist du schon mal runtergerutscht?", fragte ich.

Sie sah mich an, als ob sie Angst hätte, dass mein Kopf aufplatzen und ein Monster rausspringen würde. „Ich mach das zum ersten Mal ganz allein." Sie sprach mit einem niedlichen Südstaaten-Akzent, und sie lispelte auch ein bisschen. Ich erfuhr, dass sie aus Georgia kam und zu Besuch bei ihren Großeltern war, die hier in der Nähe wohnten. Sie hieß Melinda. Ich fand, dass dieser Name sehr gut zu ihr passte.

Wir redeten ein bisschen miteinander, und sie lachte, als ich ihr sagte, dass ich Junikäfer heiße. Als sie oben auf der Rutsche ankam, warf sie einen Blick auf die Rutsche und drehte sich weg. Ihr Gesicht wirkte verkniffen, und ihre Augen wurden ganz rot. Mir ist es schon oft so ähnlich gegangen, nicht nur vor zehn Minuten, als ich auch in Panik geraten bin. Deshalb tat mir das Mädchen leid.

Die junge Frau mit dem engen Badeanzug versuchte, Melinda nach vorn zur Rutsche zu schieben, aber Melinda drängte sich durch die anderen hindurch und wollte zurück zur Leiter. Das war aber nicht so einfach, weil die anderen die Leiter hochdrängten und auf den Stufen gerade genug Platz für eine Person war.

Ich nahm Melinda an der Hand und kündigte mit lauter Stimme an, dass wir zwei jetzt rutschen wollten. Und das machten wir dann auch.

Melindas Mama wartete unten auf uns. Sie nahm ihre Tochter in die Arme. „Hast du Angst gehabt? Ach, jetzt ist ja alles gut. Ist das deine neue Freundin?"

Melinda hob das Gesicht, das sie an der Schulter ihrer Mutter vergraben hatte. „Das ist Junikäfer." Dann sah sie mir direkt in die Augen. „Willst du meine Freundin sein? Sollen wir zusammen spielen?"

Ich warf einen Blick auf ihre Mama. „Das geht schon in Ordnung", sagte sie. „Mit wem bist du hier?"

„Mein Papa ist da drüben", antwortete ich und deutete auf den Zaun.

Sie drehte sich um, aber ich glaube nicht, dass sie meinen Papa sehen konnte. „Dann amüsiert euch gut, ihr zwei. Aber macht nicht mehr so lange. Wir wollen nachher am Picknicktisch etwas essen."

„Okay", rief Melinda und rannte los.

Sie hatte ein kleines Gummifloß. Wir paddelten damit im großen Schwimmbecken herum, spritzen uns gegenseitig nass und lachten viel. Dann kam eine große Welle und warf uns um. Lachend schwammen wir herum, bis wir wieder auf das Floß klettern konnten.

Ich hatte so viel Spaß, dass ich beinahe meinen Papa vergessen hätte. Aber als ich zum Zaun sah, war er immer noch da und beobachtete mich. Er hatte ein trauriges Lächeln auf den Lippen. Vielleicht wollte er auch gern ins Schwimmbad, aber wir hatten ja nicht genug Geld. Das machte mich ein bisschen traurig, obwohl er ja wollte, dass ich Spaß hatte. Eine halbe Stunde später rief Melindas Mutter ihre Tochter zum Essen. Sie fragte mich, ob ich auch etwas wollte. Ich hatte einen Riesenhunger. So geht es mir immer, wenn ich schwimme. Aber ich sagte zu Melindas Mama, dass ich zuerst meinen Papa fragen müsste.

„Sie haben mich zum Essen eingeladen. Darf ich?"

Papa war es ganz schön heiß. Er schwitzte, und sein Vater hatte sich in den Schatten verzogen.

„Natürlich. Amüsierst du dich denn?"

„Ja, es ist ganz toll. Schade, dass du nicht auch reinkannst."

„Ja, aber vielleicht klappt es ja ein anderes Mal."

Ich rannte zurück. Die Familie saß bereits am Picknicktisch. Melindas Mama hatte Brote mit Frischkäse, Schinkenbrote und Käsebrote gemacht. Dann gab es noch Chips und Pudding zum Nachtisch. Ich hatte einen Riesenkohldampf, und so aß ich wie ein Scheunendrescher. Die Mama musste lachen. Sie freute sich, dass ich so einen guten Appetit hatte. Melinda dagegen pulte die Kruste von ihrem Brot ab und aß nur zwei Bissen von ihrem Pudding. Sie hatte auch noch einen Bruder, der ziemlich schüchtern wirkte. Er hatte eine Menge Sommersprossen im Gesicht und große, abstehende Ohren. Ich glaube, es passte ihm nicht, dass ich mit dabei war. Er aß schnell ein paar Bissen und rannte dann weg.

„Warum ist dein Papa denn nicht mit dir hier?", wollte Melindas Mama wissen.

„Unser Geld hat nicht für uns beide gereicht. Die Frau an der Kasse hat mich eine halbe Stunde früher zum halben Preis reingelassen. Sonst wäre ich vielleicht nicht hier drin. Außerdem hat mein Papa keine Badehose dabei."

Sie warf einen Blick auf Papa. „Wohnt ihr hier in der Gegend?"

Ich meinte, das sei eine lange Geschichte, aber wir seien nicht von hier. „Mein Papa ist hierher zurückgekommen, weil er was sucht, was er verloren hat. In Kentucky hatten wir mit unserem Wohnmobil einen Totalschaden."

Sie schob mir den Teller mit den belegten Broten hin. „Ach, du Arme. Wo übernachtet ihr denn?"

„Ich weiß noch nicht, aber der Papa von meinem Papa hat uns hierher gefahren."

„Dann seid ihr bei deinem Opa?"

Ich wusste nicht so richtig, was ich dazu sagen sollte. „Er ist der Papa von meinem Papa, aber er ist nicht mein Opa."

Jetzt war Melindas Mama genauso verwirrt wie ich, aber sie stellte keine Fragen mehr.

Als ich so satt war, dass ich meinte, ich müsste platzen, sagte Melindas Mama, wir sollten uns ein bisschen ausruhen. Also legten wir uns auf diese großen Liegestühle, die in der Sonne standen. Sie waren so bequem und warm, dass ich fast eingeschlafen wäre. Melindas Mama deckte mich mit einem frischen Handtuch zu lächelte mich an. So muss es also sein, wenn man eine Mutter hat.

Schon bald wurde Melinda unruhig und wollte zurück ins Wasser. Deshalb nervte sie ihre Mutter so lange, bis sie nachgab. „Na gut. Du kannst gehen."

Bei meinem Papa würde so was nicht funktionieren. Er würde mir bloß sagen, dass ich aufhören sollte zu quengeln. Wenn ich noch mehr rumjammerte, würde er mir ganz verbieten, ins Schwimmbecken zu gehen, und dann würde er alles zusammenpacken und gehen. Aber es sind wohl nicht alle Eltern so wie mein Papa.

Ich sah, wie Melindas Mama mit ihrem Mann redete. Er sah nett aus, obwohl er eine Menge Haare auf der Brust hatte. Als er Melinda zurief, sie solle rauskommen, fing sie an zu heulen. Dann paddelte sie in die Mitte des großen Schwimmbeckens, weil sie nicht rauskommen wollte. Ich ging ins Wasser und zog sie mitsamt dem Floß an den Rand. Dann warnte ich sie, dass sie morgen vielleicht nicht wieder ins Schwimmbad durfte, wenn sie nicht brav war.

„Bist du morgen wieder hier?", fragte Melinda.

„Ich weiß nicht. Vielleicht." Ich sagte ihr, dass es toll war, sie kennenzulernen, und sie umarmte mich, bevor sie mit ihrer Familie wegging. Ihre Mama schenkte mir das Handtuch, und plötzlich fühlte ich mich wie eine Prinzessin.

Ich sah zu, wie sie das Schwimmbad verließen und zu ihrem Auto gingen. Plötzlich fühlte ich in mir einen Schmerz, den ich nicht erklären konnte. Die Sonne ging unter, und alle Leute packten ihre Sachen und gingen nach Hause. Meine Hände und Füße waren ganz schrumpelig, weil ich so lange im Wasser gewesen war.

Ich warf einen Blick nach draußen, um zu sehen, ob mein Papa noch da war, aber er stand nicht mehr am Zaun. Ein paar Minuten vergingen. Ich ging aus dem Schwimmbecken raus und guckte den Abhang runter. Der alte Mann saß immer noch im Schatten. Er aß gerade etwas, aber mein Papa war nicht bei ihm.

Plötzlich hörte ich hinter mir seine Stimme. Als ich mich erschrocken umdrehte, sah ich, wie Papa durch die Luft flog und mit einem lauten Platschen im Wasser landete. Die größte Welle in der Geschichte dieses Schwimmbads schwappte über den Beckenrand. Das Wasser spritzte bis auf mich und mein trockenes Handtuch. Papa lachte laut über das Gesicht, das ich machte.

„Na los, komm rein!“, rief er. Ich sah, dass er die Badehose von Melindas Papa anhatte, und mir wurde ganz warm ums Herz. Wir hatten noch eine halbe Stunde Zeit, bis das Schwimmbad zumachte, und wir machten das Beste daraus.

Papa ist ein sehr guter Schwimmer. Ich glaube, das hat er in der Armee gelernt. Wenn er schwimmt, gleitet er durchs Wasser und rudert nicht wild mit Armen und Beinen wie die meisten Leute. Ich sah, wie ein paar von den Müttern, die noch da waren, meinen Papa beobachteten und dann die Köpfe zusammensteckten. Zuerst war ich neugierig. Ich hätte gern gewusst, was sie über ihn redeten, aber dann war es mir doch lieber, dass ich es nicht hören konnte.

Wir gingen als Letzte aus dem Becken raus, als die Bademeister in ihre Trillerpfeifen bliesen. Ich hätte die ganze Nacht bleiben können, wenn sie uns gelassen hätten. Auf einem Schild stand, dass die Samstagabend-Filmvorführungen im Juli beginnen würden. Dann konnte man sich auf einer großen Leinwand einen Film ansehen. An solchen Abenden war das Schwimmbad länger geöffnet. Die Idee gefiel mir. Sie nannten diese Filmabende „Schwimm-Kino“. Ich fand diesen Namen witzig.

Ich holte meine zusammengeknüllten Klamotten und zog mich um. Dann gingen wir zurück zum Auto. Da waren alle Brote, die wir mit Melindas Familie nicht aufgegessen hatten. Plötzlich wurde mir einiges klar. Diese Leute waren bestimmt Christen. Sie hatten sogar noch Geld in die Badehose gesteckt, die mein Papa angehabt hatte, aber sie hatten weder ihre Adresse noch ihre Telefonnummer hinterlassen.

Ich glaube, so ist es früher auch gewesen bei den Leuten, die zu Jesus gehörten. Sie gaben einem ihr letztes Hemd, wenn man in Not war. Aber ich glaube nicht, dass es damals schon Wellenbäder gegeben hat.

Kapitel 26

Sheriff Harry Preston spielte nervös mit seinem Handy herum und hörte zerstreut den Durchsagen des Polizeifunks zu. Er parkte auf der Rückseite der Müllverwertungsanlage. Die Wahl dieses Ortes entbehrte nicht einer gewissen Ironie, wenn er an die Menschen und Umstände dachte, mit denen er es oft zu tun hatte. Durch seinen Beruf kam er in Kontakt mit Menschen, die ihr Leben wegwarfen wie andere Leute Müll. Sie jagten dem Glück nach oder auch nur einem kurzen Moment der Freude. Ein Genuss, der manchmal nur zwei Sekunden dauerte, hinterließ bei ihnen und bei anderen oft eine lebenslange Spur des Schmerzes. Oft genug wurde beim Haschen nach dem flüchtigen Glück ein ganzes Leben verpfuscht. Eine Liebesaffäre konnte eine Ehe zerstören und sogar einen Mord nach sich ziehen. Eine nächtliche Spritztour mit einem gestohlenen Auto konnte zu einem Unfall mit Toten und Verletzten führen. Menschen machten folgenschwere Fehler, die sie nie begangen hätten, wenn sie nur ein paar Sekunden länger überlegt hätten.

Preston kannte den kleinen, silberfarbenen Honda, den Bentley fuhr. Er hatte ihn schon an mehreren Unfall- oder Tatorten gesehen. Deshalb behielt er den etwa 500 Meter entfernt gelegenen Parkplatz des kleinen Lebensmittelmarktes im Auge. Ein paar Autos verirrten sich zu den davor angebrachten Zapfsäulen, aber die meisten Leute fuhren zur großen Tankstelle, weil dort das Benzin preiswerter war.

Etwas an dieser Geschichte stimmte nicht. Natürlich hatte Walker auf seinen Stellvertreter geschossen; dafür würde er sich verantworten müssen. Aber im Fall der kleinen Natalie Edwards war sich Preston nicht so sicher. Er hatte mit der Polizei des Staates Kentucky über das beschlagnahmte Wohnmobil gesprochen. Die Kollegen hatten ihn informiert, dass das Fahrzeug neben dem Kokain und dem Bargeld keine wichtigen Hinweise für die Ermittlung lieferte. Es war zu erkennen, dass jemand längere Zeit in dem Wohnmobil gelebt hatte, aber offenbar handelte es sich dabei nicht um die Täter. Wenn man dem verhafteten Pärchen glauben konnte, waren es ein Mann und ein kleines Mädchen gewesen.

Diese Aussage wurde von den Beweisstücken im Wohnmobil bestätigt. Die Frau aus Colorado glaubte, dass das vermisste Mädchen zusammen mit einem Mann im Wohnmobil unterwegs war, aber auch diese Annahme war ziemlich spekulativ, obwohl die Worte der Frau glaubwürdig klangen.

Der silberfarbene Honda flitzte auf den Parkplatz und hielt an der großen Luftpumpe für Autoreifen an. Preston hatte in seinem Handschuhfach ein Fernglas. Normalerweise benutzte er es, wenn er auf einem weit entfernten Hügel Rehe beobachten wollte oder ein Moorhuhn, das auf einem Feld auf Nahrungssuche war. Schließlich brauchte er ja auch einen Zeitvertreib. Manchmal war das Fernglas auch bei der Polizeiarbeit nützlich – jetzt zum Beispiel.

Im Auto saßen zwei Personen. Er erkannte Bentley hinter dem Lenkrad. Der Reporter reckte den Hals, um den Parkplatz zu überblicken.

Die Sonne war hinter einem Hügel verschwunden, aber ihre Strahlen spendeten noch genug Licht. Überall um ihn herum erwachte die Natur zu neuem Leben. Es grünte und blühte. Ein guter Freund hatte ihm erzählt, dass im See südlich von East Lynn bereits die Fische beißen würden.

Er hätte jetzt wer weiß was dafür gegeben, wenn er dort unten in einem Anglerkahn sitzen könnte, mit einem kalten Bier in der Hand und der Angelrute im Wasser. Es spielte keine Rolle, ob er etwas fing oder nicht. Die meisten Leute verstanden ihn nicht, wenn er meinte, für einen Angler sei es das Wichtigste, den Augenblick zu genießen, von Wasser umgeben, die Eindrücke der Natur mit allen

Sinnen aufzunehmen und später in den Erinnerungen zu schwelgen. Wenn man dann auch noch einen Fisch fing, war das wie eine schöne Dreingabe. Er konnte sich nicht mehr erinnern, wann er zum letzten Mal einen Fisch mit nach Hause gebracht hatte. Meistens befreite er seine Beute von der Angel und entließ das Tier wieder ins Wasser.

Er wartete ab, bis der Beifahrer von Bentley ausstieg. An der Brust des Mannes baumelte ein Gegenstand – eine Kamera, wie Preston bereits vermutet hatte. Morgen würde diese Geschichte auf der Titelseite stehen, wenn alles wie geplant ablief. Der Fotograf betrat den Lebensmittelmarkt, damit er zunächst nicht zu sehen sein würde. Bentley stieg aus und blieb mit vor der Brust verschränkten Armen bei seinem Auto stehen. Sein Blick wanderte erst in die eine, dann in die andere Richtung. Vielleicht überlegte er sich, ob auf der Straße plötzlich eine Reihe von Polizeiautos auftauchen würde. Dann wäre es vorbei mit seiner sensationellen Story.

Man konnte es drehen und wenden, wie man wollte, es war eine Geduldsprobe. In seinem Beruf hatte er Warten gelernt, aber auch das Leben hatte es ihn gelehrt. Noch vor ein paar Jahren wäre Preston vielleicht die ganze Nacht wach geblieben und hätte bei der Suche nach Walker viel Zeit und Energie verschwendet. Er hätte jeden Heuhaufen durchwühlt und die Nachbarn aus dem Bett gezerrt, um den Mann ausfindig zu machen. Aber im Laufe der Zeit hatte er gelernt, dass es manchmal am besten war, einfach abzuwarten. Es war wie beim Angeln, wenn man stundenlang dasaß, die Fische beobachtete und im richtigen Moment den Köder bereithielt. Er wusste auch aus Erfahrung, dass man seine Beute am leichtesten in dem Moment verlieren konnte, wenn man sie gerade ins Boot holte. Der Angelhaken konnte sich lösen, und weg war der Fisch. Preston war so etwas schon unzählige Male passiert. Er wollte nicht, dass hier das Gleiche geschah.

Das Röhren des alten Motors konnte er hören, bevor er das Auto sah. Es war auf der A60 in westlicher Richtung unterwegs und klang so, als hätte sich der Auspuff gelöst und würde auf dem Asphalt schleifen. Als das Auto auftauchte, blitzten darunter tatsächlich Funken auf. Es quälte sich auf den Parkplatz des Lebensmittelmarktes. Das Auto war mit Schlammspritzern übersät, und die Radkappen waren schon lange verloren gegangen. Endlich hielt es in der Nähe des Ladens an. Ein paar Mal hustete der Motor. Aus dem Kühler stieg schwarzer Rauch auf.

Preston legte das Fernglas weg und rollte mit seinem Streifenwagen langsam den Hügel hinunter. Als er am Lebensmittelmarkt angekommen war, stand Bentley neben Walker. Der Fotograf schoss ein Bild nach dem anderen, wie ein Paparazzo aus der Provinz. Als die Männer das Polizeiauto sahen, legte Walker die Hände in den Nacken. Bentley trat mit gezücktem Aufnahmegerät vor ihn. Preston parkte hinter der alten Rostschüssel von Walker. Zögernd schaltete er das Blaulicht ein. Er wollte nicht mehr Aufmerksamkeit erregen als unbedingt nötig, aber das musste sein. Er prüfte die Handschellen, die an seinem Gürtel hingen, und dann stieg er mühsam aus dem Streifenwagen.

Sobald er draußen war, fing Walker an zu schreien. „Ich schwöre bei Gott, dass ich niemandem was zuleide tun wollte, Sheriff! Ich wusste ja nicht, wer da zur Tür reinkam. Das schwöre ich."

„Darüber reden wir auf dem Polizeirevier", entgegnete Preston. Dann informierte er ihn über seine Rechte und darüber, dass alles, was er sagte, vor Gericht gegen ihn verwendet werden könnte. Aber er hatte nicht den Eindruck, dass der andere Mann ihm zuhörte.

„Haben Sie verstanden, was ich Ihnen eben gesagt habe?", fragte Preston schließlich.

„Klar doch."

Er drehte Walker um und legte ihm die Handschellen an. Dann führte er ihn zum Streifenwagen.

Im Lebensmittelmarkt hatte sich eine Gruppe Schaulustiger versammelt. Sie pressten die Nasen an die Schaufensterscheibe, um bloß nichts zu verpassen. Ein paar Autofahrer bremsten oder fuhren langsamer, um alles mitzubekommen. Bentley hatte sein Notizbuch gezückt. Er bat den Sheriff um eine Erklärung, warum er den Mann verhaftet hatte.

„Er hat auf meinen Stellvertreter geschossen", sagte Preston. „Das ist der erste Anklagepunkt."

„Was ist mit der kleinen Natalie Edwards?", wollte Bentley wissen. „Meinen Sie, dass er an der Tat beteiligt war?"

„Passen Sie auf Ihren Kopf auf", warnte Preston, als er Walker ins Heck des Streifenwagens schob. Er wollte gerade die Tür zuschlagen, da sah Walker ihm in die Augen und sprach die Worte aus, die der Wendepunkt seiner Ermittlungen sein sollten.

„Ich hab sie nicht umgebracht!", platzte Walker heraus. Eine Festnahme weckte bei den Betroffenen immer widerstreitende Gefühle, vielleicht, weil endlich alles entschieden war. Vielleicht war es aber auch Erleichterung oder Angst.

„Ich hab doch nicht gewusst, dass sie in diesem Auto war. Sie können doch nicht einen Unschuldigen verurteilen, Sheriff."

Preston warf einen Blick auf Bentley, der dem Häftling das Aufnahmegerät hinhielt und aussah, als hätte er gerade einen vergrabenen Schatz gefunden. Preston riss ihm das Aufnahmegerät aus der Hand und suchte verzweifelt nach der Aus-Taste. Aber das Gerät war zu klein und kompliziert; er gab es bald auf.

„Das haben Sie nicht gehört", erklärte Preston dem Reporter.

„Ich habe gehört, was ich gehört habe", erwiderte Bentley.

Preston gab ihm das Aufnahmegerät zurück. „Wenn Sie die ganze Geschichte erfahren wollen, dann haben Sie das nicht gehört. Dann steht das nicht in der morgigen Zeitung. Haben Sie verstanden?"

Bentley griff nach dem Gerät und nickte.

Preston schlug die Tür zu. Dann drückte er vorne am Armaturenbrett eine Taste. Alle Fenster schlossen sich. Er stellte die Klimaanlage an. Dann ging er auf die andere

Seite und stieg neben Walker ein. „Wovon haben Sie eigentlich da eben geredet?“

Walker sah aus wie ein verängstigtes Kind. „Ich will Immunität oder wie das heißt. Und wegen dieser Sache mit Ihrem Stellvertreter will ich nicht vor Gericht.“

„Gray, das wird nicht gehen. Sie hätten beinahe einen Polizisten erschossen.“

„Aber ich hab doch nicht gewusst, wer das war. Er hat einfach so die Tür eingetreten.“

„Sagen Sie mir, was Sie über Natalie wissen. Dann sorge ich dafür, dass man Sie fair behandelt.“

Walker starrte ihn an. „Versprochen?“

„Ich gebe Ihnen mein Wort, und mein Wort zählt hier in dieser Gegend.“

Walker nickte. „Ich glaube Ihnen. Sie sind ein anständiger Mensch.“

Preston beließ es dabei. Es war sehr schwer, das Schweigen auszuhalten, bloß dazusitzen und abzuwarten, aber er musste es ertragen.

Plötzlich brach Walker das Schweigen. „Damals, an dem Abend, hat sie mich dazu angestiftet. Sie meinte, es sei irgendwie wegen der Versicherung, aber so genau weiß ich das nicht mehr.“

„Sie?“

„Diese Frau. Die Mutter.“

„Dana?“

„Ja, klar. Das Mädel mit den vollen Lippen und den Kurven. Sie sagte, wenn ich ihr Auto zum Reservoir fahre und es dort versenke, dann würde sie ...“

„Dann würde sie was?“

Walker hob den Kopf. „Sie hat mir versprochen, dass wir beide ... na ja, was miteinander anfangen würden. Ich sagte ihr, dass ich nichts machen würde, was mich ins Gefängnis bringt.“

„Moment mal“, unterbrach ihn Preston. „Wie haben Sie die Frau kennengelernt?“

„Über mehrere Ecken. Ein Freund von einem Freund. Ich hatte sie schon öfter gesehen, aber sie hatte nie ein

Wort mit mir gewechselt, bis sie mich dann auf einmal anrief. Sie wollte sich mit mir in der Bar treffen und mir was zu trinken spendieren. Und vielleicht noch mehr. Das hat sie gesagt, einfach so. ‚Vielleicht ist für dich noch mehr drin, wenn du brav bist.'"

„Also haben Sie sich mit ihr getroffen."

„Ja. Es war Mitte Juni. Sie flirtete gerade mit ein paar Jungs, als ich dort ankam. Ich habe das Ganze von draußen beobachtet. Die Typen standen um sie rum, johlten und brüllten, und sie hat sie alle heiß gemacht. Dann sah sie mich und bat mich zu warten, und das machte ich auch. Endlich kam sie raus und sagte, sie hätte einen Auftrag für mich. Ich fragte, was ich denn machen solle." Wieder hob er den Kopf. „Ich schwöre, ich wusste nicht, dass die Kleine hinten saß."

„Was passierte dann?"

„Sie wollte, dass ich ihr Auto im Reservoir versenke. Als ich fragte, warum ich das denn machen sollte, meinte sie, es sei wegen der Versicherung und dass es eine hohe Abfindung geben würde. Ich weiß nicht, was ihr im Kopf rumging. Ich schwöre, dass dieses Mädchen irgendwie verrückt war. Sie hatte zwar einen sexy Körper, aber sie war nicht ganz richtig im Kopf."

„Also haben Sie das Auto zum Reservoir gefahren."

„Nicht sofort. Ich sagte, dass ich schon vorher einen Teil meiner Bezahlung haben wollte. Da lächelte sie mich an, und wir gingen zu meinem Auto."

Er starrte aus dem Fenster, auf die immer größer werdende Menge der Schaulustigen. Er wirkte wie ein kleiner Junge, den man bei einem dummen Streich ertappt hat. Die Erinnerung an das, was vor sieben Jahren geschehen war, hatte ihn zum Gefangenen seiner eigenen Schuldgefühle gemacht.

„Sheriff, Sie müssen mir glauben. Diese Sache frisst mich auf. In all den Jahren hab ich mit niemandem darüber geredet. Ich hab immer den Mund gehalten, nur manchmal ist mir was rausgerutscht. Aber jetzt fällt alles auf mich zurück."

„Warum haben Sie nichts davon gesagt? Wenn Sie wirklich unschuldig waren, warum sind Sie dann nicht gleich zu uns gekommen?“

Walker stieß einen Fluch aus. „Ein Kerl wie ich! Wem glauben Sie wohl eher? Einem Typen wir mir oder einer Mutter, die sich die Augen aus dem Kopf weint?“ Er schüttelte den Kopf. „Ich bin von hier abgehauen, so schnell es ging. Am nächsten Tag war ich weg, ab nach Cleveland. Dort hab ich es in den Nachrichten gesehen, wie sie heulend dastand und all diese Sachen sagte. Ich konnte nicht fassen, dass sie so lügen konnte, und ich hoffte, dass die Wahrheit irgendwann ans Licht kommen würde. Danach wollte ich nicht mehr dran denken. Ich hab einfach dicht gemacht.“

Bentley stand am Fenster und beugte sich zu ihnen herab. Preston wäre am liebsten weggefahren, aber für ihn war es, als ob er zwei Fische gleichzeitig gefangen hatte und sie ins Boot ziehen musste. Er wusste, dass er die Befragung von Walker jetzt durchziehen musste.

„Also sind Sie beide zu Ihrem Auto gegangen. Und was ist dann geschehen?“

„Sie war ein Flittchen. Sie tat so, als ob sie auf mehr aus wäre als auf einen Flirt. Sie küsste mich und fummelte rum und flüsterte Sachen. Ich war heiß auf sie, das gebe ich ja zu. Jeder normale Mann hätte so reagiert. Aber sie hörte urplötzlich auf und sagte, dass wir jetzt zu ihrem Auto gehen müssten. Und sie erklärte mir genau, wo die tiefste Stelle im Reservoir ist und wie ich es machen sollte. Sie hatte alles bis ins Kleinste geplant, und sie erklärte mir sogar, dass ich dran denken sollte, mindestens ein Fenster offen zu lassen.“

„Und dann sind Sie zum Reservoir gefahren?“

„Sheriff, ich war ja schon halb von Sinnen gewesen, bevor ich überhaupt in der Bar ankam. Ich weiß nicht, ob ich mich noch an alles richtig erinnere. Ja, ich hab ihre Autoschlüssel genommen, und sie zeigte mir ihr Auto. Ich bin eingestiegen, und sie fuhr in meinem Wagen hinter mir her. Wir kurvten die Straße hoch. Sie wissen vielleicht noch, wie schmal die war. Es ist ein Wunder, dass ich in meinem Zustand nicht von der Straße abgekommen bin."

„Und Sie haben nicht gemerkt, dass das kleine Mädchen im Kindersitz saß? Wie konnten Sie das übersehen?"

„Ich schwöre, Sheriff, ich hab nicht nach hinten geguckt. Es war stockdunkel, und die Innenbeleuchtung des Autos hat nicht funktioniert. Ich konnte kaum sehen, wie schnell ich fuhr. Mir ist nie in den Sinn gekommen, dass da hinten noch jemand sein könnte, und schon gar nicht ein kleines Kind."

„Also sind Sie zum Reservoir gefahren ..."

Walker holte tief Luft. „Ich bin bis zum Abhang gefahren. Damals war das ja alles noch eine Schotterpiste. Am Rand war diese Klippe, wo das Wasser ziemlich tief war. Klar, warum sie diese Stelle ausgesucht hatte. Niemand würde hier das Auto finden, es sei denn, der ganze See würde irgendwann mal austrocknen. Sie hatte das vorher ganz genau geplant, das steht für mich fest. Ich war etwa zwanzig Meter vom Wasser entfernt. Dann stieg ich aus und sah, dass sie mein Auto oberhalb dieser Stelle geparkt hatte. Sie winkte mir zu und lachte laut. Ich ließ die Tür auf der Fahrerseite offen und stellte den Leerlauf ein. Dann schaltete ich auf Start, löste die Handbremse und ließ das Auto rollen. Als es an Fahrt gewann, schlug die Tür zu. Da dachte ich an das Fenster. Ich hatte vergessen, eins aufzumachen. Als das Auto die Böschung runterrollte, landete es mit dem Kühler zuerst im Wasser. Dann richtete es sich auf und schwamm auf der Oberfläche. Bis es sank, dauerte es eine ganze Weile, vielleicht ein paar Minuten." Walker schloss die Augen, als ob er die Tränen zurückdrängen wollte.

„Und was dann?", fragte Preston.

„Ich erinnere mich noch an das Stofftier, das hinten auf der Heckablage saß. Jeden Tag muss ich dran denken, was dieses kleine Mädchen durchgemacht haben muss."

Preston schwieg zunächst. Er konnte es sich nicht leisten, sich gerade jetzt von seinen Gefühlen mitreißen zu lassen. Deshalb fragte er weiter. „Und wie ging es dann weiter?"

„Ich ging zu ihr, als das Auto fast ganz unter Wasser war. Sie schrie, warum ich ihre Tochter nicht da rausgeholt hätte. Ich versuchte sie zu beruhigen, und erst kapierte ich gar nicht, was sie meinte, denn schließlich hatte ich doch nicht gewusst, dass auf dem Rücksitz jemand saß. Und es war schon zu spät, um die Kleine rauszuholen. Ich konnte jetzt nichts mehr machen. Sie heulte sich die Augen aus und schlug nach mir. Sie brüllte, ich sei ein Mörder, und wenn die Polizei mich erwischen würde, würde ich lebenslang hinter Gitter wandern oder es würde sogar die Todesstrafe auf mich warten. Im Nachhinein hab ich kapiert, wie clever sie die Sache geplant hatte. Ich bin ihr total auf den Leim gegangen, Sheriff."

„Also sind Sie damals einfach abgehauen."

„Ich bin zu meinem Auto geflitzt und losgefahren. Da stand sie plötzlich mitten auf der Straße mit ausgestreckten Armen. Wieder hat sie mich angeschrieen, dass ich ins Gefängnis wandern würde, wenn ich nicht aus der Gegend verschwinde. Heute weiß ich, dass das Ganze nur gespielt war. Später hat sie in den Nachrichten erzählt, ein Fremder hätte ihr Auto mit der Kleinen entführt. Da sind bei mir die Puzzleteile zusammengefallen. Sie *wollte,* dass das Kind starb. Ich weiß nicht, warum, aber das ist die reine Wahrheit."

Preston nahm seinen Hut ab und drehte ihn in den Händen hin und her. Er starrte auf das Gitter, das den Rücksitz von der Vorderseite des Streifenwagens abtrennte.

„Ich wünschte, ich hätte den Mut gehabt, es jemandem zu erzählen, Sheriff. Ehrlich. Vielleicht wär' das alles nicht passiert. Die Sache mit Ihrem Stellvertreter. Die vielen Leute, die nach dem Kind gesucht haben. Aber wenn ich mich gemeldet hätte, hätte das die Kleine auch nicht wieder lebendig gemacht."

„Es hätte aber den Großeltern geholfen, wenn sie gewusst hätten, was passiert ist."

Walker nickte zustimmend. „Ich bin ja auch nicht grade stolz drauf, dass ich den Mund gehalten hab, aber ich schwöre Ihnen, ich wollte nie auch nur einer Fliege was zuleide tun."

Preston dachte noch immer über das nach, was er gerade erfahren hatte. Er fragte sich, wo die Leiche der Kleinen geblieben war. Wasser ist zwar unberechenbar, aber man hätte auch noch nach sieben Jahren irgendwelche Spuren finden müssen.

„Was machen Sie jetzt mit mir?“, wollte Walker wissen. „Wie geht's jetzt weiter?“

„Es ist vorbei“, erwiderte Preston. „Sie brauchen sich über diese Sache keine Gedanken zu machen. Es war richtig, dass Sie sich freiwillig gestellt haben. Ich werde das auf jeden Fall positiv berücksichtigen.“

Walker nickte wieder und lehnte sich im Sitz zurück. „Sie können sich nicht vorstellen, wie das ist, wenn man so etwas mit sich rumträgt, wenn man sich jeden Tag aufs Neue schuldig fühlt. Wenn man mit dem Gedanken leben muss, dass dieses unschuldige kleine Ding nie wieder zurückkommt.“

Walkers Schultern bebten, als er sich nach vorn beugte und den Kopf an das Gitter stützte.

Das Blitzlicht der Kamera leuchtete grell auf. Preston stieg aus und setzte sich hinter das Steuer des Streifenwagens. Walkers Auto musste beschlagnahmt werden, aber das konnte er auch noch später erledigen. Er legte den Rückwärtsgang ein und machte sich auf den Weg zum Polizeirevier.

Kapitel 27

Ella dachte den ganzen Tag über ihr Gespräch mit ihrer Tochter nach. Jedes Wort, jede Geste tauchten zu den seltsamsten Zeitpunkten in ihren Gedanken auf. Sie bedauerte zwar, dass sie Dana geschlagen hatte, aber sie war sich nicht sicher, ob sie falsch gehandelt hatte. Einmal hatte sie gelesen, dass man Liebe manchmal auch durch Härte zeigen kann. Vielleicht war das nicht die beste Art gewesen, ihrer Tochter deutlich zu machen, wie sehr sie sie liebte, aber jetzt konnte sie es nicht mehr ungeschehen machen.

William hatte sie heute die meiste Zeit in Ruhe gelassen. Er war im Garten zu Gange. Ab und zu konnte sie ihn durch die Bäume hindurch sehen; er mähte den Rasen und reparierte etwas an der Wassertonne. Offenbar hatte körperliche Arbeit eine beruhigende Wirkung auf ihn. Am Tag nach dem Verschwinden von Natalie war er völlig erschöpft nach Hause gekommen, nachdem er sich auf eigene Faust auf die Suche nach der Kleinen gemacht hatte. Aber er ruhte sich nicht aus, sondern bastelte an einem alten Auto herum. Sie konnte zunächst nicht begreifen, warum er sich so verhielt, aber jetzt verstand sie ihn besser. Es war einfach seine Art, mit einer schlimmen Situation umzugehen.

Als er am Spätnachmittag nach Hause kam, holte er sich ein Glas und hielt es unter den Wasserhahn. Er trank das Glas in einem Zug aus und goss sich ein zweites ein, und dann starrte er aus dem Fenster auf die Weide hinter dem Haus. Die paar Kühe, die sie noch hatten, kamen langsam von der oberen Weide herunter, um aus dem Wassertrog zu trinken. Ohne sich nach ihr umzusehen fragte er, was es denn zum Abendessen geben würde.

„Sandwichs mit kaltem Braten und Salat."

Schweigend saßen sie am Küchentisch und aßen. Draußen ging die Sonne unter, und die Nacht lag vor ihnen. Sie wollte nicht über Dana sprechen, und er natürlich auch nicht. Es kam ihr vor, als ob sie sich mit zunehmendem Alter immer weiter voneinander entfernten, statt zusammenzuwachsen. Wenn nicht bald etwas geschah, würden sie auseinanderdriften wie zwei Äste im Bach. Der eine würde am Ufer stecken bleiben, während der andere von den Wellen davongetragen wurde.

Nach dem Abendessen setzte sich William mit einer Schüssel Popcorn vor den Fernseher und sah sich ein Baseballspiel an. Normalerweise hätte sie sich zu ihm gesetzt und gelesen oder vor sich hin gedöst. Aber heute Abend konnte sie nicht einfach dasitzen und mit ansehen, wie wieder neun Spielrunden ihres Lebens im Sand verrannen. Deshalb ging sie auf die Veranda und betrachtete den Sonnenuntergang. Wolkenfetzen zogen über den Himmel, während er immer dunkler wurde. Sie dachte wieder über die Worte ihrer Tochter nach und versuchte, sie zu entschlüsseln. Vielleicht hatten sie gar keinen tieferen Sinn. Vielleicht lag es am Crack, am Speed oder den anderen Drogen, die ihre Tochter konsumierte, um ihren Schmerz zu betäuben. Aber vielleicht steckte tatsächlich mehr dahinter.

„Kommt sie heute Nacht wieder?"

Der Klang seiner Stimme schreckte sie auf. William stand hinter ihr. Aus dem Wohnzimmer drangen der Applaus und das Gebrüll der Zuschauer. Das Spiel lief wohl noch immer.

„Ich weiß, dass sie hier war, um Geld einzufordern", sagte er schließlich. „Ich hab euch gehört."

Ella starrte auf die vorbeiziehenden Wolken. „Ich glaube, wir handeln richtig, wenn wir ihr das Geld geben. Vielleicht ist es ihre letzte Chance."

„Ihre letzte Chance, ihr Leben endgültig zu verpfuschen! Wenn du ihr noch mehr Geld gibst, weißt du doch ganz genau, wofür sie es ausgibt."

Ella strich sich die Schürze glatt. Sie hatte vergessen, sie nach dem Abspülen auszuziehen. „Ich will nicht mit dir diskutieren. Ja, ich weiß, was sie mit dem Geld machen wird. Aber vielleicht landet sie dann endlich ganz unten, auf dem Boden. Vielleicht schafft sie es dann, ihrem Leben eine neue Richtung zu geben."

William stand an der Tür. Der Schatten des Fliegengitters fiel auf sein Gesicht. Er fischte sich mit dem Finger ein Stück Popcorn-Schale aus den Zähnen und schnippte es weg. „Genauso gut können wir das Geld in die Toilette werfen und runterspülen. Du weißt, dass ich unsere Tochter gern habe, aber ich kann es nicht mehr ertragen, dass sie uns aussaugt und uns keine Lebenskraft mehr übrig lässt. Findest du nicht, dass wir schon genug bezahlt haben?"

Sie sah ihm in die Augen. „Wie viel ist genug, wenn es um ein Menschenleben geht? Hast du etwa aufgehört, für sie zu hoffen?"

Williams Gesicht verzog sich schmerzlich. Diese Frage hatte ihn offenbar getroffen wie ein Messerstich. Er schüttelte den Kopf. „Wenn du unser Geld unbedingt zum Fenster rauswerfen willst, nur zu."

„Natürlich will ich das nicht", entgegnete Ella. „Ich will nur das Richtige tun. Vielleicht ist das unsere letzte Chance."

„Das hast du schon hundert Mal gesagt. Aber sie gibt jeden Cent, den du ihr gibst, für Drogen und Alkohol aus."

Sie verschränkte die Arme vor der Brust. „Diesmal ist es anders. Diesmal haben wir vielleicht noch eine letzte Chance auf einen Durchbruch."

Er schien darauf noch etwas erwidern zu wollen, aber dann drehte er sich wortlos um und ging zurück ins Wohnzimmer.

Ella stand auf und ging die Auffahrt entlang. Weil sie nur weiche Hausschuhe anhatte, schnitt ihr der Schotter in die Fußsohlen, doch sie achtete nicht darauf. Als sie am Ende des Grundstücks angelangt war, setzte sie sich auf den Kasten aus roten Ziegelsteinen, den ihr Mann anstelle eines Briefkastens gebaut hatte, damit niemand mehr mit einem Baseballschläger Schaden anrichten konnte. Aber die zerstörungswütigen Jugendlichen wurden dadurch bloß kreativer. Sie steckten zuerst Feuerwerkskörper hinein und später sogar eine Sprengkapsel. Danach hatte William den Kampf gegen den Vandalismus aufgegeben. Der Kasten diente jetzt ab und zu als Sitzplatz, aber für die Post war er ungeeignet.

Sie drehte sich um und betrachtete ihr Haus, das unten am Hügel stand, als habe es schon immer hierher gehört. Die hügelige Landschaft um es herum wirkte malerisch, vor allem jetzt im Abendlicht. Plötzlich bemerkte sie am Waldrand hinter dem Haus eine Bewegung. Ein Reh wagte sich auf die Wiese vor. Schon bald folgte ihm ein zweites, und dann kamen drei weitere aus dem Wald. Die Tiere hoben erschrocken die Köpfe, als ein Auto um die Kurve kam. Es fuhr an ihr vorbei, und aus den Augenwinkeln sah sie, wie ihr jemand zuwinkte. Sie winkte zurück.

Sie sah zu, wie die Rehe den Hügel herunterkamen, als die Abenddämmerung der Dunkelheit wich. Es waren schöne Tiere. Ella erinnerte sich, wie sie sich als junges Mädchen gewünscht hatte, ein Reh zu sein und zusammen mit den anderen sorglos durch die Wälder zu streifen.

Ihre Beine und ihr Rücken begannen zu schmerzen. Als sie aufstand, hörte sie das knatternde Motorengeräusch eines alten Autos. Sie drehte sich um, während es näher kam, in die Einfahrt abbog und stehen blieb. Ella warf noch einen Blick auf die Rehe. Ihre Tochter stieg aus und ließ die Tür offen. Ein Piepsignal ertönte.

„Ich hab gerade dran gedacht, wie wir immer nach Myrtle Beach gefahren sind, als du noch klein warst", sagte Ella anstelle einer Begrüßung. „Du hast für dein Leben gern im Wasser geplantscht."

„Hast du das Geld?"

Ella sah Dana direkt in die Augen. Ihr wurde ganz schwer ums Herz, als sie sich daran erinnerte, wie ihre Tochter als kleines Kind lachend in der Meeresbrandung herumgehüpft war, nach Muscheln suchte und im Sand buddelte.

Was war davon geblieben? Und was hatte Ella falsch gemacht?

„Oder hat er dir gesagt, dass du kein Geld mehr an mich verschwenden sollst?“, fragte Dana.

„Es tut mir leid, dass ich dir eine Ohrfeige gegeben habe. Bitte entschuldige.“

„Das war Gewaltanwendung und Körperverletzung.“ Dana lächelte, und da war es wieder, das vertraute Grinsen des kleinen Mädchens mit seinen Zahnlücken, auch wenn die junge Frau nur noch ein Schatten ihrer selbst war. Über ihrem Leben war die Sonne untergegangen. Es war, als ob die Dunkelheit jeden Lichtstrahl verdrängt hätte und es nie wieder einen Sonnenaufgang geben würde.

„Du hast mich mit deinen Worten so sehr verletzt“, sagte Ella schließlich.

„Jetzt fang bloß nicht wieder damit an ...“

„Nein, das mach ich nicht.“

„Entweder es tut dir leid, dass du mich geschlagen hast, oder eben nicht. Du hattest keinen Grund dafür.“

Ella biss sich auf die Unterlippe.

„Du hast gesagt, ich sei schuld an Natalies Verschwinden.“

„Vergiss es. Hast du jetzt das Geld oder nicht?“

„Dana, bitte. Sag mir, was wirklich passiert ist. Was hab ich denn Schlimmes getan?“

„Ich diskutiere nicht mehr mit dir. Gib mir das Geld, und ich verschwinde.“

„War es dieser Mann? Dieser Typ, der hier nach dir gesucht hat? Aber du hättest doch deiner Tochter nie was getan wegen eines Mannes!“

Dana hob den Kopf und seufzte entnervt. „Mama, vergiss es. Es ist aus und vorbei.“

„Du meinst, Natalie ist tot? Du *weißt*, dass sie nicht mehr am Leben ist?“ Ellas Stimme klang sogar in ihren eigenen Ohren schrill.

„Ich weiß nicht, was passiert ist. Ich weiß bloß, dass sie weg ist, und du musst das hinnehmen. Versuch, damit zu leben. Hör auf, nach ihr zu suchen. Hör auf, diese Plakate aufzuhängen und diesen Suchdienst für vermisste Kinder zu nutzen. Das führt doch zu nichts."

Der Mond schob sich über die Baumwipfel und warf sein gespenstisches Licht auf das Maisfeld. Ella spürte, wie ihre Beine ihr den Dienst versagten. Deshalb setzte sie sich wieder hin und stützte sich mit einer Hand ab. Sie wollte noch mehr Fragen stellen, noch tiefer bohren, aber sie konnte es einfach nicht. Ihr Leben lang hatte sie an die Worte Jesu geglaubt, daran, dass die Wahrheit uns frei macht. Aber allmählich wurde ihr eines klar: Es gibt auch eine Wahrheit, die das Gegenteil bewirkt, die uns umwuchert wie eine Schlingpflanze und uns die Luft zum Atmen nimmt.

Sie steckte die Hand in die Tasche ihrer Schürze und zog einen dicken Briefumschlag heraus. Den ganzen Morgen hatte sie sich überlegt, was sie ihrer Tochter noch sagen wollte. Dann hatte sie begonnen, ihr einen Brief zu schreiben. Erst nach drei Versuchen hatte sie etwas Vernünftiges zustande gebracht. Als sie Dana den Umschlag reichte, fragte sie sich, ob ihre Tochter den Brief vielleicht gar nicht lesen, sondern ihn gleich aus dem Fenster werfen würde.

Dana griff nach dem Briefumschlag, aber Ella ließ noch nicht los, sondern sah ihre Tochter unverwandt an.

„Das ist das allerletzte Mal. Mehr gibt es nicht."

Dana zerrte an dem Umschlag, aber Ella gab ihn noch nicht frei.

„Okay, ich hab's kapiert", erwiderte Dana bissig. Erst jetzt ließ Ella los.

Als Dana in ihr Auto einstieg, folgte Ella ihr. „Ich hab dich lieb, mein Schatz. Hoffentlich ist dir das klar."

Doch die Frau im Auto war nicht mehr ihre Tochter. Sie hatte sich in eine andere Person verwandelt, in ein ausgebranntes, von Drogen zerfressenes Wrack. „Ja, ich weiß, dass du mich geliebt hast, so gut du eben konntest. Aber es war nicht gut genug."

„Rufst du mich an?", wollte Ella wissen. „Lass mich wissen, wohin es dich verschlagen hat. Meinst du, du wirst ... ?"

Bevor sie den Satz beenden konnte, schlug Dana die Tür zu. Der Motor sprang an, und ohne sich anzuschnallen, fuhr Dana rückwärts auf die Straße.

Ella sah den Schlusslichtern nach, bis das Auto um die Ecke bog. Dann drehte sie sich zum Haus um. Langsam ging sie zurück, über die scharfen Schottersteine. Sie musste an die Via Dolorosa denken, an den letzten Weg, den Jesus gegangen war. Obwohl sie gedacht hatte, sie hätte keine Tränen mehr, begann sie laut zu schluchzen, als sie die Veranda erreichte.

Kapitel 28

Ich bettelte meinen Papa an, mich zusammen mit dem alten Mann zurückfahren zu lassen, um die Spitzhacke zu holen, und schließlich erlaubte er es, aber er riet mir, auf mich aufzupassen. Vielleicht meinte er damit, ich solle dem Alten aus dem Weg gehen, wenn er wieder fies werden sollte. Aber ich sagte ihm, er müsse sich um mich keine Sorgen machen.

Auf dem Weg zu seinem Haus redete der alte Mann nur wenig. Als wir dort ankamen, war es fast dunkel. Er ging sofort nach hinten zum Schuppen und kramte dort herum, bis er die Spitzhacke fand. Ich blieb auf der vorderen Veranda und sah zu, wie die Glühwürmchen aus dem Boden aufstiegen. Ein paar konnte ich fangen. Der alte Mann kam zurück und warf die Spitzhacke hinten auf den Laster. Es stellte sich raus, dass es ein rostiges altes Ding war, aber die Spitze sah richtig gefährlich aus. Ich hatte Angst, dass das Ding ein Loch in die Ladefläche bohren würde.

Dann warf er mir einen Blick zu. „Willst du ein Glas?"

„Wie bitte?"

„Als Johnny klein war, nahm er immer ein Glas und bohrte Löcher in den Deckel. Dann füllte er es mit Glühwürmchen, stellte es auf die Fensterbank in seinem Zimmer und ließ sie die ganze Nacht lang leuchten."

Ich fand es interessant, dass er mir was über seinen Sohn erzählte, denn ich hatte bisher den Eindruck bekommen, dass er sich kaum um ihn gekümmert hatte, als er ein Kind war. „Ja, gerne", antwortete ich.

Er ging rein und brachte mir ein Schraubglas, in dem vorher Bohnen oder anderes Gemüse gewesen waren. Ich wusste nicht, ob es den Glühwürmchen da drin gefallen würde. Dann zog er ein Taschenmesser raus und bohrte Löcher in den Deckel.

„Wissen Sie, wo die Familie Edwards wohnt?", wollte ich wissen.

Er hielt den Kopf gesenkt und arbeitete weiter an dem Deckel. „Ein Stückchen weiter die Straße runter."

„Welche Straße?"

Er deutete nach hinten. „Über die nächste Straße rüber und hinter der Autobahn. Dort geht's nach links. Sie wohnen in dem großen Haus am Wasserturm. Warum willst du das wissen?"

„Ach, nur so."

„Lass diese Leute in Ruhe. Die haben in den letzten Jahren schon genug Ärger gehabt."

„Ich will ihnen doch keinen Ärger machen", erwiderte ich.

„Hier", sagte er und reichte mir das Glas. „Mal sehen, wie viele von den Viechern du fängst, wenn wir vom Reservoir zurückkommen."

Ich überlegte schon die ganze Zeit, wie ich das sagen sollte, was ich sagen wollte, aber jetzt schien mir die Gelegenheit gekommen zu sein. „Ich will nicht da hin zurück. Nachts spukt es dort. Lassen Sie mich hier, und dann hab ich das Glas voll, wenn Sie zusammen mit meinem Papa zurückkommen."

„Wie, du meinst, es spukt im Reservoir, und dann willst du allein hier bleiben?", fragte er und legte die Stirn in Falten. „In diesem Haus hinter dir sind mehr Geister als an allen anderen Orten!"

„Ich glaube nicht an Geister", erwiderte ich. „Mein Papa würde mich hier bleiben lassen."

„Wirklich?"

Ich fing an, Glühwürmchen zu fangen, lachte und kicherte und zog eine ganz schöne Show ab. Er nahm seine Mütze ab und kratzte sich nachdenklich am Kopf. „Also, wenn du wirklich allein hier bleiben willst, geht das wohl in Ordnung. Aber lass die Nachbarn in Ruhe und verirr dich nicht."

Als er wegfuhr, fing ich noch immer Glühwürmchen, aber sobald er um die Ecke war, hörte ich auf damit. Ich ging ins Haus und wühlte zuerst in der Küche und dann in der Speisekammer in den Schubladen. Erst in dem großen Schrank im Flur entdeckte ich eine Taschenlampe. Glühwürmchen sind zwar ganz nett, aber sie geben nicht genug Licht.

Die Taschenlampe war furchtbar schwer. Als ich sie anknipste, passierte gar nichts. Also machte ich sie auf. Das war nicht ganz leicht. Die großen Batterien fielen auf den Boden, mitsamt so einem schmierigen Zeugs. Es dauerte eine Weile, bis ich merkte, dass der alte Mann keinen Vorrat an Batterien hatte, so wie wir im Wohnmobil. Ich hatte kein Glück, aber ich glaube sowieso nicht an Glück, weil alles, was uns passiert, einen Sinn hat. In diesem Moment war mir aber nicht ganz klar, welchen Sinn es haben sollte, keine Taschenlampe zu finden.

Ich griff nach dem Glühwürmchenglas und ging los. Das Glas hielt ich in der ausgestreckten Hand. Inzwischen war der Mond aufgegangen und lugte durch die Wolken im Himmel, und so gewöhnten sich meine Augen schnell an die Dunkelheit. Die Häuser in den Gärten sahen alt aus. Hinter manchen von ihnen standen alte Autos und anderer Schrott. Sie wirkten im Mondlicht wie Spielsachen, die irgendwelche Kinder draußen vergessen hatten.

Ich ging durch eine Lücke zwischen zwei nah zusammenstehenden Häusern. Von dort aus konnte ich die Straße sehen, die auf der anderen Seite bergab führte. In einem Haus hörte ich viele Stimmen und lautes Lachen. Vielleicht feierten die Leute dort eine Party. In dem anderen waren bloß ein Mann und eine Frau, die sich anschrieen. Es ging darum, dass sie mehr Geld ausgab, als er verdiente.

Als ich an diesem Vorgarten vorbeikam, hörte ich ein Geräusch, bei dem ich eine Gänsehaut bekam. Es war ein lautes Knurren. Wenn man im Dunkeln unterwegs ist und so was hört, ist es kein Wunder, wenn man Angst hat. Ich konnte nicht mehr weitergehen und hätte mir vor Schreck beinahe in die Hose gemacht.

Ein Hund war auf der Veranda, und er hatte mich bemerkt. Er sprang gegen das Gitter und bellte wie verrückt. Die Leute im Haus stritten sich aber so laut, dass sie das gar nicht bemerkten. Ich rannte die Auffahrt runter, so schnell ich konnte, aber sie war steiler, als ich gedacht hatte. Plötzlich stolperte ich und landete auf dem Boden. Das Glas mit den Glühwürmchen flog mir aus der Hand und zerbrach mit einem lauten Klirren. Der Hund hörte das natürlich und bellte noch lauter. Ich hatte keine Zeit zum Luftholen, weil am Haus ein Licht anging. Also rappelte ich mich auf, rannte zur Straße und machte mich auf den Weg zur Autobahn, in die Richtung, die der alte Mann mir genannt hatte.

Ich spürte, dass mich etwas dorthin zog. Vielleicht haben andere Leute auch manchmal so ein Gefühl, aber sie bewegen sich nicht und bleiben dort, wo sie sind. Aber ich habe ja lange genug darüber nachgedacht. Ich glaube, es gibt im Leben Dinge, die man einfach hinnehmen muss, so wie diese Sache mit dem Hund. Ich träume immer noch davon, einmal einen kleinen Hund zu haben, dem ich Kunststückchen beibringe und der nachts in meinem Zimmer schlafen kann. Aber manche Träume werden eben nicht wahr, zumindest nicht in nächster Zeit.

Aber andere Sachen kann ich selbst in die Hand nehmen und ändern. Und für mich war dieser Zeitpunkt jetzt gekommen. In meinem Leben gab es eine große Frage, auf die ich unbedingt eine Antwort haben wollte. Das war die Frage, wer meine Mama ist. Deshalb war ich jetzt auf dieser mondhellen Straße unterwegs, ohne Taschenlampe und ohne mein Glas mit den Glühwürmchen. An meinem Arm lief etwas Klebriges runter. Als ich mit der Hand danach tastete, merkte ich, dass ich blutete. Ich hatte gar nichts gemerkt, aber das lag wohl daran, dass der Hund so laut gebellt hatte.

Ich stellte mir vor, wie mich ein riesiger Magnet diese Straße hinunterzog. Das half mir über meine Angst hinweg, denn es war richtig unheimlich, als ich unter dieser Brücke entlangging, die die Autobahn hochhielt. Der Beton war bedeckt mit Graffiti und Sprüchen. Da stand irgendetwas über einen Typen namens Will. Das meiste konnte ich nicht lesen, weil es zu dunkel war, aber ich konnte mir denken, was für Wörter da standen.

Als ich auf einer kleinen Anhöhe ankam, sah ich eine Straße, die nach links führte. Ich dachte mir, dass das der richtige Weg sein müsste, weil der alte Mann einen Wasserturm beim Haus der Familie Edwards erwähnt hatte. Ich wusste vorher nicht, was ein Wasserturm war, aber als ich ihn sah, war es mir klar. Er sah aus wie ein Monster aus Metall, das auf seinen hohen Beinen alles andere überragte. Auf der einen Seite stand das vom Mondlicht hell beleuchtete Wort *Dogwood*. Unter dem Wasserturm waren Bäume, ein Abhang und ein Haus, das ein Stück entfernt von den anderen Häusern stand.

Ich hörte ein Auto. Deshalb ging ich so weit wie möglich an den Rand der Straße, aber trotzdem kam es mir so vor, als ob derjenige, der das Auto fuhr, mich beinahe überfahren hätte. Der Fahrer bremste noch nicht mal ab. Ich war mir nicht sicher, ob er mich überhaupt gesehen hatte. Als das Auto weg war, traute ich mich wieder auf die Straße und ging weiter, bis ich zu einer Einfahrt kam. Auf dem Briefkasten stand der Name *Edwards*. Daneben war ein Ding aus Ziegelsteinen. Es sah aus wie ein Denkmal, aber ich wusste nicht so recht, wofür.

Mein Herz schlug rasend schnell, als ich die lange Einfahrt sah und dahinter das Haus, das im Dunkeln lag. In einem Fenster erkannte ich das Flimmern eines Fernsehers, aber sonst war alles still. Ich fragte mich, ob die Leute, die hier wohnten, meine Familie waren. Es ist gruselig, wenn man zu wissen meint, woher man kommt, und dann herausfindet, dass die Wahrheit ganz anders aussieht. Manchmal erschreckt einen die Wahrheit mehr, als wenn man überhaupt nichts weiß.

Seitdem ich auf dem Plakat im Supermarkt mein Gesicht gesehen hatte, hatte ich mir vorgestellt, dass ich eines Tages eine große Schar von Leuten kennenlernen würde, die mit mir verwandt waren. Dann würde es nicht bloß meinen Papa und mich geben, sondern Schwestern und Brüder, Onkel und Tanten, Cousins und Cousinen. Wir würden zusammen zu Picknicks gehen, zu Familienfeiern und Partys, und jeder aus der Familie würde einen Hund haben. Für manche Leute ist so was bloß ein Kindertraum, aber ich musste daran denken, als ich diese Einfahrt entlangging und der Schotter unter meinen Füßen knirschte, während die Glühwürmchen aus den Büschen aufstiegen. Am liebsten wäre ich jetzt auf diese Wiese gerannt, durch die sich der Bach schlängelte. Dann hätte ich mich ins Gras gelegt und gewartet, bis sich die Sterne am Himmel zeigen und für mich ihre Lichtshow abziehen. Tief in mir drin wurde mir ganz warm, aber gleichzeitig spürte ich, dass gleich nichts mehr so sein würde, wie es vorher gewesen war.

Als ich zu dem gepflasterten Weg kam, der zum Haus führte, blieb ich stehen und sah mich um. Neben dem Haus stand ein Traktor. Ich konnte keine Spielgeräte und auch keine Fahrräder entdecken. Hier wohnten wohl keine Kinder.

Ich hörte ein Jammern wie von einem verletzten Tier, aber das Geräusch schien aus dem Haus zu kommen. Dann hörte es auf, und das Licht ging an. Es war kein Licht in meinem Kopf, das mir etwas sagen wollte, sondern eine Lampe am Ende des Gehwegs. Kurz darauf hörte ich eine Stimme. „Hallo?"

Ich wollte schon wegrennen und mich verstecken. Aber dann hörte ich meine Stimme, die aber gar nicht klang wie meine eigene. „Hallo?"

Etwas bewegte sich auf der Veranda, und dann kam eine Frau die Treppe runter. Sie blieb stehen und sah mich an. „Brauchst du Hilfe?"

„Ich weiß nicht", antwortete ich. „Wohnt hier die Familie Edwards?"

Sie kam ein paar Schritte näher und starrte mich an. Aber ich stand vor der Lampe, und deshalb konnte sie mich nicht richtig erkennen. Es war eine ältere Frau, die so langsam auf mich zukam, als ob sie auf Glatteis laufen würde.

Und dann erkannte ich sie. Ich hatte sie schon mal in den Fernsehnachrichten gesehen. Das war die Großmutter. Sie gab auf meine Frage keine Antwort.

„Was machst du mitten in der Nacht ganz allein hier draußen?“

Ich trat einen Schritt zurück. Das Licht fiel jetzt direkt auf mich. Die Frau presste plötzlich eine Hand an ihren Mund und wurde ganz bleich. Ich dachte schon, sie würde in Ohnmacht fallen oder einen Anfall kriegen.

„William!“, schrie sie plötzlich. „William, komm her!“

Jetzt wäre ich am liebsten weggerannt, weil sich ihr Gesicht verzog, als ob sie große Schmerzen hätte. Ich beobachtete sie gebannt, als sie mich an den Schultern packte und zum Licht hin drehte.

Die Fliegengittertür knarrte. Ein älterer Mann kam raus. „Was ist denn los? Warum brüllst du so?“

Jetzt flüsterte die alte Frau nur noch ein Wort. „Natalie?“

Ich starrte sie an. „Bist du meine Großmutter?“

Plötzlich zog sie mich in die Arme und fing an zu weinen. Ich habe noch nie einen Menschen so weinen gehört. Es war ein Schluchzen, das tief aus dem Herzen kam, als ob etwas Schreckliches passiert wäre und es keine Worte mehr gibt für den Schmerz, den man spürt.

Papa hat mir mal gesagt, dass Gefühle wie Glück und Trauer dicht nebeneinander liegen. Das habe ich nie so richtig verstanden, aber als ich jetzt sah, wie die Frau weinte, begriff ich es. Ihre Schluchzer schienen tief in sie hineinzugehen und einen Teil von ihr rauszuschaufeln. Aber als sie aufhörte zu weinen, oder mittendrin, kam noch etwas anderes dazu. Es war ein Lachen, das tief aus ihrem Bauch kam und ihren ganzen Körper zum Beben brachte. So was habe ich noch nie gehört.

Der alte Mann trat ins Licht. Als er mein Gesicht sah, guckte er, als ob er Elvis höchstpersönlich begegnet wäre. Papa war mal mit mir in Graceland und hat mir alles über Elvis erzählt und dass manche Leute glauben, dass er immer noch am Leben ist und sein Tod bloß eine Zeitungsente gewesen ist. Mir wäre es lieber gewesen, wenn das wahr gewesen wäre. Dann müssten all diese Leute nicht mehr wegen Elvis weinen.

„Sie ist es!“, sagte die Frau halb weinend und halb lachend. „Guck dir das Muttermal auf ihrer Wange an, William. Sie ist es.“

Endlich ließ sie mich los. Dann bemerkte sie das Blut an ihren Händen. „William, sie ist verletzt. Bring sie ins Haus. Und dann rufst du Sheriff Preston an. Jetzt gleich.“

Kapitel 29

Sheriff Preston war endlich auf dem Heimweg. Walker sollte am nächsten Morgen einen Anwalt bekommen, der den Schaden ausbügeln würde, den Walker sich selbst zugefügt hatte. Nachdem er den Bericht geschrieben und seine zehnte Tasse Kaffee getrunken hatte, fuhr er schließlich nach Hause. Dann fiel ihm wieder ein, dass seine Frau nicht da war.

Er wendete. Auf dem Rückweg sah er ein paar Übertragungswagen, die aus der anderen Richtung kamen. Bentley war in den Nachrichten des dritten Programms interviewt worden. In dem Gespräch ging es fast mehr um ihn selbst als um Walker. Am nächsten Tag würde die Geschichte bestimmt in voller Länge im Lokalblatt erscheinen.

Er war nur noch ein paar Minuten von seinem Haus entfernt, als sich das Funkgerät einschaltete. Ein besorgter Bürger hatte einen Fall von Vandalismus auf dem Parkplatz am Reservoir gemeldet.

Preston war zwar in der Nähe der Straße zum Reservoir, aber er brachte nicht mehr die Energie auf, den Funkspruch anzunehmen. Außerdem hatte er keine Lust, sich mit irgendwelchen Strolchen abzugeben, die Abfalleimer umwarfen oder Bierflaschen zerschmetterten. Aber trotzdem hatte er so ein merkwürdiges Gefühl in der Magengrube, auf das zu hören sich normalerweise auszahlte.

Widerwillig griff er nach dem Mikrofon. „Hier ist Sheriff Preston. Ich bin auf dem Weg zum Reservoir. Um welchen Parkplatz handelt es sich?"

Der Mann in der Funkzentrale nannte ihm den Ort. Seufzend bog Preston auf die Straße ein, die zum Wasser führte. Er begriff nicht, warum jemand einen Parkplatz verwüstete, aber die Jugend von heute schreckte ja vor nichts mehr zurück.

Er brauchte ein paar Minuten, bis er den richtigen Parkplatz fand. Als er dort ankam, sah er im Scheinwerferlicht seines Streifenwagens die Gestalt eines Mannes. Er hatte eine Spitzhacke in der Hand und schlug wie wild auf den Asphalt ein. Der Mann hob den Kopf, als das Licht auf ihn fiel, aber dann arbeitete er weiter, als wäre es das Normalste von der Welt, was er da tat.

Kopfschüttelnd fuhr Preston näher heran. Er parkte den Streifenwagen und stieg gerade aus, als der Mann die Hacke erneut schwang.

Sie blieb im Asphalt stecken.

Der Fremde war schlank, hatte dichtes, struppiges Haar und einen athletischen Körperbau. Preston vermutete sofort, dass er früher bei der Armee gewesen war. Einen solchen Mann würde er in einem Kampf nicht als Gegner haben wollen. Das kantige Kinn ließ sein Gesicht entschlossen wirken. Die Muskeln an seinen Armen und Schultern wirkten stahlhart, und sein breiter Rücken war kerzengerade. Preston überprüfte unauffällig sein Pistolenhalfter, damit seine Dienstwaffe griffbereit war, falls der Typ Dummheiten machen würde.

„Ein schöner Abend, nicht wahr?", rief Preston.

„Ja, stimmt, Sheriff."

„Es gibt bestimmt bessere Stellen, um Regenwürmer auszugraben."

Der Mann lächelte. „Ich wünschte, ich würde tatsächlich Regenwürmer ausgraben. Ganz ehrlich."

Preston kam langsam näher. Es gibt auf dieser Welt drei Arten von Männern. Den einen näherte man sich vorsichtig. Den anderen näherte man sich mit gezogenem Revolver, und den dritten näherte man sich am besten überhaupt nicht.

Dieser Mann gehörte offenbar zur ersten Kategorie, aber Preston hatte sich auch schon in seinen Mitmenschen getäuscht. „Darf ich wissen, was Sie hier treiben? Und warum Sie um diese Tageszeit hier sind?"

Der Mann sah zu Boden und ging einen Schritt von der Spitzhacke weg. „Ich hab nicht gewusst, dass so was strafbar ist."

Jetzt musste Preston lächeln. „Das ist es wohl auch nicht, aber wir haben im Moment nicht allzu viel zu tun."

„Da hab ich aber was anderes gehört."

„Sagen Sie mir jetzt, was Sie unter dem Asphalt suchen?" Preston ließ nicht locker.

Der Mann sah dem Sheriff in die Augen. Offenbar überlegte er, ob er ihm den wahren Grund seiner Suche nennen sollte oder nicht. Er kratzte sich an der Wange und warf einen Blick auf den zerbröckelten Asphalt. „Ich war vor ein paar Jahren hier, bevor man die Parkplätze gebaut hat, und habe etwas vergraben, und jetzt will ich es wieder ausbuddeln."

„Was haben Sie denn vergraben? Eine Leiche?"

Der Mann musste lachen. „Nein, natürlich nicht. Eine Stahlkassette. Für Wertsachen."

„Und warum haben Sie die ausgerechnet hier vergraben?"

„Damals kam mir die Idee gut vor."

„Woher wollen Sie wissen, dass die Kassette noch da ist?"

„Ich habe sie richtig tief eingegraben. Ich glaube nicht, dass jemand sie gefunden hat."

„Der Inhalt muss ja sehr wichtig für Sie sein, wenn Sie sich deshalb durch eine dicke Asphaltschicht wühlen."

Der Mann nickte zustimmend.

Preston trat noch einen Schritt vor und streckte dem anderen die Hand entgegen. „Ich bin Harry Preston, der Sheriff hier von Dogwood."

„Ich heiße Johnson", erwiderte der Mann. „John Johnson." Der Name kam Preston bekannt vor. Wo hatte er ihn schon einmal gehört?

„Wenn ich fertig bin, bringe ich das hier natürlich wieder in Ordnung."

Preston überlegte fieberhaft. Er hatte mehrere Dutzend Anrufe entgegengenommen, aber musste wieder an das

Gespräch mit der Frau aus Colorado denken. „Sind Sie vielleicht verwandt mit den Johnsons hier in Dogwood?"

„Mein Vater wohnt noch hier. Er heißt Henry."

Plötzlich ging Preston ein Licht auf. „Ach! Sie haben diese vielen Orden bekommen, auch das Purpurherz für Afghanistan."

„Ja, die sind auch in der Kassette."

„Wirklich?" Plötzlich fiel es Preston wie Schuppen von den Augen. Alle Puzzleteile fügten sich zu einem Bild zusammen. Er hatte zwischen dem Anruf aus Colorado und dem Militärdienst von Johnson keinen Zusammenhang erkannt. „Wie lange ist es denn her, dass Sie diese Kassette hier vergraben haben?"

„Sieben Jahre."

Preston warf einen Blick auf den See. Vor sieben Jahren hatten hier Bäume gestanden, und es war einsam gewesen. Man konnte nachts den sternenklaren Himmel bewundern, und man konnte seinen Hund frei herumlaufen lassen, weil es noch keinen Leinenzwang gab. Wenn man einen Fisch gefangen hatte und ihn verzehren wollte, schuppte man ihn an Ort und Stelle ab, steckte ihn auf einen Stock und hielt ihn über ein Lagerfeuer.

„Sie werden es nicht glauben, aber heute hat mich jemand angerufen und von Ihnen gesprochen."

Johnson schwieg.

„Eine Frau aus Colorado hat den Fernsehbericht über das vermisste Mädchen gesehen. Sie hat behauptet, Sie zu kennen. Dann hat sie mir erzählt, dass Sie mit einem kleinen Mädchen unterwegs seien und bei ihr im Haus übernachtet hätten. Kommt Ihnen das bekannt vor?"

Johnson nickte.

„Wo ist das Wohnmobil?"

„Wir hatten ein paar ... Probleme."

„Was denn für Probleme?"

„Zwei Nichtsnutze haben versucht, uns zu entführen. Sie tauchten plötzlich an einer Tankstelle auf und bedrohten uns mit einem Revolver."

„Was ist mit denen passiert?"

„Sagen wir mal, sie haben nicht gewusst, wie wichtig es ist, sich während der Fahrt anzuschnallen."

Preston musste lächeln. Dieser Mann war ihm auf Anhieb sympathisch. Er stellte seine Fragen bloß, um festzustellen, ob er auch die Wahrheit sagte. Aber er war natürlich auch neugierig.

„Was ist mit dem Mädchen?"

Johnson seufzte und verschränkte die Arme vor der Brust. Sein Blick schweifte in die Ferne, und seine Augen blickten traurig. Preston fühlte sich plötzlich mulmig. Hatte der Mann der Kleinen etwas angetan?

„Offen gestanden, Sheriff, wäre es mir am liebsten, wenn ich die Kassette ausgraben und dann einfach von hier verschwinden könnte. Das wäre für uns beide die beste Lösung."

„Nein, das glaube ich nicht, John. Ich habe heute Abend nämlich jemanden verhaftet, der sagt, dass er ..."

„Er hat es nicht getan", unterbrach Johnson den Sheriff.

„Was hat er nicht getan?"

„Das Mädchen entführt. Wenn Sie ihn deswegen festgenommen haben, haben Sie den Falschen erwischt. Das ist auch ein Grund, warum ich hierher zurückgekommen bin."

„Woher wollen Sie denn wissen, dass er der Falsche ist?"

„Weil ich in jener Nacht hier war. Ich habe alles beobachtet."

Preston starrte den Mann verblüfft an. Er war sich seiner Sache offenbar ganz sicher. Dann deutete er auf einen Picknicktisch. Die beiden Männer setzten sich; Preston stieß einen tiefen Seufzer aus, als er es sich auf der Sitzbank bequem machte. „Alles, was Sie mir sagen, kann gegen Sie verwendet werden. Ich hoffe, dass Sie das wissen."

Johnson nickte. „Aber das, was ich Ihnen oder auch jemand anderem sage, ist die Wahrheit. Daher spielt es wohl keine Rolle mehr, ob es gegen mich verwendet werden kann."

„Na schön. Also los. Was haben Sie in jener Nacht hier gemacht?"

„Ich habe meine eigene Beerdigung geplant.“

„Wie bitte?“

Johnson legte seine Hände auf den Tisch. Es waren starke, arbeitsgewohnte Hände. Die Fingernägel waren abgekaut. „Ich wollte nicht mehr leben. Ich hatte meinen besten Freund im Stich gelassen, und nun war er tot. Ich hatte keine richtige Familie mehr. Und die schrecklichen Erinnerungen aus dem Krieg kamen jedes Mal wieder, wenn ich die Augen zumachte. Vielleicht litt ich unter posttraumatischem Stresssyndrom – ich weiß es nicht. Aber ich wollte einfach nicht mehr weiterleben, und ich wollte nicht, dass der Inhalt dieser Stahlkassette meinen Verwandten in die Hände fiel.“

„Was ist denn da drin?“

„Meine Orden und Medaillen. Ein alter Brief, den mein Onkel mir mal geschrieben hat. Eine Bibel, die mir mein bester Freund geschenkt hat. Und ein Umschlag mit Aktien, die mir die Mutter meines Freundes gegeben hat. Die sollen heute einen gewissen Wert haben.“

„Aber wenn Sie sich das Leben nehmen wollten, warum haben Sie die Sachen dann nicht einfach verbrannt?“

„Diese Frage kann ich nicht beantworten. Vielleicht konnte ich damals nicht mehr klar denken, aber als ich das tiefe Loch gegraben habe, war ich wenigstens beschäftigt. Und ich konnte meine Gedanken ordnen.“

„Haben Sie darüber nachgedacht, wie Sie sich umbringen wollten?“

„Das war einfach. Ich wollte ans Meer fahren und rausschwimmen, bis ich nicht mehr gekonnt hätte. Aber ich kann ziemlich weit schwimmen, Sheriff.“

„Waren Sie bei den *Marines*?“

Johnson reagierte mit einem Kopfnicken.

„Wie haben Sie und das Mädchen sich gefunden?“

Johnson sah ihm wieder direkt in die Augen. Sein Blick war durchdringend und offen. „Ich hab nicht sie gefunden, sondern sie hat *mich* gefunden. Gott hat sie zu mir geführt. Das ist so sicher wie die Tatsache, dass wir beide hier sitzen.“

Preston ließ diese Worte erst einmal auf sich wirken. Aber mit seinem Schweigen drängte er Johnson zum Weitererzählen.

„Ich habe lange Zeit gemeint, dass ich der Gebende war", sagte Johnson. „Dass ich derjenige war, der sie ins Leben zurückgeholt hat, weil ich sie gerettet habe. Aber das Gegenteil war der Fall."

Preston stellte diese Frage äußerst ungern, aber er musste es tun. „Haben Sie der Kleinen jemals wehgetan?"

„Ja. Jedes Mal, wenn ich ihr sagte, dass sie keinen Hund haben könnte. Jedes Mal, wenn sie krank wurde und ich sie nicht zu einem Arzt bringen konnte, weil ich Angst vor neugierigen Fragen hatte. Jedes Mal, wenn sie auf einem Campingplatz eine Freundin gefunden hatte und der Kontakt zu eng wurde. Aus Angst vor Fragen habe ich dann immer unsere Sachen gepackt, und wir haben das Weite gesucht."

Preston sah den anderen Mann fragend an.

„Nein, ich habe sie nicht missbraucht", fügte Johnson hinzu. „Ich hätte diesem Mädchen niemals etwas antun können. Das wäre wie ein Mord an meinem Schutzengel gewesen."

Die Worte klangen aufrichtig, aber Preston war manches noch nicht ganz klar. „Wenn mein Verdächtiger die Wahrheit sagt, dann müsste dieses Mädchen tot sein. Lügt er mit seinen Schilderungen über das Auto, den See und die Frau, die an der Tat beteiligt war?"

Johnson schüttelte den Kopf. „Als ich sie aus dem Wasser geholt hatte, war sie bewusstlos. Es dauerte etwa drei Minuten, bis sie wieder zu sich kam. Das waren die längsten drei Minuten meines Lebens."

„Moment mal. Eins nach dem anderen, bitte."

Johnsons Rücken straffte sich. „Ich habe bisher mit keiner Menschenseele darüber gesprochen, und schon gar nicht mit ihr."

Er ließ die Schultern hängen und atmete tief durch, wie ein Baseballspieler, der sich auf den entscheidenden Wurf vorbereitet. „Ich habe hier dieses Loch gegraben, die Stahlkassette reingelegt und das Ganze wieder mit Erde bedeckt. Ich habe Gott angeklagt, weil ich fand, dass er meinen Freund und mich in Afghanistan allein gelassen hat. Ich war wütend auf ihn, weil er sich nicht um uns gekümmert hat. Aber die Mutter meines Freundes war so nett zu mir gewesen. Sie hatte mir ein Geschenk gemacht, aber ich meinte, dass ich es nicht verdient hatte. Ich wollte gerade wegfahren, als ich auf der Straße ein Auto hörte. Also bin ich aus dem Schatten der Bäume ins Mondlicht gegangen. Das Auto stand an der Uferböschung. Ein zweites Auto stand oben auf der Serpentine, mit angeschalteten Scheinwerfern. Dann steigt ein kleiner Typ aus, und ich merke plötzlich, dass da was nicht stimmt. Er lässt die Tür offen, legt den Gang ein, und das Auto rollt aufs Wasser zu. Die Tür schlägt zu. Dann fällt es mit einem lauten Platschen ins Wasser und schwimmt an der Oberfläche, als ob es jemand aufhalten will. Dann kippt es nach vorn, und es geht unter. Langsam sinkt es auf den Grund."

Johnson hielt kurz inne, bevor er weitersprach.

„Und dann höre ich, wie die Frau vom anderen Auto aus laut schreit. Sie war wohl ausgestiegen, um das Ganze zu beobachten, und sie rief irgendetwas von einem Baby – dass ein Baby im Auto war. Sie brüllte noch etwas anderes, aber ich war schon dabei, meine Schuhe wegzukicken und mein Hemd auszuziehen. Der Mann und die Frau stritten herum, und dann fuhr das Auto weg. Ich hatte immer noch leichte Schmerzen von der Operation. Deshalb war ich nicht so schnell wie sonst. Als ich es geschafft hatte, tauchte ich an der Stelle unter, von der die Luftblasen aufstiegen. Ich habe eine Schwäche für Stablampen. Deshalb trage ich immer eine bei mir. Die holte ich jetzt aus der Hosentasche, knipste sie an und steckte sie in den Mund, während ich untertauchte. Als ich auf dem Grund des Sees ankam, sah ich, dass alle Fenster geschlossen waren. Und dann ..." Johnson konnte plötzlich nicht mehr weitersprechen, weil ihn die Gefühle übermannten.

Preston war überrascht, als er sah, dass der Mann Tränen in den Augen hatte. „Was dann?"

„Dann hab ich sie gesehen. Das Wasser war schon ein ganzes Stück eingedrungen. Allmählich stieg es höher. Es stand ihr schon an den Füßen, als ich dort war, aber es stieg rasch an. Ich packte den Türgriff, aber die Tür bewegte sich keinen Millimeter. Vorne war es dasselbe. Ich hatte keine Werkzeuge dabei, um die Türen aufzubrechen, und so langsam ging mir die Luft aus. Ich klopfte ans Fenster und machte ein Zeichen, dass ich zurückkommen würde. Dieser Ausdruck auf ihrem Gesicht ... ich sehe es noch immer vor mir." Johnson rang die Hände.

Preston holte tief Luft. Er hatte ganz vergessen zu atmen.

„Ich tauchte wieder an die Oberfläche, um Luft zu holen", erzählte Johnson weiter. „Eigentlich sollte so etwas für jemanden wie mich Routine sein, aber ich war noch nie in einer solchen Lage. Ich habe die Todesangst in den Augen erwachsener Männer gesehen, aber noch nie im Gesicht eines Kindes. Dieser Anblick hätte mich beinahe fertig gemacht. Schlimmer noch, ich konnte sie nicht gleich befreien. Das Wasser musste erst noch höher stehen, bevor ich das Glas einschlagen und sie rausholen konnte."

Er rang sichtlich um Fassung. Preston sah, wie sich das Mondlicht auf der Oberfläche des Sees spiegelte. Er versuchte sich vorzustellen, wie es für das kleine Mädchen da unten im Wasser gewesen war, wie sie fast verrückt wurde vor Angst und es nur eine winzige Chance auf Rettung gab.

„Als ich wieder unten war, kämpfte sie um ihr Leben. Sie versuchte, den Kopf über Wasser zu halten. Ich wusste, dass der Druck im Inneren des Autos jetzt genau richtig war. Also trat ich mit der Ferse gegen das Fenster. Wieder klappte es nicht. Ich holte mein Messer raus. Mein Onkel hatte es mir geschenkt, bevor ich nach Afghanistan ging, und ich hatte es immer bei mir. Ich hämmerte die Spitze in die Mitte des Fensters, bis das Glas splitterte. Dann war ich drin. Sie war noch in ihrem Kindersitz festgeschnallt. Ihre Ärmchen schwammen auf dem Wasser, und ihr kleiner Mund stand weit offen."

Er drückte sich die geballten Fäuste an die Augen und murmelte etwas Unverständliches. „Ich konnte dieses elende Ding nicht aufkriegen. Ich hab es ein paar Mal probiert, aber dann nahm ich das Messer und schnitt die Riemen über ihren Schultern auf. Dann war ich blitzschnell wieder an der Oberfläche. Sobald ich den Kopf über Wasser hatte, schrie ich um Hilfe. Aber das andere Auto war verschwunden. Es war niemand mehr da. Ich trug sie ans Ufer, legte sie hin und versuchte eine Wiederbelebung. Einem erwachsenen Mann konnte ich helfen, aber bei so einem kleinen Kind ..."

Johnsons Brust hob und senkte sich heftig, während er sprach.

Preston schüttelte den Kopf. Er hörte Stimmen aus dem Funkgerät, aber er nahm sie nicht wirklich wahr. In diesem Augenblick war das nicht wichtig. Er nahm den Hut ab und fuhr sich mit der Hand durch sein schütter werdendes Haar.

„Ich hab noch nie in meinem Leben so verzweifelt gebetet. Ich sagte immer wieder: ‚Bitte, Gott, hilf mir. Oh Gott, hilf mir doch.' Noch zehn Minuten zuvor hatte ich ihn angeklagt, weil er im Krieg nicht bei uns gewesen war, und jetzt bat ich ihn, diesem kleinen Mädchen das Leben zurückzugeben. Ich drückte auf ihre kleine Brust und blies in ihren Mund, und dann wollte ich schon aufgeben." Er warf Preston einen Blick zu. „Ich hätte beinahe aufgegeben! Ich glaube, dieser Gedanke lässt mich bis heute nicht los. Ich hätte sie beinahe verloren."

„Aber das ist nicht geschehen", bemerkte Preston.

„Nein. Sie ist zu sich gekommen. Dieses erste Keuchen war das schönste Geräusch, das ich je gehört habe. Das Wasser gluckerte in ihrer Lunge hoch. Ich hab sie auf die Seite gedreht, und dann schoss alles raus. Danach hab ich sie auf den Arm genommen. Sie war so furchtbar kalt und nass. Sie fing an zu weinen und rief nach ihrer Mama. Ich hatte noch nie im Leben ein Kind in den Armen gehalten, aber als ich dieses unschuldige Wesen tröstete, hat sich in mir etwas verändert."

Preston nahm diese Worte in sich auf, ohne etwas dazu zu sagen. Ihn interessierten auch die rechtlichen Folgen des weiteren Geschehens. „Sie haben die Kleine also aus dem Auto gezogen und ihr damit das Leben gerettet. Und was geschah dann?"

Zum ersten Mal wirkte Johnson unsicher. „Ich wusste nicht so recht, was ich machen sollte. Also nahm ich sie erst mal mit in mein Wohnmobil, wickelte sie in eine Decke und dachte nach. Da ihre Mutter zusammen mit diesem Freund offensichtlich schuld an dieser Sache war, wollte ich sie nicht zu ihr zurückbringen. Und wenn ich sie bei den Behörden meldete, würde genau das passieren. Diese Leute, die der Kleinen das angetan hatten, meinten wohl, dass sie ihre Sache erledigt hätten und sie tot sei. Deshalb beschloss ich, sie an einen sicheren Ort zu bringen, weit weg von den Menschen, die sie umbringen wollten."

„Also sind Sie weggefahren."

„Ich bin losgefahren und habe erst angehalten, als wir in Pennsylvania waren. Sie hatte die ganze Nacht durchgeschlafen. Als sie morgens aufwachte, war sie nass. Also musste ich erst einmal los und Windeln besorgen."

„Warum haben Sie nie versucht, für die Kleine in einem anderen Bundessstaat Pflegeeltern zu suchen?"

Johnson musste lachen. „Sie haben Junikäfer noch nicht kennengelernt. Das kann ich Ihnen nur empfehlen, Sheriff. Ich garantiere Ihnen, dass Sie nach nur einem Gespräch mit ihr nicht mehr ... " Wieder sah Johnson kurz zu Boden. „... nicht mehr daran denken, sie jemand anderem zu überlassen. Dieses Mädchen hat so eine Art, andere Menschen zu verzaubern."

„Wenn Sie die Kleine so gern haben, warum sind Sie dann hierher zurückgekommen? Es muss doch noch mehr dahinterstecken als eine vergrabene Stahlkassette."

Johnson reagierte auf diese Frage mit einem zustimmenden Nicken. „Zum einen war es der Typ, den Sie verhaftet haben. Ich konnte den Gedanken nicht ertragen, dass jemand ins Gefängnis wandert, weil er jemanden umgebracht haben soll, der gar nicht tot ist. Ich glaube, er hat gar nicht gewusst, dass die Kleine im Auto saß."

„Er muss zwar ins Gefängnis, aber nicht wegen der Kleinen.“

„Gut. Dann habe ich ja auch noch die Nachrichten gesehen. Als Sie das Auto gefunden hatten, wusste ich, dass es nur eine Frage der Zeit sein würde, bis man hinter die Wahrheit kommt. Und dann sah ich die Großmutter, wie sehr sie unter dem Verschwinden des Mädchens gelitten hat und wie fest sie daran glaubte, dass ihre kleine Enkelin noch lebt. Auf dem ganzen Weg hierher hat mich der Schmerz dieser Frau nicht losgelassen. Außerdem ist da noch Junikäfer selbst. Sie braucht mehr, als ich ihr jetzt noch geben kann. Das weiß ich zwar vom Kopf her, aber in meinem Herzen sieht es anders aus. Trotzdem glaube ich, dass jetzt der Zeitpunkt gekommen ist, sie loszulassen.“

Preston wog seine nächsten Worte sorgfältig ab. „Sie wissen, dass ich in dieser Sache nicht beide Augen zudrücken kann. Aber wenn die Kleine Ihre Aussagen bestätigen kann und die Familie nichts dagegen einzuwenden hat ...“ Wieder schüttelte er den Kopf. „Natürlich ist da auch noch die Mutter der Kleinen.“

„Ich kann sie auf keinen Fall einer Frau überlassen, die ihr etwas antun wollte“, entgegnete Johnson.

„Das verstehe ich. Schließlich haben Sie der Kleinen das Leben gerettet.“

„Ja, und dann hat sie mir das Leben gerettet.“

„Es wäre wirklich eine Schande, wenn der Kleinen etwas passieren würde, nach allem, was Sie für sie getan haben. Und dann müssen wir ja auch noch daran denken, wie wir die Sache den Medienvertretern erklären.“

„Ich möchte für kein Geld der Welt Ihren Job haben, Sheriff.“

Wieder quakte das Funkgerät. Preston stand auf. „Ich muss mich melden.“

„Und ich grabe weiter, wenn das für Sie in Ordnung ist.“

Preston lief schnell zum Streifenwagen.

„Sheriff Preston, bitte kommen.“ Der Mann in der Zentrale klang aufgeregt. „Ich hab schon mehrmals versucht, Sie zu erreichen, Sheriff. William Edwards hat angerufen.

Sie haben das Mädchen gefunden! Die Kleine lebt. Es ist unglaublich. Sie lebt!“

Preston warf einen Blick auf den Mann, der wieder den Asphalt auf dem Parkplatz bearbeitete. „Nein, das ist nicht unglaublich.“

Kapitel 30

Die Großmutter umarmte mich so fest, dass ich das Gefühl hatte, ich müsste jeden Moment platzen. Endlich wusste ich, wie schön es ist, wenn man Großeltern hat. Der Großvater ließ mich in Ruhe, aber er stand mit einem breiten Grinsen da und sah mich an, als ob ich vom Himmel gefallen wäre.

Die Großmutter verband mir den Arm und sprühte so ein komisches Zeug auf meine Beine, die ganz zerkratzt waren. Ich dachte schon, das würde brennen, aber es passierte nichts. Dann ging sie weg und telefonierte mit jemandem.

Der Großvater fragte mich, ob ich was essen wollte. Ich sagte Ja, und so stellte er eine Bratpfanne auf den alten Herd. Er wollte mir ein gegrilltes Käsesandwich machen. Aber als die Großmutter zurückkam, scheuchte sie ihn vom Herd weg wie eine lästige Fliege und machte mir das leckerste, knusprigste Käsesandwich, das ich jemals gegessen habe. Mir kam es vor, als hätte sie ihr ganzes Leben lang darauf gewartet, mir so etwas zu machen. Der Großvater sah uns lächelnd zu.

„Und, wie schmeckt dir das Sandwich?“, fragte sie.

„Lecker!“, antwortete ich mit vollem Mund. Die beiden lachten sich kaputt.

Dann fing die Großmutter wieder an zu weinen. Mal weinte sie, und dann lachte sie wieder. Es war ein bisschen unheimlich, aber dann ging der Großvater zu ihr und legte ihr eine Hand auf den Arm. Ich wusste nicht so recht, was ich machen sollte, also aß ich weiter. Papa sagt, dass manche Leute weinen, weil etwas passiert ist, und andere wieder weinen, weil nichts passiert ist. Vielleicht war es ein bisschen von beidem bei der Großmutter.

„Wie hast du uns denn bloß gefunden?“, fragte sie, nachdem sie sich das Gesicht mit einem Taschentuch abgewischt und sich die Nase geputzt hatte.

Ich erzählte ihr, wie ich im Supermarkt mein Foto gesehen hatte. „Und als mein Papa losfuhr, dachte ich, dass er vielleicht hierher kommen will. Deshalb hab ich mich im Wohnmobil versteckt. Er hat mich erst entdeckt, als wir in Kansas waren. Oder war es Arkansas? So genau weiß ich das nicht mehr.“

Die beiden starrten mich an. Schließlich fragte die Großmutter: „Du hast einen Papa?“

„Ja, wir sind viel rumgereist, ans Meer und in den Westen und zu den Schlachtfeldern aus dem Bürgerkrieg. Wir haben viel gesehen.“

Der Großvater rieb sich den Nacken und drehte sich weg. Die Großmutter beugte sich mit ernstem Gesicht zu mir runter. „Hat dein Papa dir jemals ... äh ... wehgetan?“

„Du meinst, ob er mich verhauen hat? Das braucht er nicht, weil er sagt, dass ein strenger Blick genügt. Dann bin ich gleich wieder brav. Er hat mich nur schon mal angebrüllt, wenn ich auf der Straße nicht aufgepasst hab, wohin ich gehe.“

Der Großvater drehte sich wieder zu mir um. „Und wo ist dein Papa jetzt?“

„Drüben im Reservoir. Er musste was suchen, und sein Papa hat mich nach Hause gefahren.“ Ich sprang vom Tisch auf. „Ich muss ihm sagen, wo ich bin.“

„Nein, nein, du bleibst schön hier sitzen“, sagte die Großmutter. „Der Sheriff wird gleich da sein.“

„Sheriff? Ihr habt die Polizei gerufen?“

„Natalie, wir müssen herausfinden, was genau passiert ist. Und wer schuld an der ganzen Sache ist.“

Es war für mich etwas Besonderes, endlich mal meinen richtigen Namen zu hören. Aber gleichzeitig war es auch seltsam. „Schuld an was?“

„Wir besprechen das später mit dir. Wichtig ist jetzt erst mal, dass du hier bist, dass du gesund bist und untersucht wirst.“

Ich wusste nicht, was das zu bedeuten hatte, aber ich fühlte mich sicher bei den beiden. Deshalb stellte ich keine Fragen mehr.

Die Großmutter holte ein Glas und goss kalte Milch hinein. Dann schnitt sie ein riesengroßes Stück Kuchen ab. Wir redeten miteinander, und die Großmutter saß lächelnd da und sah mich an, als könnte sie gar nicht genug von mir bekommen. Es war richtig schön, bis ich draußen plötzlich Geräusche und Stimmen hörte. Die Veranda war hell erleuchtet. Der Großvater sagte ein böses Wort. Er sah raus und murmelte etwas über „Aasgeier".

Die Großmutter führte mich den Flur entlang in ein Schlafzimmer. Sie zog mir die Schuhe aus und sagte mir, ich solle mich unter die Decke kuscheln. Dann brachte sie mir die schönste Puppe, die ich jemals gesehen hatte. Sie hatte einen tollen Hut auf, und ihr Haar fiel in großen Locken den Rücken runter. Das war vielleicht eine Überraschung!

Ich horchte auf die Geräusche und Stimmen draußen. Kurz danach fuhr ein Auto vor, mit einer lauten Sirene und diesen blau-weißen Lichtern, die auf der gegenüberliegenden Wand des Schlafzimmers hin und her tanzten. Die Haustür ging auf und zu, und dann hörte ich leise Stimmen in der Küche. Ich setzte mich auf, weil ich alles mitbekommen wollte, aber ich konnte nicht verstehen, was sie sagten. Ich hörte aber, wie die Großmutter wieder anfing zu weinen.

Dann knarrte der Fußboden im Flur vor meiner Tür. Die Großmutter kam rein. Sie lächelte trotz ihrer rot geweinten Augen. Hinter ihr war ein riesengroßer Mann in Uniform. Er hielt seinen Hut in der Hand, und er starrte mich an, als hätte er noch nie in seinem Leben rote Haare gesehen. Er stand einfach nur da und guckte.

Mein Blick wanderte zwischen den Erwachsenen hin und her. Schließlich fragte ich: „Was ist denn?"

Da mussten sie lachen.

„Es ist nur so schön, dich zu sehen, das ist alles", sagte der große Mann schließlich. „Ich bin Sheriff Preston."

Ich kannte ihn ja schon aus dem Fernsehen. Als er mir die Hand entgegenstreckte, schüttelte ich sie. Er schien überrascht zu sein, weil ich so stark bin. Mein Papa hat mir immer gesagt, dass ich den Leuten keinen schlaffen Händedruck zumuten soll.

„Schön, Sie kennenzulernen", sagte ich.

„Wie gefällt es dir in deinem neuen Zuhause?", wollte er wissen.

„In was für einem neuen Zuhause?"

„Na, in diesem Haus. Schließlich wirst du ab jetzt hier wohnen."

Ich richtete mich auf. „Was soll das heißen? Wo ist denn mein Papa?"

„Es geht ihm gut", antwortete der Sheriff.

„Wissen Sie, wo er ist?"

„Klar weiß ich das. Ich hab ihn draußen am Reservoir getroffen. Er ist ein feiner Mensch. Wir müssen jetzt bloß noch eine gute Lösung für alle finden."

Ich hatte so ein flaues Gefühl im Magen. Deshalb sprang ich aus dem Bett und ging zur Tür. Aber der Sheriff fing mich ab und sagte, ich sollte nicht nach draußen gehen, bis die Medienleute wieder weg seien.

„Ich will zu meinem Papa!"

„Es ist schon spät. Wir sollten uns jetzt schlafen legen", sagte die Großmutter.

„Aber ich will zu meinem Papa!"

„Natalie." Die Stimme der Großmutter klang plötzlich streng. Ich wusste, dass sie es ernst meinte.

Der Sheriff ließ sich vor mir auf einem Knie nieder. Ich bekam mit, wie das Gelenk krachte und er zusammenzuckte. Das war bestimmt nicht sehr bequem für ihn. Er sah mir direkt in die Augen. Ich konnte erkennen, dass er Mitleid mit mir hatte.

„Ich will zu meinem Papa." Diesmal verschwamm das Zimmer vor mir.

„Ich weiß, mein Schatz. Und er weiß das auch. Wir finden schon eine Lösung."

„Kann er nicht auch hierbleiben?"

Der Sheriff drehte den Kopf weg und rieb sich mit seiner großen Hand am Kinn. Er wusste wohl, dass ich jemanden brauchte, der mir in die Augen sah. Also machte er das. „Dein Spitzname ist Junikäfer, stimmt's?"

Ich nickte bloß.

„Junikäfer, ich bin ein Mensch, der immer gradeheraus ist. Weißt du, was das bedeutet?"

„Dass Sie nicht um den heißen Brei herumreden."

„Genau. Jedem anderen Kind hätte ich wohl über den Kopf gestrichen und ihm gesagt, es solle wieder ins Bett gehen und sich ausschlafen. Aber du bist nicht wie jedes andere Kind. Du hast eine Menge durchgemacht. Deshalb sage ich dir die Wahrheit."

„Okay."

„Dein Papa ist ein guter Mensch. Als du klein warst, hat er dir das Leben gerettet, und seitdem hat er immer gut für dich gesorgt. Weißt du etwas darüber, wie er dich gefunden hat?"

Ich merkte, wie mein Kinn anfing zu beben, aber ich schüttelte den Kopf.

„Wenn er die Wahrheit sagt, dann seid ihr beide viel rumgekommen, und es war ein tolles Leben. Aber er weiß, dass du jetzt bei deiner richtigen Familie am besten aufgehoben bist." Er deutete mit dem Daumen auf die Großmutter. „Diese Dame hier hat sieben Jahre lang auf dich gewartet und für dich gebetet. Sie hat die Hoffnung nie aufgegeben."

Wieder wurden die Augen der Großmutter rot. Sie nahm ihre Brille ab und putzte die Gläser mit ihrem Taschentuch. Der Großvater nahm sie in die Arme und klopfte ihr sanft auf den Rücken. Da fing die alte Frau laut zu schluchzen an.

Ich sah dem Sheriff immer noch in die Augen. Er war wohl einer von denen, die mehr wissen, als sie zugeben. „Werde ich ihn wiedersehen?", fragte ich ihn. Plötzlich rollte mir eine einsame Träne die Wange runter und blieb dort hängen, wie ein Luftballon, dem die Luft ausgegangen ist.

Sheriff Preston streckte seine große, faltige und schwielige Hand aus und wischte die Träne ganz vorsichtig mit einem Finger weg. So was ist das Netteste, was ein Mensch für einen anderen tun kann, finde ich. Aber trotzdem war ich überrascht.

„Wenn deine Großmutter meint, dass das in Ordnung geht, dann wird es klappen. Aber wir müssen das in aller Stille machen. Wenn diese Medienleute da draußen Wind davon kriegen, ist dein Papa schneller verschwunden, als sie gucken können."

„Wann kann ich ihn sehen?"

„Junikäfer, sieh mir in die Augen. Ich verspreche dir, dass du ihn wiedersehen wirst. Ich kann dir jetzt noch nicht sagen, wann genau das sein wird, aber ich verspreche es dir. Okay?"

Ich nickte und sah ihm immer noch in die Augen. Und dann kam wieder eine Träne. Mein Gesicht fühlte sich an, als wollte es zusammenschrumpeln. „Aber er braucht mich doch! Und ich brauche ihn."

Dieser große, dicke Sheriff nahm mich ganz sanft in den Arm und drückte mich an sich. Ich machte ihm das Hemd nass mit meinen Tränen. Ich stellte mir vor, wie mein Papa ganz allein da draußen am Reservoir war und diese Kassette ausgrub, nach der er suchte. Er musste sich doch fragen, wo ich steckte. Ich sah ihn vor mir, wie er herumlief, meinen Namen rief und eine Hand nach mir ausstreckte. Dann musste ich an Colorado denken, an Sheila und an alle Orte, an denen wir gewesen waren. Und daran, dass Papa mich ins Wellenbad gebracht hatte.

„Versprechen Sie es mir?", fragte ich, während ich meinen Kopf in der Uniform des Sheriffs vergrub.

Der Sheriff strich mir über den Kopf. Ich hörte, dass seine Stimme so komisch zitterte. „Ich verspreche es dir, Junikäfer."

*

Ein paar Tage vergingen, und von meinem Papa war keine Rede mehr. So langsam glaubte ich, dass der Sheriff doch nicht Wort halten würde. In den Fernsehnachrichten zeigte man „unser" Haus und den Sheriff, wie er mit Reportern redete. Die Großmutter erlaubte mir nicht, die Nachrichten zu sehen, aber im Mülleimer fand ich eine Zeitung, und da stand die ganze Geschichte. In dem Bericht wurde ein Mann namens Walker erwähnt. Man hatte ihn verhaftet, weil er auf den Stellvertreter eines Sheriffs geschossen hatte, aber er hatte auch etwas mit meinem Verschwinden zu tun. Ich konnte nicht alles verstehen, was da stand, aber das Wichtigste war, dass die Reporter kein Wort über meinen Papa geschrieben hatten. Unser Geheimnis sollte wohl niemand erfahren, denn sonst hätten die Reporter meinen Papa vor die Kameras gezerrt, und ich weiß, dass er so was nicht leiden kann. Und aus mir bringt auch niemand auch nur eine Silbe raus.

Ich musste zu einem Arzt gehen. Der Arzt stellte mir eine Menge Fragen und untersuchte mich, aber es war nicht so schlimm. Ein paar Tage später durfte ich in den Garten hinter dem Haus und dort spielen, weil die meisten Kameras weg waren. Noch ein paar Tage später nahm mich der Großvater auf seinem Traktor mit. Ich durfte den Traktor sogar fahren, und das war ein Riesenspaß. Wir kamen zu dem großen Wasserturm, auf dem *Dogwood* stand. Dort hielten wir an, und mein Großvater half mir vom Traktor runter.

Unten am Turm stand ein Mann. Ich erkannte ihn sofort, und deshalb rannte ich los.

Mein Papa.

Ich weiß, dass er nicht mein richtiger Vater ist, aber er ist trotzdem mein Papa. Ich lachte laut vor Freude. Er kam auf mich zu, dann ließ er sich auf ein Knie nieder und griff hinter sich. Er holte etwas hervor und legte es vor mir auf den Boden. Ich konnte es nicht fassen: Es war ein weißer Hundewelpe, der niedlichste, den ich jemals gesehen habe. Ich ließ mich auf den Boden fallen, und der kleine Hund kam zu mir. Er leckte mir das Gesicht, und dann tobten wir herum. Ich spürte das frisch gemähte Gras in meinem Haar und fühlte mich wie im Himmel.

Dann sprang ich auf und fiel Papa um den Hals. „Danke! Danke! Danke!“ Manchmal reicht dieses eine Wort, wenn man etwas Wichtiges sagen will.

„Ich hab dir doch gesagt, dass du einen Hund haben kannst, wenn der richtige Zeitpunkt gekommen ist“, sagte er. „Und der richtige Zeitpunkt ist jetzt da.“

„Ich hab ihn schon jetzt ganz doll lieb“, erwiderte ich. „Wie heißt er denn?“

„Es ist eine Sie, und sie hat noch keinen Namen. Es heißt, dass der Mensch, der ein Tier am liebsten hat, ihm auch einen Namen geben soll. Also denk dir was Schönes aus.“

Der kleine Hund watschelte zum Großvater rüber und kaute an seinem Schuh. Wir mussten beide lachen. Ich nannte ein paar Namen wie „Fips“ oder „Whitney“, aber keiner wollte zu diesem Hündchen passen.

„Lass dir Zeit“, meinte mein Papa. „Du musst das ja nicht sofort entscheiden. Probiere ruhig ein paar Namen durch.“

Ich drehte mich wieder zu ihm um. Er kniete immer noch auf dem Boden. Obwohl er immer ein bisschen traurig aussieht, wirkte er jetzt richtig traurig ... und glücklich zugleich. „Du gehst weg, stimmt's?“

Er nickte.

„Warum kannst du denn nicht hierbleiben? Sie haben jede Menge Platz.“

Er nahm mich in die Arme und drückte mich so fest an sich, dass mir die Luft wegblieb. Dann schob er mich ein bisschen von sich, damit ich ihm in die Augen sehen konnte.

„Erinnerst du dich noch, wie ich dir erzählt habe, dass ich als Kind einem Junikäfer eine Schnur ans Bein gebunden habe?“

Ich nickte, aber mir kamen die Tränen.

„Ich wusste, dass ich die Schnur eines Tages loslassen musste. Ich habe mein Bestes getan, und wir hatten ein tolles Leben in unserem Wohnmobil. Aber jetzt wird es Zeit, dich fliegen zu lassen, mein Junikäfer. Diese Leute hier haben dich sehr lieb, und sie werden gut für dich sorgen. Du kannst endlich in eine richtige Schule gehen. Du kannst bei deinen Freundinnen übernachten ..."

„Ich will nicht bei Freundinnen übernachten, ich will dich!" Ich vergrub mein Gesicht an seiner Brust.

Er klopfte mir sanft auf den Rücken. „Ich weiß. Und ich würde so gern bei dir bleiben. Du weißt gar nicht, wie schwer es mir fällt zu gehen. Aber ich werde nicht ganz weg sein, weil ich einen Platz in deinem Herzen habe, Junikäfer. Vergiss das nie."

Ich konnte einfach nicht aufhören zu weinen. Erst als das kleine Hündchen zu mir kam und meine nackte Wade leckte, musste ich unter Tränen lachen.

Wir spielten noch ein bisschen mit dem Welpen, und der Großvater stellte Papa ein paar Fragen. Er wollte wissen, welche Lösung er und der Sheriff gefunden hatten. Und dann wusste ich, dass es Zeit war zum Abschiednehmen. Papa stand auf und schüttelte dem Großvater die Hand.

„Ich möchte Ihnen für alles danken, was Sie für die Kleine getan haben", sagte der Großvater.

„Und ich danke Ihnen, dass Sie mir Ihre Enkelin geliehen haben", erwiderte Papa. „Sie hat mehr für mich getan als ich für sie."

„Wohin wirst du gehen?", fragte ich.

Papas Blick ging in die Ferne, zur Autobahn, die sich durch das Tal schlängelte. „Ich weiß nicht. Vielleicht nach Westen."

Plötzlich hatte er dieses breite Lächeln auf den Lippen, und da wusste ich, an wen er gerade dachte. „Warum nimmst du mich nicht mit? Das ist nicht fair!"

„Junikäfer, es gibt vieles im Leben, was ich nicht verstehe. Warum ein Mensch sterben muss und ein anderer am Leben bleibt. Warum manche Leute unschuldigen Menschen so viel Leid zufügen. Wenn ich dich mein Leben lang bei mir behalten könnte, würde ich das machen. Aber tief in meinem Herzen weiß ich, dass es für dich am besten ist, wenn ich gehe und dich fliegen lasse. Du musst mir jetzt einfach vertrauen."

Ich nickte, weil ich auch tief in meinem Herzen wusste, dass er recht hatte. Aber manchmal gehen das Herz und der Kopf in ganz verschiedene Richtungen.

Er hob mich ein letztes Mal hoch und schwang mich herum, sodass meine Haare flogen und das Hündchen anfing zu bellen. Die ganze Welt drehte sich um mich, und plötzlich fühlte dieser Ort sich an wie ein Zuhause.

Ich war zu Hause.

Der Großvater setzte mich wieder auf den Traktor, und wir fuhren los. Ich hielt das Hündchen in den Armen, und der beste Papa der Welt stand oben auf dem Hügel. Als wir die Bäume erreichten, schaute ich zurück.

Er war fort.

Einfach so.

*

Etwa eine Woche später ging ich mit Opa zum Briefkasten. Auf dem Boden davor stand ein Paket mit meinem Namen drauf. Wir trugen es ins Haus und machten es auf, und darin lagen alle meine Tagebücher, meine Sachen aus dem Wohnmobil und alles, was für mich einen Wert hatte. Dann war da noch ein Foto von Papa und mir. Wir standen lächelnd am Ufer des Ozeans.

In einem kleineren Päckchen waren eine Menge Medaillen. Ich wusste damit nichts anzufangen, aber ich fand, dass sie schön aussahen.

Im Paket lag auch noch ein Brief, der an „William und Ella Edwards" adressiert war. Als Oma den Umschlag aufmachte, schlug sie die Hand vor den Mund. „Herr, sei uns gnädig!", keuchte sie.

„Was ist denn?", wollte ich wissen.

„John hat uns einen Brief geschickt und einen Scheck. Er schreibt, dass das Geld für dich ist, wenn du aufs College gehst."

„Das ist so viel, dass du davon ein College *kaufen* kannst", ergänzte Opa. Er lachte und schüttelte den Kopf.

Ich nahm den Brief in die Hand und betrachtete ihn. Das war die Handschrift von meinem Papa, so viel stand fest. Ich fragte mich, woher er plötzlich so viel Geld hatte. Vielleicht kam es aus der Kassette unter dem Parkplatz am Reservoir.

*

Ende Juli durfte ich zum ersten Mal bei meiner Freundin Jennifer übernachten. Ich hatte eine Weile gebraucht, bis ich Oma so weit hatte, weil sie mich immer um sich haben wollte.

Jennifers Mama ließ uns Marshmallows über dem Lagerfeuer grillen. Wir durften in einem Zelt schlafen, das hinten im Garten stand, und wir sahen uns draußen einen Film an. Den Fernseher schlossen wir an ein Verlängerungskabel an. Als Jennifer eingeschlafen war und alles still wurde, krabbelte ich aus dem Zelt und sah zu den Sternen hoch. Ich suchte den Großen Wagen. Papa hatte mir gezeigt, wie er aussieht.

Jennifers Familie wohnte in der Nähe der Autobahn. Ich hörte das Rauschen der Sattelschlepper und das leisere Summen der Autoreifen. Da schloss ich die Augen und dachte zurück an unsere Tage auf Reisen. Wenn man in einem Haus wohnt, ist das so warm und behaglich, wie es in einem Wohnmobil nie sein kann. Aber wenn man mit Menschen zusammen ist, die man lieb hat, spielt es keine Rolle, wo man wohnt.

Ich habe ein paar Fotos von meiner Mama gesehen, aber ich habe sie noch nicht kennengelernt. Oma glaubt nicht, dass sie noch einmal zurückkommt, aber ich würde sie so gern einmal sehen, mit ihr reden und ihr eine Menge Fragen stellen.

Ich sehe Mr Johnson, Papas Vater, nicht so oft. Er braucht sich jetzt nicht mehr von anderen Leuten ein Auto auszuleihen, weil er ein ganz neues hat. Und Opa sagt, dass seine Hypothek abbezahlt ist. Ich glaube, mein Papa wäre froh, wenn er das wüsste.

Oma und Opa gehen mit mir in die große Kirche aus roten Ziegelsteinen. In der Sonntagsschule lässt mich die Lehrerin immer die Geschichten und Bibelverse vorlesen, weil die anderen Kinder so viele Fehler machen. Der Pastor hat gesagt, dass er mich taufen wird, wenn ich so weit bin.

*

Es vergeht kein Tag, an dem ich nicht an ihn denke. Wenn ich einen alten Laster vorbeifahren sehe und mir jemand aus dem offenen Fenster zuwinkt, schlägt mein Herz schneller. Wenn ich auf dem Parkplatz vor dem Supermarkt ein Wohnmobil mit abgefahrenen Reifen und zugezogenen Vorhängen sehe, muss ich an unser Leben auf der Straße denken. Manchmal spiele ich mit Roma – diesen Namen habe ich meinem kleinen Hund gegeben –, und dann sehe ich hoch zum Wasserturm und stelle mir vor, wie es wäre, wenn er dort oben sitzen und auf mich runterschauen würde. Bestimmt würde er lachen, wenn ich versuche, einem Junikäfer eine Schnur umzubinden, so wie er es als Kind gemacht hat.

In meinen Träumen kommt er oft zu mir, aber meine Träume reichen mir nicht. Ich frage mich, ob er im Publikum sitzen wird, wenn ich in der Schule bin und bei einem Weihnachtskonzert singe. Ich frage mich, ob er bei meinem Schulabschluss dabei sein wird oder bei meiner Hochzeit. Ich glaube zwar nicht so recht, dass ich mal heirate, aber wenn es doch passiert, dann soll er dabei sein und mich vielleicht sogar zum Altar führen.

Wenn ich mich abends in meinem Bett unter die weiche Decke kuschle, mache ich manchmal die Augen zu und strecke eine Hand nach ihm aus. Dann frage ich mich, ob er das vielleicht auch macht. Ich frage mich, warum er ein so guter Vater war, obwohl er eigentlich nie eigene Kinder hatte. Wer weiß, vielleicht hat er ja zusammen mit Sheila ein neues Leben begonnen.

Ich frage mich manchmal, ob er mich jemals vergessen wird. Aber das glaube ich nicht. Schließlich hat er gesagt, dass er mich nie vergisst. Und er hat immer alles gehalten, was er versprochen hat.

Manche Leute wissen alles über sich selbst. Ich weiß nicht alles über mich. Aber jetzt spielt das auch keine Rolle mehr.